國家古籍整理出版專項經費資助項目
四川省社會科學重點研究基地「杜甫研究中心」資助項目（項目批准號 DFY20184）

門類增廣十注杜工部詩（殘本）
門類增廣集注杜詩（殘本）
草堂先生杜工部詩集（殘本）

〔唐〕杜甫 撰
〔宋〕佚名 注
張家壯 點校

杜詩宋元注本叢書
劉躍進 主編

鳳凰出版社

圖書在版編目（CIP）數據

門類增廣十注杜工部詩：殘本；門類增廣集注杜詩：殘本；草堂先生杜工部詩集：殘本／（唐）杜甫撰；（宋）佚名注；張家壯點校. -- 南京：鳳凰出版社，2023.4
（杜詩宋元注本叢書／劉躍進主編）
ISBN 978-7-5506-3738-2

Ⅰ. ①門… Ⅱ. ①杜… ②佚… ③張… Ⅲ. ①杜詩－詩集 Ⅳ. ①I222.742

中國版本圖書館CIP數據核字(2022)第182889號

書　　名	門類增廣十注杜工部詩（殘本） 門類增廣集注杜詩（殘本） 草堂先生杜工部詩集（殘本）
著　　者	〔唐〕杜甫 撰　〔宋〕佚名 注　張家壯 點校
責任編輯	孫思賢
裝幀設計	徐　慧
出版發行	鳳凰出版社(原江蘇古籍出版社) 發行部電話025-83223462
出版社地址	江蘇省南京市中央路165號，郵編：210009
照　　排	南京凱建文化發展有限公司
印　　刷	江蘇鳳凰通達印刷有限公司 江蘇省南京市六合區冶山鎮，郵編：211523
開　　本	880毫米×1230毫米　1/32
印　　張	15.5
字　　數	257千字
版　　次	2023年4月第1版
印　　次	2023年4月第1次印刷
標準書號	ISBN 978-7-5506-3738-2
定　　價	198.00圓

（本書凡印裝錯誤可向承印廠調换，電話：025-57572508）

總序

劉躍進

據記載，杜甫生前就曾爲自己編過作品集。晚唐以來，各種不同的杜集本子在世間流傳，或編年，或分體，或分類，不一而足。宋代就有「千家注杜」之説。迄今爲止，杜集文獻已有上千種。遺憾的是，宋代「千家注杜」的成果多有散佚，幸賴有若干種集注本保存下來。這也是中國古代典籍傳播中帶有規律性的現象。四部典籍中，别集流傳不易，其注本也容易散佚。相比較而言，總集、選集、叢書、類書等往往成爲古代典籍保存的重要載體。流傳至今的宋元兩代杜集刻本及各類集注本有二十餘種，是非常珍貴的文獻資料，值得重視。如何整理這些珍貴典籍，如何在整理中體現時代特色，是本文討論的重點。

縱觀中國學術發展史，整理典籍文獻主要有三種形式。第一種是單純的字詞注釋和文意疏通。譬如東漢後期鄭玄遍注群經，唐代前期孔穎達主編五經正義，多是如此。這是古籍整理最基本、最重要的方式。第二種是比較系統的資料彙編,多以集注形式呈現。譬如昭明文選李善注、五臣注、六臣注等,清人校訂十三經等,都帶有集成性質。第三種是獨具特色的疏解,如魏晉時期郭象莊子注,王弼周易注、老子道德經注,以及清代戴震孟子字義疏證等,多具有思想史價值。這種整理方式與上述兩種恪守文字校勘原則的傳統注釋學很不相同,實際上是一種義理的推衍、思想的闡發。

上述三種古籍注釋形式都很重要,并無高下輕重之分。事實上,對多數讀者來説,如果没有字詞的訓釋,没有典章制度、歷史地理、歷代職官等方面的解説,這些深奥的典籍是很難讀懂的。對學術研究而言,如果没有最基礎的字句注釋工作,所謂集注和義理闡發也就無從談起。所以,單注本的整理依然是今天最應該重視的古籍整理工作。但僅限於此還遠遠不够。古籍整理的首要目的是方便閲讀,更重要的是引導讀者思考文本内容,并對其義理進行闡釋。

筆者在從事國家社科基金重大項目「漢魏六朝集部文獻集成」研究過程中,也在不斷思索這樣的問題:一是探索回歸傳統經典的意義,二是尋求回歸傳統經典的途徑。前者應當没有疑義,後者則見仁見智,理解不同,做法不同,效果也不同。清代阮元在杭州主持詁經精舍，傳經布道，在江西校訂十三經注疏，先後雲集一批重要學者。在此基礎上，他還提出另外一種整理典籍文獻的設想，即通過臚列衆説的方式，把清朝經學研究成果細緻入微地呈現出來。具體來説，就是將各家重要見解分别羅列在經典著作的每句話下面，章分句析，旁羅參證，詳考得失，斷之於心。清朝經學著作的彙集編纂，阮元編有皇清經解，王先謙編有續皇清經解。但這種專題叢書遠没有達到阮元預設的目標。這項工作難度太大，儘管阮元位高權重、資源豐富，最終也没有付諸實際。這種編纂方法，游國恩先生有所嘗試，并取得成功。他主持編纂的離騷纂義、天問纂義等著作，就像阮元設想的那樣，在每句詩下羅列歷代注釋，考訂成果，然後下按語，很多按語都是點到爲止，引而不發，給讀者留下無限想象空間。今天來看，這樣的學問看似樸拙却最有實效，體現了當代學人對歷代整理成果的充分尊重和清晰把握。

杜甫及其相關文獻研究，歷代成果異常豐富，一般説來，幾乎無發掘空間。但筆者認爲，杜甫研究的突破，還是繞不開基本文獻的整理與研究。所謂基本文獻，就是歷代研究成果。隨着電子化時代的來臨、國家經濟實力的增强、數量可觀的珍稀文獻的發現，大規模的集成研究與體現時代特色的深度整理，已成爲當今典籍文獻整理與研究的必然選擇。杜甫及其相關文獻的整理與研究，至少可從以下三方面逐步推進：

一是選擇重要的杜集舊注，校點整理，爲廣大讀者提供閲讀便利，擴大視野。

所有從事古籍注釋的人，似乎都有一個夢想，就是希望自己的注解後來居上，成一家之言，爲權威定本。但從學術發展史看，這是很難達到的目標。就杜詩而言，每一位注釋者對於前人的注釋只能是有選擇地截取，十不一二。即便是所謂的集注本，也不可能有文必録。因此，前人注釋原貌，一般讀者往往看不到。久而久之，這些著作很可能就會被遺忘，乃至佚失。正像清代顧千里所説，古書校訂，新本出，舊本亡。所以，他主張不校之校，也就是儘量保持原書面貌。整理前人注釋成果，也往往出現顧千里擔憂的現象。歷代舊注，就是在不斷的注釋中逐漸消亡的。從古書流傳的一般規律講，自然淘汰屬於常態。而從做學問的角度説，最大限度地占有資料，依然是做好學術研究的重要前提。爲此，我們有必要對重要的宋元舊注，如王洙與王琪編定、裴煜補遺的杜工部集，趙次公的杜詩趙次公先後解，舊題王十朋的王狀元集百家注編年杜陵詩史，郭知達的新刊校定集注杜詩，蔡夢弼的杜工部草堂詩箋，黄希、黄鶴的黄氏補千家注紀年杜工部詩史，宋末劉辰翁評點、元代高崇蘭編次的集千家注批點杜工部詩集，佚名的門類增廣十注杜工部詩，佚名的門類增廣集注杜詩、佚名的分門集注杜工部詩、佚名的草堂先生杜工部詩集等給予高度重視，原原本本地加以校訂，讓更多讀者看到舊注全貌。儘管有些著作的作者問題尚存較大争議，但這些著作能保存至今，説明其仍有重要的參考價值。

二是系統地彙總杜集珍本文獻，影印出版，爲學術界提供系統的而不是零碎的資料。中國國家圖書館、浙江圖書館、成都杜甫草堂都曾編輯出版所藏杜甫詩集目録，周采泉編杜集書録、張忠綱等編杜集叙録都是綜合性的杜集目録。這類目録，就像杜甫研究的導引圖，爲讀者按圖索驥提供方便。不無遺憾的是，有目無書，讀書人還是要望洋興嘆。黄永武編杜詩叢刊，收録宋元至清代重要杜集三十五種，日本吉川幸次郎編杜詩又叢，補選七種杜詩文獻。這些草創工作，篳路藍縷，雖多有缺失，但也確實爲學術研究提供了豐富資料，學者無不稱便。很多學者期待這樣一部著作，能將歷代重要杜集版本彙編成册，整體推出，倘能如此，必將開創杜甫研究新局面。

根據當代學者研究，現存宋元以來重要的杜集白文本、全集箋注本、分體分類注本、評點本、讀杜札記、杜詩選本等，在四百種以上。其中，宋元刻本以及相當數量的孤本、稀見本等最值得珍惜，在現有條件下應該儘量全部影印出版。否則，這些珍稀古籍總是藏在深宮，不僅讀者無法閱讀，更叫人擔心的是，如果發生如絳雲樓失火那樣的意外，這些孤本可能就永遠在世間消失，造成不可挽回的損失。

習近平總書記强調，「讓收藏在博物館裏的文物、陳列在廣闊大地上的遺産、書寫在古籍裏的文字都活起來」。道理很簡單，保護是爲了更好地應用；讓古籍發揮更大的作用，纔是最好的保護。從這個意義上説，系統地彙總杜集珍本文獻，影印出版，不僅是爲學術界服務，也是爲了更好地保存古籍、充分利用古籍，爲今天的文化建設服務。

三是彙集宋元舊注於一編，體現深度整理的時代特色。

杜集宋元舊注，存世無多。各家見解有何區別，前後承繼關係如何，僅就一本書而言，很難説清楚，只有逐字逐句地比對衆家，纔能了然於心。從這個角度看，杜集舊注的整理尚有拓展的空間。目前，可以從兩個方面入手。一是散佚著作，如果數量較大，就像林繼中杜詩趙次公先後解輯校那樣，逐家輯録出來，單獨成册。據此，讀者可以看到各家的學術主張、思想傾向。另外一種方法，就是將各家之説彙輯在杜詩各句之下，將有助於讀者對杜詩文字訓釋、創作背景以及思想内容的理解。這項工作看似雜然臚陳、薄殖淺陋，實則異常繁難、錯綜交糾，個人能力有限，勢難完成。這就需要集體的智慧，綜貫百家，逐步推進，最終完成。這項工作，可以先以某一時期、某一地區的杜注研究爲中心，由點及面，發覆抉疑，將來逐漸擴大開來，把所有宋元舊注彙爲一編，借此校訂異文、辨析是非，并提出進一步研究的前沿問題。

新時代要有新的學術氣象和研究方法。彰顯時代特色的文獻整理，尤其是歷代經典的系統整理，還有很多工作要做，還有漫長的路要走。從系統整理杜甫文獻入手，走近經典、理解經典，爲創造新時代經典提供有益的學術借鑒和豐富的思想資源，這應當成爲我們這一代人的共識，也是我們這一代人的責任。

前言

門類增廣十注杜工部詩、門類增廣集注杜詩、草堂先生杜工部詩集，三種宋刊殘本，皆未詳何人編輯，以其版刻較早且均爲海内孤槧，故雖然僅餘殘帙，仍爲世人所寶，而尤爲杜詩學界所珍惜。門類增廣十注杜工部詩，全書應爲二十五卷，今殘存六卷，現藏中國國家圖書館。書依内容分門類，分别爲：卷一紀行，卷二紀行、述懷，卷三居室、鄰里、題人居室、田圃；卷四皇族、世胄、宗族、外族、婚姻；卷五仙道、隱逸、釋老、寺觀；卷六四時。門内再依先古詩後律詩之例分體編次，同體詩又大致以編年爲序，共存十六門，詩三百五十九首。清人瞿鏞鐵琴銅劍樓藏書目録云，「自一、二卷外，板心及每卷首行皆爲作僞者剜改」。檢核原書，卷次標記確有多處明顯挖改痕跡，故原書次序，或有差别。所謂「十注」，即書中所録標以「坡云」（東坡）、「趙云」（趙次公）、「鮑云」（鮑彪）、「薛云」（薛蒼舒）、「又薛云」（薛夢符）、「杜云」（杜修可）、「杜田云」、「舊注」、「新添」、「集注」者。張忠綱等編著杜集叙録叙本書曰：「據考，該書未標名之舊注，實即所謂的『王洙注』；東坡注係僞注；薛蒼舒，字夢符，實是一人；杜修可，宋無其人。可見，所謂『十家』云云，乃是書賈僞託。」良然。此書每半葉十二行，每行大字二十二，小字雙行夾注，行三十字，其中「玄」「鏡」「殷」「恒」「讓」等宋諱字多有缺筆。書不著編輯者名氏，亦無序目，當屬坊間刻本。

門類增廣集注杜詩，全書應爲二十五卷，今僅存第八卷，現藏中國國家圖書館。張忠綱等編著杜集叙録云：「國家圖書館據元刻本徐居仁編集千家注分類杜工部詩將殘存一卷勘正爲卷八，實則當依宋刻本分門集注杜工部詩勘正爲卷九。」按，是卷首行明標「卷八」，且未見有剜改痕跡，則「卷八」實爲原本如此，非據他本勘訂而來，而杜集叙録正爲卷九，或未盡妥。是卷亦據内容分門類，再於門内分古、律體，所存爲皇族（古詩三首，律詩九首）、世胄（古詩四首，律詩二首）、宗族（古詩六首，律詩三十二首）、外族（古詩三首，律詩六首）、婚姻（古詩二首，律詩一首），共五門六十八首詩。所「集」之注計有「坡云」「趙云」「鮑云」「薛云」「又薛云」「杜云」「杜田云」「王云」「舊注」「新添」「集注」十一家。與門類增廣十注杜工部詩相較，是卷僅多「王云」一家，計有七處，悉集於奉漢中王手札、戲題寄上漢中王三首二題中。而所謂「王云」，於門類增廣十注杜工部詩并分門集注杜工部詩中皆作「趙云」（「趙曰」），且名下所云無差。是卷爲何於與漢中王相關之詩篇中突現「王云」

一家而别無所見，未詳其故。杜集叙録又曰：「該卷與門類增廣十注杜工部詩宋刻殘本相應卷次在編纂、注釋體例、集注内容和注文先後次序上，幾乎完全相同。」此言甚是。該卷亦每半葉十二行，每行大字二十二，小字雙行夾注，行三十字，與門類增廣十注杜工部詩同屬坊刻。

草堂先生杜工部詩集，全書卷數不清，今殘存六卷，分别爲卷十四（存十三葉）、卷十五（存一葉）、卷十六（存十葉）、卷十七（全）、卷十八（全）、卷十九（存二十二葉）、卷二十（存三葉），因蠹魚所蝕，漫漶不能明辨之處頗多，以書中「匡」「慎」二字缺筆，復經專家綜合鑒定，斷爲南宋淳熙間刻本，現藏成都杜甫草堂博物館。此書原由李一氓先生在一九六四年於北京購得并重裝。重裝後，有陳毅題「南宋草堂杜集殘本」八字并落款鈐章置於封面，朱德、何香凝、陳毅、康生、陳叔通、郭沫若、齊燕銘、阿英、李初梨、徐平羽分别題辭於扉頁，李一氓跋於卷末。此書框高二十二厘米，廣十五點六厘米，每半葉十行，行二十字，除部分異文校語，餘皆白文無注。其編輯體例頗怪，分體復分類，若五言八句、五言絶句、五言七言八句、七言長律、七言八句、七言絶句、七言歌、七言引、五言行、七言行等；又詩題下多繫作年，然詩之次第即便於同一類目下也未盡依年序。諸如此類，不免失之繁蕪淆亂，李一氓先生定爲坊本，可謂良有以也。但誠如李氏跋中所云，此書公私紀録皆闕載，爲杜集中極罕見之異本。

合三集觀之，雖同爲坊刻，然版刻皆頗精良，門類增廣十注杜工部詩、門類增廣集注杜詩較草堂先生杜工部詩集，尤有過而無不及。而草堂先生杜工部詩集於校勘亦屬審慎，又以其白文無注，故全書觀之，可謂清朗。惟門類增廣十注杜工部詩、門類增廣集注杜詩殊失檢校，無論正文、注文遺漏錯舛皆多。若「瀼西」作「漢西」，「項藉傳」作「項藉泛」，「休覓綵衣輕」作「休覓綵輕」，「木稼達官怕」作「木稼達官」，「王粲傳」作「王粲師傳」，「故夜識氣象」作「故不夜識氣象」，此類或錯或脱或衍，不勝枚舉；又若「嵇生夭，阮公亡」作「嵇夭亡，阮公亡」，「擬王微詩」直作「王徽詩」，「敬通見抵」作「欲通抵見」，其或意雖通而文不從，或張冠李戴，或致無所云，如此者，亦時或有之。凡此，誠所謂「玷白璧以多瑕」，殊可憾也。

此番整理，門類增廣十注杜工部詩、門類增廣集注杜詩係據中國國家圖書館提供之原本照片，草堂先生杜工部詩集則據成都杜甫草堂博物館藏之再造本。本書整理期間，幸蒙徐希平教授以新出杜集珍本文獻集成所收更爲清晰之底本圖片相示，俾原所得照片模糊不清處，不少得以辨識無礙，在此謹表謝忱。

爲學力所限，整理中錯誤、疏漏定所不免，祈願讀者不吝指正。

張家壯

二〇二二年五月

凡　例

一、本書將中國國家圖書館藏宋刻門類增廣十注杜工部詩殘本、門類增廣集注杜詩殘本以及成都杜甫草堂博物館藏宋刻草堂先生杜工部詩集殘本三種海内孤槧合爲一輯，予以標點整理。

一、門類增廣十注杜工部詩、門類增廣集注杜詩注中引文，多爲節録或引意，故標點時一律不加引號。至於所引詩句，與通行本之異同，亦不一一校對。

一、人名、地名、書名，皆加專名綫。注中引書多有用簡稱者，如左傳僖公二十四年作僖二十四年傳，左傳文公二年僅作文二年，前漢書或作前漢，文選或作選，諸如此類，皆視同全名而加書名綫。

一、原本損毁缺字、漫漶難識處，悉參據别本予以補入。門類增廣十注杜工部詩、門類增廣集注杜詩以宋代闕名者所編之分門集注杜工部詩（四部叢刊影宋本）爲參補本，草堂先生杜工部詩集則以王洙與王琪編定、裴煜補遺之杜工部集（續古逸叢書本）爲參補本。以□（　）號聯合標示，□爲底本損毀缺字，（　）中爲補入之文字。補入文字只備參考，未可盡據以爲原本本來面目。爲適應標點及專名綫標識，此次整理或適當調整□等符號之位置。

一、凡避諱字均徑改不出校。

一、凡明顯之衍文、脱文、倒文、訛字致文意不通者，皆儘可能隨文校改，不另出注。單獨以〔　〕號標示者爲衍文；單獨以（　）號標示者爲補入之脱文；以〔　〕（　）號聯合標示者，〔　〕號中爲倒文或訛字，（　）號中則爲校改後文字；省略號表示殘缺。偶有一二特殊者，另加校注。

目録

門類增廣十注杜工部詩（殘本）

門類增廣十注杜工部詩卷第一

紀行 古詩四十首

門類增廣十注杜工部詩集卷第二

紀行　律詩三十六首

述懷　古詩二十四首

門類增廣十注杜詩卷第三

鄰里　律詩四首

題人居室　古詩五首　律詩五首

門類增廣十注杜詩卷第四

世胄　古詩四首　律詩二首

宗族　古詩六首　律詩三十二首

外族　古詩三首　律詩六首

門類增廣十注杜詩卷弟五

釋老寺觀附　古詩八首　律詩八首

寺觀　古詩四首　律詩一十五首

門類增廣十注杜工部詩集卷第六

四時　古詩一首　律詩四十首

冬　古詩四首　律詩九首

門類增廣集注杜詩（殘本）

門類增廣集注杜詩卷第八

皇族世冑附　古詩三首　律詩九首

世胄　古詩四首　律詩二首

宗族　古詩六首　律詩三十二首

外族　古詩三首　律詩六首

草堂先生杜工部詩集（殘本）

草堂先生杜工部詩集卷之十四

五言八句

五言絶句

五言七言八句

草堂先生杜工部詩集卷之十五

草堂先生杜工部詩集卷之十六

七言長律

七言八句

草堂先生杜工部詩集卷之十七

七言八句

七言絕句

草堂先生杜工部詩集卷之十八

七言歌

七言引

草堂先生杜工部詩集卷之十九

五言行

草堂先生杜工部詩集卷之二十

七言歎

五言別

附録

門類增廣十注杜工部詩（殘本）

門類增廣十注杜工部詩卷第一

前劍南節度參謀宣義郎檢校尚書工部員外郎賜緋魚袋杜□(甫)

紀行　古詩四十首

北征後漢：班彪更始時避地涼州，發長安，作北征賦。**鮑云**：至□(德)二年，公自賊竄歸鳳翔謁肅宗，授左拾遺，時公家在鄜□(州)，所在寇多，彌年艱窶，孺弱至餓死者。有墨制許自省視。八月之□(吉)，公始北征，徒步至三川迎妻子，故有是詩。**坡云**：北征詩識君臣□(之)大體，忠義之氣與秋色争高，可貴也。

皇帝二載秋，閏八月初吉。杜子將北征，蒼茫問家室。**坡云**：胡混自金陵歸永安，蒼茫下馬，問里人曰：家室何在？**趙云**：皇帝，言肅宗也；二載，言至德二載也；自鳳翔歸鄜州，此之謂北征也；蒼茫，荒寂之貌。**維時遭艱虞，朝野少暇日。顧慚恩私被，詔許歸蓬蓽。**時房琯得罪，甫上言琯罪細不宜免。帝怒，詔三司推問。甫謝，因稱琯宰相子，少自樹立，有大臣體。帝不省録，詔放甫歸鄜省家。杜云：傳長虞詩：歸身蓬蓽廬，樂道以忘飢。拜一作「奉」。辭詣闕下，一云「閣門」。怵惕久未出。雖乏諫諍姿，恐君有遺失。言諫免琯。趙□(云)：甫不忍輕去其君，恐君又有過舉，而欲諫諍之。君誠中興主，經緯固□□(密勿)。□□□□□(東胡反未已)，臣甫憤所切。東胡，禄山也，憤其亂也。○趙云：指言安慶緒□(也)。□(至)德二載正月乙卯，安慶緒已弑其父禄山而襲僞位矣。揮涕戀行在，天子行幸所在曰行在。道途猶恍惚。言心憂也。乾坤含瘡痍，憂虞何時畢？靡靡踰阡陌，人煙眇蕭瑟。靡靡，猶遲遲也。詩：行邁靡靡。蕭瑟，言人皆避亂，無留居者。所遇多被傷，呻吟更流血。回首鳳翔縣，旌旗晚明滅。時肅宗在鳳翔。前登寒山重，屢得飲馬窟。古樂府有飲馬寒山窟行。邠郊入地底，涇水中蕩潏。邠州，古豳國。昔公劉據豳，其地開元十三年改豳州爲邠。周禮：雍州，川曰涇、汭。猛虎立我前，蒼崖吼時裂。菊垂今秋花，石載一作「帶」。古車轍。青雲動高興，幽事亦可悅。山果多瑣細，羅生雜橡栗。或紅如丹砂，或黑如點漆。新添：玉白若截(昉)(肪)，黄如蒸栗，赤若丹砂，黑如點漆。又：齊有醜女，鬢若飛蓬，膚如點漆。雨露之所濡，甘苦齊結實。言山中草木皆遂其生，而人不遑寧止。杜云：放莊子：日月之所照，霜露之所墜。緬思桃源内，益嘆身世拙。桃源，秦俗避亂之所。坡陀望鄜畤，鄜畤，漢武郊祀之所，春秋時白狄之地。杜云：前漢郊祀志：秦文公夢黄蛇自天而下屬地，其口止於鄜衍。文公問史敦，敦曰：此上帝之徵，君祠之。於是作鄜畤，用三牲郊祀白帝焉。以此考之，鄜畤乃文公所作，非漢武也。谷巖互出没。互，遞互，隱見也。我行已水濱，我僕猶木末。木末，言猶遠也。鴟鳥一作「梟」。鳴黄桑，野鼠拱亂穴。夜深經戰一作「中」。場，寒月照白骨。坡云：李隱塞上行云：寒月上征壘，沙與骨共白。胡馬中夜嘶，腸斷穹廬客。潼關百萬師，往者散何卒？遂令半秦民，殘害爲異物。翰以兵二十萬守潼關。及其敗也，火拔歸仁曰：公以二十萬一日覆敗，持是安歸？遂執以降賊也。杜云：魏文帝與吴質書云：元瑜長逝，化爲異物。吴質與太子牋亦云：陳、阮、徐生而今各逝，以爲異物。况我墮胡塵，及歸盡華髮。甫先陷賊而亡歸。趙云：言盡華髮，則其存者於離亂之久，見其盡老也。經年至茅屋，妻子衣百結。董先生衣百結。慟哭松聲迴，悲泉共幽咽。平生所驕兒，顔色白勝雪。見耶背面啼，垢膩脚不襪。坡云：徐貴妃幼時隱於庶人家，滿身膩垢，短衣，脚無襪。齊皇后見而奇其相，以萬金易而育之。杜云：沈佺期被彈詩云：窮困多垢膩。床前兩小女，補綻纔過膝。海圖坼波濤，舊繡移曲折。天吴天吴，水神也。杜云：木玄虚海賦：天吴乍見而髣髴。山海經云：朝陽之谷有神曰天吴，是爲水伯，虎身人面，八手八足八尾，青□（黄）也。及紫鳳，杜云：山海經云：丹穴山有鸑鷟，鳳之屬也，如鳳五色而多紫。○趙云：天吴，海圖所畫之物；紫鳳，所繡之物也。顛倒在短一作「裋」。褐。杜云：當作裋，音豎，蓋傳寫之誤也。張衡應間曰：士有解短褐而襲黼黻。〔萬〕

(方)言曰：關西謂襜褕短者爲短褐。前漢貢禹：短褐不完。師古：〔裋〕(短)謂童竪所着之襦；褐，毛布也。○淮南子載甯戚飯牛歌曰：短褐單衣適上骭。老夫情懷惡，嘔泄卧數日。一作「數日卧嘔泄」。**坡云**：邵平不喜聞是非名利事，輒聞，即甚惡，數日嘔泄。古詩：是非添嘔泄。那無一作「能」。囊中帛，救汝寒凜慄。粉黛亦解苞，衾裯稍羅列。瘦妻面復光，癡女頭自櫛。學母無不爲，曉妝隨手抹。移時施朱鉛，狼藉畫眉闊。宋玉登徒子好色賦：臣東家之子，著粉則太白，施朱則太赤。生還對童稚，**坡云**：郭攸：吾幸生還故鄉，善對幼稚，雖死，心亦足矣。似欲忘飢渴。問事競挽鬚，**坡云**：林喆自回中還鄉，兒童輩皆問事，争挽鬚鬢。**杜云**：(桓伊撫箏詠)曹子建〔時〕(詩)，謝安〔俛〕(挽)其鬚曰：使君於此不凡〔一〕。誰能即嗔喝？翻思在賊愁，甘受雜亂聒。新歸且慰意，生理焉得説？至尊尚蒙塵，僖二十四年傳：臧文仲對曰：天子蒙塵于外，敢不奔問官守？幾日休練卒？仰看天色改，旁覺妖氣一作「氛」。豁。**坡云**：張子房曰：幾日妖氣開豁，天宇明静。陰風西北來，慘澹隨回鶻。一作「胡紇」。唐書回鶻列傳云：回紇，其先匈奴也，元魏時號高車部，或曰勑勒，訛爲臧勒，臣于突厥。至隋，韋紇復叛去，自稱回紇。回鶻，言勇鷙猶鶻然。其王願助順，其俗喜馳突。**坡云**：張騫曰：西羌人俗喜馳馬鬬射。

〔一〕「桓伊」至「此不凡」，據林繼中杜詩趙次公先後解輯校乙帙卷之四引趙次公注校補。

送兵五千人，時回紇以兵五千助順。驅馬一萬匹。此輩少爲貴，四方服勇決。所用皆鷹騰，破敵過一作「如」。箭疾。回紇，至隋曰韋紇，其人驍〔僵〕（彊），初無〔首〕（酋）長，〔遂〕（逐）水草轉徙，善騎射，喜盜鈔。聖心頗虛佇，時議氣欲奪。**趙云**：言主上雖虛心以待其〔被〕（破）賊，然時議恐畢竟爲害，所以氣欲奪也。伊洛指掌收，西京不足拔。官軍請深入，蓄鋭何俱發。**趙云**：此正時議以爲國家自有恢復中原之理，官軍深入自足破賊，不必專用回紇兵也。此舉開青徐，旋瞻略恒碣。昊天積霜露，正氣有肅殺。禍轉亡胡歲，勢成擒胡月。隋長孫晟傳曰：臣夜望磧北有赤氣，長百餘里，如雨下垂。按兵書，名灑血，欲滅匈奴，宜在今日。胡命其能久？史思明傳：優相謂曰：胡命盡乎？皇綱未宜絶。憶昨狼狽初，**杜云**：酉陽雜俎云：狼狽是兩物，前足絶短，每行常駕兩狼，失則不能動，故世言乖者爲狼狽。事與古先別。姦臣競葅醢，禄山之反亦國忠媒蝎之。同惡隨蕩折。不聞夏殷衰，中自誅褒妲。褒姒、妲己也。此言誅楊貴妃也。○**鮑云**：魏泰曰：唐人詠馬嵬之事尚矣，世所稱者劉、白。劉禹錫曰：官軍誅佞幸，天子捨天姬。白樂天曰：六軍不發無奈何，宛轉蛾眉馬前死。此乃歌詠禄山而明皇不得已誅貴妃也，豈特不曉文體，蓋亦失事君之禮。老杜則不然，北征詩曰：憶昔狼狽初，事與古先別。姦臣竟葅醢，同惡隨蕩折。不聞夏商衰，中自誅褒妲。乃明皇鑒夏商之敗，畏天悔禍，賜妃子死，官軍何與焉！周漢獲再興，宣光果明哲。周宣王、漢光武也。桓桓陳將軍，陳將軍，玄禮也，首謀誅貴妃、國忠者。仗鉞奮忠烈。**坡**

云：汲黯仗鉞宣風，奮於忠烈。微爾人盡非，于今國猶活。杜云：孫楚爲石仲容與孫皓書曰：愛民活國，道家所尚。又齊高帝手敕王廣之子珍國云：卿愛人活國，甚副吾意。淒涼大同殿，寂寞白獸闥。大同、白獸，皆禁中宮殿名也。都人望翠華，司馬相如曰：建翠華之旗。佳氣向金闕。又薛云：右按神異經：東北大荒中有金闕，高百丈，上有明月珠，徑三丈，光照千里，中有金階，西北入兩闕中，名天門。園陵園陵，天子所葬之處。固有神，掃灑數不缺。煌煌太宗業，樹立甚宏達。

徒步歸行 贈李特進。自鳳翔赴許州，途經邠州作。

明公壯年值時危，經濟實藉英雄姿。天下英雄，惟操與使君。趙云：晉石苞遷司馬景帝中護軍，而宣帝聞苞好色薄行，以責景帝。景帝答曰：雖細行不足，而有經國才。國之社稷今若是，武定禍亂非公誰？趙云：魏賀拔軌稱〔字〕（宇）文泰曰：宇文公文足經國，武能定亂。鳳翔千官且飽飫，言公私窘迫，且飽而已，未能輕肥。衣馬不復能輕肥。新添：語：乘肥馬，衣輕裘，與朋友共，敝之而無憾。青袍朝士最困者，白頭拾遺徒步歸。甫謁上於鳳翔，受左拾遺。〇新添：史：白頭如新，傾蓋如故。人生交契無老少，論交何必先同調。一作「論心」。誰謂古今殊，異代可同調。妻子山中哭向天，須公櫪上追風驃。梁邵陵王啓：連翩絕景，凌若追風。杜云：崔豹古今注：始皇七馬，一曰追風。廣韻曰：馬黄白色曰驃。

彭衙行文二年：晉侯及秦師戰于彭衙。注：遏江縣西北有彭城。

憶昔避賊初，北走經險艱。夜深彭衙道，月照白水山。盡室久徒步，逢人多厚顔。書五子之歌：顔厚忸怩。詩以顔之厚矣，羞愧之情見於面貌，如面皮厚然，故以顔厚爲色愧。**參差谷鳥吟，**一作「鳴」。**不見遊子還。癡女飢咬我，啼畏猛虎聞。懷中掩其口，**坡云：王莽五歲語尤乖，父聞之，急掩其口，抱於懷中。**反側聲愈嗔。小兒强解事，故索苦李餐。**時賊方收録衣冠，污以僞命，而避難者方銷晦聲跡，故託言女啼而恐虎狼聞也。虎狼，喻盜賊矣。**一旬半雷雨，泥濘相攀牽。既無禦雨**一云「禦濕」。**備，徑滑衣又寒。有時經**一作「最」。**契闊，竟日數里間。野果充餱糧，**擊鼓：死生契闊。契闊，勤苦也。公劉：迺裹餱糧。**卑枝成屋椽。早行石上水，暮宿天邊煙。少留同家窪，欲出蘆子關。故人有孫宰，高義薄曾雲。**陸士衡文：高義薄雲天。同家窪、蘆子關，皆地名也。故人，故舊□(之)人也。高義，言其恩義高遠，皆説孫宰也。**延客已曛黑，**曛黑，薄暮也。謝靈運詩：夜聽極星闌，朝遊窮曛黑。**張燈啓重門。煖湯濯我足，剪紙招我魂。**宋玉爲屈原招魂。**從此出妻孥，相視涕闌干。**言淚之墮也。闌干，衆多貌。○趙云：談藪：王元景使梁，劉孝綽送之，泣下。元景無淚，謝曰：卿勿怪我，別後闌干。闌干，淚不斷之貌。**衆雛爛熳睡，喚起霑盤餐。**新添：僖公二十二年：晉公子重耳過曹。曹大夫僖負羈饋盤飧，寘璧焉，公子受飧返璧。**趙云**：爛熳，言睡之熟也。盧仝亦云鶯花爛熳君不來，皆其多而熟也。**誓將與夫子，永結爲弟昆。遂空所坐堂，安居奉我歡。誰肯艱難際，豁達露心肝。別來歲月周，胡羯仍構患。何當有翅翎，飛去墮爾前？趙云**：胡羯之患，蓋指言安慶緒，蓋安（慶）緒於正月弑父而襲僞位也。公既陷賊，而脱身達行在所，故寄此詩感其恩、懷其人矣。

發秦州

乾元二年，自秦州赴同谷縣，紀行十二首。

我衰更懶拙，生事不自謀。無食問樂土，詩：適彼樂土。**杜云**：莊子云：吾無糧，我無食。**無衣思南州。**雪賦：裸壤（重）（垂）繒。注：不衣國也。謝靈運詩：南州實炎德，桂樹陵寒山。○**趙云**：楚辭：嘉南州之炎德。南州氣暖，故思南州。**漢源十月交，鮑云**：唐志：漢源屬同谷郡。大概美同谷風土多暄，利於貧士，非九月十月之交去秦也。**天氣如涼秋。草木未黃落，**月令文。**坡云**：賈誼：長沙十月，草木尚未黃落，加之蒸濕，北人甚不宜風土。**况聞山水**一作「東」。**幽。栗亭名更佳，下有良田疇。充腸多薯蕷，**永和初，有採藥於衡山者，道迷糧盡，過息嵓下，見一老公、四五年少對執書。告之以飢，與之食物如薯蕷，後不復飢。**集注**：陶隱居云：薯蕷處處有之，掘取食之以充糧。○圖經云：〔胡〕

（江、湖）〔一〕、閩中出一種，根如芋而皮紫色，煎、煮食之俱美，彼土人呼曰藷，音殊。○山海經云：景山北望沙澤，多藷藇。音與薯蕷同。○郭璞云：根似芋，可食，江南人呼藷爲儲，語有輕重爾，其實一種。南北之産不同，故其形類差别。**崖蜜亦易求。**坡云：崖蜜，乃櫻桃也。陸機：崖蜜珠滿藍。王子敬帖云：山陰崖蜜珠甘嘉，得多尤妙。○本草載：石蜜，陶隱居云即崖蜜也。高山嵓石間作之，色青赤，味小噞，食之心煩，其蜂黑色似虻。又木蜜呼爲食蜜，懸樹枝作之。又有土蜜，於土中作之。凡蜂作蜜，皆須人小便以釀諸花，乃得和熟，狀似作飴須糵也。○掌禹錫云：按尋常蜜亦有木中或土中作者，北方地燥多在土中，南方地濕多在木中，各隨土地所有而生，其蜜一也。崖蜜則是一蜂如陶所説出南方嵓嶺間，生懸崖上，蜂大如虻，房著嵓窟，以長竿刺，令蜜出，承取之，多至三四石，入藥用勝於凡蜜。○張華博物志云：遠方山郡幽僻處出蜜，所著巉嵓石壁，非攀緣所及，唯於山頂藍輿自懸挂下，遂得採取。○僧洪覺範冷齋夜話載東坡橄欖詩云：待得微甘迴齒頰，已輸崖蜜十分甜。乃云崖蜜事。○鬼谷子曰：照夜，清瑩也；百花，醴蜜也；崖蜜，櫻桃也。以子美此詩觀之，十月間恐無櫻桃，則崖蜜更無異議也。**密竹復冬筍，清池可方舟。**西都賦：鏡清流。又：方舟並鶩，俛仰極樂。趙云：謝靈運登石門最高頂詩：密竹使徑迷。方舟，並兩舡也。○爾雅：大夫方舟。**雖傷旅寓遠，庶遂平生遊。**傷，一作「云」。**此邦俯要衝，實恐人事稠。應接非本性，**坡云：阮嗣宗頗倦人事，應接

〔一〕「江、湖」，蘇頌本草圖經卷四「薯蕷」條云：「又江、湖、閩中出一種，根如薑蕷之類而皮紫。」

進退，非吾本性。**趙云**：王子敬過越州，見潭壑澄澈，清流寫注，云：山川之美，使人應接不暇。登臨未銷憂。王仲宣登樓賦：登茲樓以四望，聊〔假〕（暇）日以銷憂。谿谷無異石，塞田始微收。豈復慰老夫？惘然難久留。日色隱孤戍，惘，一作「烱」。謝玄暉詩：日隱澗疑空。**趙云**：何遜詩曰：團團日隱〔州〕（洲），烏啼滿城頭。烏啼滿城頭。中宵驅車去，飲馬寒塘流。古詩：飲馬長城窟。磊落星月高，**趙云**：古詩：兩頭纖纖新月生，磊磊落落向曙星。蒼茫雲霧浮。**杜云**：庾信詩：寂寞歲陰窮，蒼茫雲貌同。大哉乾坤内，吾道長悠悠。

赤谷

天寒霜雪繁，正月繁霜。**趙云**：孔子曰：天寒既至，霜雪既降。遊子有所之。李陵：遊子暮何之？豈但歲月暮，古詩：凉凉歲云暮。又：歲月忽已晚。沈休文：飛光忽我遒，豈止歲云暮。重來未有期。古詩：會面安可知？蘇武：相見未有期。晨發赤谷亭，險艱方自茲。任彦昇：晨發富春渚。又云：滿險方自知。亂石無改轍，曹子建：中塗絶無軌，改轍登高岡。**趙云**：不以亂石之故而改轍。我車已載脂。泉水：載脂載舝，還車言邁。山深苦多風，魏文帝苦哉行：谿谷多風，霜露沾衣。落日童稚飢。苦寒行：行行日已遠，人馬同時飢。悄然村墟迥，煙火何由追？曹子建：中野何蕭條，千里無人煙。**趙云**：四望無煙火。公詩言童稚苦飢而村墟尚遠，煙火無所追求以造飯。○舊注非。**貧病轉零落，**一云「飄零」。曹子建：零落歸山丘。謝靈運：萬事俱零落。**故鄉不可思。**又：鬱鬱多愁思，綿綿望故鄉。文帝苦哉行：還望故鄉，鬱何壘壘。**常恐死道路，**語：寧死於道路乎？**永爲高人嗤。**古詩：但爲後世嗤。○**趙云**：漢光武爲賊所敗，謂耿弇曰：幾爲虜嗤。

鐵堂峽

山風吹遊子，縹緲乘險絶。**趙云**：文選賦：神仙縹緲。**硤形藏堂隍，壁色立積鐵。徑摩穹蒼蟠，**魏文帝：脩條摩蒼天。常道立：深谷下無底，高巖暨穹蒼。**趙云**：徑之屈蟠而摩天，以言高也。○古歌：黄鵠摩天極高飛。**石與厚地裂。脩纖無限竹，嵌空太始雪。**限，一作「垠」；空，一作「孔」。**威遲哀壑底，**殷仲文：哀壑叩虚無。**趙云**：詩：周道倭遲。○注云：歷遠貌。而變用威遲字。**徒旅慘不悦。**謝靈運：徒旅苦奔峭。顏延年：改服飾徒旅，首路跼險艱。又：隱閔徒御悲，威遲良馬煩。**水寒長冰横，**謝靈運：石横水分流。**我馬骨正折。**詩：我馬瘏矣。荀子：折筋絶骨。**生涯抵弧矢，盜賊殊未滅。飄蓬踰三年，****趙云**：抵者，逢抵之抵。抵弧矢，則遭用兵之時也。○飄蓬，出商君書，曰：夫飛蓬遇飄風而行千里，乘風之勢也。○古詩云：轉蓬離本根，飄飄畏長風。**迴首肝肺熱。**

鹽井蜀都賦：家有鹽泉之井。

鹵中草木白，地爲鹵者生鹽。○杜云：許慎説文曰：鹵，鹽池也。東方謂之斥，西方謂之鹵。又漢宣帝常困於蓮勺鹵中。注：蓮勺縣有鹽池，廣十餘里，其鄉人名鹵中。師古曰：今在櫟陽縣。青者官鹽煙。坡云：郭思瑶溪詩話作直者青鹽煙。官作既有程，程，限也。○趙云：陳琳詩曰：官作自有程。煮鹽煙在川。前漢：吴王東煮海爲鹽。汲井歲榾榾，莊子天地篇：子貢見漢陰丈人，方將爲圃畦，鑿隧而入井，抱甕而出灌，榾榾然用力甚多而見功寡。出車日連連。駢母篇：又奚連連如膠漆纆糾。連，結也。自公斗三百，轉致斛六千。轉致，言貿易也；斗三百、斛六千，言其利相〔陪〕（倍）什。君子慎止足，杜云：老子：知足不辱。○張景陽詠史詩：達人知止足。小人苦喧闐。我何良嘆嗟，物理固自然。一云「亦固然」。

○榾。苦骨切，又苦滑、忽滑、胡没切。

寒硤寒硤、雲門，皆秦地名。

行邁日悄悄，詩：行邁靡靡。又：憂心悄悄。山谷勢多端。雲門轉絶岸，積阻霾天寒。爾雅釋天：風而雨土爲霾。趙云：海賦：絶岸萬丈。寒峽不可度，我實一作「貧」。衣裳單。趙云：庾信梅詩：真悔着衣單。况當仲冬交，泝沿增波瀾。野人尋煙語，行子傍水餐。此生免荷殳，候人詩：荷戈與殳。坡云：劉肅退居嵩嶺，恬然自樂，謂兒姪曰：爾輩當勉力〔井〕（耕）春，此生何望青雲致身，儻免荷戈執殳，其幸亦非細。未敢辭路難。

法鏡寺

身危適他州，勉强終勞苦。坡云：陶侃勉强仕宦，終亦勞心苦力，但歸老田園，養此疲茶可矣。神傷山行深，愁破崖寺古。嬋娟碧鮮净，吴都賦：檀欒嬋娟，玉润碧鮮。謂竹。趙云：碧鮮，言竹也。竹謂之嬋娟。○唐孟郊有三嬋娟詩，曰竹嬋娟、月嬋娟、人嬋娟也。蕭摵寒籜聚。潘安秋興賦：庭樹摵以灑落。謝靈運：初篁苞緑籜。盧子諒：摵摵芳葉零，蘂蘂紛華落。射雉賦：陳柯摵以改舊。摵，音所隔反。回回山根水，山，一作「石」。劉公幹：回回自昏亂。冉冉松上雨。洩雲蒙清晨，魏都賦：窮岫泄雲，日月恒翳。顔延年：泄雲已漫漫，夕雨亦凄凄。○杜云：洩與泄同。泄，猶出也。○清晨，〔出〕曹子建詩多使，如名都篇：雲散還城邑，清晨復来還。初日翳復吐。陶潛：景翳翳以將入。宋玉賦：白日初出。曹子建：微陰翳陽景。曹顔遠：密雲翳陽景。朱甍半光炯，古迥反，又音迥。户牖粲可數。拄策忘前期，趙云：沈佺期云：紅日照朱甍。出一作「高」。蘿已亭午。天台賦：羲和亭午。○杜云：廣雅：日在午。冥冥子規叫，子規，一名杜宇，蜀人以爲望帝魂。趙云：〔谷〕（俗）説云望帝化爲子規。微徑不復取。

○摵。所隔反。

青陽峽

塞外苦厭山，南行道彌惡。岡巒相經亘，盧子諒：岡巒挺茂樹。雲水氣參錯。謝靈運詩：溯流觸驚急，臨圻阻參錯。林迥硤角來，天窄一作「穿」。壁面削。磎西五里石，奮怒向我落。仰看日車側，後漢李尤九曲歌：安得力士翻日車。俯恐坤軸弱。坡云：張化曰：日車轉側，羲和無功。趙云：淮南子注曰：乘車駕以六龍。坤軸，即地軸也。此言落石之聲勢，以其聲震天而日車爲之側，其勢可以壓地，而坤軸爲之弱也。魑魅嘯有風，天台賦：始經魑魅之塗。鮑明遠蕪城賦：水魅山鬼，野鼠城狐；風嗥雨嘯，昏見晨趨。坡云：何遜詩：林間夕風生，隔水魑魅嘯。工部言亂世無正人，使魑魅向風而嘯。霜霰浩漠漠。昨憶踰隴坂，四愁詩：欲往從之隴坂長。○趙云：漢書天水郡注：有大坂名曰龍坂。○秦州記曰：隴坂九曲，不知高幾里。高秋視吳岳。新添：周禮：雍州其鎮曰嶽山。注云：吳岳也。漢志：吳山在汧縣西。○國語謂之西吳，秦都咸陽，以爲西岳。東笑蓮花卑，見「蓮峰望忽開」注。北知崆峒薄。見

「聊欲倚崆峒」注。○山名。超然侔壯觀，景福殿：雖咸池之壯觀，夫何足以比讎。趙云：言青陽峽山超特而起，可侔吴岳之壯觀。○（司）馬相如曰：此天下之壯觀也。已謂殷寥廓。天台賦：太虚寥廓而無閡。曹子建：大谷何寥廓。突兀猶趂人，及兹嘆冥寞。嘆，一作「欲」。○趙云：謂至其趂人之際，嘆神造之冥寞而不可測也。

○殷。音隱。

龍門鎮

細泉兼輕冰，沮洳棧道濕。魏汾沮洳，潤濕之處，故爲沮洳。漢高紀：王燒絶棧道。師古曰：棧，即閣也，今謂之閣道。不辭辛苦行，迫此短景急。舞鶴賦：急景凋年。石門雲一云「雪雲」〔一〕。雷隘，一作「溢」。古鎮峰巒集。旌竿暮慘澹，風水白刃澁。胡馬屯成臯，成臯，滎陽之間。胡馬，回紇也。趙云：成臯，鞏、洛之地，意言安、史之兵耳。舊以回紇，非也，是時乾元二年之冬，回紇未反，不可妄引也。防虞此何及。言已後時矣。嗟爾遠戍人，山寒夜中泣。士衡：苦哉遠征人，拊心悲如何。

〔一〕「一云雪雲」，當在「雷」字下。

石龕

熊羆咆我東，虎豹號我西。魏武帝苦寒行：熊羆對我蹲，虎豹夾路啼。我後鬼長嘯，我前狨又啼。山鬼、雨嘯見前。坡云：楊大年云：狨之形似鼠而大，尾長作金色，生川峽深山中，人以藥矢射殺之，取其尾爲卧褥、鞍被、坐氈之用。狨甚愛惜其尾，既中毒，即囓斷其尾以擲之，惡其爲身害也。蓋輕捷善緣木，猨狖之類。趙云：□（四）我，乃公之新格。○劉琨扶風歌止曰鹿遊我前、猴戲我側。兩句而已。天寒昏無日，山遠道路迷。登高賦：白日忽其將匿，天慘慘而無色。恨賦：白日西匿，岱雲寡色。坡云：梁謂入黔中，山遠林茂，鳥道欹危，煙霧冥暗，咫尺路迷。驅車石龕下，仲冬見虹霓。月令：孟冬之月，虹藏不見。坡云：惠帝時，仲冬虹霓，晝見三日，國政頹圮，節令不時，諸侯弄權。趙云：虹見非時，怪所見也。伐竹一作「木」。者誰子，悲歌上一作「抱」。雲梯。趙云：雲梯字起於墨子，曰公輸班爲雲梯。爲官采美箭，五歲供梁齊。趙云：摘使爾雅：東南之美者，有會稽之竹箭也。梁謂汴州，齊謂今之山東，皆安史之兵所在也，故采箭以供官用矣。苦云直簳盡，無一作「應」。以充提携。仲冬之月，日短至，則言伐木取竹箭，堅成極時。坡云：郭璞秋日携杞菊親與大鮑曰：貧者無以獻，聊不空手，充提携故也。奈何漁陽騎，颯颯驚蒸黎。禄山之亂，皆漁陽之士。趙云：漁陽騎，指言安慶緒之兵也。

○龕。口含反。狨。音戎。簳。音敢。

積草嶺

連峰積長陰，白日遞隱見。颼颼林響交，慘慘石狀變。山分積草嶺，路異明水縣。坡云：劉安微時爲明水縣吏。旅泊吾道窮，見第二卷。○集注：仲尼曰：吾道窮矣。○王弼曰：仲尼旅人。衰年歲時倦。卜居尚百里，休駕投諸彦。江淹：金閨之諸彦。坡云：李尤休駕沐浴，投諸英彦。趙云：屈原有卜居篇。諸彦出謝靈運擬鄴中詩序，有云二三諸彦。舊注所引在後矣。邑有佳主人，情如已會面。趙云：古詩：古稱會面難。來書語絶妙，王粲云。坡云：沈約得來書，詞語絶妙，筆墨遒勁，無一糝塵埃，氣味可愛。遠客驚深眷。食蕨不願餘，茅茨眼中見。謝靈運：想見山阿人，薜蘿若在眼。陸士衡：髣髴眼中人。趙云：左太冲詠史詩：飲河期滿腹，貴足不願餘。○魏文帝詩曰：眼中無故人。

泥功山

朝行青泥上，暮在青泥中。泥濘非一時，版築勞人功。不畏道路一作「途」。永，反將一云「乃將」，一作「及此」。汩没同？趙云：公言反同版築之人，同汩没於泥中也。白馬爲鐵驪，馬青色曰驪。小兒成老翁。哀猿一作「猱」。透却墜，死鹿力所窮。趙云：詩：野有死鹿。故用之。鹿之所以死，以力窮於泥中走困也。寄語北來人，後來莫悤悤。

發同谷縣

賢有不黔突，聖有不暖席。文子曰：墨子無黔突，孔子無暖席。況我飢愚人，焉能尚安宅？聖賢尚不免此，吾豈能安宅乎？始來兹山中，休駕喜一作「嘉」。地僻。奈何迫物累，一歲四行役。新添：詩：〔父〕（母）曰：嗟！〔吁〕（予）季行役。忡忡去絶境，杳杳更遠適。停慘一作「驂」。龍潭雲，迴首白崖石。一作「虎崖」。臨岐別數子，握手淚再滴。江淹：罇酒送征人，握手淚如霰。雖舊情深知，一云「交情無舊深」。○趙云：公於同〔合〕（谷）寓居未久，蓋多新交，而惜別之情則如故舊之深遠。窮老多慘戚。又薛云：右按史記，翟公爲廷尉，賓客交集。後免，門可張雀羅。後復爲廷尉，賓客欲至，翟公乃署門曰：一貴一賤，交情乃見。平生懶拙意，偶值棲遁跡。謝靈運：既枉隱淪客，亦棲肥遁賢。○郭景純：京華遊俠客，山林隱遁棲。去住與願違，趙云：嵇康云：事與願違。仰慚林間翮。陶潛：遲遲出林翮。○坡云：裴寧去住不能如願，四海干戈未息，出門無食，仰見飛鳥，顧子曰：吾弗如此物，羽翮飲棲，出入自得。長嘆久之。

木皮嶺

首路栗亭西，尚想鳳凰村。季冬携童一作「幼」。稚，辛苦赴蜀門。南登木皮嶺，艱險不易論。汗流被我體，喻蜀檄：流汗相屬。○新添：漢史：汗流洽背。祁寒爲之暄。書：冬祁寒。遠岫争輔佐，謝玄暉：窗中列遠岫。千巖自崩奔。雪賦：瞻山則千嵒俱白。謝靈運：洲島驟回合，圻岸屢崩奔。始知五岳外，别有一作「見」。他山尊。趙云：此據其最高而形容之，别無它譏意。惟五岳言尊字。○後漢張昶華山碑云：山莫尊於岳。仰干一作「看」。塞天明，俯入裂厚坤。再聞虎豹鬬，劉安招隱士：虎豹鬬兮熊羆咆。坡云：徐庶見孔明曰：虎豹再鬬，必有一傷。先生何法格之？孔明曰：使三分，即無鬬矣。屢蹋風水昏。高有廢閣道，棧道也。摧折如短轅。短，一云「斷」。下有冬青林，今之梗柟也。鮑云：木名，經冬不彫，今所在多有之。石上走長根。西崖特秀發，焕若靈芝繁。潤聚金碧氣，蜀都賦：金馬馳光而絶影，碧雞倏忽而曜儀。連珠：金碧之嵒，必辱鳳舞之使。清無沙土痕。憶觀崑崙圖，一作「墟」。目擊玄圃存。○玄圃凉風，在崑崙中。見淮南子。又，庾肩吾有從皇太子出玄圃詩。新添：莊子：目擊而道存。○南史：梁簡文自於玄圃講老、莊。對此欲何適？默傷垂老魂。趙云：蓋以崑崙之玄圃比木皮嶺也。○葛仙翁傳曰：崑崙，一曰玄圃。

白沙渡

畏途隨長江，莊子：畏途者，十殺一人，則父子兄弟相戒。○釋文云：險阻道，可畏懼者也。渡口下絶岸。**趙云**：海賦云：絶岸千丈。差池上舟楫，**趙云**：差，緩進之貌，起於詩：差池其羽。杳窕入雲漢。陸士衡：遺響入〔於〕雲漢。天寒荒野外，日暮中流半。**趙云**：鶡冠子云：中流失舡，一壺千金。我馬向北嘶，古詩：胡馬嘶北風。山猿飲相喚。水清石礧礧，沙白灘漫漫。九歌：石磊磊兮葛蔓蔓。沈休文：歸海水漫漫。迥一作「倏」。然洗愁辛，**坡云**：王夷甫得書：洗我愁辛。多病一疏散。**坡云**：嚴助遊陸軍山，嘆曰：多病無聊，來此疏散，以釋沈鬱之興。高壁抵嶔崟，一作「岑」。**趙云**：選詩：南山鬱嶽金。洪濤越凌亂。曹植：泛舟越洪濤。惠連：清波時凌亂。臨風獨回首，**坡云**：王筠臨風長想英猷，時復回首東望。攬轡復三嘆。王夷甫慨然攬轡。古詩：一彈再三嘆。曹子建：欲還絶無蹊，攬轡止踟躕。**新添**：范滂攬轡，慨然有澄清天下之志。**趙云**：左傳：置食三嘆。○禮記：一唱三嘆。

○礧。洛罪反。嶔。音欽。

水會渡 一云「水回渡」。

山行有常程，中夜尚未安。**坡云**：寇恂：中夜悲愁，不得安寢。微月没已久，崖傾路何難。謝靈運：崖傾光難留。**坡云**：程煜：傾崖斷路，人馬不通，如逢泥水，去住多難。**趙云**：丘希範云：崖傾嶼難傍。大江動我前，謝玄暉：大江流日夜。洶若溟渤寬。謝靈運：〔溟〕漲無端倪。鮑明遠：穿池類溟渤。篙師暗理楫，謝靈運：理棹遄還期，遵渚騖脩坰。又薛云：右按左太冲吴都賦：槁工檝師，選自閩禺。習御長風，狎翫靈胥。責千里於寸陰，聊先期而須臾。歌笑輕波瀾。坡云：謝〔眺〕（朓）新城路上詩：吴兒未習水，歌笑欺波瀾。霜濃木石滑，風急一作「烈」。手足寒。入舟已千憂，謝靈運：入舟陽已微。陟巘仍萬盤。詩：陟則在巘。趙云：倣陸士衡詩：仰陟高山盤。迴眺一作「出」。積水一作「石」。外，趙云：文子云：積水成海。始知衆星乾。遠遊令人瘦，衰疾慚加餐。古詩：思君令人老。又：努力加飡飯。謝靈運：衰疾當在斯。○曹子建：沈憂令人老。又：吾得行遠遊，遠遊欲何之？○趙云：屈原有遠遊賦。

飛仙閣

土一作「出」。門山行窄，微徑緣秋豪。一云「徑微上秋豪」。坡云：張儀過太行曰：微徑穿雲，仰視緣雲，若秋毫蟠折。棧雲闌干峻，梯石結構牢。見「新亭結構罷」注。萬壑欹疏林，一作「竹」。趙云：顧愷之：萬壑爭流。積陰帶奔濤。寒日外淡泊，長風中怒號。莊子：風作則萬竅怒號。歇鞍在地底，始覺所歷高。往來雜坐卧，人馬同疲勞。坡云：李陵：人疲馬勞，一日三戰。趙云：句法使苦寒行：人馬同時飢。浮生有定分，飢飽豈可逃。坡云：吴律：飢飽榮悴，人之定分，非所苟欲可得也。**嘆息謂妻子，我何隨汝曹？**馬援傳：吾欲使汝曹聞人過失如聞父母之名。

五盤

五盤雖云險，山色佳有餘。陶淵明：山氣日夕佳。**仰凌棧道細，**道，一作「閣」。漢祖入漢中，燒絶棧道。**俯映江木疏。地僻無網罟，**坡云：宋玉出遊，見山鳥自得，玉嘆曰：此中林幽地僻，無網罟彈射，宜爾盡其天年也。仲尼所謂時哉，時哉。宋玉此言微諷，蓋明屈平之非也。**水清反多魚。**趙云：楊雄云：水至清則無魚。公據所見而反用之也。**好鳥不妄飛，野人半巢居。**禮運：冬居橧巢。王康琚：昔在太平時，亦有巢居子。選：巢居知天寒。新添：搜神記：巢居知風。**喜見淳朴俗，**新添：莊子：澆淳散朴。**坦然心神舒。東郊尚格鬬，**費誓：東郊不開。坡云：范曾：東郊金革不息，尚思格鬬，戰壘滿目，政散民流，田畝蕪没，寧不心痛？趙云：指言東京之東郊，安史之兵所在。公詩屢言之矣。格鬬，出前漢，見上注。**巨猾何時除。**東京賦：巨猾間釁。**故鄉有弟妹，流落隨丘墟。**曹子建：零落隨丘山。**成都萬事好，豈若歸吾廬？**古詩：客行雖云樂，不如早旋歸。李白：錦城雖云樂，不如早還家。陶潛：吾亦愛吾廬。

龍門閣

清江下龍門，絶壁無尺土。趙云：謝靈運云：晨策尋絶壁。長風駕高一作「白」。浪，郭景純：吞舟浮海底，高浪駕蓬萊。趙云：言風駕起之。浩浩自太古。古詩：浩浩陰陽移。趙云：浩浩，水貌，音上聲。其在水言之，如醴泉湧而浩浩。危途中縈盤，一云「縈盤道」。仰望垂綫縷。滑石欹誰鑿，謝靈運：苔滑誰能步？浮梁裊相柱。西京賦：峙遊極於浮柱。陸左公：形聲飛棟，勢超浮柱。○趙云：滑石自是石之滑，浮梁自是梁之浮。舊注所引，雖旁見而其義非也。目眩隕雜花，頭風吹過雨。一云「過飛雨」。趙云：滑石之欹，浮梁之裊，皆難行之地，故目生眩、頭生風矣。○目眩，出史：心亂目眩。（目）之昏眩，如見雜花之隕落。○頭風，出魏太祖讀陳（淋）（琳）檄草，頭風自愈。頭或生風，如過雨之吹。皆言其地險絶而然也。百年不敢料，潘安仁：人生天地間，百年孰能要？趙云：劉機：百年興衰長短，吾孰敢料也。一隊那得取。飽聞一作「知」。經瞿塘，瞿塘，峽名。足見渡大庾。大庾，嶺名。趙云：以龍門閣之險峻，推言而比之也。瞿塘峽在巫之下，大庾嶺在虔州之前。終身歷艱險，恐懼從此數。

石櫃閣

季冬日已長，山晚半天赤。蜀道多草花，江間饒奇石。江淹詩：崦山多靈草，海濱饒奇石。

石櫃曾波上，臨虛蕩高壁。又薛云：右按郭璞江賦：迅〔雖〕（蜼）臨虛以騁巧，孤玃登危而雍容。清暉回群鷗，謝靈運：山水含清暉。暝色帶遠客。謝靈運：林壑斂暝色。羇栖負幽意，感歎向絶跡。信甘孱懦嬰，不獨凍餒迫。優遊謝康樂，晉謝玄暉也。杜云：謝玄暉，封康樂公，孫靈運襲其封，與何長瑜等以文章賞會，共爲山澤之遊。詩家稱康樂乃靈運，非玄暉也。以南史考之，謝密傳云：謝渾爲韻語獎勸靈運等曰：康樂誕通度，實有名家韻。○王籍傳云：籍爲詩慕謝靈運，至其合也，殆無媿色。時人咸謂康樂之有籍，如仲尼之有丘明。○武陵昭王暈傳云：暈與諸王共作短句，詩學謝靈運體。高帝曰：康樂放蕩，作體不辨有首尾，安仁、士衡深可宗尚。○簡文與湘東王書云：時有效謝康樂、裴鴻臚文者，抑亦感焉，何者？謝客吐言天拔，出於自然，時有不拘，是其糟粕。亦謂靈運也。因是詩注以康樂爲謝玄，故詳辨之云。放浪陶彭澤。陶潛，彭澤令。吾衰未自由，謝爾性有適。有，一作「所」。

桔柏渡

青冥寒江渡，趙云：楚辭：據青冥而攄虹。青青冥冥，高遠之貌。駕竹爲長橋。竿濕煙漠漠，一云「竹竿濕漠漠」。謝玄暉：生煙紛漠漠。江水風蕭蕭。水，一作「永」。風蕭蕭兮易水寒。連笮動嫋娜，連竹索而爲梁謂之笮。前漢：邛笮之君。征衣颯飄颻。急流鴇鷁散，西都：蒼鴰鷁鴇。趙云：郭璞上林賦注曰：似鴈無後趾也。絶岸黿鼉驕。西轅自兹異，東逝不可要。高通荆門路，闊會滄海潮。孤光隱顧眄，遊子悵寂寥。無以洗心胸，前登但山椒。桔柏乃文州、嘉陵二江合流處也，東可入渝，合通荆門矣。薛云：右按廣韻：椒，山頂。文選曰：税鑾登山椒。又集仙記：北海〔雕〕（李）清，大會於山椒。○集注：謝惠連詩：悲猿響山椒。○漢武帝李夫人賦：釋馬山椒。○廣雅曰：土高四墮曰山椒。○謝莊月賦：菊散芳於山椒。

○桔。音結。笮。音昨。嫋。奴鳥反。娜。奴可反。鴇。音保。鷁。吾歷反。

劍門

惟天有設險，北有劍門天設之險。坡云：許襄：關河阻絶，乃天設險，以全其封疆。新添：易：天險，不可升，地險，山川丘陵，王公設險，以守其國。趙云：今公詩參取易中語以言劍門乃天造之險也。劍閣一作「門」。天下壯。坡云：嚴助至蜀，見劍門關乃嘆曰：天下壯險扼隘喉，〔衿〕（今）莫過此關也。立馬久之而去。連山抱西南，石角皆北向。劍山上石皆北向，如拜伏狀。趙云：此言地形勢雖險，而趨中原自然之勢。觀劍門山雖抱西南，而石角北向，則有面内之義。兩崖崇墉倚，趙云：即是詩：其崇如墉。非崇墉言，言此崇國之墉也。○張協玄武館賦云：崇墉四匝。刻畫城郭狀。蜀都賦：金城石郭，兼匝中區。既麗且崇，實號成都。一夫怒臨關，一作「門」。百萬未可傍。蜀都賦：一人守隘，萬夫莫向。張孟陽劍閣銘：

一人荷戟，萬夫趑趄。傍，一作「仰」。**珠玉走中原，**坡云：陳陟：珠玉無脛，遍走中原，何也？**岷峨氣悽愴。**岷，青城山也；峨，峨眉山也。趙云：珠玉之於中原，必着「走」字者，或曰古之言珠玉曰無翼而飛、無脛而行，非謂人之所携持若飛走也。岷山在成都之西，青城山是也；峨山在成都之西南，峨眉山是也。遠人困於誅求而悽愴之氣見於岷、峨，以二山無情之物猶且悽愴，則有情之民可知矣。**三皇五帝前，**坡云：王子淵：三皇五帝前事，臣不可知，蓋無書可考。**雞犬莫相放。**相，一云「自」。蜀至秦方與中國通。**後王尚柔遠，**書：柔遠能邇。**職貢道已喪。**集注：朱雲：諸侯分權擅據割地土，不復有職貢之道。趙云：跋扈者，廢職貢而不可制。公詩託言後王尚柔遠，而不敢斥言王者削弱之故。**至今英雄人，**坡云：章邯：遂使英雄之輩遞相睚眦。**高視見霸王。并吞與割據，**李特送流人至劍門，箕踞四顧，太息曰：劉禪有此形勢，而束手於人乎？遂潛謀割據。**極力不相讓。**趙云：遂使英雄者見霸王，特在高視之間，可以爲之。於是，或并或吞或割據，皆極力爲之而不少讓。**吾將罪真宰，**見前注。趙云：莊子：若有真宰存焉，而不得其眹。**意欲鏟疊嶂。**海賦：鏟臨崖之阜達。坡云：袁盎曰：諸公欲鏟連疊障，而造物復如何？○趙云：韻書云：平鐵也。**恐此復偶然，臨風默惆悵。**成都自前漢公孫述、後漢劉備、晉李雄、王建、孟知祥之屬，皆因中原多事，恃險割據也。趙云：末四句則公之忠憤之辭矣。

○**岷。**音閩。**鏟。**楚產反。

鹿頭山

鹿頭何亭亭，是日慰飢渴。趙云：西都賦之言宫室曰：狀迢迢以亭亭。○陸士衡詩：願保金石軀，慰妾常飢渴。連山西南斷，俯見千里豁。自秦入蜀，山嶺重複，極爲險阻。及下鹿頭關，東望成都，沃野千里，葱鬱之氣乃若煙霞靄然。游子出京華，劍門不可越。京華，一云「咸京」。薛云：右按文選張孟陽劍閣銘曰：惟蜀之門，作固作鎮，是曰劍閣，壁立萬仞。酈元水經注曰：劍成北去大劍三十里，連山絶險，飛閣相連，故謂之劍閣。集注：鍾會平蜀，至綿谷，語左校曰：山川懸遠，已盡咫尺，劍門不可開越，何計入蜀，公可籌度。及兹阻險盡，始喜原野闊。殊方昔三分，霸氣曾間發。天下今一家，隋書：今天下一家。雲端失雙闕。華闕雙邈，重門洞開。又：飛陛躡雲端。又薛云：右按神異經曰：東南有石井，其方百丈，上有二石闕，俠東南面，上有蹲熊，有榜著闕，題曰地户。又古樂府仙人篇：閶闔正嵯峨，雙闕萬丈餘。又〔公興孫〕〔孫興公〕遊天台賦：雙闕雲竦以夾路，瓊臺中天而懸居，朱闕玲瓏於林間，玉堂陰映于高隅。顧愷之啓蒙記注曰：天台山列雙闕於青霄中，上有瓊樓、瑶林、醴泉，仙物畢具。趙云：雲端，祖出枚乘樂府曰：美人在雲端，天路隔無期。〔失〕雙闕，天子之闕也，祖於元聖本紀曰：許由欲觀帝意，曰：帝坐華堂，面雙闕，君之榮願得矣。公詩言失雙闕□（者），以天下既一家，皆爲臣屬，故所僭擬天子之闕不復見矣。悠然想楊馬，繼起名硉兀。左太冲作蜀都賦：江漢炳靈，世載其英。鬱若相如，皭若君平；王褒暐曄而秀發，楊雄含章而挺生。楊，楊雄；馬，(司)馬相如。有文一作「才」。令人傷，何處埋爾骨。紆餘脂膏地，慘澹豪俠窟。蜀都賦：外負銅梁於岩渠，内函要害以膏腴。趙云：成都富饒之地，故公指爲脂膏也。○豪俠窟，見郭璞云：京華遊俠窟。公變其字爾。杖鉞非老臣，宣風豈專達？冀公柱石姿，論道邦國活。斯人亦何幸，公鎮踰歲月。趙云：公，謂僕射裴冀公冕也。言裴公爲尹，尚有歲月之期，此斯人之所以幸也。此句可以見杜公初來成都，非爲嚴武而來也。

○硉。勒没反。

成都府

杜云：是詩子美寓意深矣。淮南子：日西垂，景在樹端，謂之桑榆也。説曰：桑榆之景，理無遠照。今也日薄桑榆，而其光翳翳，止足照我衣裳，則不能遠照矣，以喻明皇以太上皇居西内也。初月不高出，衆星尚争光，而喻肅宗即位未久，而史思明之徒尚在也，蓋肅宗於天寶之丁酉，而子美乾元庚子至成都，以其時考之，故知其寓意如此也。

翳翳桑榆日，歸去來：景翳翳以將入。東觀記：收之桑榆。江淹：曾是迫桑榆，歲暮從所東。趙云：桑榆，晚日也。照我征衣裳。坡云：團團江上月，照我征衣裳。趙云：〔沈〕(阮)嗣宗詠懷詩曰：灼灼西隤日，餘光照我衣。我行山川異，忽在天一方。坡云：曹植與陳琳疏曰：昔與子西園聯鑣，遊泳語笑，嚮今忽睽别，在天一方，後會邈然，莫可得也。古詩曰：各在天一方。甫亦全用。又云：各在天一涯。觀子美詩，固知爲後世史，不虚語矣。但逢新人民，曹子建：不見舊耆老，但覩新少年。山川阻遠别，從會日月長。未卜見故鄉。大江東流去，謝玄暉：大江流日夜。遊子去日長。短歌行：去日苦多。曾城填華屋，西都賦：闉城溢郭，旁流百廛。曹子（建）：生存華屋處。趙云：曾城，層起之城。○淮南子云：崑崙山上有曾城九重。華屋，〔○〕史記平原君傳：歃血於華屋之下。季冬樹木蒼。西都賦：靈草冬榮，神木叢生。東京賦：脩竹冬青。蜀都賦：寒卉冬馥。高唐：玄木冬榮。趙云：前於發同谷縣題下，公自注云乾元二年十二月一日自隴右赴劍南紀行，而今詩云：季冬樹木蒼。則至成都乃是月也。元祐中，胡資正守蜀，作草堂詩碑引，云先生至成都月日不可考，蓋不詳此也。喧然名都會，吹簫間笙簧。曹子建：名都多妖女，京洛出少年。詩：吹笙鼓簧。薛云：右按前漢志云：勃、碣之間，一都會也。信美無與適，王仲宣登樓賦：雖信美而非吾土兮，曾何足以少留。側身望川梁。四愁詩：側身西望涕沾裳。○魏文帝：欲濟河無梁。烏雀夜各歸，中原杳茫茫。趙云：觀衆鳥識巢而夜歸，乃思其中原故鄉之地而不得返。初月出不高，衆星尚争光。自古有羈旅，我何苦哀傷。鮑明遠：古來共如此，非君獨撫膺。長門賦：衆雞鳴而愁予兮，起視月之精光；觀衆星之行列兮，畢昴出於東方。九辨云：仰明月而太息，步列星而極明。

將適吳楚留別章使君留後兼幕府諸公得柳字

我一作「甫」。來入蜀門，歲月亦已久。古詩：歲月忽已晚。豈惟長兒童，自覺成老醜。阮籍詩：朝爲美少年，夕暮成老醜。常恐性坦率，失身爲杯酒。古詩：失意杯酒間。近辭痛飲徒，折節萬夫一作「人」。後。前漢：郭解年長，更折節爲儉，以德報怨。**坡云**：邢充胸襟恢廓，豈折其高節、挫其鋭志，從萬夫之後爲參御之徒歟？**趙云**：此言喪失其身，特以愛酒而已，所以下有折節云者，摧折其節而悔過之義。舊注引古詩：失意杯酒間。非是。昔如縱壑魚，王子淵頌：如巨魚之縱大壑。今如喪家狗。孔子纍纍然若喪家之狗。既無遊方戀，所遊必有方。又：君子遊必擇方。**趙云**：禮記：所遊必有方。言父母在堂，當不遠遊也。公已無父母，故無此戀矣。舊注非。行止復何有？相逢半新故，取別隨薄厚。不意青草湖，青草湖在湖南。扁舟落吾手。**坡云**：張翰曰：不意吳江扁舟落吾手中。眷眷章梓州，開筵俯高柳。樓前出騎馬，帳下羅賓友。健兒簸紅旗，此樂幾一作「或」。難朽。日車隱崑崙，莊子徐無鬼：若乘日之車。鳥雀噪户牖。**坡云**：徐騏養素曠蕩，居少室山，鳥雀朝夕噪，宿户牖坐隅之間。波濤未足畏，三峽徒雷吼。七發：將以八月之望，與諸侯遠方交遊兄弟，並往觀濤乎廣陵之曲江。又云：雷聞百里，江水逆流，海水上潮，波湧而濤起。混混庉庉，聲如雷（孔）（吼）鼓。此天下怪異詭觀也，太子能强起觀之乎？所憂盗賊多，重見衣冠走。中原消息斷，黄屋今安否？：黄屋，斥天子也。趙云：吐蕃陷京師，代宗出狩，而地遠所未知也。終作適荆蠻，王仲宣七哀詩：西京亂無象，豺虎方遘患。捐棄中國去，遠身適荆蠻。荆蠻非我鄉，何爲久滯淫。安排用莊叟？謝靈運：居常以待終，處順故安排。趙云：莊子：安排而去化，乃入于寥天一。隨雲拜東皇，挂席上南斗。靈運：揚帆采石華，挂席拾海月。趙云：屈原九歌有東皇太一。東皇，所以言楚。春秋〔○〕説題云：南斗，吴地也。東皇之廟，隨雲而拜之，南斗之地，〔排〕（挂）席而上之，非適吴楚而然乎？有使即寄書，無使長回首。坡云：韓斐送李定出上東門。握斐手曰：因風示信，慰我跂仰。定曰：有使即寄書，以通安好。

早發射洪縣南途中作

將老憂貧窶，筋力豈能及？：趙云：使老者不以筋力爲禮。征途乃一作「復」。侵星，鮑明遠：侵星赴早路，畢景逐前儔。得使諸病入。鄙人寡道氣，在困無獨立。俶裝逐徒旅，顔延年詩：改服飭徒旅。杜云：張平子思玄賦：占既吉而無悔兮，簡元辰而俶裝。注：俶，始也。達曙陵險澀。潘正叔：世故尚未夷，崤函方險澀。寒日出霧遲，清江轉山急。僕夫行不進，駑馬若維縶。趙云：詩：縶之維之。汀洲稍疏散，風景開怏悒。空慰所尚懷，終非曩遊集。衰顔偶一破，勝事難屢挹。茫然阮籍途，更灑楊朱泣。阮籍常不由徑路而行，途窮則哭。楊朱泣多岐。

○俶。昌六反。縶。陟立反。

通泉驛南去通泉縣十五里山水作

溪行衣自濕，亭午氣始散。天台賦：羲和亭午，遊氣高褰。冬温蚊蚋在，人遠鳧鴨亂。登頓生曾陰，江文通：日落長沙渚，曾陰萬里生。欹傾出高岸。驛樓衰柳側，縣郭輕煙畔。一川何綺麗，劉公幹：綺麗不可忘。盡日窮壯觀。山色遠寂寞，江光夕滋漫。傷時愧孔父，杜云：孔子嘆鳳泣麟，皆傷時也。去國同王粲。王粲，字仲宣，山陽人，避地荆州，後爲魏侍中。在荆州日，嘗思歸，因登樓作賦。趙云：王粲，漢獻帝西遷，西京擾亂，乃之荆州依劉表，其七哀詩：西京亂無象，豺虎方遘患。復棄中國去，遠身適荆蠻。我生苦飄零，所歷有嗟嘆。

發閬中

前有毒蛇後猛虎，溪行盡日無村塢。時盜〔賦〕（賊）縱横，政役煩重，而民不安居也。江風蕭蕭雲拂地，山木慘慘天欲雨。女病妻憂歸意速，趙云：此言歸梓州也。秋花錦石，可玩之物，以歸意速，不復數之矣。秋花錦石誰復數？別家三月一得書，避地何時免愁苦？賢者避地。趙云：公以九月自梓往閬，至十二月而復歸梓。

發劉郎浦鮑云：先〔王〕（主）納吴女處也。吕温詩云：吴蜀成婚此水潯，真珠步障幄黄金。誰將一女輕天下，欲换劉郎鼎峙心？

挂帆早發劉郎浦，疾風颯颯昏亭午。薛云：右按江陵圖經，劉郎浦在石首縣。浦，或作「洑」。趙云：自公安縣欲往岳州所經行之處。舟中無日不沙塵，岸上空村盡豺虎。言多盗賊也。趙云：張孟陽云：盗賊如豺虎。十日北風風未迴，客行歲晚尤相催。白頭厭伴漁人宿，黄帽青鞋歸去來。趙云：雖在江湖，厭與漁人爲伴，乃欲深藏高隱矣。

宿鑿石浦

早宿賓從勞，仲春江山麗。飄風過無時，舟檝不敢繫。飄，暴風也。趙云：莊子曰：泛乎若不繫之舟。風而不繫，則流蕩矣。回塘澹暮色，日没衆星嘒。缺月殊未生，缺，殘也。青燈死分翳。青，言無光也。窮途多俊異，亂世少恩惠。以世亂，故恩惠少，而窮途多俊異也。趙云：俊異之士在窮途，則膏澤不下於民，而亂世少蒙其恩惠，即非是亂世少恩惠以致俊異之窮。舊注非。鄙夫亦放蕩，草草頻卒歲。斯文憂患餘，聖哲垂彖繫。聖人作易，與民同憂患也。其言象皆示於彖、繫。趙云：易曰：作易者其有憂患乎。○嘒。呼惠反。

早行

歌哭俱在曉，行邁有期程。孤舟似昨日，聞見同一聲。飛鳥數求食，潛魚亦獨驚。前王作網罟，設法害生成。網罟，先王所以養民也，而後人反以爲業；賦斂，所以平民也，而後人反以害民。趙云：鳥數出求食，所以自飽；魚既潛而猶驚，所以求活。而小民利之，網羅其鳥，罟罩其魚，害物之生成，此公反傷前王之設法也。○易曰：作結繩而爲網罟，以佃以漁。舊注非。碧藻非不茂，高帆終日征。干戈未揖讓，崩迫開其情。以干戈未寧，故崩迫而情僞日開也。趙云：開放此情懷於終日征行之間也。

過津口

南岳自兹近，湘流東逝深。南岳，衡山也。湘流，湘江也。和風引桂楫，趙云：梁元帝烏栖曲云：沙棠作船桂爲楫。春日漲雲岑。回道過津口，而多楓樹林。楓，木名。趙云：阮籍詠懷詩云：湛湛長江水，上有楓樹林。舊注云：楓，木名。大誤矣。白魚困密網，黄鳥喧嘉音。物微限通塞，惻隱仁者心。趙云：物之通塞，雖微不足道，而仁者於物，每惻隱其困塞矣。瓮餘不盡酒，膝有無聲琴。聖賢兩寂寞，眇眇獨開襟。傷時無君子，故獨開襟而已。杜云：即陶淵明有琴而無絃也。王仲宣登樓賦：向北風而開襟。

次空靈岸

沄沄逆素浪，落落展清眺。幸有舟楫遲，得盡所歷妙。空靈霞石峻，楓栝一作「枯」。隱奔峭。奔，奔流也；峭，危峭也。趙云：謝靈運云：徒旅苦奔峭。李善注云：淮南子曰：岸峭者必陀。許慎曰：陀，落也。然奔亦落之義。青春猶無私，白日亦偏照。爲山嶺障閡，故偏照也。坡云：陳嬪妃：白日照，然亦有偏照之處。可使營吾居，終焉託長嘯。毒瘴未足憂，兵戈滿邊徼。嚮者留遺恨，恥爲達人誚。迴帆覬賞延，佳處領其要。

○沄。音云。

宿花石戍

午辭空靈岑，夕得花石戍。空靈在歸州，花石戍屬陝州。**鮑云**：唐志：潭州：長沙有花石戍。舊注云陝州，妄也。**又薛云**：右按歸州圖經，空舲峽東西十四里，在峽州夷陵縣界。水經云：江水歷峽東，逕宜昌縣之插竈下。酈道元曰：江之左岸，絶崖壁立數百丈，飛鳥所不能過棲。有一火燼插在崖間，望見長數尺。父老傳言，昔洪水時，人泊舡岸側，以餘燼插之，至今在焉。十道志□(云)：歸有空舲峽，又有大沱水。沱之崖産花紋石，土人採爲硯。空靈，當作「空舲」。**岸疏開闢水，**一作「山」。自白狗峽至空靈山、花石，皆開闢之峽。**木雜今古樹。地蒸南風盛，春熱西日暮。四序本平分，氣候何回互。茫茫天造間，理亂豈恒數？繫舟盤藤輪，杖策古樵路。罷人不在村，**罷人，言民困於征役而罷敝。不在村，不安居也。**野圃泉自注。柴扉雖蕪没，農器尚牢固。山東殘逆氣，吴楚守王度。**安史之亂，王命之所及者，吴、楚、蜀而已。**又薛云**：右按春秋左氏傳，史倚相誦祈招之詩曰：祈招之愔愔，式昭德音。思我王度，式如玉，式如金。形民之力，而無醉飽之心。**誰能扣君門，下令減征賦？**憫下情不上達也。**趙云**：山東，(今)之河北也。安史之亂，唯吴、楚知所尊王命，故欲扣君門而爲之減征賦也。

○罷。音皮。

早發

有求常百慮，斯文亦吾病。以兹朋故多，窮老驅馳併。趙云：以斯文自任，衆所共知，而朋友故舊之多，自是驅馳頻併矣。早行篙師怠，席挂風不正。席，張席以爲帆也。風不正，不順也。昔人戒垂堂，謂千金之子，坐不垂堂。今則奚奔命。杜云：傳云：一歲七奔命。濤翻黑蛟躍，日出黄霞映。鮑明遠：騰沙鬱黄霧，翻浪揚白鷗。煩促瘴豈侵，頽倚睡未醒。未，一作「還」。僕夫問盥櫛，暮顔一作「末」。靦青鏡。暮，衰也。靦，媿也。言暮顔衰醜，有愧於對鏡也。隨意簪葛巾，仰慚林花盛。側聞夜來寇，幸喜囊中净。艱危作遠客，干請傷直性。謂有求於人也。薇蕨餓首陽，史記：伯夷、叔齊不食周粟，隱於首陽山下，采薇蕨而食之，遂餓死也。粟馬資歷聘。六國以粟馬資儀，秦使之歷聘。賤子欲適從，疑悮此二柄。二柄，謂采薇及歷聘也。

次晚洲

參錯雲石稠，參錯，雲石相互雜然也。坡陁風濤壯。坡陁，泛濫貌；風濤，風浪也。趙云：顔延年詩：春江壯風濤。晚洲適知名，秀色固異狀。言其狀不一也。棹經垂猿把，身在度鳥上。水漲而船所經者高也。趙云：張〔所〕（載）論曰：白猿、玄豹藏於〔檽〕（櫺）檻，何以知其接垂條於千仞？則可謂之垂猿矣。○梁虞騫詩：澄潭寫度鳥。擺浪散帙妨，危沙折花當。羈艱暫愉悦，羸老反惆悵。暫愉悦，次晚洲也。反惆悵，歎行役也。中原未解兵，吾得終疏放。兵未解而得疏放，以不見用於世也。趙云：王傷時之擾攘，吾豈得終疏放而不憂懼且流落乎？

入衡州

兵革自久遠，興衰看帝王。趙云：兵革不息，徒自歲月之久，而興起其衰微，自看帝王之舉耳。漢儀甚照耀，胡馬何猖狂。猶漢唐法度未墜，胡馬之亂乃猖狂爾。趙云：光武爲司隸校尉，父老見之曰：今日復見漢官儀。今言唐法度未改，故以比之胡馬，追言安史之亂。老將一失律，清邊生戰場。失律，失法律也。易曰：失律凶。君臣忍瑕垢，河岳空金湯。言避亂出行，城池不守也，故空金湯。左傳曰：國君含垢，瑜瑾匿瑕。言有所容也。金謂金城，湯謂湯池，故名金湯。趙云：傳曰：國君含垢，言君相初含容，姦逆不即誅戮，故使河岳之地雖是金城湯池，失守而空如之也。餘見上。重鎮如割據，安史亂後，天下裂爲藩鎮，賦不上供，如割據焉。趙云：天下節度稍自威重，如一方之割據。輕權絶紀綱。軍州體不一，各自爲政也。寬猛性所將。嗟彼苦節士，素於圓鑿方。九辨云：圓鑿而方枘兮，吾固知其鉏鋙而難入。趙云：苦節，指崔〔灌〕（瓘）也，按唐史，以士行修謹聞，大曆中爲湖南觀察使，將吏寬弛不奉法，少以禮法繩之。寡妻從爲郡，兀者安短墻。趙云：言寡妻平日遭擾，自從崔太守爲郡之後，如兀足者之安堵墻之下，不復驚動也。凋弊惜邦本，惜民之凋弊也。哀矜存事常。趙云：言不妄刑罰，哀矜其人，曾子所謂哀矜而勿喜。旌麾非其任，言非其人也。府庫實過防。吝貯賞也。恕己獨在此，多憂增内傷。偏裨恨酒空，卒伍單衣裳。厚自奉養而不恤軍旅也。趙云：〔灌〕（瓘）之修謹既如上所云，然於是委以旌麾之任，則悉其人防於府庫之費而吝於賜予。又以裨將卒伍衣食之不繼，則遂以召亂，如下文所云也。元惡迷是似，聚謀洩康莊。薛云：右按爾雅曰：五達謂之康，六達謂之莊。史記曰：開第康莊之衢。趙云：元惡，指臧玠也，以兵殺崔〔灌〕（瓘），遂據潭州云。聚謀而伐於通衢，則公然不顯矣。竟流帳下血，大降湖南殃。代宗時，湖南兵馬使臧玠殺其帥崔瓘，王國良因之而反。烈火發中夜，高煙燋上蒼。至今分粟帛，殺氣吹沅湘。福善理顛倒，明徵天莽茫。九歌：令沅湘兮無波。阮籍：曠野奔茫茫。趙云：書曰：天道福善禍淫。又曰：明徵定保。今以崔帥之謹而被禍，則福善之理豈不顛倒？明證於天豈不莽茫乎？銷魂避飛鏑，累足穿豺狼。隱忍枳棘刺，遷延胝研瘡。言避亂奔走，危窘如穿豺狼間行也。心痛悼喪亂如忍棘刺，手足胝胼而成瘡。遠歸兒侍側，猶乳女在旁。久客幸脱免，暮年慚激昂。

幸於免患也。蕭條向水陸，汩没隨漁商。報主身已老，入朝病見妨。悠悠委薄俗，鬱鬱回剛腸。老而不可報主，病不可入朝，故不免委身薄俗，鬱鬱回剛腸而已。參錯走洲渚，舂容轉林篁。謝靈運：遡流觸驚急，臨圻阻參錯。趙云：禮記：善待問者如撞鍾。疏云：舂，謂擊也，以爲聲之形容。言擊鍾，每一舂而爲一容，然後盡其聲也。今公借字以言其行之悠悠，如鍾聲一舂一容未便盡也。片帆在郴岸，郴，地名。通郭前衡陽。衡州也。華表雲鳥埤，名園花草香。旗亭壯邑屋，烽櫓蟠城隍。趙云：三代世表會旗亭下注：市樓也，立旗於上，故名旗亭。選賦云：抗旗亭之嶢薛。烽櫓者，設烽燧於櫓也；櫓者，城上守禦望樓；城隍者，城下之壕也。中有古刺史，言其愛民蒞事，如古之刺史。盛才冠巖廊。趙云：祖出武帝制曰：舜游巖廊之上。文穎注曰：殿下小屋也。扶顛待柱石，獨坐飛風霜。趙云：言刺史乃柱石之臣。獨坐，御史也；風霜，則御史之任。昨者間瓊樹，高談隨羽觴。公自言，得侍刺史如間瓊樹然。陸士衡：四坐咸同志，羽觴不可筭。高談一何綺，蔚若朝霞爛。注：羽觴，謂其置鳥羽於觴，以急飲也。無論再繾綣，已是安蒼黄。劇孟七國畏，前漢游俠傳：劇孟以俠顯。吴、楚反時，條侯爲太尉，乘傳東討，至河南，得劇孟，喜曰：吴、楚舉大事而不求劇孟，吾知其無能已。天下騷動，大將軍得之若爲一敵國云。馬卿四賦良。司馬相如，字長卿，有子虚、上林賦、哀二世賦、大人賦，並載漢史傳。門闌蘇生在，蘇生，侍御涣。勇鋭白起强。問罪富形勢，凱歌懸否臧。末章皆美刺史也。趙云：劇孟、馬卿以比刺史，白起以比蘇涣。公自注：蘇生，侍御涣。則涣在崔公漼之幕，而其人勇鋭，故用白起以比其爲將。公於末章自注云：聞崔侍（御）漼乞師于洪府，〔帥〕（師）已至袁州〔比〕（北）。此所謂問罪凱歌者乎？富形勢，則以兵之形勢精强也。**氛埃期必掃，蚊蚋焉能當。**趙云：氛埃、蚊蚋，以比臧玠也。**橘**一作「〔橘〕（繘）」。**井舊地宅，仙山引舟航。**見「橘井尚高〔寨〕（褰）」注，見「蓬萊如可到」注。○趙云：橘井在郴州。神仙傳：蘇耽將仙，謂其母曰：以庭前橘葉〔神〕，使病者以井水服，病即愈。仙山，則指言蘇仙所仙之山。水經所載，耽既仙之後，乘白馬而返其所鑿井處，世謂馬嶺山。公謀欲往郴，故云引舟航也。**此行厭暑雨，厥土聞清涼。**言親刺史之德而亡炎暑。趙云：此，指言郴州矣。公詩〔意〕（有）曰：郴州頗凉冷，橘井尚凄清。舊注所引却是衡州。又無比德之意。**諸舅剖符近，**言諸舅皆作郡。趙云：公詩每以崔姓爲舅，豈剖符爲刺史，乃崔侍御漼者乎？**開緘書扎光。蘋蘩命屢及，磊落字百行。江總外家養，**陳書：江總，字總持，七歲而孤，依于外氏，聰敏有至性。舅吴平光侯蕭勱名重當時，多所鍾愛，常謂總曰：爾操行殊異，神彩英秀，後之知名，當出吾右。**謝安乘興長。**謝安寓居會稽，出則漁弋山水，入則言詠屬文，無處世意。常往臨安山，坐石室，臨濬谷，悠然歎曰：此亦伯夷何遠？又與孫綽等泛海，吟嘯自若，放情丘壑，每遊賞，必常以妓女從也。**下流匪珠玉，擇木羞鸞鳳。**下流，自言也，言己非珍異，然得所託也。趙云：公自謙其爲人特下流耳，非是珠玉之珍也。傳曰：窮猿投林，豈暇擇木！公之意自謙其不暇擇木，非若鸞鳳非梧桐不栖，故羞鸞鳳也。**我師嵇叔**

夜，恬静寡欲，含垢匿瑕也。趙云：公自言其放曠懶散如嵇康。世賢張子房。彼掾張勸。趙云：公自有注，以美張勸也。柴荆寄樂土，趙云：言〔柳〕（郴）州也。鵬路觀翱翔。寄居樂土當日，觀刺史爲朝廷拔用也。趙云：觀，則所以指衡州刺史矣。鵬路，莊子云九萬里者也。

○沅。音元。埤。音婢。繘。音橘，又音聿。

聶耒陽以僕阻水書致酒肉療飢荒江詩得代懷興盡本韻至縣呈聶令陸路去方田驛四十里舟行一日時屬江漲泊于方田

耒陽馳尺素，見訪荒江眇。義士烈女家，風流吾賢紹。尺素，書也。史刺客傳：聶政殺韓相，自死。其姊罌伏尸哭，極哀，死政之旁。晉、楚、齊、衛聞之，皆曰：非獨政能也，乃其姊亦烈女也。昨見狄相孫，許公人倫表。前期翰林後，屈跡縣邑小。言聶之才宜在翰苑，而反屈跡縣邑。趙云：蔡伯世本，前期作前朝，其説是。豈聶之父或祖嘗任翰林之職乎？知我礙湍濤，半旬獲浩溔。趙云：溔，以沼切，大水貌也。謝靈運山居賦：吐泉原之浩溔。麾下殺元戎，湖邊有飛旐。潭州臧玠殺其帥崔瓘。子美避亂而往衡州故也。飛旐，素旐也。庾公上武昌出石頭，百姓看於岸上，歌曰：庾公上武昌，翩翩如飛鳥。庾公還楊州，白馬引素旐。素旐，乃庾尋亡也。趙云：即臧玠殺〔衛〕（崔）瓘也。舊注所引庾公事非。飛旐，字所出潘安賦：飛旐翻以啓路。孤舟增鬱鬱，僻路殊悄悄。側驚猿猱捷，仰羨鸛鶴矯。禮過宰肥羊，愁當置清醥。張平子：鬱鬱不得志。詩：憂心悄悄。蜀都賦：猨狖騰希而競捷。又：置酒高堂，觴以醥清。曹子建：烹羊宰肥牛。言聶以肥羊清醥，乃見於禮也。**杜云**：曹子建七啓云：乃有春（清）醥酒，康、狄所營。楊雄酒賦云：其味有宜城醪醴，蒼梧縹清。酒也。杜詩一本作「清縹」，故兩載之。詩曰：既有肥羜，以速諸父。禮過宰肥羊，言聶令待遇厚故也。**又薛云**：右按楊雄酒賦曰：其味有宜城醪醴，蒼梧醥清，或秋藏冬發，或春醖夏成。酒經曰：空桑穢（飴）（飯），醖以稷麥，以成醇醪，酒之始也；烏梅女䓺，甜醹九投，澄清百品，酒之終也。又按張平子南（郡）（都）：酒則九醖甘（醖）（醴），十旬兼清，醪敷徑寸，浮蟻若萍。人非西喻蜀，唐蒙通夜郎，徵發巴蜀吏卒，因軍興法誅其渠帥，巴蜀大驚。上聞之，使相如作檄以責唐蒙，因喻巴蜀人非上本意之事也。興在北坑趙。秦將白起破趙，四十餘萬軍遂降秦，起悉坑之。方行郴岸静，未話長沙擾。時臧玠殺崔瓘，長沙擾亂也。**趙云**：公自注甚明。按唐史，大曆五年夏四月八日，湖南兵馬使臧玠殺其觀察使崔瓘。崔師乞已至，澧卒用矜少。問罪消息真，開顔憩亭沼。聞崔侍御潠乞師于洪府，師已至袁州北，陽中丞琳問罪，將士皆自澧上達長沙。

○溔。以炤反。醥。敷沼反。潠。音巽。

杜詩一卷終

門類增廣十注杜工部詩集卷第二

紀行　律詩三十六首〔一〕

去蜀新添

五載客蜀郡，一年歸梓州。如何關塞阻，轉作瀟湘遊？萬事已黄髮，殘生隨白鷗。安危大臣在，何必淚長流。

恨别

洛城一别四一作「三」。千里，胡騎長驅五六年。一云「六七」。公因避亂入蜀。草木變衰行劍外，宋玉九辨：草木摇落兮變衰。兵戈阻絶老江邊。道路梗阻，未可歸也。思家步月清宵立，憶

〔一〕「三十六」，當作「三十七」。

弟看雲白日眠。聞道河陽近乘勝，司徒急爲破幽燕。幽燕，安史巢穴。司徒，李光弼也。新破賊于河南三橋故也。○趙云：乾元二年，司徒李光弼敗史思明於河陽。幽燕，思明窟穴也。

遊子

巴蜀愁誰語，吴門興杳然。梅福變名姓，爲吴市門卒。趙云：此篇公欲南下，而尚在巴蜀，留滯而愁也。九江春草外，九江，江名，見所思詩注。三峽暮帆前。見「忠州三峽内」注。趙云：九江、三峽正是南下之所歷。厭就成都卜，史記：嚴君平避世賣卜於成都市中。趙云：言不思再往成都，以嚴君(平)賣卜於成都市。休爲吏部眠。晉書：畢卓太興末爲吏部郎。比舍郎釀熟，卓因醉，夜至其甕間盜飲之，爲掌酒者所縛。明旦視之，乃畢吏部也，遽釋其縛。卓遂引主人宴於甕側，致醉而去。趙云：言休爲酒而眠，以爲留滯也。蓬萊如可到，庾信哀江南賦云：舟楫路窮，星漢非乘槎可上；風飈道阻，蓬萊無可到之期。前漢郊祀志：自威、宣、昭使人入海求蓬萊、方丈、瀛洲，此三神山者，其傳在勃海中，去人不遠，蓋常有到者。未至，望之如雲，及到，三神山反居水下，水臨之。患且至，則風輒引舡而去，終莫能至云。趙云：公言非止南下遊吴而已，蓬萊仙山可到，則亦往矣。衰白問群仙。世説：蓬萊有群仙及不死之藥。

行次鹽亭縣聊題四韻奉簡嚴遂州蓬州二使君諮議諸昆季

馬首見鹽亭，高山擁縣青。雲溪花淡淡，一作「漠漠」。春郭水泠泠。全蜀多名士，蜀都賦：近則江漢炳靈，世載其英，鬱若相如，皭若君平；王褒暐曄而秀發，揚雄含章而挺生。趙云：多名士，指言當日之人，以引下句。嚴家聚德星。陳仲弓從諸子造荀季和，德星聚，太史奏賢人聚也。長歌意無極，好爲老夫聽。

自閬州領妻子却赴蜀山行三首

汩汩避群盜，悠悠經十年。不成向南國，趙云：指言自閬中而欲南下之計不成。復作遊西川。物役水虛照，趙云：言〔爲〕身爲物所役，水亦虛徒相照，而不得優游而覩賞之也。魂傷山寂然。我生無倚著，師古曰：地著，謂安土也。盡室畏途邊。趙云：盡室，全家也。左傳：盡室以行。莊子：畏途者十殺一人，則父子兄弟相戒。

長林偃風色，迴一作「首」。復意猶迷。衫裛翠微潤，蜀都賦：鬱葐蒀以翠微。山色之輕縹也。趙云：言山中翠微之氣潤裛衣服也。馬銜青草嘶。棧一作「逕」。懸斜避石，棧，閣道也。橋斷却尋溪。何日兵戈盡，飄飄媿老妻。

行色遞隱見，孔子見盜跖回，遇柳下惠於魯東門。曰：車馬有行色，得微往見盜跖耶？**趙云**：言山有高下，林木有蔽虧，其行李物色或見或隱也。人煙時有無。僕夫穿竹語，稚子入雲呼。轉石驚魑魅，天台賦：始經魑魅之塗。**趙云**：山中之人，以其有魑魅而轉石驚之。抨弓落狖鼯。狖，猿屬也。鼯，鼠也。荀卿：鼯鼠五技而窮。**坡云**：崔績爲黔江〔大〕（太）守，官署後多鼯，抨絃即驚墮。**趙云**：抨，波耕切，訓彈也。直供一笑樂，似欲慰窮途。

渝州候嚴六侍御不到先下峽

聞道乘驄發，沙邊待至今。不知雲雨散，宋玉高唐賦：湫兮如風，凄兮如雨。風止雨霽，雲無處所。王粲詩：風流雲散，一別如雨。虛費短長吟。古詩有長短吟。山帶烏蠻闊，巂州西有烏、白蠻。江連白帝深。公孫述以永安爲白帝城。船經一柱過，梁劉孝綽江津寄劉之遴詩：經過一柱觀，出入三休臺。留一作「滯」。眼共登臨。

舡下夔州郭宿雨濕不得上岸別王十二判官

依沙宿舸舡，石瀨月娟娟。謝靈運有回谿石瀨茂林脩竹詩。鮑昭翫月詩：娟娟似娥眉。風起春燈亂，江鳴夜雨懸。晨鍾雲外濕，勝地石堂煙。趙云：石堂是夔州佳處，空望其煙，此題中所謂不得上岸也。柔櫓輕鷗外，含悽覺汝賢。趙云：舡櫓在輕鷗之外，忽忽遂行，不得如鷗之遊漾，所以含情而覺鷗之勝我也。

大曆三年春白帝城放舡出瞿塘峽久居夔府將適江陵漂泊有詩凡四十韻

老向巴人裏，傳莊十八年：巴人伐楚。杜云：劉璋分三巴，以夔爲中巴地也。今辭楚塞隅。入舟翻不樂，解纜獨長吁。江文通望荆山詩：奉義至江漢，始知楚塞長。○謝靈運：解纜乃流潮。又：入舟陽已微。趙云：楚塞，指白帝城。不樂而長吁者，有萍梗流離之傷矣。窄轉深啼狖，虛隨亂浴鳧。趙云：舟轉於峽中之窄處，其聞啼狖愈在深處矣。舟虛隨冷浴之鳧，謂之亂浴，則非一二鳧耳。石苔凌几杖，空翠撲肌膚。坡云：陰亮山行，謂友人曰：空翠爽人肌膚，泉流清人耳目，乍脱塵鞅，永日忘歸。疊壁排霜劍，趙云：指言巫山也，其立如劍。奔泉濺水珠。坡云：屈平：亂山横劍，奔泉濺珠。杳溟藤上下，濃淡樹榮枯。神女峰娟妙，昭君宅有無。神女廟傍有昭君村。趙云：蓋年歲久遠，不知昭君宅何在也。曲留明怨惜，怨惜，一作「怨别」。趙云：曲，則昭君曲也，樂府有昭君怨。夢盡失歡娱。昭君宅〔有〕(在)夔州，子美負薪行云：若道巫山女麤醜，何得此有昭君村？石季倫昭君辭曰：王明君者，本爲王昭君，以觸晉文帝諱，改之。匈奴盛，請婚於漢，元帝以後宫良家子明君配焉。昔公主嫁烏孫，令琵琶馬上作樂，以慰其道路之思，其送明君亦爾也，其造新之曲，多哀怨之聲。神女峰在巫山。宋玉高唐賦曰：昔先王遊高唐，怠而晝寢，夢見一婦人曰：妾，巫山之女也，願薦枕席。又神女賦曰：楚襄王夜寢，夢與神女遇，其狀甚麗。寐而夢之，寤不自識。趙云：夢，則楚襄王夢神女是也。此已初叙其離夔州入舡所歷之景及弔古之事如此。

擺闔盤渦沸，郭璞江賦：盤渦谷轉。欹斜激浪輸。風雷纏地脉，江賦：流風蒸雷。海賦：驚浪雷奔。坡云：張禹曰：迅雷烈風纏地脉。冰雪曜天衢。易：何天之衢亨。鹿角真走險，文十七年傳：鄭子家曰：小國之事大國也，德則其人也，不德則其鹿也。鋌而走險，急何能擇？狼頭如跋胡。詩：狼跋其胡，載疐其尾。注：跋，躐也，進則躐其胡，退則跋其尾。○出左傳言鹿曰：鋌而走險。趙云：鹿角、狼頭，公本注：二灘名。惡灘寧變色，高卧負微軀。趙云：今遇惡灘，寧不變色乎？高卧，則事有不測，爲負微軀矣。書史全傾撓，裝囊半壓濡。生涯臨臬兀，困于臲卼。死地脱斯須。坡云：陶秀行次豫章，嘆曰：生涯如臬兀，胡不悲憂身世？韓既昨入吴榮死地，脱於斯須之間，今日思之，令人毛寒。不有平川决，一作「快」。焉知衆壑趨？乾坤霾漲海，杜云：言水之渺茫闊遠矣。雨露洗春蕪。坡云：史惠曰：征塵蒙滿蕪草，荷雨露沾洗。鷗鳥牽絲颺，趙云：羽如絲也。謂之牽絲，則絲有牽之理。驪龍濯錦紆。落霞沉緑綺，謝玄暉晚望三山詩：餘霞散成綺，澄江静如練。殘月壞金樞。木玄虚海賦：大明鑣轡於金樞之穴。注：大明，月也；金樞，西方月没之處；穴，窟也。**泥笋苞初荻，沙茸出小蒲。**謝靈運詩：新蒲含紫茸，初篁苞緑籜。**鴈兒争水馬，**薛云：右按本草，水馬生水中，善行如馬，亦謂之海馬。**燕子逐檣烏。**趙云：舡檣上刻爲烏形也，燕如逐之。**絶島容煙霧，環洲納曉晡。**謝靈運詩：側徑既窈窕，環洲亦玲瓏。**前聞辨陶牧，**顔延年：七澤藹荆牧。牧，陶牧也，地名。坡云：王粲登樓賦：北彌陶牧。注：陶，鄉名。郊外曰牧。**轉眄拂宜都。**劉備改哭陵爲宜都。**縣郭南畿好，**路入松滋縣。**津亭北望孤。**趙云：懷長安矣。**勞心依憩息，朗詠劃昭蘇。**趙云：劃字，開豁之意。**意遣樂還笑，衰迷賢與愚。**趙云：人情歷艱險則悲憂，逢平曠則笑樂。當是時，雖身之老、志之衰矣，豈復論賢愚哉！**飄蕭將素髮，**秋興賦：素髮颯以垂領。**汩没聽洪鑪。**王粲傳：鼓洪爐以燎毛髮。**丘壑曾忘返，**謝靈運詩：昔余游京華，未嘗廢丘壑。山林之士入而不復出。**文章敢自誣？**坡云：卜商文章，繩身之規矩，豈敢自誣？趙云：公以文自任，雖己亦不得而誣其不能也。**此生遭聖代，誰分哭窮途。**顔延年詠阮步兵詩：窮途能無慟。杜云：阮籍每行至路窮處，輒慟哭而返。**卧疾淹爲客，蒙恩早厠儒。廷争酬造化，**王陵傳：陳平謂陵曰：面折廷争，臣不如君。師古曰：謂當朝廷而諫争。坡云：張綱曰：吾廷諍是非，屏棄姦佞，非欲作自己名目，端酬造化有補王室而益黎〔泯〕（民），吾死亦無憾，何况生焉。趙云：公言其爲左拾遺時，嘗論房琯有才不宜廢，是爲廷諍；以酬君王碩遇之恩，是爲酬造化。**樸直乞江湖。**趙云：肅宗以公言房琯，出爲華州司功，屬關輔飢亂，遂入蜀。今在夔，又欲之楚。**灩澦險相迫，滄浪深可逾。浮名尋已已，懶計却區區。****趙云**：公以諫忤旨而流落江湖，迫灩澦、逾滄浪，於是無意於浮名，而遂其閑懶矣。**喜近天皇寺，先披古畫圖。****薛云**：右按渚宮故□（事），□□□（張僧繇）□（避）侯景之亂，來奔湘東承制，拜右將軍。僧繇攻畫，爲郡之冠，常於天□□（皇寺）柏堂圖盧舍那佛像，夜有奇光發自屋壁，又於堂内圖孔子十哲像，識者謂右軍絶筆。湘東鮑潤岳謂曰：釋門之内寫素王之容，雖由神異無方，豈可夷夏同貫？僧繇笑曰：吾誠偶然，安知不利於後？聞者莫知其旨。及後周滅二教，梁爲附庸，荆楚祠宇莫不毁撤，唯天皇寺有宣尼像，遂爲國庠，時人歎其先覺。嘗於此寺畫龍，不時點睛。道俗請之，捨錢數萬。落筆之後，雷雨晦冥，忽失龍，不知所在。唐朝閻立本工畫無對。立本嘗至荆州視僧繇舊跡，曰：定虚得名耳。明日又往觀之，曰：猶是近代佳手。明日又往，曰：名下無虚士。坐卧觀之，留宿其下十餘日而不能去。**應經帝子渚，**謝玄暉：瀟湘帝子遊。江淹王徵君詩：北渚有帝子，蕩瀁不可期。帝子，見楚詞。**杜云**：楚詞云：帝子降兮北渚。帝子謂堯女娥皇、娥英矣。**同泣舜蒼梧。**禮：舜葬蒼梧之野。謝玄暉：雲去蒼梧野。顔延年：謁帝蒼山蹊。**趙云**：公之懷舜深矣。**朝士兼戎服，君王桉湛盧。**吴越春秋：越王允常（使）歐〔治〕（治）子作名劍五枚。秦客薛燭善相劍，越王取湛盧示之。曰：善哉！銜金鐵之英，吐銀錫之精，寄氣託靈，有游出之神，服此劍可以折衝伐敵。人君有逆誅，則去之它國。允王乃以湛盧獻吴，吴公子光弑吴王，湛盧去，如楚也。鮑明遠：天子按劍怒。**旄頭初俶擾，**始擾亂也。晉天文志：昴爲旄頭，胡星也。天子出，旄頭罕畢以前驅也。**趙云**：相始爲亂也。**鶉首麗泥塗。**晉志：自東井十六度至柳八度爲鶉首，秦之分野，屬雍州。○**趙云**：鶉首，星度之名。分野則雍州也。麗泥塗，此言廣德元年長安陷也。**甲卒身雖貴，書生道固殊。出塵皆野鶴，**晉嵇紹在稠人中，昂昂然若野鶴之在雞群。**歷塊匪轅駒。**王褒云：過都越國，蹶如歷塊。灌夫傳：上怒内史曰：公平生數言魏其、武安長短，今日廷論，局促効轅(中)(下)駒。應劭曰：駒者，駕著轅下。局趣，蹴小之貌。張晏曰：俛頭於車轅下，隨母而已。○**趙云**：言遭喪亂，則甲卒有貴爲節度、爲將帥。時有書生亦在其中，而書生之道自與甲卒殊矣，故有野鶴轅駒之譬。**伊呂終難降，韓彭不易呼。**伊尹、呂望、韓信、彭越。**趙云**：言伊尹、呂望不肯降志矣，文人不來，武人得勢也。**五雲高太甲，六月曠摶扶。**莊子：鵬之徙於南溟也，水擊三千里，摶扶摇而上者九萬里，去以六月息。**趙云**：言賢材之不得用也。沈佺期移禁司刑詩：散材仍葺厦，弱羽遽摶扶。**回首黎元病，争權將帥誅。山林託疲苶，未必免崎嶇。**莊子齊物論：苶然疲役而不知其所歸，可不哀邪？**趙云**：公之自傷尤深矣。

放舡新添

收帆下急水，卷幔逐回灘。江市戎戎暗，山雲淰淰寒。荒林無徑入，獨鳥怪人看。已泊城樓底，何曾夜色闌。

山館

南國晝多霧，北風天正寒。**坡云**：張茂先：北風凛烈，天色正寒。游子不歸，吾心如割。雖有尺書，吾不能達。路危行木杪，身遠宿雲端。鮑明遠詩：雲端楚山見，林表吴岫微。山鬼吹燈滅，厨人語夜闌。**趙云**：楚詞有山鬼篇，此山館乃楚地矣。○晋傅玄詩：厨人進藿茹，有酒不盈杯。雞鳴問前館，世亂敢求安？

迴棹

趙云：此公厭衡山之熱，（懷）峴山之凉，欲迴棹而往，蓋公本襄陽人也。

宿昔試安命，**趙云**：莊子云：知其不可奈何而安之若命。自私猶畏天。**趙云**：言雖私己自便，而終不若小人之不畏天者也。勞生繫一物，**趙云**：人之勞生，不免繫着一物，若利若名皆是矣。爲客費多年。衡岳江湖大，蒸池疫癘偏。**趙云**：蒸池，按衡州衡陽縣云：吴之臨蒸，以蒸水名。蒸水者，其氣如蒸也。散才嬰薄俗，**趙云**：以閑散之才爲薄俗所嬰繞，此同乎流俗之意。有跡負前賢。**趙云**：賢者每以跡爲累，故以絶迹爲貴。今有留滯之跡，所以負媿於前賢矣。巾拂那關眼，**趙云**：巾拂，所以莊肅形容之物，那關眼，則舟中放曠而不用矣。瓶罍易滿缸。坡云：洪嶠解官去長沙，臨行嘆曰：兒女滿眼，歸無負郭，滿缸瓶罍，復何益於吾哉！趙云：言飲之多也。火雲滋垢膩，淮南子曰：旱雲煙火。凍雨裛沉一作「塵」。綿。思玄賦：凍雨霈其灑途。注：暴雨也。强飯蓴添滑，蓴，見「張翰後歸吴」注。端居茗續煎。又薛云：右按〔茶〕（荼）録：潭、邵之間渠江，中有茶而多毒蛇猛獸，鄉人每年採擷不過十五六斤，其色如鐵，芳草異常，煎之無脚。彼人所餉渠江者，乃東平所出，伊渠江密因狐假焉。清思漢水上，凉憶峴山巔。趙云：此在湘潭之詩，最爲卑濕蒸鬱之處，故清思漢水，而凉憶峴山也。公本襄陽人，豈懷鄉之語乎？順浪翻堪倚，江賦：水夷倚浪以傲睨。迴帆又省牽。吾家碑不昧，杜預沉碑峴山之下。王氏井依然。王粲宅有井。几杖將衰齒，茅茨寄短椽。灌園曾取適，遊寺可終焉。遂性同漁父，屈原、莊子皆有漁父篇。成名異魯連。史記：田單屠聊城，歸而言魯連，欲爵之。魯連逃隱於海上，曰：吾與富貴而詘於人，寧貧賤而輕世肆志焉。趙云：如滄浪之漁父不求名聞。翻異魯仲連，蓋仲連却秦軍下燕城，雖不受封，猶爲取名也。篙師煩爾送，朱夏及寒泉。趙云：語篙師云：煩爾送我一去，猶於朱夏之際，趁及寒泉之爲可挹也。豈却仍往峴乎？

行次古城店泛江作不揆鄙拙奉呈江陵幕府諸公

老年常道路，遲日復山川。白屋花開裏，王莽傳：延士不及白屋。師古曰：白屋，謂庶人以白茅覆屋也。沈約：開花已匝樹。孤城麥秀邊。宋世家：箕子朝周，過故殷墟，城毁壞，生禾黍，箕子傷之，欲哭則不可，爲其近婦人，乃作麥秀之詩以歌詠之。其詩曰：麥漸漸兮，禾黍油油兮。彼狡童兮，不與我好兮。所謂狡童者，紂也，殷民聞之，皆爲流涕。向子期思舊賦：歎黍離之閒周，悲麥秀於殷墟。濟江元自闊，**趙云**：濟者，濟涉之濟，至江陵則江闊矣。下水不勞牽。風蝶勤依槳，**趙云**：蝶欲泊槳上也。春鷗懶避舡。王門高德業，鄒陽曰：何王之門，不可曳長裾乎？○陸韓卿：王門所以貴，自古多儁人。幕府盛材賢。蔡邕薦邊讓於何進曰：伏惟幕府初開，博選清英。行色兼多病，蒼茫泛愛前。孔子泛愛衆。

舟中出江陵南浦奉寄鄭少尹 番

更欲投何處，飄然去此都。賈誼：何必懷此都。形骸元土木，土木形骸，龍章鳳姿。舟楫復江湖。社稷纏妖氣，左太沖：姦回鼂兵纏紫微。干戈送老儒。百年同棄物，萬國盡窮途。見「今日暮途窮」注。**杜云**：阮籍云：途窮能無慟也？雨洗平沙净，天銜闊岸紆。鳴螿隨泛梗，**趙云**：螿，音將，蟬也。螿得梗而託之，故隨泛梗而鳴。别燕赴秋菰。宋玉：燕翩翩其辭歸。**坡云**：螿，資良反，蟬屬。郭林宗：如寒螿隨泛梗，固亦難安。李充云：別燕背人去，雙起秋浦菰。趙云：菰，雕胡也。燕集於菰叢之間，時當秋，而別之而起去矣。**棲託難高卧，**孔明高卧南陽。坡云：胡蕭年來托食寄棲，區區卑折，難得高卧雲巘，下視車馬。○趙云：言其身方有棲託，難於高枕以自安也。**飢寒迫向隅。**前漢刑法志：滿堂飲酒，一夫向隅而泣。**寂寥相呴沫，**莊子：與其相呴以(濡)(濕)，相濡以沫，孰若相忘於江湖。**浩蕩報恩珠。**漢武帝昆明之池去魚，後銜明珠報之。又：隨侯見傷蛇，以藥封之，蛇銜明珠以報。**溟漲鯨波動，**謝靈運：溟漲無端倪。**衡陽鴈影徂。**蜀都賦云：候鴈銜芦。木落南翔，水泮北徂。又應德璉：將就衡陽棲。**南征問懸榻，**陳蕃爲樂安太守，禮郡人周璆，字而不名。特爲置一榻，去則懸之。**東逝想乘桴。**語：乘桴浮于海。**濫竊商歌聽，**北山移文：竊吹草堂，濫巾北岳。七啓云：此甯子商歌之狀。**時憂下泣誅。**楚人下和以玉璞三獻，不遇，楚王遂再刖其足。**經過憶鄭驛，**鄭莊置驛。**斟酌旅情孤。**趙云：言鄭監必測度我旅情之孤也。

曉發公安數月憩息此縣

北城擊柝復欲罷，易：重門擊柝。孟子：抱關擊柝。哀七年傳：魯擊柝聞於邾。**東方明星亦不遲。**晉傳(玄)云：時東方大明星，光影照千里。詩東方云：東有啓明，西有長庚。注曰：旦出，謂明星爲啓明；日既入，謂明星爲長庚。庚，續也。箋云：啓明、長庚皆有助日之名，而無實光。釋文云：明星謂之啓明。孫炎曰：明星，太白也，出東方，高三舍，今曰太白矣；長庚，不知是何星也。或一星出在東西而異名，或二者别星，未能審也。**鄰雞野哭如昨日，**坡云：張禹：鄰雞哭野，廐馬嘶風。起坐拊髀，望鄉長嘆。趙云：鄰雞聲已傳。**物色生態**一作「生生」。**能幾時？**顔延年：日暮行樂歸，物色桑榆時。坡云：張瑄：眼前物態生計，大能幾時？何苦區區，錙銖計較哉！**舟楫眇然自此去，**坡云：鍾繇：駕松舟檜楫，眇然下驚波而去。**江湖遠適無前期。**沈休文别范安成：平生少年(日)，分手易前期。趙云：無前期，謂不知所止。**此門轉眄已陳迹，**王羲之：俛仰之間，已爲陳迹。**藥餌扶吾隨所之。**謝靈運游南亭詩：藥餌情所止，衰疾忽在期。

泊岳陽城下

江國踰千里，山城僅百層。顔延年賦：臨廣望，坐百層。**岸風翻夕浪，舟雪灑寒燈。**謝惠連遇風詩：落雪灑林丘。**留滯才難盡，**管輅曰：酒不可極，(才不可)盡，吾欲持酒以禮，持〔財〕(才)以愚，何患之有也！史太史公自序：太史公留滯周南。趙云：任昉晚節著詩，欲傾沈約，用事過多，辭不得流便，於是有才盡之談也。**艱危氣益增。**漢馬援曰：大丈夫窮當益堅，老當益壯。蜀廖立見廢爲民，徙於汶山，而志氣不衰。○**趙云**：史云：懦夫增氣。舊引馬援：老當益壯。爲旁似矣。**圖南未可料，變化有鯤鵬。**莊子：北冥有魚，其名爲鯤。鯤之大，不知其幾千里也。化而爲鳥，其名爲鵬。鵬之背，不知幾千里也。又云：背負青天而莫之夭閼焉，而後乃今將圖南也。**趙云**：公方儘南而往，所以及圖南之義。

纜舡苦風戲題四韻奉簡鄭十三郎判官 泛

東岸朔風疾，天寒鶬鴰呼。爾雅：鶬，鴰麋。注：今呼鶬鴰。西都賦：鳥則鶬鴰，泛浮往來。**漲沙霾草樹，**白希範詩：森森荒樹齊，析析寒沙漲。**舞雪渡江湖。**古詩：扁舟載風雪，半夜渡江湖。**杜云**：鮑昭効劉公幹體云：一風吹朔雪，千里度龍山。集君瑶臺下，飛舞兩楹間。**吹帽時時落，**孟嘉傳：嘉爲桓温參軍，既和而正，温重之。九月九日，温遊龍山，參僚畢集。時佐吏並著戎服，有風吹，嘉帽落墮，温謂左右及賓客勿言，且以觀其舉止。**維舟日日孤。**詩：泛泛楊舟，紼纚維之。爾雅：諸侯維舟。**因聲置驛外，****趙云**：題是簡鄭十三判官，故使鄭莊置驛也。**爲覓酒家壚。**司馬相如傳：文君當壚。郭璞曰：壚，酒壚。師古曰：賣酒之處，累土爲壚，以居酒瓮，四邊隆起，其一面高，形如鍜壚，故名壚耳。而俗之學者皆謂當壚爲對温酒火壚，失其義矣。晉阮籍傳：公邑家婦有美色，當壚沽酒。阮與王安豐常從婦飲酒，阮醉便眠婦側，夫不疑之。伺察，終無它意。王濬冲爲尚書令，著公服，乘軺，經黄公酒壚中過，顧謂後車客曰：吾昔與嵇叔夜、嗣宗共酣飲此壚，竹林之遊，亦預其末。自嵇生天、阮公亡，便爲時所羈〔泄〕（紲）。今日覩此，雖近，邈若山河。

過南嶽入洞庭湖

洪波忽争道，岸轉異江湖。趙云：僕嘗愛此争道字却用於洪波之下，可謂奇矣！鄂渚分雲樹，衡山引舳艫。屈原九章：乘鄂渚而返顧。漢武紀：舳艫千里。李斐曰：舳，舡後持拖處也；艫，舡頭刺櫂處也。言其舡多，前後相銜，千里不絕。師古曰：舳音軸，艫音盧。翠牙穿裛槳，碧節吐寒蒲。趙云：槳字在韻書音獎，云所以隱舡曰槳。今詳其義，乃菰蔣之蔣耳，蓋蒲有節而蔣有〔呀〕（牙）也。病渴身何去，春生力更無。壤童犂雨雪，漁屋架泥塗。欹側風帆滿，微冥水驛孤。悠悠迴赤壁，趙云：赤壁在夏口之東，武昌之西。浩浩略蒼梧。趙云：蒼梧在洞庭西南之地，乃永州也。帝子留遺恨，曹公屈壯圖。屈平九歌湘君云：帝子降兮北渚，目眇眇兮愁予。史記：舜南巡狩，崩於蒼梧之野，葬於江南九疑，是爲零陵。禮記曰：舜葬蒼梧，二妃不從。後漢獻帝紀：建安十三年，曹操自爲丞相，南征劉表。表卒，少子琮立，以荆州降。操以舟師伐孫權，權將周瑜敗之於烏林赤壁。周瑜傳：曹公入荆州，劉琮舉衆降。曹公得其水軍，舡步兵數十萬，將士聞之皆恐。權延見群下，問以計策。議者咸曰：不如迎之。瑜曰：不然。操雖託名漢相，其實漢賊也。操自送死，而可迎之耶？瑜請得精兵三萬人，進往夏口，保爲將軍破之。權曰：老賊欲廢漢自立久，徒忌二袁、吕布、劉表與孤耳。今數雄已滅，惟孤尚存，與老賊勢不兩立。君言當擊，甚與孤合，此天以授孤也。遂共圖計逆曹公，遇於赤壁，大破之。曹公敗退，還保南郡，備與瑜等復共追之，曹公留曹仁等守江陵城，徑自北歸。**聖朝光御極，殘孽駐艱虞。****才淑隨廝養，**前漢蒯通傳：隨廝養之役者，失萬乘之權；守儋石之禄者，闕卿相之位。張耳傳：廝養卒。蘇林曰：廝，取薪者。**名賢隱鍛鑪。**趙云：四句通義。此言上雖復長安七八年矣，而吐蕃猶未息，是爲駐留艱虞於此。才淑之人，有隨廝養者；名士之賢，有隱鍛鑪者。○嵇康初居貧，嘗與向秀共鍛於支樹之下以自贍給。**邵平元入漢，**前漢蕭何傳：陳豨反，高祖自將，至邯鄲，而韓信謀反關中，吕后用何計誅信。上聞誅信，使使拜何爲相國，益封五千户，令卒五百人一都尉爲相國衛。諸君皆賀。邵平者，故秦東陵侯。秦破，爲布衣，貧，種瓜長安城東，瓜美，故世謂東陵瓜。平謂何曰：禍自此始矣。上暴露於外，而君守於内，非被矢石之難，而益君封置衛者，以今者淮陰新反於中，有疑君心。夫置衛衛君，非所以寵君，願君謝封勿受，悉以家財佐軍。何從其計，上大悦。師古曰：召，讀曰邵。趙云：公以其身不得歸長安，此所以自嘆其不如也。**張翰後歸吳。**晉書文苑傳：張翰，字季鷹，吴郡吴人，晉齊王冏辟爲大司馬東曹〔椽〕（掾）。翰因見秋風起，乃思吴中菰米、蓴羹、鱸魚鱠，曰：人生貴得適志，何能羈宦數千里以要名爵乎！遂命駕而歸，人皆謂之見幾。趙云：公以南下之遲肖似其歸晚也。**莫怪啼痕數，危檣逐夜烏。**檣，掛帆木也。郭璞賦：萬里連檣。趙云：檣上爲刻烏以瞻風也。謂之〔烏〕（逐），則相逐同行之舡矣。○陰鏗詩：檣轉向風烏。

宿青草湖

洞庭猶在目，青草續爲名。又薛云：右按岳州圖經，洞庭湖在縣西南一里。荆州記云：巴陵南有青草湖，與洞庭湖相連，周迴數百里，日月出没其中。水經注曰：沅水注洞庭湖中，會於江山。宿槳依農事，趙云：此言楚人於湖中種田，故舡槳所宿之處依之也。郵籤報水程。趙云：舟中所用以知時也。漏籌謂之郵籤。○古詩：雞人司漏轉更籤。寒冰争倚薄，雲月遞微明。湖鴈雙雙起，人來故北征。九歌云：駕飛龍兮北征，邅吾道兮洞庭。趙云：末有念鄉之意，鴈乃北征，人之不如也。

宿白沙驛 初過湖南五里。

水宿仍餘照，謝靈運入彭蠡湖口作：客游倦水宿，風湖難具論。人煙復此亭。驛邊沙舊白，湖外草新青。萬象皆春氣，孤槎自客星。博物志曰：仙查犯牛斗，客星於蜀郡問嚴君平。□□(隨波無)限月，□□(坡云)：□(景)差湘江辭云：隨波無限月，愁殺獨醒人。望月奠蘭酌，流淚沾衣巾。的的近南溟。莊子：鵬鳥海運則將徙於南溟。南溟，天池也。趙云：月色之明，的也。

野望

納納乾坤大，行行郡國遥。古樂府：行行重行行。**雲山兼五嶺，**陸機贈顧交阯詩：〔代〕（伐）鼓五嶺表。張耳傳：南有五嶺之戍。**又薛云：**右按秦始皇略定楊越，謫戍五方，南守五嶺：塞上嶺一也，騎歸嶺二也，都龐嶺三也，略緒嶺四也，越城嶺五也。自北徂南，入越之道必由嶺焉。○師古曰：嶺者，西自衡山之南，東窮于海，一山之限耳，而摽名有五焉。○**新添：**裴氏廣州記曰：大庾、始安、臨賀、桂陽、揭陽是五嶺。**風壤帶三苗。**舜典：竄三苗于三危。注：三苗，國名。縉雲氏之後爲諸侯饕餮。三危，西裔。昭元年説，自古諸侯不用王命者，虞有三苗，夏有觀扈。**野樹侵江闊，春蒲長雪消。****趙云：**蒲長於雪消之後。**扁舟空老去，無補聖明朝。**服虔曰：嶺有五，因以爲名。交阯、合浦〔果〕（界）有此嶺。

入喬口長沙北界。

漠漠舊京遠，陸機樂府：街巷紛漠漠。盧諶詩：南望舊京路。**遲遲歸路賒。殘年傍水國，**周禮：水國用龍節。顔延年詩：水國周地險。**落日對春華。樹蜜早蜂亂，****杜田云：**樹蜜，椇也。崔豹古今注曰：椇，一名樹蜜，一名木〔錫〕（餳），實形拳曲，核在實外，荆湘多此木。子美所以記土地之所有也。**江泥輕燕斜。賈生骨已朽，悽惻近長沙。**前漢賈誼傳：太子議以誼在公卿之位。絳、灌、東陽侯、馮敬之屬盡害之，迺毀誼曰：雒陽之人年少初學，專欲擅權，紛亂諸事。於是天子後亦疏之不用，以誼爲長沙王傅。誼既以謫去，意不自得，及渡湘水，爲賦以弔屈原。後梁王勝墮馬死，誼自傷爲傅亡狀，常哭泣，後歲餘亦死。老子曰：其人與骨皆已朽矣。

銅官渚守風 趙云：潭州長沙傳有銅官山云，楚鑄錢處，則此渚乃以是得名乎。

不夜楚帆落，避風湘渚間。水耕先浸草，春火更燒山。早泊雲物晦，逆行波浪慳。飛來雙白鶴，過去杳難攀。漢武詔：火耕水耨。應劭曰：燒草下水種稻，益生，高七八寸，因悉芟去，復下水灌之，草死，獨稻長，所謂水耕。**新添**：古樂府，虞世南：飛來雙白鶴，奮翼遠凌煙。俱棲集此地，一舉背青田。

北風 新康江口信宿方行。

春生南國瘴，氣待北風蘇。向晚霾殘日，詩：終風且霾。釋文云：風而雨土爲霾。孫炎曰：大風揚塵，〔生〕（土）從上下。**趙云**：言晚之後蒸鬱也，所以生瘴。○爾雅曰：風而雨土爲霾。實言昏曀之狀也。初宵鼓大鑪。莊子大宗師：以天地爲大鑪。王粲〔師〕傳：□□□□□□□（鼓洪鑪以燎毛髮）。爽携卑濕地，前漢：長沙定王發以其母唐兒微，無寵，故王卑濕貧國。賈誼傳：誼既以謫居長沙，卑濕，誼自□（傷）悼，乃爲賦也。聲拔洞庭湖。趙云：言風之清爽雄大如此也。萬里魚龍伏，三更鳥獸呼。趙云：魚龍懼而藏伏，鳥獸驚而呼鳴，則風之勢可知矣。滌除貪破浪，趙云：南史：宗慤云：願乘長風破萬里浪。愁絶付摧枯。執熱沉沉在，桑柔詩：誰能執熱，逝不以濯。凌寒往往須。且知寬疾肺，不敢恨危塗。再宿煩舟子，莊三年傳：再宿爲信。郭璞江賦：舟子於是湧棹，涉人於是檥榜。趙云：詩：招招舟子。衰容問僕夫。新添：邵平：衰容忘事，時復問僕夫南北。今晨非盛怒，趙云：盛怒，言風也。宋玉風賦：盛怒於土囊之口。便道即長驅。又薛云：右按春秋左氏傳，楚子以馹至於灑汭。吴子使其弟犒師，楚子執之，將以釁鼓。對曰：今君奮焉，震電憑怒。注：杜預曰：憑，盛也。隱几看帆席，海賦：挂帆席。莊子：南郭子綦隱几而坐。隱，憑也。雲山湧坐隅。言浪若雲山也。

發潭州

夜醉長沙酒，謝惠連雪賦：酌湘吴之醇酎。鄒陽酒賦：其品類，則沙洛緑酃，烏鄉若下。曉行湘水春。岸花飛送客，檣燕語留人。賈傅才未有，賈誼爲長沙王太傅。褚公書絶倫。案唐書：褚遂良涉□□（博文）史，尤工隸書，父友歐陽詢甚重之。太宗嘗謂侍中魏徵曰：虞世南死後，無人可論書。徵曰：

褚遂良下筆遒勁，甚得王羲之體。太宗即日召令侍書。太宗嘗出御府金帛購求羲之書迹，天下爭齎古書詣闕以獻，當時莫能辨其真僞。遂良備論所出，一無舛誤。永徽元年，高宗將廢皇后王氏，立昭儀武氏爲后，遂良極諫，以爲不可，致笏於殿陛曰：還陛下此笏。仍解巾叩頭流血。帝怒，令引出。翌日，李勣奏曰：此乃陛下家事，不合問外人。帝乃立武昭儀爲皇后，左遷遂良潭州都督，顯慶三年，爲愛州刺史。桓譚以楊雄爲絶倫。名高前後事，回首一傷神。

雙楓浦

輟棹青楓浦，雙楓舊已摧。招魂云：湛湛江水兮上有楓。阮籍詩云：湛湛長江水，下有楓樹林。趙云：此詩題是雙楓，乃實道其事，而舊引江水湛湛兮上有楓，有失杜公意。自驚衰謝力，不道棟梁材。趙云：如棨棁之材，不荷棟梁之任也。浪足浮紗帽，皮須截錦苔。趙云：今欲乘此楓泛江而上天。於此戴紗帽而浮其上，則浦水之浪自足浮之。楓皮上有苔蘚，不能不滑，故須截去錦苔而後可乘也。江邊地有主，暫借上天迴。趙云：此用乘槎事也，詳見上注。

登舟將適漢陽

春宅棄汝去，趙云：公二月到潭州，因居焉，則自春所有之宅名之曰春宅。秋帆催客歸。趙云：將歸秦庭也。庭蔬尚在眼，浦浪已吹衣。坡云：馬季良渡江賦云：浦浪灑濯，蘋風吹衣。○江淹云：浦浪輕花泛，沙風吹客衣。生理飄蕩拙，又薛云：右按南華真經，莊子之楚，見髑髏，髐然有形，撽以馬捶，因而問之曰：夫子貪生失理而爲此乎？坡云：吴産飄蕩牢落，拙治生計，幾爲人笑。吾以媿於朋友，何日反故山采杞菊，枕石漱泉，遂此麋鹿之性。有心遲暮違。趙云：遲暮，晚年也。楚詞：傷美人之遲暮。中原戎馬盛，遠道素書稀。杜云：古詩：呼兒烹鯉魚，中有尺素書。塞鴈與時集，檣烏終歲飛。趙云：帆檣之上刻爲烏形，取其占風。鹿門自此往，見「〔應〕（漢陰）有鹿門」注。趙云：龐德公携妻子隱於鹿門。永息漢陰機。見上「煮井復榾榾」注。

舟中

風餐江柳下，雨卧驛樓邊。坡云：阻風餐柳下，值雨生蓬窗。句法絶妙，不知誰詩也，恨不見全篇。與魯直讀至此，遂記而疏之，疑子美亦法此二句而作也。其詩二句在晉文類中。趙云：如宋鮑昭詩：風餐弄松宿，雲卧恣天行。結纜排魚網，趙云：言結纜之處有魚網相排也。連檣並米舡。檣，舡上帆竿。今朝雲細薄，昨夜月清圓。飄泊南庭老，秪應學水仙。趙云：公自謂也。南庭者，南方之庭，猶北地謂之北庭耳。

南征

春岸桃花水，謝靈運詩：海鷗戲春岸。庾信早春詩：流水桃花色，春洲杜若香。趙云：韓詩章句曰：溱與洧，方涣涣兮。謂三月桃花水下。雲帆楓樹林。招魂云：湛湛江水兮上有楓。阮籍詩：湛湛長江水，上有楓樹林。偷生長避地，李陵書曰：陵豈偷生之士？○語：賢者避世，其次避地。適遠更霑襟。四愁詩：側身南望涕沾襟。○王仲宣詩：遠身適荆蠻。老病南征日，招魂曰：汩吾南征。趙云：公言其將楚適也。君恩北望心。四愁詩：側身北望涕沾巾。趙云：公既有京兆功曹之命，爲領君恩矣，所以北望長安也。百年歌自苦，未見有知音。古詩：人生不滿百，常懷千歲憂。又云：不愁歌者苦，但傷知音稀。

久客

羈旅知交態，鄭當時傳：翟公大書其門曰：一死一生，乃知交情；一貧一富，乃知交態；一貴一賤，交情迺見。淹留見俗情。坡云：張遼漂泊淹留，始見世俗人情炎凉，俯仰皆時世體態，仁者必不爲也。衰顔聊自哂，小吏最相輕。坡云：何晏見梁王，王不爲禮，晏叱曰：小吏何敢侮予。去國哀王粲，王仲宣七哀詩：西京亂無象，豺虎正遘患。復棄中國去，遠身適荆蠻。傷時哭賈生。賈誼上書言時事云：可爲痛哭者一，可爲流涕者二，可爲太息者六。狐狸何足道，豺虎正一作「亂」。縱横。孟陽七哀詩：季葉喪亂起，盜賊如豺虎。張綱傳：豺狼當路，安問狐狸。趙云：時吐蕃之亂未息也。

遠遊

江闊浮高棟，雲長出斷山。塵沙連越嶲，薛云：右按唐地理志，劍南道蓋古梁州之域，蜀郡、廣漢、犍爲、越嶲、益州、牂柯、巴郡之地，總爲鶉首。趙云：以吐蕃之兵未息也。風雨暗荆蠻。鴈矯銜蘆內，淮南子曰：鴈從風而飛，以愛氣力；銜蘆而飛，以避矰繳。張華賦：又矯翼而增逝，徒銜蘆以避繳，終爲戮於此世。猿啼失木間。見「哀哀失木狖」。弊裘蘇季子，歷國未知還。蘇秦説秦，書十上而説不行，黑貂裘色敝。仲尼歷聘諸國。

客夜

客睡何曾著，秋天不肯明。魏文帝行旅詩曰：漫漫秋夜長，烈烈北風凉。展轉不能寐，披衣起彷徨。入簾殘月影，高枕遠江聲。計拙無衣食，途窮仗友生。見「今日暮途窮」注。詩伐木：不如友生。○趙云：顔延年詠阮籍詩：途窮能無慟？老妻書數紙，應悉未歸情。

客亭

秋窗猶曙色，木落更天一作「高」。風。日出寒山外，江流宿霧中。聖朝無棄物，坡云：王祥聖：世物無大小，皆料材適用，無棄擲者。老病已成一作「衰」。翁。多少殘生事，飄零似轉蓬。

晚行口號

三川不可到，時三川在賊境。左傳：周之亡也，其三川震。注：涇、渭、洛水也。○趙云：三川，鄜州縣名。地理志云：注：華池水、黑水、洛水所會，故謂三川。舊注引西周三川，却是説長安矣，不知其名偶同，眩惑學者矣。歸路晚山稠。落鴈浮寒水，飢烏集戍樓。戍樓，防戍之樓也，人欲遠望，故作樓。○趙云：此言地經喪亂，寂乎無人而然也。市朝今日異，坡云：江總亂後歸金陵，過秦淮，覽物彷徨，長嘆市朝人情異於曩日。喪亂幾時休？遠愧梁江總，還家尚黑頭。江總在陳掌東宫管記，與太子爲長夜飲。後主即位，授尚書令。京城陷，入隋爲上開府，復歸老江南。

地隅

江漢山重阻，風雲地一隅。李陵詩：風波一失所，各在天一隅。年年非故物，謂流徙不止於故常之地爾。**趙云**：遷徙不常，眼中所見非故舊之物。**處處是窮途。**遭亂而道不行爾。○**趙云**：顔延年詠阮籍詩：窮途能無慟？**喪亂秦公子，**謝靈運擬魏公子鄴中詩：王粲，家本秦川，貴公子孫，遭亂流寓，自傷情多。**悲涼楚大夫。**屈原、宋玉皆楚大夫。**平生心已折，**江淹别賦：心折骨驚。**行路日荒蕪。**

過洞庭湖新添：**鮑云**：洪玉甫云：有人得之江中石刻。直方詩話亦云。

鮫室圍青草，龍堆隱一作「擁」。**白沙。護堤**一作「江」。**盤古木，迎棹舞神鴉。破浪南風正，回檣**一作「歸舟」。**畏日斜。湖光與天遠，直欲泛仙槎。**一作「雲山千萬疊，底處上星槎」。

述懷　古詩二十四首

述懷晉阮籍嘗作詠懷詩八十餘篇，爲世所重。

去年潼關破，妻子隔絶久。新玄宗紀：天寶十五年，安禄山僭號於東京，賊將安慶緒犯潼關，哥舒翰軍敗退。翰至潼關，爲其帳下火拔歸仁以左右數十騎執之降賊，關門不守，京師駭。河東、華陰、上洛等皆委城而走，上乃謀幸蜀也。**今夏草木長，**陶淵明詩：孟夏草木長。**脱身得西走。**按新唐書，天子幸蜀，甫走避三川，肅宗立，自鄜州羸服奔行在，爲賊所得。至德元年，亡走謁帝鳳翔。**麻鞋見天子，**坡云：焦卓見文帝，麻鞋烏帽，舉動詳正，奏對明敏，帝呼爲高士。趙云：炙轂子有云：夏、商以草爲屩，周以麻爲之，謂之麻鞋，貴賤通着。則麻鞋字亦有所據而言也。**衣袖露兩肘。朝廷慜生還，親故傷老醜。涕淚受拾遺，流離主恩厚。**言奔走流離迫於窘困，至於麻鞋以見天子。露兩肘，言衣不完也。莊子言原憲捉衿而肘見。按新書言，甫至德二年亡走鳳翔上謁，授右拾遺，而舊史以爲甫謁帝彭原郡。至德，肅宗年號也。**柴門雖得去，未忍即開口。**趙云：不欲遽違天顔也。**寄書問三川，不知家在否。**三川在鄜州。按本傳，甫寄家三川，艱窶彌年，孺弱至餓死者。**比聞同罹禍，殺戮到雞狗。**坡云：黄〔中〕(巾)犯渭上，雞犬俱殺戮盡，數千里斷絶人煙。**山中漏茅屋，誰復依户牖？摧頽蒼松根，地冷骨未朽。**坡云：弔王褒文云：西山地冷，靈骨未朽，秀氣矗然，君既長卧，復鍾後賢，其碑斷裂，不見完本。**幾人全性命，盡室豈相偶。嶔岑猛虎場，鬱結回我首。**陸機：飢食猛虎窟。庾信小園賦：穿漏兮茅茨。**自寄一封書，今已十月後。**趙云：十月後，非冬之十月也，何以明之？公往問家屋，乃在閏八月初吉耳。此詩在閏八月之前所作也。**反畏消息來，寸心亦何有。漢運初中興，**凡王室中否而再興，謂之中興，如周之宣王、漢之〔先〕(光)武、唐之中宗是。**生平老躭酒。**齊桓好酒。魏曹植賦曰：若躭于觴酌，流情縱佚，先王所禁，君子所失。霍光傳：昌邑夜飲，湛沔於酒。師古曰：湛，讀曰沉，又讀曰躭。沔，荒迷酒也。**沈思歡會處，恐作**

窮獨叟。

自京赴奉先縣詠懷五百字天寶十四載十一月初作。奉先屬京兆郡，緣皇家陵寢，武后分置醴泉縣。

杜陵有布衣，老大意轉拙。前漢地理志：杜陵屬長安京兆尹。注：古杜伯國，有周將軍杜主祠四所。漢宣帝葬此，因曰杜陵。長安南五十里。布衣，韋帶之士。古詩：老大徒傷悲。**趙云**：杜陵，公所居之地也。**許身一何愚，竊比稷與契。**孔子：竊比於我老彭。**坡云**：子美自許稷與契，人未必許也，然其詩云：舜舉十六相，身閑道與高；秦時用商鞅，法令如牛毛。此是稷、契輩口中語也。**居然成濩落，**莊子：瓠落無所容，猶郭落也。落，零落也。**白首甘契闊。**擊鼓詩：死生契闊，與子成說。毛氏曰：契闊，勤苦也。陸士衡贈弟士龍詩：安得携手俱，契闊成騑服。贈盧諶：契闊豈但一。魏武：契闊談讌，心念舊思。陸機：契闊踰三年。**蓋棺事則已，新添**：劉毅云：丈夫兒蹤跡不可尋常，便混群小中，蓋棺事方定矣。**趙云**：韓詩外傳載孔子云：學而不已，闔（歌）（棺）乃止。**此志常覬豁。窮年憂黎元，嘆息腸**一作「腹」。**內熱。**荀子：窮年卒歲。賈誼曰：百姓黎元輯於下。孟子：不得於君則熱中。謝靈運詩：窮年迫憂患。**趙云**：莊子：我其內熱歟？**取笑同學翁，浩歌彌激烈。**蘇武：長歌正激烈，中心愴以摧。**非無江海志，瀟灑送**一作「迭」。**日月。**沈休文：纓珮空爲累，江海事多違。莊子：身居江海之上，心游魏闕之下。江淹：江海從邅迴。趙云：莊子曰：就藪澤，處閒曠，釣魚閒處，無爲而已。此江海之士，避世之人，閒暇者之所好也。可以見江海志之義矣。生逢堯舜一作「爲」。君，不忍便永訣。江淹賦：誰能寫永訣之情者乎！當今廊廟具，構夏豈云缺？叔孫通傳贊：廊廟之材，非一木之枝；帝王之功，非一士之略。潘岳詩：廊廟惟清俊。潘尼詩：廣厦構衆材。又：大厦須異材，廊廟非庸器。潘安詩：器非廊廟姿，屢出固其宜。葵藿傾太陽，物性固莫一作「難」。奪。曹植求通親親表：若葵藿之傾太陽，雖不爲回光，然向之者誠也。臣竊自比葵藿，若垂三光之明，寔在陛下。陸機園葵詩：朝榮東北傾，夕穎西南晞。梁劉孝綽詠日詩：園葵一何幸，傾葉奉離光。顧惟螻蟻輩，但自求其穴。胡爲慕大鯨，輒擬偃溟渤。木玄虛海賦：其魚則横海之鯨，突杌孤遊，戛巖嶅，偃高濤。趙云：韓非子：千丈之〔提〕（堤），以螻蟻之穴潰。求其穴，言當自安分求穴以安耳，何爲必欲慕學大鯨之處大海乎？○博物志：鯨魚大者數千里。以兹悟生理，獨恥事干謁。兀兀遂至今，忍爲塵埃沒。終愧巢與由，巢父、許由也。未能易其節。沉飲聊自遣，放歌頗愁絶。顔延年詠劉參軍詩：韜精日沈飲，誰知非荒宴。歲暮百草零，疾風高岡裂。張平子賦：孟冬作陰，寒風肅殺；冰霜慘裂，百卉具零。長門賦：天飄飄而疾風。李陵詩：邊上慘裂。阮籍詩：寒風振山岡。天衢易：何天之衢亨。陰峥嶸，客子中夜發。鮑明遠舞鶴賦：歲峥嶸而催暮。江淹詩：客子淚已零。王粲詩：客子多悲傷，淚下不可收。魏文帝詩：客子常畏人。霜嚴衣帶斷，指直不得結。凌晨過驪

山，御榻在嵽嵲。西京賦：託喬基於山岡，直嵽霓以高居。驪山温湯，博物志：凡水源有石磂黃，其泉則温。漢武帝故事云：驪山温湯。初秦始皇砌石起室，漢武帝又加修飾，唐置温湯監，隸司農寺。監丞常湯浣器物，又所貯草粟脩茸，調以備供奉。乃種瓜蔬，隨時貢奉矣。**蚩尤塞寒空，蹴踏崖谷滑。**黃帝玄女之宫戰法曰：黃帝與蚩尤對，九戰九不勝，三日三夜，天霧冥冥。史：黃帝殺蚩尤於涿鹿，後冢上常有赤氣出，如匹絳帛，民呼爲蚩尤旗。又星名。**趙云**：自此下言温湯之事也。御榻，指言明皇御幸之榻也。嵽，音徒結切；嵲，音齧。玉篇云：嵽嵲，小而不安貌。蚩尤，乘輿前導之旗也。塞寒空而蹴踏崖谷，言其多也。舊注乃引蚩尤之戰，又指爲星名，非是。**瑶池氣鬱律，羽林相摩戛。**周穆王天子傳：穆天子觴西王母于瑶池之上。漢宣帝紀：羽林孤兒。注：〔大〕（天）有羽林，大將軍之星。林，諭若林木之盛；羽，若羽翼鷙擊之意，故以武名焉。張平子西京賦：隱轔鬱律。江賦：氣滃渤以霧杳，時鬱律其如煙。沈約詩：鬱律構丹巘。**趙云**：羽林扈駕之車也，其所樹之如林，故言相摩戛。**君臣**一云「聖君」。**留懽娱，**晉張景陽詩：昔在西京時，朝野多歡娱。沈休文詩：秦皇御宇宙，漢帝恢武功。歡娱人事盡，情性猶未充。謝靈運詩：副君命飲讌，歡娱寫懷抱。江淹詩：太平多歡娱，飛蓋東都門。**樂動殷樛嶱。****杜云**：當作膠葛，相如子虛賦：張樂乎膠葛之寓。注：曠遠深貌，則膠葛誤爲樛嶱明矣。○甘泉賦：其相膠輵。蓋亂貌。**賜浴皆長纓，**江淹詩：朱〔蔽〕（黻）咸髦士，長纓皆俊人。陸機詩：輕劍排擊厲，長纓麗且鮮。**與宴**一作「讌」。**非短褐。彤庭所分帛，本自寒女**

出。謝玄暉直中書省詩：彤庭赫弘敞。謂禁中庭多赤色。郭泰機詩：皎皎白素絲，織爲寒女衣。寒女雖妙巧，不得秉杼機。趙皇后傳：庭中彤朱，而殿上髹漆。西都賦：玉階彤庭。西京賦：彤庭輝輝。趙云：彤庭，天子之庭，以丹飾之也。鞭撻一作「箠」。其夫家，聚斂貢城闕。聖人筐篚恩，實一作「願」。欲邦國活。鹿鳴：又實幣帛筐篚，以將其厚意。○南史：王廣之子珍國，字德重，爲南淮太守。郡境若飢，乃發粟散財以振窮乏。高帝手敕云：卿愛人活國，甚副吾意。臣如忽至理，君豈棄此物？多士盈朝庭，仁者宜戰慄。詩：濟濟多士。又：發言盈庭。語：使民戰慄。○趙云：上句皆申戒之辭，謂當君王賜予之幣帛，出於寒女之夫，鞭撻所貢，宜戰慄而求活國之事，然後爲仁也。況聞内金盤，盡在衛霍室。内金盤，上方器用也；衛霍室，勛臣家也。後漢皇后紀：郭況，后弟，賞賜金錢縑帛豐盛無比，京師號況家爲金穴。江淹詩：常學衛將軍。趙云：衛、霍皆以后戚而貴，蓋以比楊國忠輩矣。中堂有神仙，煙霧蒙玉質。江淹：願作秦王女，乘鸞向煙霧。舞鶴賦：煙交霧凝，若無毛質。煖客一云「煖蒙」。貂鼠裘，説文：貂，鼠也，而文黄，出丁零國。魏書曰：鮮卑有貂鼠子，皮毛柔軟，故天下爲裘。廣志曰：貂出扶餘、挹婁也。悲管逐清瑟。勸客駝蹄羹，坡云：陳思王製駝蹄羹一甌，費千金，自勸陳琳、劉公幹輩食，後號爲七寶羹。霜橙壓香橘。橙出穰縣者勝蜀中，有給客橙，似橘而非，若柚而香。朱門酒肉臭，路有凍死骨。孟子：庖有肥肉，廐有肥馬，民有飢色，野有餓莩。又曰：狗彘食人食而不知檢，塗有餓莩而不知發。世説：劉尹問竺法深曰：道人何得游朱門？坡云：吳起：朱門大路酒肉臭，不可過焉，知凍死者盈路，餓而填溝壑者不忍視。榮枯咫尺異，惆悵難再述。北轅就涇渭，官渡官渡，地名，曹操、袁紹相持之處。又改轍。群水從西下，極目高崒兀。疑是崆峒來，恐觸天柱折。列子湯問：共工氏與顓頊爭爲帝，怒而觸不周之山，折天柱，絶地維，故天傾西北，日月星辰就焉；地不滿東南，故百川水潦歸焉。史記：黄帝西至于崆峒。韋昭曰：在隴右。趙云：直比爲崆峒山之流來，將觸天柱，此詩人張大之勢也。河梁幸未拆，枝撐聲窸窣。行旅相攀援，川廣不一作「且」。可越。古詩：攜手上河梁。老妻既異縣，十口隔風雪。古樂府：他鄉各異縣，展轉不相見。誰能久不顧？庶往共飢渴。入門聞號咷，幼子飢一作「餓」。已卒。易：同人先號咷後笑。吾寧捨一哀，里巷猶嗚咽。所愧爲人父，無食致夭折。豈知秋未一作「禾」。登，貧窶有倉卒。終窶且貧。生常免租税，名不隸征伐。撫迹猶一作「獨」。酸辛，平人固騷屑。劉越石：備辛酸之苦。阮籍詩：感慨懷辛酸。默思失業途，一作「徒」。因念遠戍卒。憂端齊一作「際」。終南，澒洞不可掇。魏武帝詩：明明如月，何時可掇？趙云：憂與終南山齊，則憂之積而高大如此。澒，音胡孔切。淮南子曰：未有天地之時，鴻濛澒洞，莫知其門。

〇濩。户郭反，又音護。殷。讀如殷，其雷之殷，下贊公「殷床」同。嶱。音渴。兀。五忽反。窸窣。上音悉，下蘇骨反。掇。陟劣反。

壯遊按新史本傳言，公少貧不自振，客齊趙吳越間，李邕奇其才，先往見之。

往昔又云「往者」。十四五，出遊翰墨場。阮籍：昔年十四五，志尚好書詩。被褐懷珠玉，顏閔相與期。鮑明遠：十五諷詩書，篇翰靡不通。趙云：謝宣遠賦張子房詩：粲粲翰墨場。斯文崔魏徒，崔鄭州尚，魏豫州啓心。以我似班楊。班固、楊雄。七齡思即壯，開口詠鳳皇。坡云：張華五歲能詩，見畫鳳凰，觀久之。客命詠之，隨口即成，人皆嘆服。九齡書大字，有作成一囊。性豪業嗜酒，嫉惡懷剛腸。杜云：嵇叔夜與山巨源書：剛腸嫉惡，輕肆直言，遇事便發，此不可二也。脱略小時輩，結交皆老蒼。飲酣視八極，俗物都茫茫。嗜酒，注已見「嗜酒見天真」。孔文舉薦禰衡表：嫉惡若讎。恨賦：脱略公卿，跌宕文史。東下姑蘇臺，伍被傳：淮南王陰有邪謀，被諫之曰：昔子胥諫吳王，吳王不用，迺曰：臣今見麋鹿游姑蘇之臺也。張晏曰：姑蘇，吳臺名也。師古曰：吳地記云：因山爲名，西南去國三十五里。史吳世家：越伐吳，敗之姑蘇。越絶書曰：闔廬起姑蘇臺，三年聚材，五年乃成，高見三百里。吳都賦：造姑蘇之高臺，臨四遠而時見。已具浮海航。航，大舟也。到今有遺恨，不得窮扶桑。山海經：大荒之中，暘谷上有扶桑。陸機前緩聲歌：總轡扶桑戺，濯足暘谷波。王謝風流遠，王戎、謝安也。闔廬丘墓荒。闔廬，吳王公子光也。吳越春秋曰：闔廬死，葬於園西北，名曰虎丘。穿土爲川，積壤爲丘。發五都之士十萬人，共治千里，冢池〔西〕（四）周深丈餘，銅槨三重，積水銀爲池，池廣六十步，黃金、珠玉爲鳧鴈之屬，扁諸之劍、〔魚千腸〕（魚腸三千）在焉。葬之三日，白虎居其上，故號虎丘。**劍池石壁仄，**劍池，見上。**長洲芰荷香。**枚乘遺吴王書：脩治上林，雜以離宫，積聚玩好，圈中禽獸，不如長洲之苑。服虔曰：吴苑。孟康曰：以江水洲爲苑也。韋昭曰：長洲在東吴。吴都賦：帶朝夕之〔濆〕（濬）池，佩長洲之茂苑。**嵯峨閶門北，**陸士衡吴越行：吴越自有始，請從閶門起。閶門何峨峨，飛閣跨通波。**清廟映迴塘。**文王之廟也。杜云：按吴越春秋闔閭内傳云：立閶門者，以象天門，通闔閭風；立蛇門者，以象地户。清廟，非文王之廟，乃吴文皇帝孫和廟也。子皓改葬和，號明陵。又分吴郡、丹陽爲吴興郡，置太守，四時奉祠立寢堂，號曰清廟。**每趨吴太伯，撫事淚浪浪。**皇覽曰：太伯冢在吴縣北海里聚，去城十里。吴太伯、弟仲雍皆周〔大〕（太）王之子，而王季歷之兄也。季歷賢，而有聖子昌，太王欲王季歷以及昌。於是太伯、仲雍〔一〕（二）人犇荆蠻，文身斷髮，示不可用，避季歷。季歷果立，是爲王季，而昌爲太子。太伯之犇荆蠻，自號勾吴，荆蠻義之，人從而歸之。**枕戈憶勾踐，**越王勾踐，允常之子也，既逃會稽之耻，反國，苦身焦思曰：汝忘會稽之耻耶？出則嘗膽，卧則枕戈。**渡浙想秦皇。**秦始皇紀：十一月行至雲夢，望祀虞、舜于九疑山。浮江下，觀藉河，渡海渚。過丹陽，至錢塘。臨浙江，水波惡，乃西百二十里，從狹中渡。上會稽，祭大禹，望于南海，而立石刻，頌秦德。晉灼曰：江水至會稽山陰爲浙江。**蒸魚聞匕首，**史刺客傳：專諸，吴堂邑人。吴公子光之欲殺王僚也，得專諸，善待之。後具酒請王僚，使專諸置匕首魚腹中而進之，以刺王僚。僚已死，光自立爲王，是爲闔廬。**除道哂要章。**朱買臣，吴人也。初，買臣免待詔，常從會稽守邸者寄居飲食。及拜爲太守，買臣衣故衣，懷其印綬，步歸郡邸。直上計，時會稽吏方相與群飲，不視買臣。買臣入室中，守邸與共食。食且飽，少見其綬。守邸輕之，前引其綬，視其印，會稽太守章也。守邸驚出，語上計掾吏，皆醉，大呼曰：妄誕耳！守邸曰：試來視之。其故人素輕買臣者，入内視之，還走疾呼曰：實然。坐中驚駭，〔曰〕（白）守（丞），相推排陳引中庭拜謁。買臣徐出户。有頃，長安廄吏乘駟馬車來迎，買臣遂乘傳去。會稽聞太守且至，發民除道，縣長吏並送迎車百餘乘。入吴界，見故妻夫妻治道。買臣駐車，呼令後車載其夫妻到太守舍，置園中，給食之。居一月，妻自縊死。**越女天下白，**坡云：風俗記：梁援曰：天下之女白，不如越溪之女肌〔晳〕（皙）。**鑑湖五月涼。**杜云：梁任昉述異記：鏡湖，世傳軒轅氏鑄鏡湖邊，因得名。今有軒轅磨鏡石尚存，石畔常潔，不生蔓草。坡云：鄧詵曰：憶前年五月泛鑑湖，涼風吹面，殊不識炎熱。**剡溪蘊秀異，**晉、宋間名士多起於此。**欲罷不能忘。歸帆拂天姥，**謝靈運登聞海嶠詩：暝投剡中宿，明登天姥岑。**中歲貢舊鄉。**按新史書傳，甫少貧不自振，客遊吴、越、齊、趙間，舉進士不第。**氣劘屈賈壘，**賈山傳贊：賈山自下劘上。屈原、賈誼。壘，喻戰壘也。○孟康曰：劘，謂剴切之也。蘇林曰：劘，音摩，摩勵也。**目短曹劉牆。**目，一作「日」。賜之牆也及肩，故曰短也。曹子建、劉公幹文章也。**忤下考功第，**武德舊令，考功員外郎監試貢舉人。貞觀已來，乃員外郎專掌貢舉省郎之殊美者。至開元中，移貢舉於禮部。**獨辭京尹堂。放蕩齊趙間，裘馬頗清狂。春歌叢臺上，**

叢臺，趙王之臺也，在邯鄲。鄒陽云：全趙時，武力鼎士袨服叢臺之下者，一旦成市，不能止幽王之諶患。張平子：楚架章華於前，趙建叢臺於後。冬獵青丘旁。青丘，地名。呼鷹皂一作「紫」。櫪林，逐獸雲雪岡。射飛曾縱鞚，鮑昭：幽并重騎射，少年好馳逐。獸肥春草短，飛鞚越平陸。引臂落鶖鶬。引，一云「跋」。李廣長臂。蘇侯據鞍喜，蘇，謂晉蘇預也。薛云：右按南史，顏峻好騎馬遨里巷，遇知舊輒據鞍索酒，得必傾盡，欣然自得。忽如携葛强。舉鞍問葛强，何如并州兒。快意八九年，西歸到咸陽。許與必詞伯，賞遊實賢王。賞，一作「貴」。孟子：賢王好善而忘勢。曳裾置醴地，奏賦入明光。玄宗朝饗，而甫獻大禮三賦。楚元王敬申生，置醴以代酒。天子廢食召，坡云：嚴光見光武，廢食召見。群公會軒裳。脱身無所愛，帝奇其材，使待詔集賢，命宰相試文章，擢西河尉，不拜。痛飲信行藏。黑貂不免弊，蘇季不用於秦，而黑貂裘弊。班鬢兀稱觴。秋興賦：班鬢彪以承弁。閑居賦：稱萬壽以獻觴。杜曲晚耆舊，晚，一云「换」。耆舊，故老也。四郊多白楊。言死者衆也。坐深鄉黨敬，日覺死生忙。朱門任傾奪，赤族迭罹殃。任，一云「務」。楊子解嘲：客徒欲朱丹其轂，不知一跌赤吾之族。國馬竭粟豆，漢有太常三輔粟豆。坡云：伍子胥曰：國無粟支凶年，馬無豆秣，越兵將至，誰復勍敵？見子胥廟記。官雞輸稻粱。時〔玉〕（五）坊有供奉鬬雞。又有鬬雞使。坡云：漢靈帝養雞數千，民輸雞食。舉隅見煩費，舉一隅則衆費可知矣。引古惜興亡。言引古以辨今，則足以知其興亡而可痛惜者也。河朔風塵起，祿山起於河朔。坡云：吴壯：河朔風塵〔傾〕（澒）洞，玁狁跳梁，况炎天非出師之時，而又慮寇吾畿甸田草，農力既奪，必廢耕桑，恐失人望。岷山行幸長。玄宗來幸蜀。兩宫各警蹕，萬里遥相望。肅宗即位於靈武也。崆峒殺氣黑，少海旌旗黄。禹功亦命子，涿鹿親戎行。以廣平王爲天下兵馬元帥。王，肅宗之子代宗也。杜云：東宫故事，天子比大海，太子爲少海。山海經曰：無皋之山。南望幼海。郭璞注云：幼海，少海也。淮南子云：九州之外，乃有八寅，亦曰演澤，東方曰太清，曰少海。或謂肅宗太子廣平王爲元帥，故無少海。詳觀此詩之意，恐非是。崆峒在西，少海在東，河朔風塵起，岷山行幸長，則東西南北皆不寧也。禹功亦命子啓戰於甘之野，正指太子爲元帥。涿鹿親戎行，蓋黄帝與蚩尤戰涿鹿，指肅宗親征。翠華擁吴岳，翠華，天子羽葆也。螭虎噉豺狼。坡云：邵平：秦鹿既走，螭蛟、狼虎遞相食噉也。爪牙一不中，胡兵更陸梁。房琯敗于陳濤也，賊既得志，則愈陸梁矣。大軍載草草，凋瘵滿膏肓。見「〔况况〕（沉沉）二竪嬰」注。○薛云：右按春秋左氏傳，秦使醫緩視晉侯疾，曰：肓之上，膏之下，攻之不可達，針之不可及，藥不至焉，不可爲也。備員竊補衮，譏時相也。房琯雖敗，然非備員。憂憤心飛揚。上感九廟焚，天子九廟。下憫萬民瘡。坡云：漢景一日不悦，群臣請問其故。帝曰：兵戈之後，朕憫萬民瘡痍未合，不覺形于顔色。群臣皆惻然。斯時伏青蒲，前漢史丹傳：元帝欲易太子。丹聞上獨寢，直入卧内，伏青蒲上泣諫。以青規地曰青蒲，非皇后不得至此。廷諍守御床。王陵面折廷諍。衛瓘託醉跪帝床前，以手撫床曰：此坐可惜。君辱敢愛死，主憂臣辱，主辱臣死。檀弓：申生不敢愛其死。赫怒幸無傷。詩：王赫斯怒。聖哲體仁恕，宇縣復小康。哭廟灰燼中，鼻酸朝未央。時天子收復京師，先素服哭廟，而後受朝。小臣議論絶，坡云：崔宏：陛下一言及四方，蔽小臣訩訩之議論。老病客殊方。鬱鬱苦不展，張平子：鬱鬱不得志。坡云：東方朔鬱鬱不得展舒志氣。羽翮困低昂。秋風動哀壑，碧蕙捐微芳。陸士衡塘上行：江蘺生幽渚，微芳不足宣。四時逝不處，繁華難久鮮。淑氣與時殞，餘芳隨風捐。之推避賞從，介之推從晉亡，賞不及亦不言，後避賞入山。漁父濯滄浪。漁父歌曰：滄浪之水清，可以濯吾纓。榮華敵勛業，歲暮有嚴霜。言勛業雖盛，而不能損退，如萬物歲暮，不免嚴霜之患。吾觀鴟夷子，才格出尋常。坡云：鄭康成才格迥出尋常輩。趙云：言榮華與勛業相敵，不可妄求也。然歲聿暮而嚴霜降，則傷其遲暮，無復勵勛業以取榮華矣。所慕者，若范蠡泛舟浮海，變姓名，號鴟夷子，其高舉遠引，乃出尋常之才格也。群兇逆未定，側佇英俊翔。

○噉。音淡。從晉。去聲。

遣懷

昔我遊宋中，惟梁孝王都。宋，即古大梁也。名今陳留亞，陳留，屬汴州也。劇則貝魏俱。

貝、魏，州名，在河北。劇，大也。邑中九萬家，高棟照通衢。舟車半天下，主客多歡娛。趙云：主則本處人，客則游寄者。白刃讎不義，黄金傾有無。殺人紅塵裏，報答在斯須。言多豪傑也。文三王傳：梁孝王武始立爲代王，四年徙爲淮陽王。十二年，因梁懷王揖入朝墮馬死，無子，國除，遂徙王梁。其後七國反，梁王城守睢陽，梁最爲大國，居天下膏腴地，北界泰山，西至高陽。蘇林曰：陳留北縣，治宫室連屬平臺。趙云：鮑明遠詩：失意杯酒間，白刃起相讎。憶與高李輩，高適、李白。論交入酒壚。兩公壯藻思，得我色敷腴。世説：王濬仲爲尚書令，着公服，乘軺，經黄公酒壚中過，顧謂後車客曰：吾昔與嵇叔夜、阮嗣宗共酣飲此壚，竹林之遊亦預其末。自嵇(生)天(亡)、阮公亡，便爲時所羈紲。今日視此，雖近，邈若山河。兩公，李、高也。言高、李得我而後懽悦，故敷腴也。薛云：右按爾雅：蕍，榮也。郭璞曰：蕍，猶敷蕍，亦草之榮也。氣酣登吹一作「文」。臺，懷古視平蕪。吹臺，梁王歌臺也，今謂之繁臺。左太冲詩：酒酣氣益振。坡云：新唐本傳云：甫與李白、高適過汴州，酒酣登吹臺，慷慨懷古，人莫能測。蓋謂此也。芒碭雲一去，鴈鶩空相呼。前漢：高祖隱於芒碭山澤間，吕后與人俱求，嘗得之。高祖怪問吕后，后曰：季所居，上嘗有雲氣，故從往，嘗得季。雲去，乃人亡也，不欲指言之爾。人亡，鴈鶩相呼。先帝正好武，寰海未凋枯。言方盛之時也。猛將收西域，長戟破林胡。玄宗之時，開拓境土，如安禄山、王君㚟、張守珪、王忠嗣輩，皆以邊功爲己任，故張説獻鬭牛以箴之，而上不之改。百萬攻一城，獻捷不云輸。趙云：攻取豈無勝負耶？但獻捷而已，未嘗言輸而不勝。**組練棄如泥**，吴人大破楚軍，楚之免者惟組練三百而已。組，組甲。練，被練也。**尺土負**一作「勝」。**百夫**。地不足以賞有功也。○**趙云**：争一尺之土，以百夫爲償，則不惜人之命。**拓境功未已，元和辭大鑪**。謂政失其平和矣，繼有安史之亂。**趙云**：莊子曰：吾將以天地爲大爐。**亂離朋友盡，合沓歲月徂**。**趙云**：朋友，指言高、李也。洞簫賦云：薄索合沓。注云：重沓也。**吾衰將焉託？存殁再嗚呼。蕭條益堪媿，獨在天一隅**。一云「蕭條疾益甚，媿獨天一隅」。**乘黄已去矣，凡馬徒區區**。乘黄，駿馬也，喻賢者；凡馬，喻常才。○**坡云**：古駿馬行：飛黄汗血已去矣，駑駘凡馬徒區區。○孔融：騏驥足超逸，凡馬徒追奔。**不復有顔鮑**，顔延年、鮑明遠常作荆州參軍，作蕪城賦以諷宋臨海王也。**趙云**：又以鮑比高、李二公矣。公嘗與白云：俊逸鮑參軍。**繫舟卧荆巫**。荆州、巫峽也。**臨殁吐更食，常恐違撫孤**。**趙云**：蓋恐違戾撫養高、李二公之孤也，此其爲朋友之義。

上水遣懷

我衰太平時，身病戎馬後。蹭蹬多拙爲，蹭蹬，失勢貌。**趙云**：潘耀：老夫蹭蹬任意，拙於生事。**安得不皓首。驅馳四海内，童稚日餬口**。左傳：餬其口於四方。注：餬，鬻也。**但遇新少年，少逢親舊友。低顔下色地，故人知善誘。後生血氣豪，舉動見老醜**。言少年不相知，但以老醜見欺而已。李固曰：一日朝會，見諸侍中並皆年少，更無一宿儒大人可顧問者，誠可歎息也。窮迫挫囊懷，常如中風走。傷世態之薄也。朱叔元與彭寵書：伯通獨中風狂走，自捐盛時。一紀出西蜀，于今向南斗。趙云：公自乾元二年入蜀，至大曆五年離蜀，而在楚地，乃南斗之分，恰十二年矣。孤舟亂春華，暮齒依蒲柳。暮齒，暮年也。顧况曰：蒲柳之姿，望秋而落。言其易衰也。冥冥九疑葬，聖者骨亦朽。蹉跎陶唐人，鞭撻日月久。陶唐，帝堯氏也，其民無知焉。山海經曰：蒼梧之川，其中有九疑山焉，舜之所葬。九山相似，行者疑惑，故名之曰九疑。中間屈賈輩，讒毀竟自取。鬱没二悲魂，蕭條猶在否？杜云：屈原汨羅之沉，賈誼長沙之謫，皆眼前楚地之可弔者也。崷崒清湘石，逆行雜林藪。篙工密逞巧，操舟者矜其能也。氣若酣盃酒。歌謳互激遠，回斡明受授。善知應觸類，各藉穎脱手。穎脱，喻敏捷也。古來經濟才，何事獨罕有。趙云：回斡，轉其船也；相呼相命以求水脉，謂之受授。善知此者，應能觸類以推，凡事皆藉鋒穎脱見之手，乃能妙絶也。欲求經濟天下，如操舟之妙，何獨罕有乎？蒼蒼衆色晚，熊挂玄蛇吼。黄羆在樹顛，正爲群虎守。趙云：詩疏曰：熊能攀緣上高樹，見人則顛倒投地而下也。〇柳子厚作〔熊〕（羆）説云：鹿畏貙，貙畏虎，虎畏羆。觀公詩意，以羆〔舛〕（升）樹而守虎明矣。羸骸將何適，履險顔益厚。庶與達者論，吞聲混瑕垢。

舟中苦熱遣懷奉呈楊中丞通簡臺省諸公

媿爲湖外客，看此戎馬亂。中夜混黎甿，脱身亦奔竄。趙云：湖外，言洞庭湖之外，衡州是也。戎馬亂，指言臧玠之亂。平生方寸心，反掌帳下難。謂崔瓘見殺也。嗚呼殺賢良，按新史，瓘爲治不煩苛，人便安之，居澧州二年，增户數萬，詔特進五階，以寵異政也。不叱白刃散。趙云：舊本反掌，蔡伯世本作反當。其説是。公自言平生有經世之心，而反當帳下有難。至於賊殺賢良，乃不能一叱〔曰叱〕（白刃）使散，蓋自以爲愧矣。帳下，指藏玠；賢良，指崔〔灌〕（瓘）也。吾非文人特，没齒埋冰炭。又薛云：右按論語，管仲奪伯氏駢邑三百，飯蔬食，没齒無怨言。韓子曰：冰炭不同器。耻以風病辭，胡然泊湘岸。入舟雖苦熱，垢膩可溉灌。痛彼道邊人，形骸改昏旦。痛彼遇亂而死者。中丞連帥職，詩有方伯連帥之職。趙云：中丞，陽公也。舊唐書云：衡州刺史陽濟，各出兵討臧玠。謂連帥乃古之諸侯也。封内權得按。身當問罪先，縣實諸侯半。謂陽中丞也，封邑半於古諸侯。士卒既輯睦，又薛云：右按春秋左氏傳隨武子曰：昔歲入陳，今兹入鄭，民不罷勞，居無怨讟。而卒乘輯睦，事不奸矣。啓行促精悍。似聞上游兵，又薛云：右按前漢書項籍傳：〔言〕（古）之王者，地方千里，必居上游。注：文穎曰：居水之上流也。游，或作流。師古曰：游，即流也。稍逼長沙館。上游，江之上流也。鄰好彼克脩，天機自明斷。趙云：公自注云：陽中丞琳問罪，將士皆自澧上達長沙也。南圖卷雲水，北拱戴霄漢。美名光史臣，長策何壯觀。南圖，謂圖畫湖南也；北拱，謂誅亂鉏暴以尊王室也。如此，則書於史臣者光美，而見於策略者爲壯觀也。杜田：正謬云：南圖，蓋莊子鵬飛萬里而圖南事，故子美送嚴公詩云：南圖迴羽翮，〔而〕北極奉星辰。舊注謂畫湖南，非是。趙云：南之所圖，謀欲卷盡雲水也，北拱所以尊君上。驅馳數公子，咸願同伐叛。趙云：數公子，按唐史，澧州刺史楊子琳、道州刺史裴虬、衡州刺史陽濟各出兵討賊。聲節哀有餘，夫何激衰懦。言願同伐叛之公子，聲名節槩足以振激。衰懦，猶軟弱也。偏裨表三上，鹵莽同一貫。又薛云：右按前漢，馮奉世上書討羌，願益兵，上爲發六萬人，太常千秋將以助焉，奉世以得其衆，不須復煩將。上讓之曰：大將軍出必有偏裨，又何疑焉？始謀誰其間，迴首增憤惋。趙云：裨將上表，而敷陳不明同一貫耳。所以問在其間而爲始謀者誰，徒〔令〕（令）我回首憤惋也。宗英李端公，宗室之英秀也。又薛云：右按呂温河間元王孝桀贊：（堂）堂河間，仁勇是經。遹駿有聲，爲唐宗英。又梁邵陵王讓丹陽尹初表曰：臣進非民譽，退異宗英，尸居戎號，已紊彝典。□（况）京兆五守，西漢莫追，河南二尹，東京罕繼。○趙云：端公，李勉也。勉爲御史中丞，大曆中出爲廣州刺史，亦以兵討玠。李肇國史補曰：御史相呼爲端公。守職甚昭焕。變通迫脅地，謀畫焉得筭。王室不肯微，凶徒略無憚。此流須卒斬，神器資强幹。又薛云：右按道德經：天下神器，不可爲也。爲者敗之，執者失之。又文選西都賦：州郡之豪傑，五都之貨殖。三選七□（遷），充奉陵邑。蓋以强幹弱枝，隆上都而觀萬國也。扣寂豁煩襟，皇天照嗟嘆。趙云：陸士衡文賦：扣寂寞而求音。

詠懷二首

人生貴是男，莊子：榮啓期三樂。亦曰：人之所貴者男也，而予幸得之，一樂也。丈夫重天機。莊子：天機不張。注：不露也。未達善一身，得志行所爲。孟子所謂窮則獨善其身，達則兼善天下者。嗟余竟轗軻，將老逢艱危。胡鶵逼神器，逆節同所歸。河洛化爲血，公侯草間啼。胡鶵，安、史也。迫神器，言陷長安也。安、史亂，河洛之間格鬬尤甚，故云化爲血。公卿奔竄，故啼於草間也。西京復陷没，翠蓋蒙塵飛。吐蕃陷京師，天子幸陝，故曰翠蓋蒙塵飛。萬姓悲赤子，兩宫棄紫微。玄、肅二宫也。倏忽向二紀，姦雄多是非。本朝再樹立，未及正觀時。日給在軍儲，上官督有司。國用尚之屈，不免上下督責也。高賢迫形勢，豈暇相扶持。疲苶苟懷策，棲屑無所施。言上下顧忌，無所施爲也矣。先王實罪己，愁痛正爲兹。禹、湯罪己，漢武哀痛之詔，皆先王之事也。歲月不我與，蹉跎病於斯。夜看豐城氣，見「紫氣衝牛斗」詩注。回首蛟龍池。見「蛟龍得雲雨」注。齒髮已自料，意深陳苦詞。

邦危壞法則，聖遠益愁慕。飄飖桂水遊，悵望蒼梧暮。桂水，出會稽，禹崩之地。蒼梧，舜葬之所。潛魚不銜鈎，走鹿無反顧。皆避難意。薛云：右按春秋左氏傳：古人有言曰：鹿死不擇音。鋌而走險，急何能擇！噭噭幽曠心，拳拳異平素。亂離之際不得遂其平昔，幽曠之心而反拳拳然，言屈身以求其全也。衣食相拘閡，朋知限流寓。風濤上春沙，十里侵江樹。逆行少吉日，時節立復度。井竈任塵埃，舟航煩數具。牽纏加老病，瑣細隘俗務。萬古一死生，胡爲足名數。多憂汙桃源，見「欲問桃花宿」注。拙計泥銅柱。見「銅柱傾側」注。未辭炎瘴毒，擺落跋涉懼。虎狼窺中原，焉得所歷住。盜賊充斥，不可爲久住計。葛洪及許靖，避世常此路。賢愚誠等差，自愛各馳騖。羸瘠且如何，魄奪針灸屨。楊雄曰：方其有事，則聖賢馳騖不足。擁滯僮僕慵，稽留篙師怒。稽留，遲滯也。篙師，舟人也。終當挂帆席，天意難告訴。南爲祝融客，祝融峰，地多神仙所居。勉强親杖屨。結託老人星，羅浮展衰步。老人星在南極。羅山、浮山二山合體，謂之羅浮。

○噭。音皎。閡。音礙。騖。音務。

寫懷二首

勞生共乾坤，何處異風俗。冉冉自趨競，行行見羈束。趙云：古樂府：冉冉幕中趨。○古詩：行行重行行。無貴賤不悲，無富貧亦足。言貴賤貧富，一委順之而已，所謂樂天知命者。趙云：賤之所以悲者，以貴形之也，故無貴則賤者不悲。貧之所不足者，以富形之也，故無富則貧者亦足。此義甚明，而舊注亂之。萬古一骸骨，同歸於死。鄰家遞歌哭。鄙夫到巫峽，三歲如轉燭。言光景之迅速也。全命甘留滯，忘情任榮辱。一歸之於真。朝班及暮齒，日給還脱粟。趙云：公嘗爲左拾遺，今又爲工部員外郎，則所謂朝班。公時年五十六矣，所謂暮齒。然日給還脱粟而已，蓋其貧故也。編蓬石城東，編蓬以庇風雨。采藥山北一云「林」。谷。許徵君詢詩：采藥白雲偎，略以肆所養。許畋隱居北山，採藥讀易，自號太易先生，漢武三召不起。用心霜雪間，不必條蔓緑。非關故安排，謝靈運詩：居當以待終，處順故安排。曾是順幽獨。謝靈運詩：安排徒空言，幽獨賴鳴琴。達士如弦直，小人似鈎曲。曲直吾不知，負暄候樵牧。後漢童謡：直如弦，死道邊。曲如鈎，封公侯。趙勝負暄，坐睡風簷，候樵牧之歸。趙云：負晚日之暄以候樵牧之歸也。○列子楊朱篇曰：昔者宋國有田夫，常衣緼以過冬。暨春東作，自曝於日，不知天下之有綿纊狐貉。顧謂其妻曰：負日之暄，人莫知者，以獻吾君，當有重賞。

夜深坐南軒，明月照我膝。驚風翻河漢，梁棟已出日。洛神賦：若白日之照屋梁。群生各一宿，飛動自儔匹。坡云：武璋云：飛走水陸，咸有儔匹。吾亦驅其兒，營營爲私實。一作「室」。天寒行旅稀，歲暮日月疾。榮名忽一作「感」。中人，楚詞：以薄寒中人。坡云：許尚榮：名如風箭，忽然暗中。世亂如蟣虱。古者三皇前，滿腹志願畢。杜云：顏延年曰：亂世人事如蟣虱。胡爲有結繩，陷此膠與漆。言三皇之前，民未有知結繩，之後民僞日起，而是非交構如膠漆然。趙云：莊子曰：待繩約膠漆而固者，是侵其德也。禍首燧人氏，厲階董狐筆。燧人火化，而争欲之心生；董狐直筆，而是非之端起。故以燧人爲禍首，以董狐爲厲階也。君看燈燭張，轉使飛蛾密。言愈察則愈繁。放神八極外，俛仰俱蕭瑟。趙云：莊子：其疾俛仰之間，再撫四海之外也。見前注。終契如往還，一云「終然契真如」。得匪合一云「金」。仙術。

遣遇

磬折辭主人，開帆駕洪濤。莊子漁父篇：夫子曲要磬折。言其恭也。春水滿南國，朱崖雲日高。朱崖，南海地名。漢賈捐之罷擊朱崖。舟子廢寢食，飄風争所操。乘風而行也。我行匪利涉，謝爾從者勞。石間采蕨女，鬻菜一作「市」。輸官曹。丈夫死百役，暮返空村號。譏役歛煩重也。聞見事略同，刻剥及錐刀。刀錐，猶刻剥也。趙云：所聞所見皆似，此應官曹之誅求也。左傳云：錐刀之末。刻剥及錐刀，則非特取其大者，雖錐刀之瑣末猶及之也。貴人豈不仁，視汝如莠蒿。索錢多門户，誅求不一也。喪亂紛嗷嗷。奈何黠吏徒，漁奪成逋逃。姦黠吏也，漁如漁獵，然不以法也。

逋逃，走竄也。自喜遂生理，花時貫縕袍。語：衣敝縕袍也。**趙云**：花時可以單衣，而甘縕袍，則所以得遂生理，勝於逋逃之民也。

釋悶

四海十年不解兵，犬戎也復臨咸京。自禄山、思明之亂方已，而吐蕃復陷京城。失道非關出襄野，**薛云**：右按莊子，黄帝將見大隗乎具茨之山，至于襄城之野，七聖皆迷，無所問塗。揚鞭忽是過胡城。**杜云**：世説：王敦作逆，明帝騎巴〔鎮〕(賓)馬，齎一金鞭，至湖陰察軍形。敦晝夢，日遶其城，忽然驚覺曰：營中有黄鬚鮮卑奴來，何不縛取？命騎追之，不及。豺狼塞路人斷絶，豺狼，盜賊也。**坡云**：龐德翁：狼虎塞路，人迹斷絶。烽火照夜屍縱横。漢制，有寇則舉烽燧。言寇亂未平，故烽火照夜也。天子亦應厭奔走，時帝幸陝。**趙云**：車駕雖歸長安，而有乞遷洛巡海之説。群公固合思升平。**坡云**：薛延慶曰：群公豈不見天子遷播，自合建立功勛，共竪太平。但恐誅求不改轍，聞道嬖孽能全生。指程元振也。時元振用事，媒蝎大臣，故吐蕃入寇，以至功臣不肯用命。江邊老翁錯料事，眼暗不見風塵清。

解憂

減米散同舟，路難思共濟。向來雲濤盤，雲濤盤，灘名，極爲險阻。衆力亦不細。言得其助也。**趙云**：此言雲濤之間，盤轉未出，乃方言謂之盤灘者乎？散與同舟之人，所以謝其用力也。舊注言險阻，非是。呀坑一作「帆」。瞥眼過，**趙云**：呀坑者，於坑如口之呀開者也。飛櫓本無蔕。得失瞬息間，致遠宜恐泥。百慮視安危，分明曩賢計。兹理庶可廣，拳拳期勿替。

屏迹

衰年一作「顔」。甘屏迹，幽事供高卧。鳥下竹根行，龜開萍葉過。年荒酒價乏，日併園蔬課。**趙云**：蓋以乏酒價之故，則併課園蔬賣之，以充沽直也。猶酌甘泉歌，一云「獨酌甜且歌」。歌長擊樽破。**杜云**：世說：王大將軍每酒後輒詠魏武樂府曰：老驥伏櫪，志在千里。烈士暮年，壯心不已。以如意打唾壺，壺盡缺。子美長歌而擊樽破，有類於此。

逃難新添

五十白頭翁，南北逃世難。疏布纏枯骨，奔走苦不暖。已衰病方入，四海一塗炭。乾坤萬里內，莫見容身畔。妻孥復隨我，回首共悲嘆。故國莽丘墟，鄰里各分散。歸路從此迷，涕盡湘江岸。

羌村三首

崢嶸赤雲西，日脚下平地。楚詞云：載赤雲而陵太清。西都賦云：嵔峻崷崒，金石崢嶸。注曰：崢嶸，高秀也。柴門鳥雀噪，歸客千里至。歸客，一云「客子」。范彥龍：有客款柴門。妻孥怪我在，驚定還拭淚。世亂遭飄蕩，生還偶然遂。鄰人滿墻頭，感歎亦歔欷。歔欷，感泣也。夜闌更秉燭，相對如夢寐。**坡云**：謂更互秉燭照之，恐尚是夢也。作更字讀，則失其意甚矣。

晚歲迫偷生，還家少歡趣。嬌兒不離膝，畏我復却去。憶昔好追涼，**趙云**：（和）晉安王薄晚逐涼詩曰：向夕紛喧屏，追涼飛覲中。故繞池邊樹。蕭蕭北風勁，撫事煎百慮。江淹詩：伏枕懷百慮。賴如禾黍收，禾黍，一作「黍秫」。**趙云**：言黍稌，極是。蓋黍稌所以造酒，與下句相應。已覺糟床注。如今足斟酌，且用慰遲暮。**又薛云**：右按離騷經：惟草木之零落兮，恐佳人之遲暮。

群雞正一作「忽」。亂叫，客至雞鬭爭。一云「正生」。詩齊雞鳴。驅雞上樹木，始聞扣柴荆。父老四五人，**坡云**：謝朓過鄰中，貴交零落，有田畯野老四五人慰朓曰：道左商旅樵人。問我久遠行。

手中各有携，傾榼濁復清。徐邈曰：酒清者爲聖人，濁者爲賢人。酒頌：挈榼提壺。苦辭酒味薄，黍地無人耕。兵革既未息，兒童盡東征。請爲父老歌，漢祖宴父老，歌大風。艱難媿深情。新添：書：厥子乃不知稼穡之艱難。歌罷仰天歎，四坐淚縱横。

遣興

昔在洛陽時，親友相追攀。送客東郊道，遨遊宿南山。張景陽詠史詩：昔在西京時，朝野多歡娱。蕩蕩東都門，群公祖二疏。曹子建：鬬雞東郊道。又：驅上彼南山。煙塵阻長河，樹羽成皋間。有聲：崇牙樹羽。置羽也。成皋在鞏洛間。羽，羽旗也。迴首載酒地，豈無一日還。前漢楊雄傳：好事者載酒過之。陶潛：親朋好事，或載酒肴而往。丈夫貴壯健，慘戚非朱顔。

遣興五首

朔風飄胡鴈，慘澹帶砂礫。鮑明遠：疾風衝塞起，砂礫自飛揚。又：胡風吹沙雪。劉公幹：涼風吹沙礫。長林何蕭蕭，秋草萋更碧。古詩：回風動地起，秋草萋已緑。謝玄暉：春草秋更緑。北里富薰天，左大冲：南鄰擊鍾磬，北里吹笙竽。○楊雄：燎薰皇天。高樓夜吹笛。古詩：西北有高樓，上有弦歌聲。**焉知南鄰客，九月猶絺綌。**精曰絺，麄曰綌。**集注：**隋袁充少時，父黨過門。方冬，充尚衣葛。戲充曰：絺兮綌兮，凄其以風。充曰：惟絺惟綌，服之無斁。南鄰之客非服絺綌而無斁也，蓋貧而無禦寒之服故耳。公詩文曰：自喜遂生理，花時甘緼袍。暮春者，春服既成，花時而緼袍，豈非無春服歟？**趙云：**夫以九月授衣，而猶絺綌；花時已暖，當有春服而甘緼袍，則公之貧如此。

長陵鋭頭兒，出獵待明發。秦武安君頭小而鋭。**趙云：**詩：明發不寐。**騂弓金爪鏑，白馬蹴微雪。未知所馳逐，但見暮光滅。歸來懸兩狼，**詩：並驅從兩狼兮。○**趙云：**言出獵之子馳逐未厭，而日晚當歸也。末句所云，言其獵有所獲，乃是貴家也。**門户有旌節。**楊國忠以劍南旌節導駕。**趙云：**旌節，貴人所建而羅列於門也。

漆有用而割，膏以明自煎。蘭摧白露下，桂折秋風前。莊子人間世：山木自寇也，膏火自煎也。桂可食，故伐之；漆可用，故割之。兩龔死時，有老父來吊，哭甚哀，既而曰：嗟虖！薰以香自燒，膏以明自消，龔生見天天年，非吾徒也。阮籍詩：膏火自煎燒，多財爲悉害。**府中羅舊尹，沙道尚依然。**故事，凡拜相之後，禮絶班行，府縣載沙填路。自私第至于城東街，名沙堤。**赫赫蕭京兆，今爲時所憐。**前五行志：成帝時童謡曰：邪徑敗良田，讒口亂善人。桂樹華不實，黄雀巢其顛。故爲人所羡，今爲人所憐。蕭望之嘗爲左馮翊，後飲鴆自殺。**坡云：**明皇雖誅蕭至忠，常懷之。侯君集云：蹭蹬至此。至忠亦蹭蹬者耶？故子美哀之云：赫赫蕭京兆，今爲時所憐。又盧湛：何武不赫赫，遺愛常在人。**趙云：**蕭至忠參太平公主逆謀被誅。雖已誅矣，然明皇賢其爲人，心愛不忘。後得源乾曜，亟用之。謂高力士曰：知吾用乾曜乎？吾以貌言似至忠。力士曰：彼不嘗負陛下乎？帝曰：至忠誠國器，但晚謬爾，其始豈不賢哉？此推見杜公詩意，舊注引蕭望之（飲）鴆自殺，非是。

猛虎憑其威，**坡云：**郭韞：李鷹如猛虎憑威，下視犬羊。往往遭急縛。曹操謂吕布，縛虎不得不急。雷吼徒咆哮，枝撑已在脚。忽看皮寢處，子將食其肉，寢處其皮。**集注：**左傳襄二十八年：子雅、子尾怒，盧蒲弊曰：譬之禽獸，吾寢處之矣。注云：能殺而席其皮。無復睛閃爍。人有甚於斯，足以勸元惡。

朝逢富家葬，前後皆輝光。共指親戚大，緦麻百夫行。送者各有死，不須羨其强。君看束縛去，亦得歸山崗。吴人殺諸葛（瑾）（恪），以蘧蒢裹屍，束縛以篾，棄之於石子崗。

門類增廣十注杜工部詩集卷第二

門類增廣十注杜工部詩卷第三[一]

野老

野老籬前江岸迴，柴門□□□□□（不正逐江開）。□□□□□□□（漁人網集澄潭下），□□（趙云）：謂百花潭也。賈客船隨返照來。□□□□□□□（長路關心悲劍閣），□□□□□□□（劍門也。閣，棧道也）。□□□□□□□（趙云：回念其初來蜀）時道路之難也。片雲何意（一作「事」）。□□□□□□□（又云「行雲幾處」）。□□（趙云）：事字，□□□（一作「意」），□□□□□（不若事之快）。□□□（傍琴臺）。□（王）師未報收東郡，城闕□□□□□（秋生畫角哀）。□□□□□□□□□□□□□□□（趙云：成都改爲南京，故公自注得稱城闕）。

[一] 本卷内容于分門集注杜工部詩爲卷第七居室下（鄰里附），録律詩三十八首，爲堂成、卜居、狂夫、野老等詩。本卷首無「居室下」等字，詩從野老始，除前脱漏堂成、卜居、狂夫三首外，餘所録詩并詩之次第均與分門集注杜工部詩卷第七同。

江村

清江一曲抱村流，□□□□□□□□□□□□□□□□□□□□□□□□□□□□□□□□□(後漢巴郡南郡蠻，注：清江縣，水色清照十丈，分砂石。蜀人見澄清，因名清江。趙云：此言浣花溪之澄清也)，舊注以爲清曲縣，却是施州矣。長□□□□□(夏江村事事幽)。□□□□□□□□□□□□□□□□□□□□(沈佺期詩：坐看長夏曉。趙云：長夏，言自四月至六月也。舊注引沈詩，誤)矣。自去自來□□□(一作「歸」)。□□□□□□□□□□□□(堂上燕，相親相近水中鷗。老妻畫紙爲)一作「成」。碁□(局)。□□□□□□□(稚子敲針作釣鈎)。□□□□□□□□(趙云：此言事事清幽也)。□□□□□□□□□□□□□(多病所須惟藥物，微軀此外更何求)。□□□□(何，一作「無」)。

一室

一室他鄉遠，一作「老」。後漢：陳蕃曰：大丈夫處世當掃除天下，安事一室乎？空林暮景懸。江文通詩：秋日懸清光。趙云：張景陽雜詩：鳴鶴聒空林。正愁聞塞笛，獨立見江舡。巴蜀來多病，成都記：其西即隴之南首，故曰隴蜀，以與巴接，復曰巴蜀。趙云：巴與蜀相連之地也。荆蠻去幾年？一作「千」。荆蠻，荆楚也。詩謂之蠻荆。太史公得漢古文春秋，乃知中國之虞與荆蠻、句吴兄弟也。**應同王粲宅，留井峴山前。**峴山，荆楚也，今屬襄陽，有井在焉，人呼爲仲宣井，云王粲故宅也。

田舍

田舍清江曲，亦作「上」。**柴門古道傍。草深迷市井，地僻懶□□（衣裳）。**坡云：穆政：林居地僻，見客衣裳亦懶着，吾雖放曠□□□□□（如此，不識客）意如何？**櫸柳枝枝弱，枇杷樹樹□（香）。**□□□□□□（櫸柳，木名；枇杷，）果名。**鸕鷀西□□（日照），曬翅滿漁梁。**鸕鷀，水□（鳥）也，蜀人以□□□（之捕魚）。□□（趙云）：陶侃母責其爲漁梁吏□□□（而寄鮓）。

爲農

錦里煙塵外，華陽國志：錦江織錦，濯其中則鮮明，濯他江必不好，故命曰錦里。公居在近郊，無氛埃，故云煙塵外。**□□□（江村八）九家。圓荷浮小葉，細麥落**一作「墜」。**輕花。卜宅從茲老，爲農去國賒。**顔延年詩：去國還故里，幽門樹蓬藜。曲禮：大夫士去國，君去其國。**遠慚勾漏令，不得問丹砂。**晉葛洪傳：洪，字稚川，從祖玄，吴時學道得仙，號曰葛仙公。其煉丹秘術，悉□□（得真）法，以年老欲煉丹砂以期遐壽。聞交趾出丹，求爲勾漏令。帝以洪資高，不□（許），□（洪）曰：非欲爲榮，以有丹砂。帝從之。

西郊

時出碧雞坊，漢郊祀志：宣帝時，或言益州有金馬、碧雞之神可醮祭而致，遣王褒持節而求之，故成都有碧雞坊。西郊向草堂。成都記：草堂寺，府西七里。市橋官柳細，成都記：市橋水中有石犀，蓋吴漢爲賊將延岑所破之處。趙云：按樂史寰宇記云，於成都府載，市橋在州之西。江路野梅香。趙云：市橋、江路，皆草堂所經之地。傍架齊書帙，看題減一作「撿」。藥囊。無人競一云「與」，一作「覺」。來往，疏懶意何長。趙云：荆公本作「覺來往」，甚善。余嘗讀梁徐姚婦題甘蕉示人曰：夕泣已非疏，夢啼真太數。唯當夜枕知，過此無人覺。舊本作競，又作執，誤矣。

村夜

蕭蕭風色暮，江頭人不行。村舂雨外急，鄰火□□□（夜深明）。□□（胡羯）何多難？樵漁寄此生。坡云：□□□□□□□□□□（梁革曰：衣冠我非敢倚），甘寄生□□□□□□□□（於漁樵中，盡此天年）。□□□□□（中原有兄弟），□（萬）里正含情。臨風默含情。

草堂即事

荒（材）（村）建子月，**趙云：**肅宗上元元□（年），□□□□□□□□□□□□□（歲在辛丑，於九月壬寅大赦，去尊號），又去上元號。稱元年，□□□□□□□□□□□□（以十一月爲歲首，以斗所建辰爲名）。□（令）公比作詩以紀著事，蓋有意於後世之所考信者矣。獨樹老□□（夫家）。□□□□□□□□□□□□（**趙云：**王褒送葬詩云：平原看獨樹）。□□□□（雪裏江船）渡，風前逕竹斜。寒魚依密藻，□□□□□□□□□□（宿鷺起圓沙）。蜀酒禁愁得），□□□□（禁，居吟切）。□（無）錢何處賒？

水檻遣興二首

去郭軒楹敞，無村眺望賒。**趙云：**無林木謂之（材）（村），惟其無（材）（村），所以眺望可賒。賒者，遠也。澄□□□□（江平少岸），幽樹晚多花。細雨魚兒出，微風燕子斜。城中十萬户，此地兩三家。

蜀天常夜雨，江檻已朝晴。葉潤林塘密，衣乾枕席清。不堪秖老病，何得尚浮名。淺把涓涓酒，深憑送此生。

到村

碧澗雖多雨，謝玄暉詩：銅陵映碧澗，石磴寫紅泉。秋沙先又云「亦」。少泥。蛟龍引子過，荷芰逐花低。老去參戎幕，爲作簽謀也。**趙云**：爲劍南節度參謀也。歸來散馬蹄。□□（曹子）建詩：俯身散馬蹄。稻粱須就列，爲貧而仕也。榛草即相迷。**趙云**：言既離草堂而入使院，則路逕生草，反相迷矣。蓄積思江漢，蓄積，猶鬱結也；思江漢，以瀉其鬱結爾。頑疏惑町畦。嵇康云：匪降自天，寔由頑疏。町畦，隴畝也。**又薛云**：右按南華真經人間世篇曰：彼且爲無町畦，亦與之爲無町畦。○**趙云**：言其稟性頑疏，所感者但在於町畦之間，故雖朝夕在院，仍思一歸也。暫酬知己分，還入故林棲。王正長：人情舊鄉客，鳥栖思故林。**坡曰**：鹿岑曰：山野性豈能拘祿仕，旦夕即還故林，单栖一枝，私心足矣。後果棄官入梁山，人高其節。**趙云**：知己謂嚴公。言既稍酬報知己之分，乃遂歸故林爾。

舍弟占歸草堂檢校聊示此詩

久客應吾道，趙云：家語載孔子陳、蔡之厄曰：吾道其非耶？相隨獨爾來。孰知江路近，頻爲草堂迴。鵝鴨宜長數，柴荆莫浪開。東林竹影薄，臘月更須栽。

懷錦水居止二首

軍旅西征僻，風塵戰伐多。坡云：孫權：風塵滿天，相力伐不止，四海困窮，黎民流亡，上愧乎天，中愧乎人，下愧乎地。趙云：永泰元年，僕固懷恩誘吐蕃等寇奉天，京師大震，帝自將苑中急召子儀屯涇陽，故曰西征。猶一作「獨」。聞蜀父老，司馬相如有難蜀父老。不忘舜謳歌。孟子曰：謳歌者，不謳歌堯之子，而謳歌舜。○趙云：關外之亂，蜀人聞之必駭，而所謳歌在舜。天險終難立，劍門，天設之險也。難立，無德不可恃。趙云：憂吐蕃之能犯蜀之險矣。易曰：天險不可升也。柴門豈重過。謂思草堂未可再到。

朝朝巫峽水，遠逗錦江波。錦江水與巫峽相通。趙云：重懷成都之意，水徒相通而不能即返焉。萬里橋南宅，百花潭北莊。浣花草堂在萬里橋之南，地有百花潭。○趙云：舊本作橋南，非是。蓋公詩又云：萬里橋西一草堂，百花潭北即滄浪。層軒皆面水，杜云：宋玉招魂：高堂邃宇檻層軒。老樹飽經霜。趙云：四時纂要：冬瓜飽霜。雪嶺界天白，錦城曛日黃。雪嶺、錦城並見上嚴中丞詩注。

惜哉形勝地，回首一茫茫。張孟陽劍閣銘曰：形勝之地，匪親勿居。坡云：姜維曰：劍門乃形勝之地，扼三巴要路，不可不惜。趙云：以西山尚有屯戍，恐蜀受其禍，故嘆惜形勝之地而憂之也。

題忠州龍興寺所居院壁

忠州三峽內，蜀都賦：經三峽之崢嶸。注：三峽，巴東永安縣有高山相對，相去可二十丈左右，崖甚高，人謂之峽江，水過其中。井邑聚雲根。趙云：雲根，言石也。張協詩：雲根臨八極。蓋取五岳之雲觸石而出。則石者，雲之根也。小市常爭米，孤城早閉門。坡云：楚人侵鄖，鄖閉門常早。空看過客淚，莫覓主人恩。淹泊仍愁虎，深居賴獨園。金剛經：給孤獨園。

移居夔州郭

伏枕雲安縣，遷居白帝城。春知催柳別，趙云：言春知人之離居，故催柳之生以供行人之爲別也。相別多用柳者，蓋古有折楊柳曲，多言離別也。江與一作「已」。放舡清。赵云：以放舡之清爽也。農事聞人說，山光見鳥情。禹功饒斷石，且就土微平。沿峽皆因開鑿而成，故少平土，惟夔州稍平爾。

入宅三首

奔峭背赤甲，謝靈運詩：孤客傷逝湍，徒旅苦奔峭。趙云：赤甲，本岬字，按水經注，南連基白帝山，甚高大，其石背赤，土人云，如人〔袒〕(袒)胛，故謂之赤岬山。斷崖當白鹽。赤甲、白鹽，瞿唐峽口二山。趙云：白鹽高可千餘丈，人見其高白，故因名之。客居媿遷次，次，舍也。遷次，由移居也。趙云：如樂昌公主詩今日何遷次也。春酒漸多添。花亞欲移竹，趙云：言花枝偃亞於欲將移去之竹也。鳥窺新卷簾。衰年不敢恨，勝概欲相兼。

亂後居難定，春歸客未還。水生魚復浦，魚復，白帝舊名。雲暖麝香山。杜云：後漢郡國志：巴郡魚復，古之庸地。左氏文十年：魚人逐楚師是也。夔州圖經：麝香山，州東南一百二十五里，山出麝香，故以名之。半頂梳頭白，趙云：白髮之所存者，僅半頂耳。過眉柱杖班。相看多使者，一一問函關。時寇亂未平，關中之信未通爾。趙云：時吐蕃未平，所以問之也。

宋玉歸州宅，歸州有宋玉宅，今亡矣。雲通白帝城。見白帝城樓詩注。吾人淹老病，趙云：吾人，乃自言也。漢宣帝歌曰：泛濫不止兮愁吾人。旅食豈才名。趙云：旅食他州，豈坐才名之故耶？峽口風常急，江流氣不平。趙云：江流之洶湧，如人氣之不平也。只應與兒子，飄轉任浮生。

卜居

歸羨遼東鶴，遼東華表柱，有鶴集其上曰：有鳥有鳥丁令威，去家千年今始歸。城郭如故人民非，何不學仙冢纍纍。吟同楚執珪。淮南子：宣王以執珪封子發，子發辭而不得。楚法得子胥，爵執珪。莊舄爲楚執珪。王仲宣賦：莊舄顯而越吟。趙云：此兩句歎其不得歸鄉也。史記曰：莊舄，故越之細鄙人也，爲楚執珪，病而尚猶越聲。本無吟字，而王粲登樓賦云莊舄顯而越吟也。未成遊碧海，十州記曰：扶桑在碧海之中，地去西南萬里，大帝之宫，太真東王君所治。趙云：十州記云：東有碧海，廣狹皓汗與東海等，〔冰〕（水）不鹹苦，正作碧色也。著處覓丹梯。謝靈運詩：躡步陵丹梯。謝玄暉詩：即此陵丹梯。雲嶂寬江北，趙云：夔江之北，其山稍遠，爲寬矣。春耕破瀼西。南瀼水管鄣縣也。趙云：公自赤甲而遷此，江北乃瀼西之地。瀼者，水名，音讓。桃紅客若至，定似昔一作「晉」。人迷。見「欲問桃花宿」注。

赤甲

卜居赤甲遷居新，兩見巫山楚水春。炙背可以獻天子。趙云：列子：宋國有田夫，暨春東作，自曝於日，不知天下有綿纊狐狢。顧謂其妻曰：負日之暄，人莫知者，以獻吾君，將有重賞。美芹由來知野人。嵇康書：野人有快炙背而美芹子者，欲獻之至尊，雖有區區之意，亦已疏矣。○見三十二卷晚詩注〔一〕。荆州鄭薛寄詩近，蜀客郄岑非我鄰。鄭、薛、郄、岑，皆公之故舊。見于前詩注。笑接郎中評事飲，病從深酌道吾真。○郄。音綌。

暮春題瀼西新賃草屋五首

久嗟三峽客，再與暮春期。杜云：樂史寰宇記：渝州有三峽之名，曰：西峽、巴峽、巫峽。明月峽在夔州之西，即西峽矣。百舌欲無語，趙云：反舌無聲，在芒種後十日，今謂之欲無語，則暮春之時也。繁花能幾時？谷虚雲氣薄，波亂日華遲。戰伐何由定，哀傷不在兹。百舌，反舌也，禽名。

此郊千樹橘，不見比封君。李衡種甘橘千樹，號千頭木奴。前漢貨殖傳：蜀、漢、江陵千樹橘，比其人皆與千户侯等。養拙干戈際，全生麋鹿群。坡云：陳遂曰：幸得全生於麋鹿群中盡老矣。畏人江北草，旅食瀼西雲。坡云：言其客路萍跡，無定計也。○古詩云：旅食如閑雲。○王仲宣：漂泊南北如

〔一〕「三十二」，按原書共二十五卷，疑此有誤。

水上萍，旅食不定若出谷雲。〇**趙云**：畏人在於江北之草間，旅食在於〔漢〕（瀼）西之雲裏，此公之自嘆也。

萬里巴渝曲，前漢禮樂志：巴渝鼓員三十六人。師古曰：巴，巴人也；渝，渝人也。當高祖初爲漢王，得巴渝人並趫捷善鬭，與之定三秦滅楚國，存其武樂也。巴渝之樂因此始也。巴，即今巴州；渝，即今渝州。本蜀都之地。**三年實飽聞**。**坡云**：司馬遷：三年飽聞仁政。**趙云**：自永泰元年至今大曆二年，爲三年矣。

綵雲陰復白，錦樹曉來青。身世雙蓬鬢，**趙云**：言身已老而雙鬢如蓬矣。**乾坤一草亭**。**趙云**：言天地之間有此瀼西一草亭也。**哀歌時自短，醉舞爲誰醒？細雨荷鋤立**，**坡云**：晁詠因思詩，荷鋤立雨中，衣濕不自覺，人皆愛其苦學。**江猿吟翠屏**。見「眷言終荷鋤」并「却略羅翠屏」注。〇**新添**：陶淵明：帶月荷鋤歸。

壯年學書劍，項籍少年學書，不成，去學劍。**他日委泥沙**。言不見用於世。**趙云**：公自嘆於流落也。**事主非無祿，浮生即有涯。高齋依藥餌，絶域改春華。喪亂丹心破**，**坡云**：辛毗：值此喪亂，干戈未定，丹心復將破矣，爲之奈何！**王臣未一家**。**趙云**：詩所謂率土之濱，莫非王臣也。

欲陳濟世策，已老尚書郎。見「老儒不用尚書郎」詩注。**趙云**：公官是尚書工部員外郎，故云。**不息豺虎鬬**，見「豺虎正縱横」注。**趙云**：豺狼，以言盜賊。王粲詩：盜賊如豺狼。**空慚鴛鷺行**。公曾任拾遺，籍占朝列。**時危人事急，風逆羽毛傷。落日悲江漢，中宵淚滿床**。

自瀼西荆扉且移居東屯茅屋四首

白鹽危嶠北，赤甲古城東。平地一川穩，高山四面同。煙霜淒野日，秔稻熟天風。人事傷蓬轉，吾將守桂叢。劉安招隱：桂樹叢兮山之幽。

東屯復瀼西，一種住青溪。來往兼茅屋，淹留爲稻畦。市喧宜近利，西居近市。易巽：近利市三倍。林僻此無蹊。曹子建：欲還絶無蹊。若訪衰翁語，須令賸客迷。

道北馮都使，高齋見一川。子能渠細石，吾亦沼清泉。枕帶一作「席」。還相似，柴荆即有焉。斫畬應費日，又薛云：右按荆楚多畬田，先縱火熂爐，候經雨下種。歷三歲，土脉竭，不可復樹藝，但生草木。復熂旁山。唐劉禹錫適連州畬田行云：何處好畬田，團團縵山腹。鑽龜得雨卦，上山燒卧木。又云：下種暖灰中，乘陽坼牙蘖。蒼蒼一雨後，苕穎如雲發。白居易子規歌云：畬田有粟何不啄，石楠有枝何不棲？燒榛種田也。爾雅：一歲曰菑，二歲曰新，三歲曰畬。易曰：不菑。畬，皆音餘。畬田凡三歲，不可復種。蓋取畬之義也。熂，音餼，燹火燎草也。爐，音盧，火燒山界也。解纜不知年。見本卷「畬田費火耕」注。

牢落西江外，參差北户間。久遊巴子宅，卧病楚人山。幽獨移佳境，清深隔遠關。寒空見鴛鷺，迴首想朝班。謝靈運：安排徒空言，幽獨賴鳴琴。思玄賦：幽獨守此側陋。

從驛次草堂復至東屯茅屋二首

峽裏歸田客，恨賦：〔欲通抵見〕（敬通見抵），罷歸田里。趙云：以張平子自比也。張公作歸田賦，略曰：〔起塵矣〕（超塵埃）以遐逝，與世事乎長辭。江邊借馬騎。有馬者，借人乘之。非尋戴安道，見三十一卷山陰詩注〔一〕。似向習家池。見琬騮詩習池注。山險風煙合，江淹：風煙有鳥道。天寒橘柚垂。蜀都賦：户有橘柚之園。築場看斂積，豳詩：十月築場圃。一學楚人爲。

短景難高卧，秋興賦：何微陽之短晷。謝玄暉：高卧猶在兹。衰年强此身。山家蒸栗暖，野飯射麋新。玉色如蒸栗。趙云：左傳：射左麋鹿龜。龜者，麋背之高處也。世路知交薄，門庭畏客頻。坡云：陸抗家貧，畏客過門。趙云：惟其〔從〕（徒）爲面交而不心，所以畏客來之多，徒爲紛紛也。牧童斯在眼，田父實爲鄰。坡云：黄起云：編帙作友，田父爲鄰，全勝薄宦汩没於市廛塵土間。

暫往白帝復還東屯

復作歸田去，趙云：言自白帝歸田也。猶殘穫稻功。築場憐穴蟻，趙云：以見公之不殘。拾

〔一〕「三十一」，按原書二十五卷，則此處「見三十一卷」或誤。若分門集注杜工部詩只作「洙曰：見山陰詩注」，可參。又杜詩無題作山陰者，循此句之意，則所謂「山陰詩注」或當爲卜居詩「東行萬里堪乘興，須向山陰上小舟」一句之注。

穗許村童。趙云：以見公之不吝。拾穗，詩云遺秉滯穗，伊寡婦之利也。落杵光輝白，除芒子粒紅。加餐可扶老，趙云：古詩：上言加飡飯。扶老，扶吾身之老也。倉庾慰飄蓬。

憑孟倉曹將書覓土婁舊莊

平居喪亂後，不到洛陽岑。爲歷雲山問，無辭荆棘深。北風黄葉下，南浦白頭吟。文君作白頭吟。又薛云：右按楚詞：予交手兮東行，送美人兮南浦。波滔滔兮來迎，魚鱗鱗兮媵予。十載江湖客，茫茫遲暮心。

簡吴郎司法

有客乘舸自忠州，遣騎安置瀼西頭。前詩注所謂瀼東瀼西者。古堂本買藉疏豁，借汝遷居停宴遊。趙云：借吴司法自舟中遷來以居，而我甘心停宴遊也。雲石熒熒高葉曉，一作「曙」。風江颯颯亂帆秋。却爲姻婭過逢地，又薛云：右按爾雅：婦〔婦〕（之）父母、婿之父母相謂爲婚姻。兩〔婚〕（婿）相謂爲亞。注：詩云，瑣瑣姻婭。今江東人呼同門爲僚婿。趙云：古堂本公之所有，既借吴郎住，却是姻婭家之屋舍，乃爲我過逢之地耳，仍應我坐於曾軒以散其愁也。許坐曾軒數散愁。

王録事許修草堂貲不到聊小詰

爲嗔王録事，不寄草堂貲。昨屬愁春雨，能忘欲漏時？

鄰里　律詩四首

過南鄰朱山人水亭趙云：此篇公歸草堂所作也。所謂南鄰，豈前者錦里先生乎？

相近竹參差，相過人不知。幽花欹滿樹，小水細通池。歸客村非遠，趙云：公自言也。殘樽席更移。看君多道氣，從此數追隨。趙云：曹子建公讌詩：飛蓋相追隨。

北鄰

明府豈辭滿，後漢張湛傳明府注：郡所居曰府，明府者，尊高之稱。前書韓延壽爲東郡太守，門卒謂之明府，亦其義也。藏身方告勞。詩：不敢告勞。青錢買野竹，白幘岸江皋。劉隗岸幘大言，意氣自若。趙云：青錢，蜀人語，謂見錢也。愛酒晉山簡，趙云：山簡每出嬉遊，多之池上，置酒輒醉，名之曰高陽池。能詩何水曹。梁書：何遜，字仲言，八歲能賦詩。沈約愛其文，嘗謂遜曰：吾每讀卿詩，一日三復，猶不能已。其爲名流所稱如此。爲安武王參軍兼水部郎。初，遜文章與劉孝綽並見重於世，世謂之何劉。**時來訪老疾，步屧到蓬蒿。**三輔決録注曰：張仲蔚隱身不士，所居蓬蒿没人。

南鄰杜云：左太冲詩云：南鄰擊鍾磬。有此南鄰字，故公取以爲題。

錦里先生烏角巾，巾之有角者，郭林宗遇雨而角折，人皆折角以傚之。薛云：右按晉史，羊祜與從弟琇書曰：既定邊事，當角巾東（弟）（路），爲容棺之墟。**園收芋栗**一作「（栗）（粟）」。**不全貧。**史記：卓氏曰：吾聞汶山之下，沃野，下有蹲鴟。注：大芋也。成都風俗曰：大飢不飢，蜀有蹲鴟。言有所濟爾。坡云：舊本作「粟」。甫以其園只收芋栗，故謂之貧。然猶有芋栗可收，所以不爲全貧，若更收粟，則不可爲貧矣。**慣看賓客**又作「朋友」，一本作「門户」。**兒童喜，**趙云：慣看賓客則常喜，即與魏野詩云兒童不慣見車馬，走入蘆花深處藏異矣。**得食堦除鳥雀馴。**言忘機也，類狎鷗翁。趙云：置食堦除間，而鳥雀得之以馴擾。坡云：黄湛養鳥雀數百，就掌中取食，俱無疑忌，自號林泉逸老。**秋水纔**一作「雖」。**深四五尺，野航**一作「艇」。**恰受兩三人。**趙云：世多疑此謂之航，豈止恰受兩三人乎？余觀詩云：誰謂河廣，一葦航之。如今之一葉舟也。抗，即航也，則野航不必名其大矣。**白沙翠竹江村暮，相送**一作「對」。**柴門**一作「籬門」。**月色新。**

又呈吴郎

堂前撲棗任西鄰，薛云：右按前漢王吉傳，東家棗樹垂吉庭，其妻取棗啖吉。吉知，乃去婦。鄰人欲伐樹，吉乃還婦。里語曰：東家棗完，去婦復還。趙云：蓋公舊嘗見有撲棗者矣，今告吴郎以任從之者，暗用漢王吉事耳。**無食無兒一婦人。不爲困窮寧有此，**坡云：束晳赴孝簾舉，謂友人曰：不爲養親困窮，寧有〔比〕（此）態耶？**秖緣恐懼轉須親。**趙云：言探斯婦之情，乃困窮所致。又告吴郎當念其恐懼，宜更親之。蓋上句有滯穗資寡婦之意，下句則與竊〔荀〕（筍）而又擲與之同科。公之仁厚可知矣。**即防**一作「知」。**遠客雖多事，使**一作「便」。**插疏籬却甚真。**趙云：言雖任鄰婦取棗，然吴郎以遠方而來，當謹藩籬以防他寇，亦不害爲真耳。**已訴徵求貧到骨，正思戎馬淚盈巾。**

題人居室　古詩五首　律詩五首〔一〕

白水縣崔少府高齋三十韻，天寶十五載五月作。白水屬馮翊郡同州。秦文公分清水爲白水，即漢彭

〔一〕「律詩五首」，當作「律詩七首」。

衙。鮑云：肅宗元年，乃明皇天寶十五年也，歲次丙申五月，公年四十有五，在奉先，以舅崔公爲白水縣尉，故適白水，有是詩。

客從南縣來，浩蕩無與適。古詩：客從遠方來。坡云：姚萇：四溟浩蕩，困鱗無所適耳。趙云：浩蕩，悠遠不定止之貌，如浩蕩乘滄溟之義。旅食唐書：朱克融輩皆旅食長安。白日長，況當朱炎赫。高齋坐林杪，信宿再宿曰信。左傳。遊衍閴。清晨陪躋攀，傲睨俯峭壁。海賦：馮夷俯浪以傲睨。趙云：曹子建贈白馬（王）彪云：清晨發皇邑。崇岡相枕帶，曠野懷一作「回」。咫尺。嵇康賦：託峻嶽之崇岡。趙云：言野雖曠遠，而懷之若咫尺也。始知賢主人，贈此遺愁寂。危堦根青冥，增冰生淅瀝。招魂：增水峨峨，飛雪千里。謝惠連雪賦：霰淅瀝而生集，雪紛糅而遂多。趙云：青冥者，青雲杳冥之際。楚辭：據青冥而攄虹。上有無心雲，下有欲落石。陶潛歸去來：雲無心而出岫。江總賦：雲無情而（目）（自）合。泉聲聞復息，動靜隨所激。坡云：郭伋曰：君不見幽谷之鍾，而不自鳴，人擊即聲，人之動静亦隨所擊然後應之也。鳥呼藏其身，有似懼彈射。隋長孫晟善彈射。吏隱王喬、梅福皆吏隱也。適一作「通」。情性，兹焉其窟宅。海賦：瑰奇之所窟宅。天台賦：靈仙之所窟宅。白水見舅氏，左傳僖二十四年：晉文公謂子犯曰：所不與舅氏同心者，有如白水。投其璧於河內。薛云：右按子美近體詩有白水明府舅氏宅喜雨詩得過字，即知白水者地名，非晉文公所謂白水明矣。諸翁乃仙伯。杖藜長松陰，天台賦：蔭落落之長松。杜云：莊子載原憲杖藜應門。○劉珣擊馬長松下。作尉梅福作尉，人謂之仙尉。窮谷僻。爲我炊雕胡，逍遥展良覿。西京雜記：太液池邊皆雕胡、紫籜、緑節之類。菰之有米者，長安人謂爲雕胡。謝靈運：搔首訪行人，引領冀良覿。趙云：雕胡，菰米也，爲飯極滑。長安人謂爲雕胡，出宋玉［諷］（風）賦曰：主人之女爲臣炊雕胡之飯。勸臣食也。坐久風頗怒，晚來山更碧。相對十丈蛟，欻翻盤渦拆。海賦：盤渦谷轉。何得空裏雷，殷殷尋地脉。詩：隱其雷。長門賦：雷隱隱而響起。趙云：辨雷聲之殷殷而尋地脉所在，亦詩人在南山之陽、南山之側、南山之下之理也。煙氛一作「氣」。藹崷一本「嵩」崒，魍魎森慘戚。崑崙崆峒顛，迴首如不隔。前軒頽一作「推」。反照，巉絶華岳赤。太行孟門，豈云巉絶。爾雅曰：落光反照於東，謂之反景。劍閣銘云：太行孟門，豈云巉絶。兵氣漲林巒，川光雜鋒鏑。知是相公軍，鐵馬雲霧一作「煙」。積。趙云：天寶十四載，禄山反。帝召哥舒翰守潼關，明年，拜尚書左僕射。故云相公軍也。玉觴淡無味，胡羯豈强敵？長歌激屋梁，淚下流衽席。蘇武詩：長歌正激烈。曹植賦：若朝日之照屋梁。趙云：黄香天子頌曰：獻萬年之玉觴。○黄庭内景經：淡然無味。此言至尊旰食，雖御酒而無味，然有相公之軍，胡羯亦不足敵也。○屋梁，出宋玉神女賦，曰：日朝出，照屋梁。舊注引爲曹植賦，誤矣。人生半哀樂，天地有順逆。慨彼萬國夫，休明備征狄。一作「敵」。猛將紛填委，廟謀後漢光武贊：明明廟謀。畜長策。前漢匈奴傳：制百蠻之長策。

李陵書：猛將如雲。劉公幹：職事相填委，文墨紛消散。**東郊何時開？**書：周公既没，命君陳分正東郊成周，作君陳曰：命汝尹兹東郊。又：命畢公保釐東郊。又：徐夷並興，東郊不開。**帶甲**史：帶甲百萬。**且未釋。欲告清宴疲，難拒幽明迫。**易繫：知幽明之故。**三嘆酒食傍，何由似平昔。**古樂府：一彈再三嘆。**新添**：左傳：魏獻子將受梗陽人賂。饋入，召閻没、女寬。比置，三嘆。○魏子曰：唯食忘憂，三嘆何也？曰：或賜二小人酒，不夕食。饋之始至，恐其足，是以嘆。中置，自咎曰：豈將軍食之，而有不足？是以再嘆。及饋之畢，願以小人之腹爲君子之心，屬饜而已。獻子辭梗陽人。**趙云**：借用閻没、女寬當饋而三嘆。今公所歎，嘆其不若往日太平之時也。

兩當縣吴十侍御江上宅

寒城朝煙淡，謝玄暉：寒城一凝眺，平楚正蒼然。**山谷落葉赤。**謝靈運：曉霜楓葉丹，以曛嵐氣陰。**陰風千里來，吹汝江上宅。**謝玄暉：朔風吹飛雨，蕭條江上來。**趙云**：詳味詩意，吴侍御遷謫之因，爲辯論良民不是姦細，以此〔悮〕（忤）權貴而得罪耳。首四句以秦地之時候景物言其宅在兩當縣之江上，所以爲之感激也。兩當枕嘉陵江上，傳云吴侍御宅今子孫尚居之。**鵾雞號枉渚，日色傍阡陌。**（擬）王〔徽〕（微）詩：窈靄瀟湘空，欻吸鵾雞悲。謝靈運：弭棹薄枉渚，指景待樂闋。（九）歌：朝騁〔騖〕（鶩）兮江皋，夕弭節兮北渚。楚辭：朝發枉渚，以宿辰陽。七發：鶤鵠晨號乎其上，鵾雞哀鳴翔乎其下。**集注**：相如上林賦云：藺玄鶴，亂鵾雞。○張揖曰：鵾雞似鶴，黄白色。○張無盡武陵圖經糾謬云：余閲四方圖經，何其舛訛之多也。以武陵善德出一事觀之，其餘可知矣。武陵之東有二山，一曰枉山，二曰踊出山。○吴均宋〔地〕（起）居注云：宋元嘉七年五月大水，武陵枉山陷爲枉渚。○隋開皇中，刺史樊子重以枉山嘗爲善卷所居，名其地爲善德山，悦其名而遺其實也。○唐貞元中，總印禪師居踊出山，鑿井陷泥，刳木爲庵，開山建寺，裴公美以踊出非佳名，爲易山之名爲古德山，禅院額爲古德山禪院，宣鑒嗣之，而德山之名遂著。○劉禹錫集：善卷□（壇）在枉山上，又曰枉渚在郭東。○周朴詩曰：先生遺跡武陵西。且善卷之有壇，壇非堯舜時所有地，枉山陷，而壇在山上，枉渚在東，而謂之在西，斯則訛之又訛矣。○太平御覽載江南諸水云：湘州記曰：枉山在郡東十七里，有枉（水）焉，山西溪口有小灣，〔諸〕（謂）之枉渚，山有楚〔詞〕（祠）焉。○謹按兩當縣隷鳳州，乃古雍州之地，子美是詩云枉渚，乃渚之斜曲而不直者皆謂之枉渚，非武陵湘潭之枉渚也。○陸雲答張士然詩曰：通波激枉渚，悲風薄丘榛。注云：枉渚，曲渚也。亦以斜曲爲義。**杜云**：鵾雞，楚地有之。楚辭曰：鵾雞啁哳。借問持斧翁，幾年長沙客？武帝末，暴勝之爲直指使者，衣繡衣，持斧，逐盗長沙。長沙，湖南地名。**趙云**：持斧御史事，指言吴侍御也。長沙，即潭州，賈誼所謫之地。哀哀失木狖，西都賦：猿狖失木。淮南子：猿狖顛墜而失木。矯矯避弓翮。見十六卷：鴈矯銜蘆内，猿啼失木間。**趙云**：淮南子：鴈銜蘆而翔，以避弋繳。以比吴之失所也。亦知故鄉樂，飛鳥過故鄉，猶躑躅。未敢思宿昔。昔在鳳翔都，共通金閨籍。謝玄暉：既通金閨之籍。趙云：金閨，金馬門也。共通者，公爲左拾遺，與吴共通籍也。天子猶蒙塵，僖二十四年傳：臧文仲曰：天子蒙塵于外，敢不奔問官守。東郊暗長戟。書泰誓：東郊不開。晁錯曰：兩陣相近，平地淺草，可前可後，此長戟之地也。又曰：勁弩長戟，射疏及遠。兵家忌間諜，李牧爲鴈門，謹烽火，多爲間諜。此輩常接跡。臺中領舉劾，舉善劾有罪，御史職也。君必慎剖析。不忍殺無辜，書：與其殺不辜，寧失不經。所以分黑白。曹子建：蒼蠅間白黑，讒巧乏親疏。上官權許與，失意見遷斥。謝靈運：遭物悼遷斥。仲尼甘旅人，王弼：仲尼旅人，則國可知矣。向子識損益。杜云：後漢：向長，字子平，潛隱於家，讀易至損、益卦，喟然歎曰：吾知富不如貧、貴不如賤，未知死何如生耳！趙云：舊解引春秋叔向怪鄭人鑄刑書事，了不相干。朝廷非不知，閉口休歎息。張厚：此事已知閉口，何勞歎息？余時忝諍臣，趙云：時爲拾遺也。丹陛實咫尺。僖九年傳：天威不違顔咫尺。相看受狼狽，見第三卷北征詩注。至死難塞責。坡云：吕産罪雖至死，亦難塞責。趙云：以見吴之斥而不能言也。行邁心多違，詩：行邁靡靡。沈休文：江海事多違。出門無與適。於公負明義，惆悵頭更白。袁陽源詩：義分明於霜。○趙云：落句見公之恨深矣。

寄柏學士林居

自胡之反持干戈，天下學士亦奔波。避亂奔散也，如波之奔然。歎彼幽栖載典籍，蕭然暴露向山阿。暴露，言無所休庇也。漢書：衣冠暴露。青山萬里静散地，白雨一洗空垂蘿。亂代飄零予到此，古人成敗子如何？荆楊春冬異風土，風土記：荆、楊之間，春寒而冬煖，此所以爲異也。巫峽日夜多雲雨。神女：朝爲雲，暮爲雨。赤葉楓林百舌鳴，楓，木名，經霜則葉赤。百舌，百舌鳥也。黄泥一作「花」。野岸天雞舞。天雞，鳥名。謝靈運：海鷗戲春岸，天雞弄和風。又薛云：右按爾雅釋蟲：螒，天雞。注：小蟲，黑身赤頭，一名莎雞，又曰樗雞。盗賊縱横甚密邇，形神寂寞甘辛苦。幾時高議排金門，各使蒼生有環堵。使民各安其居也。

别李秘書始興寺所居

不見秘書心若失，及見秘書失心疾。既見君子，我心則降。安爲動主理信然，我獨覺子神充實。重聞西方止觀經，佛，西方之教，其法有大觀大覺也。老身古寺風泠泠。妻兒待米又云「我」。且歸去，他日杖藜來細聽。坡云：盧璀聞匡山。雨，璀歸，容他日杖藜，再造門下，細聽淵妙之理。

赤谷西崦人家

躋險不自安，謝靈運詩：躋險築幽居。安，一作「喧」。出郊已清目。溪迴日氣暖，逕轉山田熟。鳥雀依茅茨，藩籬帶松菊。陶淵明：三逕就荒，松菊猶存。宋玉曰：藩籬之鷃，料天地之高？如行武陵暮，欲問桃源宿。一本作「桃花」。陶潛桃源記曰：晉太康中，武陵人捕魚。從溪而行，忽逢桃花林，夾兩岸數百步無雜木，芳華鮮美，落英繽紛。漁人異之，前行，窮林。林盡，見山，有小口，髣髴有光，便捨舟步入。初極狹，行四五十步，忽然開朗，邑屋連接，雞犬相聞，男女被髮，怡然自樂。見漁人，大驚，問所從來。要還，爲設酒食。云先此避秦難，率妻子來此，遂與外隔絶，不知有漢，無論魏晉也。既出，白太守。太守遣人隨而尋之，迷不復得路也。

題柏大兄弟山居屋壁二首

叔父朱門貴，郭景純：朱門何足榮。郎君玉樹高。見「玉樹臨風前」注。山居精典籍，文雅涉風騷。江漢終吾老，雲林得爾曹。哀絃繞白雪，**又薛云**：右按宋玉對楚襄王問曰：客有歌郢中者，其始下里巴人，國中屬和者數千人；其爲陽春白雪，國中屬而和者數十人而已。又文選，鮑昭：蜀琴抽白雪，郢曲繞陽春。○**集注**：〔京〕(哀)絃，琴也。○(樂)記曰：絲聲哀，哀以立廉，廉以立志。君子聽琴瑟之聲則思忠義之臣。○又枚乘七發曰：龍門之桐，高百尺而無枝。使班爾斫斬以爲琴，野繭之絲以爲絃，孤子之鈎以爲隱，九寡之珥以爲弜，使師堂操張，伯牙爲之歌，此亦天下之至悲也，太子能强起而聽之乎？〔生〕（注）：弜，音的。隱、弜，琴上飾，取孤子、寡婦之寶而用之，欲其聲多悲哀。九寡，九度寡也。○琴録曰：琴曲有幽蘭、白雪、風入松、烏夜啼，俗人非知音者，故未可與之操。**未與俗人操。**琴有白雪操。

野屋流寒水，山籬帶薄雲。静應連虎穴，喧已去人群。筆架霑窗雨，書籤映隙曛。蕭蕭千里馬，詩：蕭蕭馬鳴。漢文却千里馬。**箇箇五花文。**

柏學士茅屋

碧山學士焚銀魚，移文云：焚芰製而裂荷衣也。坡云：張褒，梁天監中不供學士職，御史欲彈劾。褒曰：碧山不負吾。乃焚章長嘯而去。**白馬却走身巖居。**新添：光武臨朝，或有惰容，張湛輒陳諫其失。湛常乘白馬，帝每見，曰：白馬生且復諫矣。**古人已用三冬足，**東方朔：三冬文史足用。**年少今開萬卷餘。**今，一作「曾」，見「讀書破萬卷」。**晴雲滿户團傾蓋，**鄒陽：傾蓋如故。冠蓋若浮雲。**秋水浮堦溜決渠。**張景陽：堦下伏泉通，堦上水衣生。陸士衡：豐注溢修霤，黄潦侵堦除。雲陰結不解，通衢化爲渠。**富貴必從勤苦得，**坡云：徐陵見弟姪讀書，陵指其書語人曰：人之富貴，必從此勤苦而得。**男兒須**

讀五車書。莊子天下篇：惠施多方，其書五車。

題鄠縣郭三十二明府茅屋壁新添

江頭且繫船，爲爾獨相憐。雲散灌壇雨，春青彭澤田。頻驚適小國，一擬問高天。别後巴東路，逢人問幾賢。

崔氏東山草堂

愛汝玉山草堂静，高秋爽氣相鮮新。有時自發鍾磬響，落日更見漁樵人。盤剥白鴉谷口栗，飯煮青泥坊底芹。白鴉谷、青泥坊皆地名。何爲西莊王給事，柴門空閉鎖松筠？鮑云：王維時被張通儒禁在東山，此詩有所歎息，故云。趙云：唐史鄭虔傳：安禄山反，遣張通儒刦置百官於東都。

李監宅

尚覺王孫貴，王孫，王者之後，亦相尊敬之稱。韓信傳：哀王孫。豪家意頗濃。豪貴之家也。屏開金孔雀，隋長孫晟貴盛，嘗畫二孔雀於屏間以擇婿。褥隱繡芙蓉。刺繡紋爲芙蓉也。**坡云**：漢明帝：西域獻翠毛撚金、芙蓉被褥并細紋玉枕。且食雙魚美，姜詩孝感，地爲之出泉，日生雙鯉，詩得之以供母。誰看異味重。何敬祖食必四方珍異。門闌多喜色，女婿近乘龍。後漢明帝紀：勞賜元氏門闌走卒。**薛云**：右按楚國先賢傳：孫儁與李元禮俱娶太尉桓焉女，時人謂桓叔元兩女婿俱乘龍，言得婿如龍也。

李監宅新添

落葉春風起，高城煙霧開。雜花分户映，嬌燕入簷迴。一見能傾産，虛懷只愛才。鹽官雖絆驥，名是漢庭來。

田園　古詩二首　律詩五首

秋行官張望督促東渚耗一作「刈」。**稻向畢清晨遣女奴阿稽豎子阿段往問**文十年：王在渚宫。注：小洲曰渚。

東渚雨今足，佇聞粳稻香。謝靈運詩：滮池溉粳稻。説文：粳，稻屬也。稻，稌也。上天無偏頗，蒲稗各自長。匈奴傳：朕聞天不頗覆，地不偏載。謝靈運湖中作：芰荷迭映蔚，蒲稗相因依。人情見非類，前漢：朱虛侯章請爲呂太后言耕田。高后兒子畜之，笑曰：顧乃父知田耳。若生而爲王子，安知田乎？章曰：臣知之。太后曰：試爲我言田。〔意〕（章）曰：深耕穊種，立苗欲疏，非其種者，鉏而去之。太后默然。師古曰：以斥諸呂也。穊，稠也。穊種者，言多生子孫也。**杜云**：前漢：劉章云：非其種者，鉏而去之。田家戒其荒。前漢武帝紀：野荒治苛也。注曰：荒，田畝不闢。功夫競榾榾，除草置岸傍。食貨志：芸，除草也。莊子天地篇：榾榾然用力甚多。榾，苦骨反。穀者命之本，客居安可忘。命之，一云「今土」。范子計然曰：五穀者，萬民之命、國之重寶也。晉書：黎元以穀爲命。青春具所務，勤墾免亂常。吳牛力容易，並驅動莫當。驅，去聲。動莫當，一云「紛遊場」。世說：滿奮云：吳牛見月而喘。齊還詩：並驅從兩牡兮。潘安仁籍田賦：〔浮遊〕（坻）場染履。世說：今之水牛生江淮，故謂吳牛，畏熱，見月疑日，所以喘也。**趙云**：容易，言其水牛力之最多，不以爲難也。並驅，則雙駕之也。場者，疆場之場。豐苗亦已穊，見上注。雲水照方塘。劉公幹雜詩：方塘含白水。有生固蔓延，靜一資隄防。督領不無人，提攜頗在綱。攜，一作「挈」。書盤庚：若網在綱，有條而不紊。荊楊風土暖，周官曰：楊州、荊州宜稻。江淹：南中氣候暖，朱華陵白雲。肅肅候微霜。尚恐主守疏，用心未甚臧。臧，善也。**趙云**：守，指行官張望也。清朝遣婢僕，寄語踰崇岡。西成聚必散，書：平秩西成。不獨陵我倉。詩：

我倉既盈。又：曾孫之庾，如坻如京。潘安仁籍田賦有云我倉如陵，我庾如坻也。豈要仁里譽，里仁爲美。**坡云**：祖宥守志自養，文名四馳。永嘉太守屢枉駕見之，曰：君子道高德尊，所致如此，非仁里所要譽。感此亂世忙。非欲賙施以要仁里之譽，蓋亂世不可不蓄積以爲給也。北風吹蒹葭，蟋蟀近中堂。北風，冬風也，言歲向冬矣。詩：十月蟋蟀入我床下。故近中堂。荏苒百工休，鬱紆遲暮傷。禮月令：霜降百工休。謝宣遠詩：履運傷荏苒。陸士衡：紆鬱游子情。謝琨：遲暮獨如何。**坡云**：陸士衡：歲華荏苒而莫，百工俱休。

○槪。音冀。

行〔宮〕(官)張望補稻畦水歸

東屯大江北，一枕大江。百頃平若桉。六月青稻多，千畦碧泉亂。插秧適云已，引溜加溉灌。更僕往方塘，更僕，以番次更代使之也。劉公幹：方塘含白水。決渠當斷岸。西都賦：決渠降雨，荷插成雲。○**趙云**：鮑明遠蕪城賦：崪若斷岸。公私各地著，食貨志：理民之道，地著爲本。師古云：謂安土也。浸潤無天旱。主守問家臣，陸韓云：庶子及家臣。分明見溪畔。竿竿烱翠羽，剡剡生銀漢。**坡云**：桑敬：剡剡兮雲生銀漢。**趙云**：曹子洛神賦云：或拾翠羽。○廣雅云：天河謂之天漢，亦曰銀漢也。鷗鳥鏡裏來，關山雪邊看。秋菰成黑米，菰米，雕胡也。○趙云：鏡裏、雪邊，皆收畦水之明潔也。精鑿一作「榖」。傳白粲。薛云：右按鄭氏釋詩〔俾〕（彼）疏斯粺云：米之率，糲十，粺九，鑿八，侍御七。趙云：本草云：菰，又謂之茭白。歲久中心生白臺，謂之菰手。其臺中有黑者，謂之茭鬱，至後結實，乃雕胡米也。○精鑿，出左傳粢食不鑿，音作鑿，謂治米使白。玉粒足晨炊，紅鮮任霞散。趙云：蘇秦所謂米貴如玉也。上言米粒之珍貴，下云紅鮮方是言飯紅潤之色。○韓信傳：晨炊蓐食。終然添旅食，作苦期壯觀。史：晨炊蓐食。楊惲：田家作苦。趙云：魏文帝云：旅食南館。遺穗及衆多，我倉戒滋漫。趙云：詩云：遺秉滯穗，伊寡婦之利。

茅堂檢校收稻二首

香稻三秋末，平田百頃間。喜無多屋宇，幸不礙雲山。御裌侵寒氣，秋興賦：籍莞蒻，御裌衣。嘗新破旅顏。紅鮮終日有，玉粒未吾慳。又薛云：右按文選：尺爐重尋桂，紅粒貴瑶瓊。李善云：戰國策曰：蘇秦之楚，三月乃得見王。談卒，辭行。楚王曰：先生不遠千里而臨寡人，曾弗肯留，願聞其說。對曰：楚國食貴於〔王〕（玉），薪貴於桂，謁者難見於鬼，王難見於帝，今臣食玉炊桂、因鬼見帝，其可得乎？

稻米炊能白，秋葵煮復新。誰云滑易飽，老藉軟俱勻。種幸房州熟，苗同伊闕春。無勞映渠盌，自有色如銀。**集注**：魏文車渠椀賦：車渠，〔王〕（玉）屬也，多纖理縟文，生于西國，其俗寶之。惟二儀之普育，何萬物之殊形。料珍怪之上美，無兹椀之獨虛。苞華文之光麗，發浮彩而揚榮。理交錯以連屬，似將離而復并。○又梁陸倕蠡杯銘曰：用邁羽杯，珍逾渠椀。實同蠡〔側〕（測），形均樸滿。○廣雅云：車渠，石次玉。

刈稻了詠懷

稻穫空雲水，川平對石門。南都賦：緣以劍閣，阻以石門。**趙云**：此乃夔州詩，而言石門，乃下篇雙崖壯此門也。舊引蜀都賦阻以石門，舊注云石門在漢中之西，豈于夔州事哉？非是。寒風疏草木，又云「落木」。旭日散雞豚。孟子：雞豚狗彘。野哭初聞戰，樵歌稍出村。無家問消息，作客信乾坤。

佐還山後寄二首。同作三首，一首見宗族門。

白露黄〔梁〕（粱）熟，分張素有期。已應春得細，頗覺寄來遲。味豈同金菊，香宜配緑葵。

趙云：潘安仁賦有：緑葵含露。老人他日愛，正想滑流匙。

幾道泉澆圃，交横落慢坡。葳蕤秋葉小，小，一本作「少」。一作「葉色」。隱映野雲多。隔

沼連香芰，通林帶女蘿。甚聞霜薤白，重惠意如何。

門類增廣十注杜詩卷第四〔一〕

皇族世胄附　古詩三首　律詩九首

哀王孫前漢：韓信至城下釣。有一漂母哀之，飯信，竟至數十日。信謂漂母曰：吾必重報。母怒曰：大丈夫不能自食，吾哀王孫而進食，豈望報乎？王孫，如言公子也。王深父云：安禄山驚潼關，玄宗倉卒西幸，諸嗣王及公主之在外者皆不及從。其後多爲禄山所屠，鮮有脱者。此詩記之哀之。嗚呼！以四海之廣、人帝之尊，念罔終則辱其子孫如此，豈孟子所謂以其所不愛及其所愛者歟！

長安城頭頭白烏，坡云：陳伯辨云：烏有數種，〔烏〕（慈）烏比他烏微小，反哺之聲可聽，大喙及白頭者皆不能反哺。然不謂之孝烏，謂之慈烏者，蓋受哺之際，乃其母作聲，張口摇翅如母哺子狀，亦其母慈所致。或謂頭字當作頸，蓋烏無頭白者。**夜飛延秋門上呼。**坡云：神堯初得天下，夜有鳴鵲數百皆集延秋西門，

〔一〕　原書該卷本在卷五後。瞿鏞鐵琴銅劍樓藏書目録以爲，是書版心及每卷首行皆爲作僞者剜改，故卷次頗紊。傅增湘藏園群書經眼録曾據分門集注杜工部詩爲該殘本重新編次。二氏所説皆當。今仍依標題卷次排序。

呼嗚至夜分方散。**又向**一作「來」。**人家啄大屋，屋底達官走**唐書：木〔椽〕(稼)達官(怕)。**避胡。****趙云**：白烏之號，不祥也。天寶十五載，祿山陷潼關。明皇幸蜀，從延秋門出，烏飛號於門上，暗言乘輿之出也。乘輿既出矣，公卿寧不逃避邪？**金鞭斷折九馬死，骨肉不待同馳驅。腰下寶玦青珊瑚，**左傳：晉侯佩大子以金玦。**可憐王孫泣路隅。問之不肯道姓名，****坡云**：陳遺過武功道中，逢異人曰：子先辱後榮。遺與語答問，俱有理。遺怪而問姓名、居住，不答，乃長揖下路，入竹林中，不知所之。**但道困苦乞爲奴。****趙云**：齊建安王子真被誅，入床下，叩頭乞爲奴贖死，不從。**已經百日竄荊棘，身上無有完肌膚。高帝子孫盡高準，龍種自與常人殊。**漢高祖爲人隆準而龍顔。服虔曰：準，音拙。應劭注曰：隆，高也；準，頰權準也。李斐曰：準，鼻也。文穎曰：音準的之準。晉灼曰：戰國策云：眉目準〔類〕(頞)權衡。史記：秦始皇蜂目長準。李說文音是也。**趙云**：隋文帝子勇，勇子儼，雲昭訓所生，乃雲定興女。文帝喜曰：皇太孫何謂生不得其地？定興奏曰：天生龍種，所以因雲而出。**豺狼在邑龍在野，王孫善保千金軀。**易：龍戰于野。讖：四夷雲集龍鬬野，千金之子坐不垂堂。**趙云**：倣陸士衡：願保金石軀。而千金軀字又用沈約雜詩：坐喪千金軀。**不敢長語臨交衢，且爲王孫立斯須。**周禮疏云：舞交衢。文選：白骨交衢。崔豹古今注：大路交衢，悉施華衣。**昨夜東**一作「秦」。**風吹血腥，東來橐駞滿舊都。**師古曰：橐駞，言能負囊橐而馱物也。史思明傳：祿山陷兩京，以駝運兩京御府珍寶於范陽，不知紀極。**鮑云**：東來橐駞，謂賊自東都進也；舊都，謂長安也。**朔方健兒好身手，昔何勇鋭今何愚。**世説：〔桓〕（祖）車騎過江時，公私儉薄，自使健兒鼓行劫鈔。**竊聞太子已傳位，**明皇傳位于肅宗。**聖德北服南單于。**坡云：霍光曰：聖德北服單于，南化蠻貊，民俗淳厚，士各守職。**花門剺面請雪恥，**時回紇助順。**慎勿出口他人狙。**後漢：耿秉卒，匈奴聞之，舉國號哭，或至梨面流血。梨，即剺字。剺，割也，古通用。**哀哉王孫慎勿疏，五陵佳氣無時無。**漢書曰：高帝葬長陵，惠帝葬安陵，景帝葬陽陵，武帝葬茂陵，昭帝葬平陵，謂之五陵。選：北眺五陵。趙云：後漢：〔王〕（蘇）伯阿望舂陵城，曰：氣佳哉！鬱鬱葱葱。公之願本朝興復如此。

奉贈李八丈判官 曛

我丈時英特，宗枝神堯後。神堯，唐高祖也。**珊瑚市則無，**珊瑚，至珍也，非市中所有之物。**騄驥人得有。**孔子言，驥不稱其力，稱其德也。故在人則有之。○趙云：騄耳與騏驥，穆天子八駿中有之，故云人得有。**早年見標格，秀氣衝星斗。**劍埋没於酆城，而氣衝星斗之間，言不可掩也。**事業富清機，**坡云：曹顔遠思友詩：精義測神奥，清機發妙理。**官曹正獨守。頃來樹嘉政，皆已傳衆口。艱難體貴安，**趙云：當艱難而爲政不擾，其大體貴在安静。**冗長吾敢取。**言於艱難之際，能脱略細務也。薛云：右按文選文賦，文同無取乎冗長。坡云：漢文帝：冗長中似人者亦可采取。趙云：凡物之剩者爲冗長。長，去聲。○陸機文賦。今言爲政，本分之外，其如物之冗長者，吾不取之。吾字，李丈自言也。區區猶歷試，炯炯更持久。討論實解頤，操割紛應手。前漢匡衡曰：匡説詩，解人頤。注：使人笑不能止也。趙云：莊子：得之於心，應之於手。篋書積諷諫，宫闕限奔走。限，值也。值天子播遷也。趙云：雖有諫書之多，積滿朝篋，而身則限不能造宫闕也，亦詩曰駿奔走。舊注非。入幕未展材，一作「懷幕〔府〕」也。薛云：右按晉史，郄超在桓温幕下，謝安在外望見超，曰：郄生可謂是入幕之賓也。秉鈞孰爲偶。鈞，鈞衡也。詩：秉國之鈞。言作相。所親問淹泊，趙云：公自謂傳云愛其所親也。楚辭王逸注曰：泊，止也。薄，與泊同。泛愛惜衰朽。趙云：論語：泛愛衆。如殷仲文云：廣筵散泛愛，遂以爲朋友之呼矣。垂白亂南翁，委身希北叟。馬融傳論：得北叟之後福。淮南子：北叟失馬，人皆吊之。北叟曰：此何詎不爲福？居數月，其馬將駿馬而歸，人皆賀之。對曰：此何詎不爲禍？家富馬良，其子好騎，墮而折髀，人皆吊之。對曰：此何詎不爲福？居數年，胡夷大入，丁壯者皆控弦而戰，塞上之人死者十九，此獨以跛之故，父子相保也。趙云：前漢項藉〔泛〕（傳）：范增説項梁云：南公稱曰楚雖三户，亡秦必楚。注云：南公，南方之老人也。○北叟，出班固幽通賦，云：北叟頗識其倚伏。則指塞上之父爲北叟也。舊注引淮南子，遂輒塞上之人爲北叟，不知事則用淮南子塞翁失馬，而字則班固也。真成窮轍鮒，轍中之鮒呼莊周，求斗水之活。或似喪家狗。孔子世家：纍纍如喪家狗。秋枯洞庭石，風颯長沙柳。高興激荆衡，知音爲回首。趙云：水落石出，所以爲枯也。洞庭、長沙、荆與衡，皆相連之地。

○潏。音決。

別李義 公自言杜與李同出於陶唐氏，故此詩言余亦忝諸孫也。詩云：中外貴賤殊。乃與義爲表昆弟，非李杜同出陶唐氏。

神堯十八子，十七王其門。道國洎舒國，實惟親弟昆。唐高祖二十二子，而此止云十七王其門，未詳也。道王名元慶，第十六子也。舒王元名，第十八子也。鮑云：高祖二十二子，道王元慶、舒王元名、衛懷王玄霸、楚哀王智雲皆先薨，太子建成、巢王元吉以事誅，詔除籍，故止言十八。太宗有天下，故有十七子封王也。中外貴賤殊，余亦忝諸孫。趙云：神堯，唐高祖也。按史有二十二子，而今詩云十八子邪？學者尚疑之。道〔名〕（王）元慶，第十六子也，舒王元名，第十八子。詳味詩意，則李義者，道國之裔孫，而公則舒國後裔之外孫也。舊注云公自言杜與李同出於陶唐氏，是何夢語！丈人嗣王業，唐制，諸子襲封者謂之嗣王。○趙云：丈人，指言李義之父也。嗣王業，則繼嗣前王之業也。舊注云襲封謂之嗣王。其説誤矣。之子白玉温。趙云：〔宿〕（稱）李義也，謂其温如玉也。道國繼德業，請從丈人論。趙云：申言丈人乃道國之後，其能繼其德業者，請從李義之父言之也。丈人領宗卿，宗正卿也。肅穆古制敦。先朝納諫諍，直氣橫乾坤。子建文筆壯，河間經術存。曹子建能文，漢河間王能明於經術，獻禮樂，建三雝之教。趙云：子建，魏陳留王曹植也，能文章；漢景帝子河間獻王德也，明於經術。以此言李義之父。温克富詩禮，骨清慮不喧。洗然遇知己，談論淮湖奔。言談論鋒起，若淮湖奔注，不可涯涘也。坡云：梁衡曰，見王戎談論如淮湖傾注，〔原〕（源）流莫可擬此而測掩也。憶惜初見時，小襦一作「孺」。繡芳蓀。文選：芳蓀紫綺爲上襦。襦，袴也。○趙云：自經術存而下皆言李義。襦，〔矩〕（短）衣也。○賈誼過秦論云：寒者利短褐。注曰：一作「短」，小襦也。舊注妄添選五言詩爲七字云：芳蓀紫綺爲上〔儒〕（襦）。何輒附會如此。長成忽會面，慰我久疾魂。三峽春冬交，江山雲霧昏。正宜且聚集，恨此當離罇。莫怪執盃遲，我衰涕唾煩。王仲宣：愬盃行遲。解嘲：涕〔垂〕（唾）流珠沫。○趙云：舉杯，〔西〕（而）我獨執之遲，蓋以涕唾煩故也。舊注引但訝盃行遲，却是訴主人行盃之遲耳，何干此義？重問子何之，西上岷江源。順流爲沿，逆流爲泝。自夔入蜀，泝流也，故曰西上。願子少干謁，蜀都足戎軒。誤失將帥意，不如親故恩。甫幾不能脱嚴武之暴，又爲郭英乂所不容，有是句。少年早歸來，梅花已飛翻。趙云：王粲四言詩曰：苟非鴻鵠，孰能飛翻。努力慎風水，言世若風波也。趙云：舟行之所當慎也。豈惟數盤飧。古詩所謂加飧食也。猛虎卧在岸，蛟螭出無痕。言所在皆害人者也。此皆譏時。王子自愛惜，老夫困石根。生別古所嗟，發聲爲爾呑。王子，稱李義也。困石根，言不得其地也。呑聲，言聲出而復呑也。

贈特進汝陽王二十韻

舊注：王名僎，天寶中封爲王，秘書監同正員，父棣王琰。琰，玄宗第四子也。琰妃韋氏，少師之女也。新注：按唐史，讓帝長子璡，封汝陽，位特進。僎位秘書監。此詩乃贈璡，非僎也。璡，已見八哀詩云。璡，讓皇帝子。新史書贈太子太師，不書特進，失之。舊史言（小）（加）特進贈太子太師，與公詩合。○趙云：公八哀詩太子太師汝陽王璡曰：汝陽，讓帝子。而舊注又以此爲棣王琰之子，何自眩惑也。此詩在八哀詩所贈之先，蓋其特進時耳。特進，正二品，而太子太師從一品也。

特進群公表，漢官儀曰：諸侯功德優盛，朝廷所敬異者，賜位特進，在三公下。特進，漢官也，二漢及魏晉以加官。表，儀表也。天人夙德升。邯鄲淳見曹植才下，歸，對其所知歎植之才，謂之天人。夙，早也。霜蹄千里駿，武帝謂劉德爲千里駒。師古曰：其所言若駿馬，可致千里也。風翮九霄鵬。莊子：鵬怒而飛，其翼若垂天之雲，摶扶搖而上者九萬里。服禮求毫髮，僖二十三年傳：服於有禮，社稷之衛。趙云：言於禮無纖毫（運皆）（違背）。推忠志寢興。聖情常有眷，朝退若無憑。不挾貴也。仙醴求浮蟻，醴，一作「醽」。師古曰：醽，甘酒也，少麴多米，一宿而熟，不齊之。漢書：楚元王敬禮申公，穆生不嗜酒，王每置酒，嘗爲穆生致〔酒〕（醴）。曹子建七啓云：浮蟻鼎沸，酷烈馨香。奇毛或賜鷹。坡云：隋文帝賜楊素白花角鷹。清關塵不雜，會稽典録：丁寬門無雜賓。劉孝標論不雜風塵也。中使日相乘。吴志朱然傳：中使〔曰〕（日）食之物相望於道。晚節嬉遊簡，不以嬉遊爲務也。平居孝義稱。自多親棣萼，友愛兄弟也。誰敢問山陵？後漢東平王蒼傳：帝欲爲原陵、顯節陵起縣邑，蒼聞之，遽上疏諫。帝從而止，自是朝廷每有疑故，輒以驛使諮問，蒼於是悉心以對，皆見納用。學業醇儒富，賈山涉獵書記，不能爲醇儒。醇者不雜。辭華哲匠能。殷仲文詩：哲匠感蕭辰。筆飛鸞聳立，章罷鳳騫騰。羨其書翰也。精理通談笑，雖談笑皆精於理道。忘形向友朋。不驕也。寸腸堪繾綣，寸腸，取必也。一諾豈驕矜。一諾，見鄭諫議詩注。已忝歸曹植，見「天人夙德升」注。何知對李膺。後漢杜密傳：黨錮事起，密與李膺俱坐，而名行相次，故時人亦（稱）李杜。前有李固、杜喬，故言亦也。范滂母曰：汝得與李、杜齊名，死亦何恨？謂膺、密也。子美對汝陽謙辭也。招要恩屢至，崇重力難勝。子美自言雖蒙招要之恩，而禮意崇重，非力所能勝也。披霧初歡夕，衛瓘見樂廣，曰：見此人，瑩然若披雲霧而覩青天也。高秋爽氣澄。樽罍臨極浦，鳧鴈宿張燈。花月窮遊宴，炎天避鬱蒸。猶河朔避暑之會。硯寒金井水，荊州記：益陽有金井數百，古老傳，金人以杖撞地輒成井。簷動玉壺冰。鮑明遠：清如玉壺冰。瓢飲唯三逕，顔回一瓢，蔣許三逕。**巖栖異一塍。**謝靈運詩：栖巖挹飛泉。百層，高絶也。**謬持蠡測海，**東方朔論曰：以管闚天，以蠡測海。張晏曰：蠡，瓠瓢也。師古曰：蠡，音來戈反。**況挹酒如澠。**昭十二年傳：晉侯與齊宴，中行穆子相。投壺，晉侯先。穆子曰：有酒如淮，有肉如坻，寡君中此，爲諸侯師。中之。齊侯舉矢曰：有酒如澠，有肉如陵，寡人中此，與君代興。亦中之。**鴻寶全寧秘，**劉向傳：上復興神仙方術之事，而淮南有枕中鴻寶苑秘書。師古曰：鴻寶苑秘書，並道術篇名，藏在枕中，存録之不漏泄也。**丹梯庶可陵。**謝玄暉敬亭山詩：要欲追奇趣，即此陵丹梯。**淮王門有客，**一作「門下客」。淮南王安之善屬文，天下方術之士多往歸焉。於是遂與蘇飛、李〔向〕（尚）、左〔昊〕（吳）、田由、雷被、晉昌時等八人及諸儒大山、小山之徒，共講論道德，總統仁義，而著鴻烈解也。**終不媿孫登。**晉隱逸孫登傳：初，楊駿徵高士孫登，遺以布被。登截被於門，大呼曰：斫斫刺刺。後果如其言。登傳云：好讀易，嘗撫一弦琴，見者皆親樂之。〔黎余〕（嵇康）幽憤詩曰：昔慚柳下，今愧孫登。

奉漢中王手札

國有乾坤大，王今叔父尊。王，讓皇帝之子，代宗之叔父也。**剖符來蜀道，**見將赴成都草堂詩注。**歸蓋取荆門。**夷陵有荆門山，其狀如闕然。**趙云：**由荆門軍出陸而往矣。謂之取者，取道之取也。峽險通舟過，江長注海奔。主人留上客，避暑得名園。趙云：在途中借名（園）以過夏也。主人，指爲郡之人。前後緘書報，分明饌玉恩。天雲浮絶壁，風竹在華軒。趙云：觀絶壁之天雲，對華軒之風竹。言王名園中如此也。已覺良宵永，何看駭浪翻。海賦：驚浪雷奔，駭水迸集。鮑明遠：翻浪揚白鷗。○趙云：言時已秋矣，而風水稍定，不復見浪之可駭也。入期朱邸雪，唐制，諸侯各置邸京師，故有邸吏。朱邸，言邸有朱户。以冬爲入期，故言雪。謝玄暉：朱邸方開效，蓬心於秋寔。趙云：以雪爲期而至京也，言制諸侯各置邸京師。朱邸，言邸以朱户故也。朝傍紫微垣。晉志：紫宫垣，一曰紫微，大帝之坐，天子之所居也。枚乘文章老，西京雜記：枚乘文章敏疾，長卿制作淹遲，皆盡一時之譽。而長卿温麗，枚乘時有累句，故知疾行無善跡矣。楊子曰：軍旅之際，戎馬之間，飛書馳檄，用枚乘；廊廟之下，朝廷之中，高文典册，用相如。趙云：梁孝王時，枚乘在諸文士之間年最高。舊注所引，失公本意。河間禮樂存。景十三王：河間獻王德，武帝時來朝獻雅樂，對三雍〔客〕（宫），又立博士，修禮樂，被服儒術。悲秋宋玉宅，哀江南賦：誅茅宋玉之宅。趙云：宋玉宅在歸州。言王在歸州，又如悲秋之宋玉也。失路武陵源。見「如逢武陵路」詩注。淹薄俱崖口，東西異石根。夷音迷咫尺，楚俗語言多夷音。鬼物傍一作「倚」。黄昏。蕪城賦：木魅山鬼，昏見晨趨。犬馬誠爲戀，曹子建表：不勝犬馬戀主之情。史記：丞相翟青曰：臣不勝犬馬之心。趙云：公又言其有懷君之心。狐狸不足論。張綱傳：豺狼當路，安問狐狸？從容草奏罷，宿昔奉清罇。趙云：此言漢中王爲上草奏，既罷，當奉飲宴，蓋其清罇已在昔日如此矣。

戲題寄上漢中王三首

時王在梓州。初，王乃斷酒不飲，篇中有戲。

西漢親王子，王，讓皇帝之子，汝南王璡弟也。成都老客星。公自喻也。○趙云：如嚴陵與光武同宿，史占客星犯帝座。百年雙白鬢，一別五愁一作「飛」。螢。五飛螢，則歲五换矣。忍斷杯中物，張翰曰：使有身後名，不如即時一盃酒。坡云：吴術好飲酒，因醉詬權貴，遂誡飲。阮宣命飲，術曰：近斷飲。宣以拳敺其背，曰：看看老逼癡漢，忍斷杯中物耶？抑而飲之。秪看座右銘。崔子玉有座右銘。○坡云：柳渾寫座右銘自誡，起坐皆書之，行卧亦看。不能隨皂蓋，見陪王漢州遊房公西湖注。趙云：皂蓋，指漢中王也。漢：二千石，朱幡皂蓋。自醉逐浮萍。

策杖時能出，杜云：吴越春秋載太王杖策去邠。王門異昔遊。謂其斷酒也。已知嗟不起，未許醉相留。蜀酒濃無敵，蜀都賦：醖以醲清，一醉累月。江魚美可求。蜀都賦：嘉魚出於丙穴。終思一酩酊，坡云：向秀曰：長安酒家多好事，兼酒味醇醲，甚思得與嵇中散一醉。净掃鴈池頭。廣漢郡有金鴈池，古老相傳云有金雁一雙隱於此池，日出見其影也。○趙云：此梓州詩，而舊注引漢州鴈水以證，豈干廣漢郡耶？○高嶠詩云：乘歡俯鴈池。則往時素有鴈池之名，於池可以泛指爲鴈池矣，以俟明識。

群盜無歸路，衰顏會遠方。尚憐詩警策，文賦云：立片言以居要，乃一篇之警策。西征賦：發〔闉卿〕（閿鄉）之警策。**趙云：**梁鍾嶸作詩品曰：陳思贈吊、仲宣七哀、公幹思友、阮籍詠懷、靈運鄴中、士衡擬古，陶公詠貧之製，惠連擣衣之作，皆五言之警策者也。**猶憶酒顛狂。魯衛彌尊重，**漢中王兄弟俱領重鎮。**徐陳略喪亡。**魏文帝與王粲書云：徐、陳、應、劉，一時俱逝。何數年之間，零落略盡。**趙云：**言〔主〕（王）賓客多喪。**空餘枚**一作「故」。**叟在，應念早升堂。**枚叟，公自喻也。○**趙云：**雪賦云：召鄒生，延枚叟。

戲作寄上漢中王二首王新誕明珠。

雲裏不聞雙鴈過，掌中貪見一珠新。三輔〔訣〕（決）録曰：孔融見韋〔乙〕（元）將，其父書曰：不意雙珠生於老蚌。○**坡云：**馬梵賀人有子曰：欣得掌中之一珠。**趙云：**幽明録：張華言入九館之人，所見癡龍，初一珠食之，天地齊壽。佛書云：如掌中之珠。**秋風嫋嫋吹江漢，**謝靈運：嫋嫋秋風過。湘夫人云：嫋（嫋）兮秋風。**只在他鄉何處人。**

謝安舟楫風還起，謝安嘗與孫綽等泛海，風起浪湧，諸人並懼，安吟嘯自若。舟人以安爲悦，猶去不止。風轉急，安徐曰：如此將何歸耶？舟人默然，即回。衆咸服其雅量。**梁苑池臺雪欲飛。**謝靈運雪賦：歲將暮，時既昏。寒風積，愁雲繁。梁王不悦，游於兔園。俄而微霰零，落雪下。杳杳東山攜漢妓，謝靈運攜妓游東。○趙云：戲言漢中王謝安攜妓東山之興，尚杳杳然。泠泠修竹待王歸。杜云：修竹，梁孝王園名也。續漢書：梁王兔園多植竹，即所謂修竹園。地志云：孝王東苑方三百里，苑中有鴈（地）（池）、修竹園。

衡州送李大夫七丈勉赴廣州

斧鉞下青冥，禮：賜斧鉞，然後殺。魏武九錫文：犯關干紀，罔不誅殛，是用錫公斧鉞。坡云：何敬祖將軍新持斧鉞，總握虎符，自青冥來鎮岷隴。樓船過洞庭。漢武征南越，作樓船。北風隨爽氣，登樓賦：向北風而開襟。王子猷：西山致有爽氣。南斗避文星。日月籠中鳥，潘安：池魚籠鳥。乾坤水上萍。王孫丈人行，匈奴云：漢天子，我丈人行。垂老見飄零。

送李卿曄

王子思歸日，長安已亂兵。趙云：王子，指李曄也。時有吐蕃之亂也。霑衣問行在，趙云：代宗車駕出幸陝也。走馬向承明。趙云：承明，漢殿名。暮景巴蜀僻，春風江漢清。晉山雖自棄，魏闕尚含情。趙云：按宣室志載，庶史有道士尹君者，隱晉山，不食粟，嘗餌柏葉，北門從事嚴綬敬事之。莊子言：身在江湖之上，心遊魏闕之下。

世胄　古詩四首　律詩二首

狄明府 博濟

梁公曾孫我姨弟，狄仁傑封梁國公。母之妹妹之子曰姨弟。不見十年官濟濟。大賢之後竟陵遲，浩蕩古今同一體。比看伯叔四十人，有才無命百寮底。沉下位也。今者兄弟一百人，幾人卓絶秉周禮。閔元年，齊仲孫湫來省難。及還，公問：魯可取乎？對曰：魯秉周禮，未可動也。言猶守先王法度也。此詩言兄弟雖多，能守梁公之法幾人爾。在汝更用文章爲，長兄白眉復天啓。馬良兄弟五人並有才名，鄉里諺曰：馬氏五常，白眉最〔復〕（良）。良眉中有白毛，因以是爲稱。左氏：天將啓之。汝門請從曾公説，梁公也。太后當朝多巧計。狄公執政在末年，濁河中不污清濟。言獨立於朝，不移於衆邪！○趙云：謝元暉始出尚書省詩：紛紛亂朝日，濁河污清濟。國嗣初將付諸武，公獨廷諍守丹陛。武后當朝，革唐爲周，欲以武三思爲儲貳。以問宰相，皆莫敢對，仁傑獨曰：臣每觀天下，未厭唐德。**禁中册決詔房陵，**房陵，中宗所在。**前**一作「滿」。**朝長老皆流涕。**狄仁傑傳：初，中宗在房陵，而吉頊、李昭德皆有匡復讜言，則天無復辭意。唯仁傑每從容奏對，事無不以子母恩情爲言。則天亦漸省悟，召還中宗。**太宗社稷一朝正，漢官威儀重昭洗。**后嘗夢雙陸不勝。仁傑對曰：雙陸不勝，無子也。因進説：文皇帝身陷鋒鏑而有天下，以傳子孫，陛下因監國掩而有之，又欲以三思爲後，且子母與姑姪孰親？若立三思，廟不祔姑。后感悟，即日迎中宗，復唐社稷。光武紀：人見司隸僚屬，皆歡喜不自勝。老吏或垂泣曰：不圖今日復見漢官威儀。**時危始識不世才，**坡云：楊修謂曹適曰：時危始見不世之才，如孔文舉輩是也。**誰政茶苦甘如薺。**謝詩：防口猶寬〔改〕（政），飡茶更如薺。**汝曹又宜裂土食，身使門户多旌棨。**列土，一作「列鼎」。賢者之後宜有土。趙云：杜田引唐制，節度使就第賜旌節，三品以上門立戟。○後漢匈奴傳注曰：有衣之戟曰棨。**胡爲飄泊岷漢間，干謁王侯頗歷詆。**詆，訐也。息夫躬歷詆漢朝公卿。**況乃山高水有波，秋風蕭蕭露泥泥。**謝詩：凝露方泥泥。**虎之飢，下巉喦；蛟之横，出清泚。早歸來，黄汙人衣眼易眯。**

○泥泥。音禰。

送李校書二十六韻 鮑云：李舟也。國史補言：舟好事，與妹書曰：釋迦生中國，設教如周孔；周孔生西方，設教如釋迦。天堂無則已，有則君子生；地獄無則已，有則小人入。則其人可知。公故極稱道。

代北有豪鷹，生子毛盡赤。鍾岱二山出鷹。趙云：譬李舟也。○晉孫楚鷹賦曰：有金剛之俊鳥，生井陘之巖阻。○隋魏彦深鷹賦曰：唯兹禽之化育，寔鍾山之所生。而今公言，亦此義也。**渥洼騏驥兒，**一作「種」。趙云：東方朔曰：騏驥、緑耳，天下良馬也。**尤異是龍脊。**一作「虎」。○趙云：爾雅曰：騮馬黄脊。**李舟名父子，**趙云：前漢蕭育傳：王鳳以育名人子，除爲功曹。**清峻流輩伯。人間好妙年，不必須白皙。**左傳：東門之皙，寔興我役。○趙云：左傳昭公二十六年：冉竪曰：有君子白皙鬒。**十五富文史，十八足賓客。十九授校書，二十聲輝**一作「煇」。**赫。衆中每一見，使我潛動魄。自恐二男兒，辛勤養無益。乾元元**一作「二」。**年春，萬姓始安宅。**乾元，肅宗時年號，始收復京師，民始安居。坡云：張湯：萬姓蘇息，始安厥宅。**舟也衣綵衣，**見「休覓綵(衣)輕」注。○見三十一卷宗武生日「綵衣輕」注〔一〕。趙云：列女傳：老萊子孝養二親，着五色綵衣，卧地爲小兒啼。**告我欲遠適。倚門固有望，斂衽就行役。**父曰：嗟予子行役。趙云：戰國策齊：王孫賈之母謂賈曰：汝朝出而晚來，則吾

〔一〕「三十一」，疑誤。

倚門而望；汝暮出而不還，則吾倚閭而望。○陶淵明勸農四言云：敢不斂衽。南登吟白華，白華：孝子之潔白。已見楚山碧。鮑明遠：雪端楚山見。○坡云：景差至蒲騷，見宋玉，曰：不意重見故人，慰此去國戀主之心。昨到夢澤，喜見楚山之碧，眼力頓明，今又會故人，閉目心足矣。藹藹咸陽都，冠蓋日雲積。張景陽：藹藹，言氣象也；咸陽，古雍郡也；冠蓋，士大夫也；雲積，言其多也。又古詩冠蓋陰四衢，西都賦冠蓋如雲也。何時太夫人，文帝紀：列侯妻稱夫人。列侯死，子復爲列侯，乃得稱太夫人。子不爲列侯，亦不得稱。堂上會親戚。潘安仁閑居賦：太夫人在堂。又云：席長筵，列孫子。陶淵明：悦親戚之情話。汝翁草明光，漢武帝紀：太初四年秋，起明光宫。師古曰：三輔黄圖(云)在城中。元后傳云：成都侯商避暑，借明光宫。凡掌制誥文字，謂之視草也。趙云：後漢：尚書郎含香握蘭，直宿於建禮門，奏事明光殿，下筆爲詔誥，出語爲誥令。在唐，則中書舍人也。○凡掌制誥，必有草，故謂之起草。天子正前席。見前詩注。歸期豈爛漫，别意終感激。顧我蓬屋姿，曹子建：顧念蓬室士，貧賤誠足憐。謬通金門籍。謝玄暉出尚書省詩：既通金閨籍。小來習性懶，晚節一作「歲」。慵轉劇。嵇叔夜絶交書：少加孤露，性復疏懶。又：懶與慢相成。每愁悔吝作，如覺天地窄。羨君齒髪新，行已能夕惕。易乾卦：夕惕若厲。臨岐意頗切，對酒不能喫。杜云：李陵詩：對酒不能酬。迴身視緑野，憯〔滲〕(慘)如荒澤。老鴈忍春飢，哀號待枯麥。趙云：漢時謡：大麥青青小麥枯。時哉高飛燕，絢練新羽翮。

老鴈，甫自喻也。時燕，喻李校書。**趙云**：赭白馬賦云：別輩超群，絢練夐絶〔句〕。絢練，疾也。**長雲濕褒斜，**西都賦：右界褒斜，隴陂之險。○**杜云**：後漢：順帝罷子午，道通褒斜路。褒斜，谷名。南谷名褒，北谷名斜，首尾七百里。鄭子真所耕在此谷口。斜，余遮反。**漢水饒巨石。無令軒車遲，**古詩：思君令人老，軒車來何遲。**趙云**：江文通詩云：海濱饒奇石。**衰疾悲宿昔。**

入奏行贈西山檢察使竇侍御。

竇侍御，驥之子，鳳之鶵。杜云：桓譚新論曰：善相馬者曰薛公，得馬，惡貌而正走，其名驥子。○又易林曰：鳳生五鶵。**年未三十忠義俱，骨鯁絶代無。**唐李吉甫傳：君有骨鯁之忠臣。**趙云**：骨鯁者，剛正之謂，蓋〔囚〕（肉）之有骨而魚之有〔便〕（鯁）。**炯如一段清冰出萬壑，置在迎風寒露之玉壺。**漢有迎風寒露之館。古詩：瑩若玉壺冰。言□（清）徹也。**蔗漿歸厨金盌凍，**晉張協蔗賦曰：挫斯蔗以療渴，若漸醪而含〔密〕（蜜）。右按前漢書禮樂志：〔秦〕（泰）尊柘漿。取甘柘汁以爲飲也。蔗與柘同也。**趙云**：宋玉招魂云：〔儒〕（濡）鼈〔㚿〕（炮）羔有蔗漿。**杜云**：前漢禮樂志：景星歌：泰尊柘漿〔相〕（析）朝酲。注：取甘柘汁以爲飲，可以解酲也。柘，音蔗。舊注所引，似之而非。**洗滌煩熱足以寧君軀。政**一作「整」。**用疏通合典則，戚聯豪貴躭文儒。兵革未息人未蘇，天子亦念西南隅。吐蕃憑陵氣頗麤，**時吐蕃欲取成都爲東府。竇氏檢察應時須。運糧繩橋壯士喜，繩橋，以竹繩爲橋也。斬木火井窮猿呼。火井，地名。杜云：博物志曰：臨邛有火井，縱廣五尺，深十餘丈，諸葛丞相往觀後，火井益盛，以盆著井煮鹽，得孰。八州刺史思一戰，三城守邊却可圖。趙云：西山三城也。此行入奏計未小，密奉聖旨恩宜殊。繡衣春當霄漢立，漢：繡衣御史。綵服日向庭闈趨。老萊綵服以娱親。杜云：束晳補亡詩：眷戀庭闈。省郎京尹必俯拾，坡云：薛光戲友人曰：古人云，青紫可俯拾，吾令尹亦可俯拾。江花未落還成都。肯訪浣花老翁無？一云「公來肯訪浣花老」。爲君酤酒滿眼酤，與奴白飯馬青芻。又云：攜酒肯訪浣花老，爲君着衫捋髭鬚。趙云：此雖不言主人，而待奴馬如此，則主人可知，與詩所謂言刈其楚、言抹其馬同意。秣，音末。

〇盌。於卯，亦作椀。

徐卿二子歌

君不見徐卿二子生絶奇，感應吉夢相追隨。詩：吉夢惟何，惟熊惟羆。趙云：世説：孔文舉有二子，大者十歲，小者五歲。晝日父眠，小者牀頭盗酒飲之。大兒謂曰：何以不拜？答曰：偷，何行禮？此載年小而善語言也。孔子釋氏親抱送，並是天上騏驎兒。徐陵年數歲，家人攜見寶誌上人。誌以手摩頂曰：天上石麒麟也。大兒九齡色清徹，楊子：吾家之童烏，九齡而與我玄文。趙云：禰衡有云：大兒孔文舉，小兒楊德祖。故公屢用也。秋水爲神玉爲骨。坡云：司馬〔犬〕(大)子見王岳，謂客曰：此兒神如秋水而清徹，骨如皓玉之美秀。鳳雖爲雛，其文彩以彰矣。子美拾而用之，了無斤斧痕，非子美亦不能用也。小兒五歲氣食牛，尸子：虎豹之駒，雖未成文，已有食牛之氣。滿堂賓客皆迴頭。謝希逸月賦：滿堂〔交客〕(變容)，回皇如失。吾知徐公百不憂，積善衮衮生公侯。易：積善之家。王濟曰：張華說史漢，衮衮可聽。趙云：言其生不絕也。衮衮，乃不絕之義。丈夫生兒有如此二雛者，名位豈肯卑微休。趙云：左傳：名位不同。○王充論衡自紀篇：位雖卑微，行苟離俗，必與之友。

贈虞十五司馬

遠師虞秘監，世南。今喜識玄孫。形象丹青逼，家聲器宇存。見「烜赫舊家聲」注。坡云：龐統：□□(要識)家聲，先看器宇寬卑。凄涼憐筆勢，浩蕩問辭源。坡云：江總詞源浩蕩，學海淵深。爽氣金天豁，王子猷：西山朝來，致有爽氣。清談玉露繁。董仲舒有玉杯繁露。佇鳴南嶽鳳，劉公幹：鳳凰集南嶽，徘徊孤竹根。欲化北溟鯤。莊子：北海有魚名曰鯤，化爲大鵬。交態知浮俗，趙云：鄭莊傳：翟公題門曰：一貧一富，乃知交態。儒流不異門。儒門流，同門異户。過逢連客位，沈休文詩：客位紫苔生。日夜倒芳樽。沙岸風吹葉，雲江月上軒。別賦：月上軒而飛光。百年嗟已半，四座敢辭喧。書籍終相與，青山隔故園。坡云：南史：王筠，字元禮。沈約見筠文，咨嗟而歎曰：昔蔡伯喈見王仲宣，稱曰，王公之孫，吾家書籍悉當相與。僕雖不敏，請附斯言。餘見王粲本傳。

同豆盧峰貽主客李員外賢子棐知字韻

練金歐冶子，張景陽七命：楚之陽劍，歐冶所營。噴玉大宛兒。杜云：穆天子東遊黃澤，使宮樂謠曰：黃之澤，其馬歕玉，皇人壽穀。又賈復顧兒謂弟曰：此吾宗大宛兒也，一日千里亦可。歕，與噴同。○趙云：兩句以美李員外，上句比之以劍，下句比之以爲大宛馬名也，引之以噴玉字。穆天子傳：其馬歕玉。符綵高無敵，杜田云：曹子建七啓曰：符彩照爛。○魏文帝車渠椀賦：發符采而揚榮。趙云：傅玄乘輿馬賦曰：符采橫發。大率言符光雜穆也。聰明達所爲。夢蘭它日應，左傳：鄭文公賤妾燕姞，夢天使與己蘭，曰：以爲是爾子。〔詩〕(以)蘭有國香，人服媚之。既而文公與之蘭而御之。辭曰：妾幸而有子，將不信，敢徵蘭乎！穆公名曰蘭也。折桂早年知。見「禮闈新折桂」注。爛熳通經術，光芒刷羽儀。沈休文湖中鴈詩：刷羽同摇漾。易：鴻漸于陸，其羽可用爲儀。謝庭瞻不遠，晉史：謝太傅諸子若芝蘭玉樹生於庭階。潘省會於斯。趙云：潘安仁云：寓直于散騎之省。今公乃工部員外郎，李乃主客員外郎，盧亦必官是省郎之人，相會於此。唱和將雛曲，田翁號鹿皮。見「漢世鹿皮翁」注。

宗族　古詩六首　律詩三十二首

狂歌行贈四兄

與兄行年校一歲，賢者是兄愚者弟。兄將富貴等浮雲，弟切功名好權勢。長安秋雨十日泥，我曹鞴馬聽晨雞。公卿朱門未開鏁，我曹已到肩相齊。吾兄睡稱方舒膝，不韈不巾踏曉日。男啼女哭莫我知，身上須繒腹中實。今年思我來嘉州，嘉州酒重花繞樓。樓頭喫酒樓下卧，長歌短詠還相酬。四時八節還拘禮，女拜弟妻男拜弟。幅巾鞶帶不掛身，頭脂足垢何曾洗。**杜云**：南史：陰子春，字幼文，身脂垢汙，脚數年一洗。言每洗則失財敗事，云在梁州因洗足致梁州敗。子美云足垢何曾洗，則又甚於數年一洗者矣。吾兄吾兄巢許倫，一生喜怒長任真。日斜枕肘寢已熟，啾啾唧唧何爲人？

遣興二首

干戈猶未定，弟妹各何之。言避亂奔散，不知其所適。拭淚霑襟血，梳頭滿面絲。**趙云**：以思憶而痛悼之極。地卑荒野大，天遠暮江遲。衰疾那能久，應無見汝期。一作「時」。**坡云**：鄧廪送子南遷，執手悵恨久之，語曰：汝去萬里，吾殘喘如桑榆末景，應無再見汝時，宜自勉力。

我今日夜憂，諸弟各異方。不知死與生，何況道路長。蘇武詩：良友遠別離，各在天一方。山海隔中州，相去悠且長。古詩：相去萬餘里，各在天一涯。道路阻且長，會面安可知。避寇一分散，飢寒永相望。豈無柴門歸？欲出畏虎狼。仰看雲中鴈，禽鳥亦有行。傅休奕：仰觀南鴈翔。

得舍弟消息

風吹紫荆樹，色與春庭暮。花落辭故枝，風回反無處。周景式孝子傳曰：古有兄弟，忿欲分異，出門見三荆同株，接葉連陰，歎曰：木猶欣聚，况我而殊哉？又：田真兄弟欲分，其夜，庭前三荆便枯。兄弟歎之，却合，樹還榮茂。骨肉恩書重，漂泊難相遇。猶有淚成河，經天復東注。世説：人問顧長康哭桓宣武之狀如何？曰：鼻如廣漠風，眼如懸河決，聲如振雷破山，淚如傾河注海。

醉歌行

陸機二十作文賦，汝更小年能綴文。晉陸機，字士衡，作文賦，序云：余每觀才士之作，竊有以得其心。夫其放言遣辭，良多變矣，妍蚩好惡，可得而言。每自屬文，尤見其情，恒患意不稱物，文不逮意，蓋非知之難，能之難也。故作文賦以述先士之盛藻，作文之利害。**總角草書又神速，世上兒子徒紛紛。**詩甫田：總角丱兮。三十國春秋：封秀總角知名。衛玠總角乘羊車入市。**趙云**：草書以遲爲工，所謂〔忽忽〕(怱怱)不及草書是也；以速爲神，所謂一筆變化書是也。**驊騮作駒已汗血，鷙鳥舉翮連青雲。**汗血事見上。鷙鳥累百，不如一鶚。**詞源**一作「賦」。**倒流三峽水，**海賦：吹噓則百川倒流。枚叔七發曰：江水逆流，海水上潮。**杜云**：隋藝文傳曰：筆有餘力，詞無竭源。荊州記曰：巴陵楚地有三峽。峽程記曰：三峽者，即明月峽、巫山峽、廣澤峽，其瞿唐灩澦之類，不係三峽之數。倒流三峽水，謂詞泉壯健，可以衝激三峽之水，使之倒流也。**趙云**：詞源、筆陣，以比其文之敏。三峽之水最迅，而詞源可使之倒流，詩人誇張之辭爾。詞言源，則隋藝文傳：筆有餘力，詞無竭源。筆言陣，則如王羲之論字爲筆陣圖也。**筆陣獨掃千人軍。****杜云**：王羲之筆陣圖云：紙者，陣也；筆者，刃矟也；墨者，鍪甲也；硯者，城池；本領者，將軍也；心意者，副將也。掃千人軍，謂用筆之快利也。**只今年纔十六七，射策君門期第一。**前漢：蕭望之以射策甲科爲郎。師古曰：射策者，謂爲問難疑義，書之於策，量其大小署爲甲乙之科，列而置之，不使彰顯。有欲射者，隨其所取得而擇之，以知優劣。射之，言投射也。對策者，顯問以政事經義，〔令〕(令)各對之，而觀其文辭定高下也。後漢劉淑，五府辟不就，帝(令)輿詣京師，不得已而對策第一。**舊穿楊葉真自知，**史周本紀：蘇厲説白起曰：楚有養由基者，善射者也，去柳葉百步而射之，百發而百中之，左右觀者數千人，皆曰善射。有一夫立其旁曰：可教射矣。養由基怒，釋弓扼劍曰：客安能教我射乎？客曰：非吾能教子支左詘右也。夫去柳葉百步而射之，百發百中之不以善息，少焉氣衰力倦，弓撥矢鉤，一發不中者，百發盡廢。枚乘諫吴王書曰：養由基，楚之善射者，去楊葉百步，而發百中。楊葉之大，加百中焉，可謂善射矣。然其所止，乃百步之内耳，比於臣乘，未知操弓持矢也。劉向説苑亦云。**暫蹶霜蹄未爲失。**莊子：馬蹄可以踐霜雪。王褒聖主得賢臣頌：過都越國，蹶如歷塊。**偶然擢秀非難取，會是排風有毛質。**趙云：上句言科舉一日之長，搴擢英秀亦偶然爾，非難取也。而從姪之不中第，何哉？然會當是時排擊風露，蓋以其終有連雲之毛質焉。此慰唁之，且復有譏誚也。出鮑明遠書，言水族之狀，曰浴雨排風。**汝身已見唾成珠，**莊子秋水篇：蚿謂夔曰：子不見夫唾者乎？噴則大者如珠，小者如霧，雜而下者不可勝數。坡云：江淹謂郭鞏曰：子之咳唾成珠玉，吐氣作虹蜺，非碌碌儔比也。又薛云：右按後漢趙壹傳：咳唾成珠玉。杜云：後：趙〔一〕（壹）歌曰：勢家多所宜，咳唾自成珠。被褐懷金玉，蘭蕙化爲芻。趙云：選詩：咳唾自成珠。公之詩意，言其姪開口成文如珠耳。**汝伯何由髮如漆？春光淡沲秦東亭，渚蒲牙白水荇青。**梁江淹石上菖蒲詩：發步遵汀渚。詩：參差荇菜。釋云：荇，接余也。陸機云：浮在水上，根在水底。梁簡文帝晚春詩：渚蒲變新節。坡云：蘇恭云：萍有三種，大者曰蘋，中者荇菜，小者水上浮萍。趙云：沲，音待可切。蒲才有牙而白，荇在水而青。指東亭春景而言耳。○盧思道云：緑葉參差映水荇。**風吹客衣日杲杲，**衛詩伯兮：其雨其雨，杲杲出日。**樹攪離思花冥冥。**楚詞山鬼：雷填填兮雨冥冥。坡云：焦光、仲遜共遊陸渾，時春和景妍。遜謂光曰：何冥冥花樹攬人離思也。酒盡沙頭雙玉瓶，衆賓已醉我獨醒。漁人：屈原曰：舉世皆濁，惟我獨清；衆人皆醉，惟我獨醒。是以見放也。乃知貧賤别更苦，坡云：衛宏失意，送弟還嶺外，氣塞臆而幾不能言，久之曰：貧賤中離别更苦。吞聲躑躅涕泣零。古詩：泣涕零如雨。又沉吟聯躑躅，行不進貌。陸士衡擬古詩：沉思鍾萬里，躑躅獨吟歎。又云：躑躅再三歎。又云：躑躅遵林渚。宋鮑昭行路難云：心非木石豈無感，吞聲躑躅不敢言。

○沲。徒可。剨。胡麥，又平麥。

從孫濟此詩譏風俗衰薄，雖同姓不能忘猜疑也。

平明跨驢出，未知一作「委」。適誰門。權門多噂踏，詩十月：噂踏背〔增〕（憎），職競由人。噂踏，猶相對談語。背則相憎逐矣。趙云：前漢：息夫躬交遊貴戚，趨走權門。且復尋諸孫。諸孫貧無事，宅舍如荒村。堂前自生竹，堂後自生萱。萱草秋已死，衛詩伯兮：焉得諼草，言樹之背。注：諼草令人忘憂。背，北堂也。疏：堂者，房堂所居之地，總謂之堂房。半以北爲北堂房，半以南爲南星。竹枝霜不蕃。一作「翻」。左傳：其生不蕃。淘米少汲水，汲多井水渾。刈葵莫放手，放手傷葵根。鮑明遠樂府詩：腰鐮刈葵藿。古詩：採葵莫傷根，傷根葵不生；結交莫羞貧，羞貧友不成。趙云：族之有宗，猶水之有源，葵之有根也。水有源，勿渾之而已；葵有根，勿傷之而已；族有宗，則亦勿疏之而已。**阿翁懶墮久，覺兒行步奔。所來**一作「求」。**爲宗族，亦不爲盤飧。**左傳僖二十三年：晉公子及曹僖負羈之妻饋盤飧寘璧。○見三卷彭衙行。**坡云：**張昭見顧陸曰：吾也來爲道義，非因盤飧。**小人利口實，**頤：自求口實。**薄俗難具論。坡云：**劉章曰：薄俗好利，炎涼逐勢，難可與論歲寒。**新添：**楊敞：兵戈之後，禮義缺壞，士行凋敝，雖有數子知書，皆污薄俗氣味，難可與論典刑事。**勿受外嫌猜，同姓古所敦。**鮑明遠：明慮自天斷，不受外嫌猜。**趙云：**此亦曹子建詩有親〔文〕（交）義在敦之義。

寄從孫崇簡

嵯峨白帝城東西，南有龍湫北虎溪。吾孫騎曹不記馬，杜云：世説：王子〔獻〕（猷）爲桓沖騎曹參軍。桓問曰：卿何署？答曰：不知何署。時牽馬來，似是馬曹。又：所管幾何？曰：何由知數。又問：馬死多少？曰：未知生，焉知死。**業學尸鄉多養鷄。**見〔崔〕（催）樹鷄柵詩注。**龐公隱時盡室去，武陵春樹他人迷。**龐德公攜妻子盡室入鹿山。武陵春樹，桃源也，漁人迷路而入，見「欲問桃花宿」。**與汝林居未相失，近身藥〔裏〕（裹）酒長攜。坡云：**江淹行常使童挈酒斛、蚌盞、藥裹、周易，傲然，人皆奇之。**牧叟樵童亦無賴，莫令斬斷青雲梯。**文選注云：仙者以雲而升，故謂之雲梯。

憶弟二首時歸在南六渾莊。

喪亂聞吾弟，飢寒傍濟州。人稀書不到，以道路榛梗，人稀少而難行。兵在見何由。憶昨狂催走，狂催走，謂避亂出奔如狂。○**趙云**：自言奔走而〔生〕（往）行在所。無時病去憂。**趙云**：公素多病，則又無時而病去，所以憂也。即今千種恨，惟共水東流。

且喜河南定，安慶緒棄東都走也。**趙云**：謂至德二載復東京，故喜也。不問鄴城圍。鄴城，史思明所據。百戰今誰在？三年望汝歸。東山，周公東征也，三年而歸，三章言其室家望女也。**鮑云**：公自天寶十四載乙未冬因亂而相別，至乾元戊戌，是爲三春，故曰「三年望汝」。**坡云**：杜預與弟書：三年望汝，汝何不歸？豈不念堂有老母？故園花自發，丘希範書：暮春三月，江南草長，雜花生園，群鶯亂飛。見故國之旗鼓，感生平於疇日。春日鳥還飛。言草木禽鳥尚得其所，而人遭亂離，不得相保爾。**趙云**：言河南已定，當春之至，草木禽鳥各得其所。與前篇感時花濺淚，恨別鳥驚心，見之而泣、聞之而悲者異矣。斷絶人煙久，東西消息稀。

得舍弟消息

亂後誰歸得，他鄉勝故鄉。**坡云**：崔審與友人曰：江南兵火，全不如舊。聞三峽人物富盛，況勝故鄉，何頻頻發吟思耶？**趙云**：休明之際，則他鄉雖樂，不如還家。惟亂離，則他鄉安處自足居也。**直**一作「昔」。**爲心厄苦，久念**一作「得」。**與存亡**。**趙云**：以弟存亡在念也。若在與在，〔主〕（若）亡與亡之義。

汝書猶在壁，汝妾已辭房。李陵書生妻去室也。**舊犬知愁恨，垂頭傍我床**。

得舍弟消息二首

近有平陰信，**鮑云**：平陰屬河南郡，唐初屬濟州，天寶元年更名濟陽郡。十三載，郡廢，以平陰屬鄆。**遥憐舍弟存。側身千里道**，言避難，不得正行。**寄食一家村。烽舉新酣戰**，烽燧，時有寇則舉。○**趙云**：淮南子：魯陽公與韓戰，戰酣日暮，援戈而麾之。**啼垂舊血痕。不知臨老日，招得幾人**一作「時」。**魂**？

汝懦歸無計，吾衰往未期。浪傳烏鵲喜，西京雜記：乾鵲噪而行人至。**深負鶺鴒詩**。見「鴒原驚陌草」注。**生理何顏面**，**坡云**：何敬相：生理荒〔京〕（涼），家風零〔贊〕（替），重見古人，揣心撫膺，夫何顏面？**憂端且歲時。兩京三十口，雖在命如絲**。

月夜憶舍弟

戍鼓斷人行，戍樓鼓也。秋邊一鴈聲。言孤也。露從今夜白，月是故鄉明。有弟皆分散，一云「羈旅」。趙云：公之二弟，方賊亂時，一在齊州，一在陽翟。無家問死生。亂離流落，故無家也。寄書長不達，況乃未休兵。

送舍弟〔頻〕（穎）赴齊州三首

岷嶺南蠻北，南詔蠻也。徐關東海西。徐關，齊地。趙云：言弟自岷、蜀起發而之齊耳。徐關，齊地也。此行何日到？送汝萬行啼。絶域惟高枕，趙云：公自中原而來蜀，則亦以蜀爲絶域，大抵言異方也。清風獨杖藜。危時暫相見，衰白意都迷。

風塵暗不開，汝去幾時來？兄弟分離苦，形容老病催。江通一柱觀，見「一柱觀頭眠幾回」注。日落望鄉臺。成都記：隋蜀王秀所創。客意長東北，齊州安在哉？

諸姑今海畔，兩弟亦山東。趙云：齊州近海，則是山東矣。去旁干戈覓，來看道路通。短衣防戰地，趙武靈王好胡服，士皆短服。趙云：公自言也。時吐蕃未息，故戎服以在防戰之地。匹馬逐秋風。趙云：言弟穎之征行也。莫作俱流落，長瞻碣石鴻。絶交論：附騏驥於旄端，軼歸鴻於碣石。

注：海畔山也。

得舍弟觀書自中都已達江陵今茲暮春月末合行李到夔州悲喜相兼團圓可待賦詩即事情見乎詞

爾到江陵府，何時到峽州？亂離生有別，杜云：楚詞云：悲莫悲於生別離。聚集病應瘳。颯颯開啼眼，朝朝上水樓。老身須付託，白骨更何憂。

喜觀即到傷題短篇二首

巫峽千山暗，終南萬里春。終南山在長安，言去家萬里也。病中吾見弟，書到汝爲人。始爲亂離所隔，則莫知生死也，及書到，方知其爲人。意答兒童問，來經戰伐新。趙云：兩句通義。自戰伐中來，兒童見之，必有所問，已意其一一答之也。泊舡悲喜後，款款話一作「議」。歸秦。

待爾嗔烏鵲，抛書示鶺鴒。趙云：待弟而來，怒烏鵲之不實；下言喜弟來，故抛書示之。枝間喜不去，西京雜記云：乾鵲噪而行人至。原上急曾經。詩：鶺鴒在原，兄弟急難。江閣嫌津柳，嫌其隔望眼也。風帆數驛亭。數其驛程也。應論十年事，愁絕始星星。坡云：蘇代：堂上星星之髮。○張禹：對鏡悲鬢始變星星。○陸嵩云：客髮一星星。**趙云**：舊本作然絶，非是。星星，言鬢之白也。○南史韻詩云：星星行復出。

舍弟觀歸藍田迎新婦送示二首

汝去迎妻子，高秋念却迴。即令螢已亂，好與鴈同來。東望西江水，**趙云**：舊作「水」，善本作「永」，是。蜀江謂之西江。公欲泛舟南下，以楚之上游，而西江之盡處在其東，故東望其永。詩：江之永矣，不可方思。南游北户開。**趙云**：成南遊則見北户之開。吳都賦云：開北户以向日。卜居期静處，會有故人杯。**坡云**：郭林宗曰：吾當北居静處，期友人野酌放浪，誰能學後生兒輩日傍門户，低眉下氣，爲〔雖〕(錐)刀之利者乎！○**趙云**：卜居静處，當有故人之來。

楚塞難爲路，一作「別」。藍田莫滯留。衣裳判白露，鞍馬信清秋。滿峽重江水，開帆八月舟。此時同一醉，應在仲宣樓。**趙云**：王粲，字仲宣，劉表時在荆州，因登樓而作賦。其後指荆州樓爲仲宣樓。

舍弟觀赴藍田取妻子到江陵喜寄三首

汝迎妻子達荆州，消息真傳解我憂。鴻鴈影來連峽内，古詩：弟兄鴻鴈序。鶺鴒飛急到沙頭。詩：鶺鴒在原，載飛載鳴。燒關險路今虛遠，漢祖入蜀，張良辭歸，勸高祖燒絶棧道。**杜云**：燒關當作嶢關，音堯。在峽右。漢書：曹參從高祖西攻嶢關。注：在洛北藍田武關西，以觀赴藍田，故云。**新添**：燒，當作嶢，音堯。關在上洛北藍田南武關之西。漢高祖紀：秦王子嬰誅趙高，遣將將兵據嶢關。禹鑿寒江正穩流。江〔漢〕（賦）巴東之峽夏后疏鑿云。朱紱即當隨綵鷁，青春不假報黃牛。

馬度一作「廋」。秦山雪正深，北來肌骨苦寒侵。他鄉就我生春色，**趙云**：〔白日〕（公自）峽往荆，〔可〕（卜）以春時矣。故國移居見客心。**趙云**：故國，人情之所不忍離也。今自故國而移居，以不得已而來，則〔不〕（客）心可見矣。歡劇提攜如意舞，一云「王戎好作如意舞」。諸葛亮出軍，嘗以鐵如意指麾。喜多行坐白頭吟。文君作白頭吟。巡簷索共梅花笑，冷蘂疏枝半不禁。庾信羅含俱有宅，**新添**：庾信因侯景之亂，自建康遁歸江陵，居宋玉故宅，宅在城北三里。羅含爲桓温別駕，以廨舍喧擾，於江陵城西三里小〔舟〕（洲）上立茅屋而居，布衣蔬食，晏如也。春來秋去作誰家。短墻若在從殘草，喬木如存可假花。卜築應同蔣詡徑，三輔決録：蔣詡舍中竹下惟開三徑，羊仲、求仲從與之游。爲園須似邵平瓜。邵平種瓜美，故世謂之東陵瓜。比年一作「因」。病酒開涓滴，弟勸兄酬何怨嗟？

遠懷舍弟穎觀等

陽翟空知處，陽翟，屬〔穎〕（潁）川郡，夏禹所受封地。荆南近得書。積年仍遠別，多難不安居。**坡云：**岑襄：晉末兵戈，王室多難，雖有高堂峻宇，不得安居。見情偏録。江漢春風起，冰霜昨夜除。雲天猶錯莫，花萼尚蕭疏。**趙云：**以興兄弟之離隔也。對酒都疑夢，吟詩正憶渠。舊時元日會，鄉黨羨吾廬。陶潛詩：吾亦愛吾廬。

續得觀書迎就當陽居止正月中旬定出三峽

自汝到荆府，書來數喚吾。頌椒添諷詠，周庾信正旦詩：椒花逐頌來。禁火卜歡娛。荆楚歲時記：去冬節一百五日，即有疾風甚雨，謂之寒食，禁火三日。琴操：晉文公與介子綏俱遁，子綏割腓股以啖文公。文公復國，子綏無所得，作龍蛇之歌而隱。文公求之，不得出，乃焚左右木，子綏抱木而死。文公哀之，令人五月五日不得舉火。又周舉移書及魏武明罰令、陸翽鄴中記並云寒食斷火起於子推。琴操所云子綏，即子推也。又云五月五日，與介有異，皆因流俗所傳。據左傳、史記，並無介子推被火焚之事。案：周禮：司烜氏仲春以木鐸修火禁于國中。注云：爲季春將出火也。今寒食節氣，是春之末，三月之極。然則禁火，蓋周之舊制。**趙云：**序言正月中旬定出峽，於寒食必相聚矣。舟楫因人動，形骸用杖扶。天旋夔子峽，魚復，古夔子峽也。春近岳陽湖。岳陽湖在巴陵。坡云：梁汶曰：岳陽春近，吾將鼓枻放曠澤國，與簑笠盡老矣。發日排南喜，傷神散北吁。趙云：言起發之日，安排往南而喜。神情所傷者，北望長安而不得歸也。飛鳴還接翅，詩棠棣：鶺鴒在原，兄弟急難。又小宛：題彼鶺鴒，載飛載鳴。行序密銜蘆。春秋繁露：鴈有行列。傳云：兄弟之齒鴈行。淮南子曰：鴈從風而飛，以愛氣力；銜蘆而飛，以避矰繳。俗薄江山好，時危草木蘇。馮唐雖晚達，終覬在皇都。坡云：梁詢曰：如馮唐垂白，尚冀晚達。趙云：馮唐，公以自比其白首爲郎也。

乘雨入行軍六弟宅

曙角凌雲罷，春城帶雨長。水花分塹弱，巢燕得泥忙。令弟雄軍佐，凡材汙省郎。坡云：潘岳無長才廣識，謾汙省郎，見真儒碩人，厚顔汗熱。趙云：公爲工部員外郎，而自謙之辭也。萍漂忍流涕，衰颯近中堂。

第五弟豐獨在江左近三四載寂無消息覓使寄此二首

亂後嗟吾在，羈栖見汝難。草黃騏驥病，公以騏驥自託也。**坡云：**陳晙卧疾，梁杓過門曰：霜勁草黃，騏驥病矣，駑駘何得快駃？蓋君子不得時，小人自肆也。少游一日來，問曰：細味工部詩，皆拾古人句語綴補作詩，平穩安帖，若神施鬼設。工部腹内幾箇國子監耶？予喜此談，遂筆之。**沙晚鶺鴒寒。趙云：**憫其弟之寒也。○詩云：鶺鴒在原，兄弟急難。以成羈栖見汝難之句。**楚設關城險，**左傳：屈完對齊桓曰：君若以德綏諸侯，誰敢不服？君若以力，楚國方城以爲城，漢水以爲池。注：言其險固也。**趙云：**白帝城乃夔之險矣。**吴吞水府寬。趙云：**吴，則江左，至吴而積水之多，故云水府寬。**十年朝夕淚，衣袖不曾乾。**

聞汝依山寺，杭州定越州。趙云：題正云五弟獨在江左，不指名其州，則亦傳聞而未審。**風塵淹別日，趙云：**兵戈謂之風塵，蓋言風動塵起也。**江漢失**一作「共」。**清秋。趙云：**言我秋時在此，而不見其弟，爲相失也。**影著啼猿樹，趙云：**公自言所在之處。盧照鄰巫山高云：莫辨啼猿樹。**魂飄結蜃樓。**史：海傍蜃氣象樓臺。**趙云：**指言弟豐所在之處，故深思之也，思之而魂飄。謂之結蜃樓，言蜃所結成樓也。○前漢天文志：海旁蜃氣象樓臺。可以證矣。**明年下春水，東盡白雲求。趙云：**所以成「杭（州）定越州」之句。

送十五侍御弟使蜀

喜弟文章進，添余别興牽。數盃巫峽酒，百丈内江舡。水自渝上合者，謂之内江；自渝由戎、瀘上蜀者，謂之外江。未息豺狼鬭，戰争。空催犬馬年。以自稱其年，故從卑賤。晉陶侃臨終上表曰：臣猶爲〔大〕（犬）馬之齒，故尚可小延。歸朝多便道，搏擊望秋天。便道，〔問〕（間）道也。**又薛云**：右按前漢趙充國傳：嘗責充國曰：將軍其引兵便道西並進，雖不相及，使虜聞東方北方兵並來。〇**杜田云**：舊唐史：〔栢〕（桓）彦範舉楊嶠爲御史。嶠不樂搏擊之任，彦範曰：爲官擇人，豈待情願。遂引爲右臺御史。

憶幼子

字驥子，時隔絶在鄜州。

驥子春猶隔，鶯歌暖正繁。别離驚節换，聰慧與誰論？澗水空山道，柴門老樹村。**趙云**：指言鄜州寄〔象〕（家）之地。憶渠愁只睡，一作「卧」。炙背俯晴軒。

遣興

驥子好男兒，驥子，公子宗武也。見宗武生日詩注。前年學語時。問知人客姓，誦得老夫

詩。老夫，公自謂。世亂憐渠小，家貧仰母慈。嵇叔夜：母兄鞠育，有慈無威。鹿門攜不遂，龐德公
攜妻子入鹿門山隱。鴈足繫難一作「無」。期。蘇武傳鴈足繫書事，見上。一云「鹿門攜有處，烏道去無
期」。天地軍麾滿，山河戰角悲。儻歸免相失，見日一作「爾」。敢辭遲。

得家書

去憑遊客寄，一云「休汝騎」。趙云：言出遊彼處客寄之人。來爲附家書。今日知消息，他鄉
且舊居。趙云：指言鄜州。公寄居在鄜，已是他鄉，但恐亂離更有遷徙，故知消息而喜云耳。熊兒幸無
恙，後漢蘇竟傳：公君執事無恙。爾雅曰：恙，憂也。公孫弘傳：何恙不已。驥子最憐渠。驥子，公之子
宗武。臨老羈孤極，謂流離孤苦。傷時會合疏。以時無交舊也。二毛趨帳殿，二〔老〕（毛），言鬢毛
二色，謂班白也。帳〔設〕（殿），謂行在以帳爲殿。左傳：宋公曰：君子不禽二毛。黄巢之屯八角帳幄，皆象宮
殿。坡云：景敷二毛，尚走塵埃。兵甲之間，日趨帳殿。一命侍鸞輿。公至行在，授左拾遺。北闕妖氛
滿，北闕，帝闕也。妖氛，謂未收復也。趙云：時安慶緒方熾。西郊白露初。謂肅殺之威漸生。趙云：指
言長安西郊也。以白露初言之，則在七月明矣。涼風新過鴈，秋雨欲生魚。農事空山裏，眷言終荷
鋤。一云「終篇言荷鋤」。宋陶潛雜詩：種豆〔商〕（南）山下，草盛豆苗稀。晨興理荒穢，帶月荷鋤歸。趙云：

公遭亂〔陽〕（傷）時，乃欲歸耕而已。陶淵明：帶月荷鋤。

宗武生日宗武，小名驥子。曾有詩：驥子好男兒。又云：驥子最憐渠。

小子何時見，坡云：王肅思男，謂弟曰：何時得見小子？趙云：老杜既有盛名於時，則人皆知其有是子也。**高秋此日生。自從都邑語，已伴老夫名。**禮自稱曰老夫者。**詩是吾家事，人傳世上情。**趙云：既以詩擅名，而世間愛之者多，故云。**熟精文選理，**唐儒學傳：李善，楊州江都人，嘗注解文選，分爲十六卷，表上之，賜絹一百二十匹，詔藏于秘閣。善嘗受文選於同郡人曹憲，寓居汴、鄭之間，以講文選爲業。新添：梁昭明太子賢集古人文詞詩賦爲文選。李善嘗受文選於曹憲，後遂解注文選十六卷。**休覓綵衣輕。**列女傳曰：老萊子老養二親，行年七十，嬰兒自娱，着五色綵衣。嘗因取漿水上堂，跌仆，因卧地爲小兒啼。或弄烏鳥於親側。趙云：老萊子〔者〕（著）五采色衣，戲於親側。此言熟精文選理，所以責望其子而已，雖綵衣之輕，猶使之休覓也。**凋瘵筵初秩，**小雅：賓之初筵，左右秩秩。箋云：筵，席也。秩秩，肅敬也。海賦：爲凋爲瘵。**攲斜坐不成。流霞分片片，**又薛云：右按抱朴子，項曼卿修道山中，升天遊紫府，仙人飲流霞一杯，輒不〔飲〕（飢）渴。**涓滴就徐傾。**河東項曼卿好道，去家三十年而反，曰：去時有數仙人將（我）上天，離〔日〕（月）數里，止〔日〕（月）之旁。〔甚〕（其）寒悽愴，飢欲食，輒飲我流霞一盃，每（飲），數月不飢。隋江總爲馬腦杯賦：翠羽流霞之杯。庾信有示內人詩：定取流霞氣，將添承露杯。趙云：抱朴子：項曼自言至天上，過紫府，金牀（玉）几，晃晃昱昱，仙人以流霞一杯飲之，輒不飢渴。王立之云：項曼，舊注又誤爲曼卿，故表出之。

又示宗武

覓句新知律，攤書解滿床。 坡云：嵇紹新解覓句，稍知音律。王渾：阿戎年小，漸解滿牀攤書，時問難字，可喜。**試吟青玉案，** 張平子四愁詩：美人贈我錦繡段，何以報之青玉案。**莫帶紫羅囊。** 晉：謝玄少好佩紫羅香囊，叔父安患之，而不欲傷其意。因戲賭取，焚之，於此遂止。**假日從時飲，** 王仲宣登樓賦：聊假日以銷憂。時天下逼迫無暇，故假借此日登樓四望。**明年共我長。** 坡云：嵇康顧子紹曰：阿紹明年共我長矣，吾甚喜爾成人。趙云：言今年身材如此，至明年更長，則與我長矣。**應須飽經術，已似愛文章。十五男兒志，** 論語：吾十有五而志于學。**三千弟子行。曾參與游夏，達者得升堂。** 孔子世家：孔子以詩、書、禮、樂教，弟子蓋三千焉，身通六藝者七十有二人。論語：文學子由、子夏。又曰：由也升堂矣。趙云：曾參，則責以孝行，游、夏，則責以文學。子曰：由也升堂矣。今言三子皆達於孔子之道，而升堂，所以明戒之也。

宴忠州使君姪宅

出守吾家姪，出守，守土也。刺史是也。詩云：一麾乃出守。殊方此日歡。自須遊阮巷，晉：阮咸與叔父籍爲竹林之遊。咸與籍居道南，諸阮居道北。北阮富而南阮貧也。不是怕湖灘。湖灘，忠州下惡灘也。樂助長歌逸。一作「送」。杯饒旅思寬。昔曾如意舞，趙云：如意，乃所執之物。王戎嘗以如意起舞。牽率强爲看。

示姪佐佐草堂在東柯谷。

多病秋風落，君來慰眼前。自聞茅屋趣，只想竹林眠。滿谷山雲起，侵籬澗水懸。嗣一作「阮」。宗諸子姪，早覺仲容賢。阮咸，字仲容，籍之姪也，任達不拘，與叔父籍爲竹林之遊。

佐還山後寄同作三首，二首見田圃門。

山晚浮雲合，歸時恐路迷。澗寒人欲到，村黑鳥應栖。野客茅茨小，田家樹木低。舊諳疏懶叔，須汝故相攜。趙云：又以嵇康自處。嵇康性復疏懶也。

吾宗衛倉曹崇簡。

吾宗老孫子，質朴古人風。耕鑿安時論，衣冠與世同。在家常早起，**坡云**：劉琨常早起治蔬圃，自力桔槔。憂國願年豐。語及君臣際，經書滿腹中。**趙云**：言凡語論之間，及於君臣之際，必反覆論議，用其腹中之書而證明之也。

外族　古詩三首　律詩六首〔一〕

敬寄族弟唐十八使君

與君陶唐後，盛族多其人。聖賢冠史籍，枝派羅源津。甫自撰萬年縣君京兆杜氏墓銘云：其先係統於伊、祁，分尚於唐、杜。春秋傳云：穆叔謂之世禄，其在兹乎？漢高紀贊曰：范宣子亦曰：祖自虞以上爲陶唐氏，在夏爲御龍氏，在商爲豕韋氏，在周爲杜氏。注：唐、杜，二國名。在今氣磊落，巧僞莫敢親。**坡云**：朱雲：許時直言，端莊正立，巧言僞行之徒不敢親近。介立寔吾弟，濟時肯殺身。物白諱

〔一〕「六」，當作「七」。

受玷，行高無污真。得罪永泰末，放之五溪濱。漢黄瓊：皦皦者易爲污，嶢嶢者易爲缺。四子講德：青蠅不能穢垂棘。詩：白圭之玷，姓可磨也。語：殺身以成仁。馬援傳：擊武陵五溪蠻夷。注：雄、樠、西、〔撫〕（潕）、辰，所謂五溪也。趙云：所以明得罪之由，以不受汙玷而致然也。此與皓皓之易爲污之義不同。舊注引此，非是。鸞鳳有鎩翮，先儒曾抱麟。顏延年詠嵇中散詩：鸞翮有時鎩。鎩，所拜切，殘也。劉越石詩：誰云聖達節，知命故不憂。宣尼悲獲麟，西狩涕孔丘。注：孔子亦抱麟而泣。雷霆霹長松，骨大却生筋。一失不足傷，念子熟自珍。趙云：此以譬唐使君能得罪，未能遂傷之也。熟字，稔熟之熟。言其自珍，已詳熟矣。泊舟楚宫岸，戀闕浩酸辛。除名配清江，清江，屬施州。厥土巫峽鄰。登陸將首途，筆札枉所申。歸朝跼病肺，敘舊思重陳。春風洪濤壯，顏延年：春江壯風濤。劉越石：棄置勿重陳，重陳令心傷。趙云：公自言病肺之故，雖欲歸朝，倦跼不得申也。故下句所之，則欲春時乘舡而往，得一見唐公以相慰也。谷轉頗彌旬。趙云：郭景純江賦：盤渦谷轉。我能況中流，搪突鼉獺瞋。鼉獺瞋，言爲小人所怒也。長年已省柂，省，視也；柂，舟尾正舡者；長年，操舟者。視柂，則將行矣。慰此貞良臣。

送重表姪王砅評事使南海

我之曾老姑，爾之高祖母。爾祖未顯時，歸爲尚書婦。新唐書：王珪母李。王珪傳：正觀十年拜禮部尚書。**杜云**：西清詩話云：唐書王珪傳：珪微時，母李氏嘗云：子必貴，但未見與汝遊者。珪一日引房、杜過之。母曰：汝貴無疑。所載止此。質之子美是詩，我之曾老姑，爾之高祖母，則珪母杜氏，非李氏也。且一婦人，識真主於側微，其事甚偉。史闕而不録，是詩載之爲悉，世號詩史，信不誣也。隋朝大業末，房杜俱交友。**趙云**：王珪與房〔光〕（元）齡、杜如晦同學於文中子，則交友可知矣。長者來在門，荒年自餬口。陳平門多長者車。隱十一年傳：餬其口於四方。家貧無供給，客位但箕箒。俄頃羞頗珍，寂寥人散後。入怪鬢髮空，吁嗟爲之久。自陳剪髻鬟，鬻市充杯酒。晉陶侃母常剪髮具酒食，延賓客。上云天下亂，宜與英俊厚。向竊窺數公，經綸亦俱有。**趙云**：王珪與元齡、如晦善。母李嘗曰：兒必貴，然未知所與遊者何如人？會元齡等過其家，李窺，大驚曰：二客公輔才，汝貴不疑。舊注於下句驚户牖引此以證，不知乃秦王事，非干此也。次問最少年，虬髯十八九。子等成大名，皆因此人手。下云風雲合，龍虎一吟吼。願展丈夫雄，得辭兒女醜。秦王時在坐，真氣驚户牖。**趙云**：秦王，太宗也。○虬髯，乃太宗也。有虬髯公傳。易曰：雲從龍，風從虎。馬援曰：乃知帝王自有真也。新唐書王珪傳云：珪始隱居時，每與房玄齡、杜如晦善。母李嘗曰：兒必貴，然未知所與游者何如人，試與偕來。會玄齡等過其家，李闕，大驚，具酒食，飲盡日，喜曰：二客公輔才，汝貴不疑。及乎正觀初，尚書踐台斗。珪，正觀中以侍中輔政。夫人常肩輿，上殿稱萬壽。夫人以命婦預朝會也。六宮師柔順，法則化妃后。坡云：班姬著内訓訓六宮，作女箴、婦誡化及妃后。至尊均嫂叔，盛事乎不朽。鳳鶵無凡毛，五色非爾曹。見「鳳穴鶵皆好」注。○趙云：古有鳳將鶵之曲，言毛者，南史：謝超宗作殷淑儀誄，帝大〔蹉〕（嗟）賞，謂謝莊曰：超宗殊有鳳毛。往者胡作逆，乾坤沸嗷嗷。謂安禄山作亂也。吾客在馮翊，爾家同遁逃。避亂也。争奪至徒步，塊獨委蓬蒿。逗留熱爾腸，十里却呼號。自下所騎馬，右持腰間刀。左牽紫遊韁，飛走使我高。公言避亂日，輟白馬載我，使走免難於危險之中。昔鄴下童謡曰：青青御路楊，白馬紫遊韁。苟活到今日，寸心銘佩牢。懷輟馬之恩也。亂離又聚散，宿昔恨滔滔。水花笑白首，坡云：阮紹泛西池云：白首登畫舡，反慮水花笑。水花、水芝，皆蓮也。趙云：公言在潭州，濱於江，故云。春草隨青袍。哀江南賦：青袍如草。趙云：以言王評事往南海也。廷評近要津，節制收英髦。趙云：言南海節度使幕中要賢材也。北驅漢陽傳，南泛上瀧舠。漢陽，地名。傳，傳車也，如今之乘驛是矣。舠，小舟也。右按嶺南人名急湍曰瀧。趙云：傳，音張戀切，郵馬之謂也。自漢南而往，故曰漢陽傳；以有使南海之役，故曰上瀧舠。瀧，吕江切。廣韻：南人呼湍爲瀧。家聲肯墜地，利器當秋毫。見「烜赫舊家聲」注。肯墜地，言能自振立，不令委墜。○虞詡曰：不逢錯節盤根，何以知爲利器也。**番禺親賢領，**縣名，屬廣州也。**趙云：**必宗室之子爲節度也。**籌運神功操。大夫出盧宋，趙云：**廣府節度使清白者四，裴伷先、李朝隱、宋璟及盧奂。所以比大夫於盧、宋，而又謂出其上也。**寶貝休脂膏。洞主降接武，趙云：**謂廉潔而不污於貨利也。昔漢孔奮清潔，身處膏脂而未嘗自潤。降，户江切。廣南有溪洞蠻，其長謂之洞主。禮記〔白〕（曰）堂〔上〕接武，言相繼而降也。**海胡舶千艘。薛云：**右按番禺雜編：蕃商遠國，運奇貨非舶不可。市舶録，劉徇曰：獨檣舶，深五十餘肘；三木舶，深五十餘肘。西域以肘爲度。李慶通俗文曰：晉曰舶。**趙云：**舶，大舡也。番禺雜録曰：蕃商遠國，運〔貨〕（寶）貨非舶不可。舡，總名曰艘，猶今言幾隻也。**我欲就丹砂，跋涉覺身勞。**葛洪聞交趾出丹砂，求爲句漏令。至廣州，刺史鄧洪留，洪乃止羅浮山煉丹。**安能陷糞土，有志乘鯨鼇。或驂鸞騰天，聊作鶴鳴皋。**見「李白騎鯨魚」注。别賦：駕鶴上漢，驂鸞騰天。**趙云：**鯨，莫大之魚也。鼇，巨鼇也。

○砅。理厲切。○瀧。吕江，又音雙。○舠。音刀。○番。音潘。○禺。音虞。

閬州東樓筵奉送十一舅往青城縣得昏字

曾城有高樓，制古丹雘存。梓材：既勤樸斲，惟其塗丹雘。注：塗以漆丹以朱而後成。山海經云：青丘之山，多有貢雘。頭陁碑：朝霞爲丹雘。顔延年：雖暫丹雘陁。**趙云：**字出淮南子：崑崙之山，有曾城九重。迢迢百餘尺，西京賦：狀迢迢以亭亭。古詩：迢迢牽牛星，雙闕百餘〔天〕（尺）。陸士衡：高樓一何峻，迢迢峻而安。豁達開四門。**新添**：舜闢四門。○漢高祖豁達大度。雖有一作「會」。車馬客，而無人世喧。陶淵明：結廬在人境，而無車馬喧。遊目俯大江，列筵慰別魂。江淹：黯然銷魂者，惟別而已。謝靈運：得以慰〔營〕（別）魂。蘇武：俯觀江漢流。是時秋冬交，節往顏色昏。雪賦：歲將暮，時既昏。天寒鳥獸伏，登樓賦：步棲遲以徙倚兮，白日忽其將匿。風蕭瑟而並興，天慘慘而無色。獸狂顧以求群，鳥相鳴而舉翼。霜露在草根。今我送舅氏，詩渭陽。沈休文：樹頭鳴風飈，草根積霜露。萬感集清罇。謝靈運：千念集日夜，萬感盈朝昏。豈伊山川間，迴首盜賊繁。高賢意不暇，王命久崩奔。靈運詩：拆岸屢崩奔。臨風欲慟哭，賈誼傳。聲出已復吞。

閬州奉送二十四舅使自京赴任青城 新添

聞道王喬舃，名因太史傳。如何碧雞使，把詔紫微天。**杜云**：王褒傳曰：方士言益州有金馬碧雞之寶，可祭祀致也。宣帝使褒往祀焉。後漢邛都夷傳：青蛉縣禺同山有金馬碧雞，光景時時出見也。秦嶺愁回馬，涪江醉泛舡。青城漫污雜，吾舅意淒然。

奉〔使〕(送)崔都水翁下峽 新添

無數涪江筏，鳴橈總發時。別離終不久，宗族忍相遺？白狗黄牛峽，朝雲暮雨時。所過憑問信，到日自題詩。

巫峽弊廬奉贈侍御四舅别之澧朗

江城秋日落，山鬼閉門中。行李淹吾舅，行李，猶行使也，見上注。誅茅問老翁。屈原誅茅。赤眉猶世亂，光武平赤眉之亂。青眼只途窮。阮籍善爲青白眼，以白眼待俗客，青眼待佳客。傳語桃源客，人今出處同。見「欲問桃花宿」注。**趙云**：桃源，今之鼎州也。四舅之澧朗，故因以問桃源客也。人，則公自謂爾。

王閬州筵奉酬十一舅惜别之作

萬壑樹聲滿，顧愷之言：千巖競秀，萬壑争流。千崖秋氣高。宋玉曰：悲哉秋之爲氣也。天高而氣清。浮舟出郡郭，别酒寄江濤。良會不復久，此生何太勞？古詩：今日良宴會。窮愁但有骨，群盜尚如毛。窮愁而瘦極也。群盜尚多，故如毛。○**坡云**：齊招：群盜如毛，四方擾擾。吾舅惜分手，使君寒贈袍。范睢見須賈。賈曰：范叔寒如此哉？乃取一綈袍以賜之。後睢謂賈曰：公所以得無死者，以綈袍。戀戀有故人之意。沙頭暮黄鶴，失侶自一作「亦」。哀號。趙云：亦，一作「自」，當以「亦」爲正。言人别而哀矣，黄鶴失侣之亦然也。

奉送十七舅下邵桂

絶域三冬暮，東方朔傳：三冬文史足用。浮生一病身。感深辭舅氏，詩渭陽：我見舅氏。别後見何人？縹緲蒼梧帝，謝玄暉詩：雲去蒼梧野。顔延年：謁帝蒼山溪。檀弓：舜葬於蒼梧之野。蒼梧，南越。趙云：虞舜死於蒼梧之野。指言虞舜以述十七舅所往之處也。推遷孟母憐。孟子序云：幼被慈母三遷之教。潘安仁閑居賦：孟母所以三徙。注：孟軻母與軻少居近墓，軻乃戲爲墓。軻母曰：此非所居。去，居市傍，軻愛戲爲商賈。又居學館之旁，遂爲大儒。趙云：孟母，指言十七舅之母也。昏昏阻雲水，側望苦傷神。張平子四愁詩：側身東望涕霑翰。蜀都賦：望之天迴，即之雲昏。

奉送二十三舅録事之攝郴州崔偉

賢良歸盛族，趙云：周禮：友行以尊賢良。賢，則行之傑；良，則才之美。吾舅盡知名。徐庶高交友，徐庶，字元直，謂先主曰：諸葛孔明乃卧龍也，將軍豈欲見之乎？先主遂謂：見。趙云：以言崔舅。徐庶，字元直，其所與遊者諸葛亮、龐士元、司馬德操之流而已。劉牢出外甥。桓玄曰：何元忌，劉牢之外甥，酷似其舅。今舉大事，孰謂無成！趙云：公以無忌自比也。泥塗豈珠玉，坡云：莊趙：泥塗之中，豈隱珠玉？趙云：言崔舅，謂明珠白玉之質，豈宜辱在泥塗乎？環堵但柴荆。衰老悲人世，驅馳厭甲兵。氣春江上別，謝玄暉：江上徒離憂。楚詞：湛湛江〔冰〕（水）兮上有楓，目極千里傷春心。淚血渭陽情。詩：我送舅氏，曰至渭陽。趙云：淚盡，繼之以血。○渭陽情，全出晉書：世無渭陽情。舟鷁排風影，林烏反哺聲。束晳補亡詩：嗷嗷林烏，受哺于子。趙云：言崔舅侍太夫人以行也。○李善注文選有曰：純黑而反哺者，烏子。永嘉多北至，永嘉之亂，元帝渡江，衣冠多自北至。趙云：言崔舅自北而來也。句漏且南征。葛洪求爲句漏令，以有丹砂也。楚詞：〔油〕（汩）吾南征。必見公侯復，左傳：公侯必復其始。趙云：今句可以見崔舅貴人子孫也。終聞盜賊平。郴州頗凉冷，橘井尚凄清。趙云：此據風土而言之也。蓋以南方多熱，而此郡獨凉矣。橘井，在郴州。神仙蘇耽於山下鑿井種橘，救鄉里之疾病者。從役何蠻貊，居官志在行。論語：言忠信，行篤敬，雖蠻貊之邦行矣。左傳：當官而行，何强之有？

贈比部蕭郎中十兄甫從姑子也。

有美生人傑，人中之豪傑。以其傑出，故謂之人傑。漢有三傑。**由來積德門。**漢朝丞相系，謂蕭相國何。**梁日帝王孫。**梁武帝姓蕭。**蘊藉爲郎久，**以蘊藉而爲郎。東觀漢記桓榮：温恭有蘊藉。文穎曰：寬博有餘也。**魁梧秉哲尊。**周勃傳：魁梧奇偉。一音悟。魁，言丘墟壯大之意也。梧者，言其可驚悟。**詞華傾後輩，**坡云：高鳳：詞華後輩傾，惟宜爲師範。**風雅藹孤騫。**趙云：騫，音虚言〔女〕（切），飛舉之貌也。**宅相榮姻戚，**晉魏舒少孤，爲外家寧氏所養。寧氏起宅，相宅者云：當出貴甥。舒曰：當爲外氏成此宅相。後爲公。趙云：蕭兄，杜家之外孫，故〔此〕（比）之爲魏舒也。**兒童惠討論。**趙云：方兒童時，得蕭兄惠以討論之益也。**見知真自幼，**潘安仁懷舊賦序云：余十二而獲見於父友東武戴侯楊君，始見知名，遂申之以爲婚姻。**謀拙媿諸昆。**子美與蕭爲姑舅之昆仲。**漂蕩雲天闊，沉埋日月奔。**雲天闊，言漂蕩而相去遼遠也。日月奔，謂沉埋而歲月易失也。**致君時已晚，懷古意空存。**趙云：上句言見知於蕭兄，已自幼時。而自後謀拙，則每媿諸兄。其謀拙者何？飄蕩於外而不能仕進以致君故也。**中散山陽鍛，**嵇康爲中散大夫，尚性絶巧而好鍛。王戎自言與康居山陽二十年，未嘗見喜愠之色。向秀傳：嵇康善鍛，秀爲之佐，相對欣然，旁若無人。**愚公野谷村。**列子：愚公移山：而北智叟笑止之。杜云：韓子：昔齊威公入山，問父老：此爲何谷？答曰：臣舊畜牛生犢，以子買駒，少年謂牛不生駒，遂持而去。傍鄰以臣爲愚，遂名爲愚公谷。江淹兔園賦：坐帳無鶴，支床有龜。一寸二寸之魚，三竿兩竿之竹。名爲野人之家，是謂愚公之谷。**寧紆長者轍，**陳平以席爲門，而門多長者車轍。陶潛：王公紆轍。**趙云：**公在山陽、愚谷之間，自以其北僻矣，而蕭兄臨之，故有此句。**歸老任乾坤。**

婚姻　古詩二首　律詩一首

佳人王深父云：俗偷則人之無告者，政不足以恤之也。

絶代有佳人，李延年歌曰：北方有佳人，絶代而特立。**幽居在空**一作「山」。**谷。**詩：皎皎白駒，在彼空谷。**自云良家子，**趙充國傳：六郡良家子。**新添：**漢成帝選良家子充後宫。**零落依草木。關中昔喪敗，**一云「喪亂」。**兄弟遭殺戮。官高何足論，不得收骨肉。****坡云：**崔泓磔於市，骨肉不得收葬。**世情惡衰歇，萬事隨轉燭。****坡云：**徐邈：萬事興□(衰)，轉燭相似，何必計□(較)。**夫婿輕薄兒，**沈休文詩：長安輕薄兒。**新人美如玉。**一云「已如玉」。古詩：燕趙多佳人，美者顔如玉。**合昏尚知時，****杜云：**本草云：合歡，即夜合也。人家多植庭除間，一名合昏。陳藏器云：其葉至昏即合，故曰合昏。**趙云：**佳人自怨之辭，言物之有合有偶，而人之不若也。○周處風土記云：合昏，槿也。○陳藏器本草曰：晨葉舒而至暮即合，故曰合昏，一名合歡，即夜合也，葉似皂莢槐，極細，繁密。〇陸倕刻漏銘曰：合昏暮捲，蓂莢朝開。**鴛鴦不獨宿。**詩：鴛鴦于飛。鄭氏婚禮謁文贊曰：鴛鴦鳥，雄雌相類，飛(正)(止)相隨。列異傳：宋康王埋韓馮夫妻，宿夕文木生，鴛鴦雄雌各一，常栖樹上，晨嫣夕交頸，音聲感人。**趙云**：崔豹古今注曰：鴛鴦，鳧類也，雌雄未嘗相離，人得其一，一思而死，故謂之匹鳥。〇**薛云**：雄鳴曰鴛，雌鳴曰鴦。**但見新人笑，那聞舊人哭。****趙云**：李白亦云：新人如花雖可寵，舊人似玉猶來重。字起〇古詩：新人工織縑。**在山泉水清，出山泉水濁。****趙云**：此佳人志夫之辭。〇晉孫綽蘭亭詩序曰：古人以水喻性，有旨哉斯談。非以停之則清，混之則濁耶？情因所習而遷移，物因所遇而感興。**侍婢賣珠迴，**東方朔傳：董偃母以賣珠爲事。**牽蘿補茅屋。****坡云**：陶景山居賦云：采芝蕈爲盤蔬，牽藤蘿補巖屋。景差山齋云：牽蘿摭壞籬，挽葛補漏茅。此見工部深得換骨法。**摘花不插髮，**一作「鬠」。**杜云**：以言其不事粧飾，此詩所謂：自伯之東，首如飛蓬。豈無膏沐，誰適爲容？**采柏動盈掬。**詩：終朝采緑，不盈一掬。〇**坡云**：胡彝隱居衡山，采柏子食，年踰百歲，面類如兒童，少壯追奔不及。永徽中，往往人見之。**天寒翠袖薄，日暮倚脩竹。**屈原山鬼云：余處幽篁兮終不見。後漢竇玄舊妻與玄書別曰：棄妻斥女敬白竇生：卑賤鄙陋，不如貴人。妾日已遠，彼日已親。衣不厭新，人不厭故。悲不可忍，怨不可去。彼獨何人，而居我處。玄以形貌絶異，天子以公主妻之，故舊妻乃云。**趙云**：上句言天色已寒而翠袖尚薄，下句則所思遠矣。

新婚别 王深父云：先王之政，新有婚者，期不〔使〕(役)。政出於刑名，則一切(便)衆而已。此詩所怨，盡其常分而能不忘禮義，余是以録之。

兔絲附蓬麻，引蔓故不長。古詩：與君爲新婚，兔絲附女蘿。詩顔弁：蔦與女蘿，施于松柏。蔦，寄生也。女蘿，兔絲、松蘿也。陸機疏云：今菟絲，蔓連草上生，黄赤如(金)。今合藥兔絲子是也。在草曰兔絲，在木曰松蘿。**趙云：**兔絲當附松柏，而乃附蓬麻，爲不得其所矣。**嫁女與征夫，不如棄路傍。****坡云：**周述生而怪異，父曰：不如棄置路傍。母弗許，後文章隨名。**結髮爲妻子，**蘇子卿詩：結髮爲夫妻，恩愛兩不疑。**席不暖君牀。**孔席不暇暖。**坡云：**王簡樓：君床席未暖，遽蒙棄逐。**暮婚晨告别，無乃太忽忙。君行雖不遠，守邊赴**一作「戍」。**河陽。**河陽，東都也。**妾身未分明，何以拜姑嫜。****薛云：**右按前漢，廣川王去爲幸姬陶望卿作歌曰：背尊章，嫖以忽。顔師古曰：尊章，言舅姑也。**杜云：**曹子建詩：妾身守空閨。〇又按陳琳飲馬長城窟行云：善事新姑〔璋〕(嫜)。此姑〔璋〕(嫜)字所出也。**父母養我時，日夜令我藏。生女有所歸，**婦人謂嫁曰歸。**雞狗**一作「犬」。**亦得將。君今死生地，沉痛迫中腸。**鮑昭：生軀蹈死地。謝靈運：眷言懷君子，沉痛切中腸。韓信置之死地而後生。魏文帝詩：斷絶我衷腸。**趙云：**〔鮑昭〕(謝靈運)詩：沉痛切中腸。**誓欲隨君往，形勢反蒼黄。**北山移文：蒼黄翻覆。**坡云：**韓遂：形勢不可欺，軍馬蒼黄，擊其左右。**勿爲新婚念，努力事戎行。**古詩：努力加餐飯。蘇武詩：努力愛春花。李陵：努力崇明德。樂府：少壯不努力。**婦人在軍中，兵氣恐不揚。**薛云：右按：前漢書，李陵與單于戰，陵曰：士氣少衰而鼓不起者，何也？軍中豈有女子乎？始軍出時，關東群盗妻徒邊者隨軍爲卒妻婦，大匿軍中。陵〔按〕（搜）得，皆劍斬之。**自嗟貧家女，久致**一作「致此」。**羅襦裳。羅襦不復施，**淳于髠云：羅襦襟解。**對君洗紅粧。**古詩：娥娥紅粉粧。**仰視百鳥飛，大小必雙翔。人事**一作「生」。**多錯迕，與君永相望。**趙云：宋玉風賦：回穴錯迕。注云：雜錯交迕也。

送大理封主簿五郎親事不合却赴通州主簿前閬州賢子余與主簿平章鄭氏女子垂欲納采鄭氏伯父京書至女子已許他族親事遂停

禁臠去東牀，晉：謝混，字叔源。初孝武帝爲晉陵公主求婿，謂王珣曰：主婿但如劉真長、王子敬便足，如王處仲、桓元子誠可，才小富貴，便豫人家事。珣對曰：謝混雖不及真長，不減子敬。帝曰：如此便足。未幾，帝崩。袁山松欲以女妻之，珣曰：卿莫近禁臠。初，元帝始鎮建業，公私窘罄，每得一豚，以爲珍膳，項上一臠尤美，輒以薦帝，群臣未嘗敢食，于時呼爲禁臠。故珣因爲戲。混竟尚主。王羲之傳：太尉郗鑒使門生求女婿於王導。導令就東廂遍觀子弟。門生歸謂鑒曰：王氏諸少並佳，然聞信至，咸自矜持，惟一人在東床坦腹食，獨若不聞。鑒曰：正此佳婿邪！訪之，乃羲之也。遂以其女妻之。**趨庭赴北堂。**語：陳亢問於伯魚：亦有異聞乎？對曰：未也。嘗獨立，鯉趨而過庭，曰：學禮乎？對曰：未也。不學禮，無以立。鯉退而學禮。鄘詩伯兮：焉得諼草，言樹之背。注：背，北堂也。疏：背者，向背之義。婦人所常處者，堂也，故知背爲北堂。士昏禮云：婦洗在北堂。注：房半以北爲北堂。（堂）者，房室所居之地總謂之堂。**風波空遠涉，**坡云：劉琨至高安，歎曰：事不我濟，〔室〕（空）遠涉風波。**琴瑟幾虚張。**詩〔鹿鳴〕（棠棣）：妻子好合，如鼓琴瑟。董仲舒：琴瑟不調，必解而更張之。趙云：夫婦以比琴瑟也。公自注云：幾，音〔泊〕（洎），蓋巨至切。〔泊〕（洎），及也。**渥水出騏驥，**漢武元鼎四年，馬生渥洼水中。李斐曰：南陽新野有暴利長，當武帝時遭刑，屯田燉煌界。數於此水旁見群野馬中有奇者，與凡馬異，來飲此水。利長先作土人，持勒靽於旁。後馬翫習久之，乃令人代土人持勒靽，收得其馬，獻之。欲神異此馬，云從水中出。師古云：渥，音握。**崑山生鳳凰。**東京賦：鳴女床之烏鳥，舞丹穴之鳳凰。○趙云：莊子：吾聞南方有鳥，其名爲鳳。所居積石千里。則崑山可以言生鳳凰矣。**兩家誠款款，**坡云：索靖法帖：兩家誠心欸欸，奈凡女催〔何〕（行）。**中道許蒼蒼。頗謂秦晉匹，**襄二十七年傳：趙孟曰：晉、楚、齊、秦，匹也。晉之不能於齊，猶楚不能於秦也。又秦、晉匹也，何以卑我？**從來王謝郎。**晉江左以王謝爲冑族，嘗通婚。**青春動才調，**坡云：禰衡：青春惱客意，處處動微吟。**白首缺輝光。玉潤終孤立，**晉樂廣，字彥輔，人謂之水鏡：女婿衛玠，字叔寶，時號玉人。故時語曰：婦翁〔水〕（冰）清，女婿玉潤。**珠明得闇藏。**漢鄒陽云：明月之珠，夜光之璧，以暗投人於道，衆莫不按劍相盻。**餘寒折花卉，恨别滿江鄉。**

門類增廣十注杜詩卷第四

門類增廣十注杜詩卷弟五

仙道　古詩三首　律詩一首

昔遊

昔謁華蓋君，緑袍崑玉脚。人棺已上天，白日亦寂寞。後漢方術傳：王喬爲葉令，後天下玉棺於堂前，吏人推排，終不搖動。喬曰：天帝獨召我邪？乃沐浴服飾寢其中，蓋便立覆，宿昔葬於城西。其夕，縣車牛皆流汗喘乏而人無知者。百姓乃爲立廟，號葉君祠。暮升艮岑頂，艮岑，東北之岑也。巾几猶□□（未却）。□（弟）子四五人，入來淚俱落。余時遊名山，發軔在遠壑。□□□（离骚：朝）發軔於蒼梧。□□（又：朝）發軔於天津。良覿違夙願，謝靈運詩：搔首訪行人，引領冀良覿。含凄向寥廓。林昏罷幽磬，竟夜伏石閣。王喬下天壇，微月映皓鶴。嵇康琴賦：王喬披雲而下墜。天台賦：王喬控鶴以冲天。何敬祖：在昔王子喬，有道發伊洛。迢遞陵峻岳，連翩御飛鶴。王喬傳：或云即古仙人王子喬也。劉向列仙傳曰：王子喬，周靈王太子晉也，好吹笙作鳳鳴。遊伊、洛〔聞〕（間），道士浮丘公接上山。三十餘年後，來於山上，告桓(梁)(良)曰：告我家七月七日待我緱氏山頭。果乘白鶴駐山頭，望之不得到。舉手謝時人而去。**晨溪嚮虚駃，歸徑行已昨。豈辭青鞋胝，**趙云：青鞋，山行之具。公又嘗曰：若耶溪，雲門寺，青鞋布襪從此始。○胝，足病也。莊子曰：手足胼胝。**悵望金匕藥。東蒙**東蒙，山名，昔者先王以爲東蒙主。**赴舊隱，尚憶同志樂。伏事董先生，**董先生，董京威也。行吟常宿白社之中，時乞市肆，得碎繒，結以自覆。**於今獨蕭索。胡爲客關塞，道意久衰薄。**坡云：吴持：道意久不怡，神氣覺衰歇。**妻子亦何人，丹砂負前諾。**晉葛洪求句漏令，以煉丹砂。**雖悲髮變鬒，**一云「鬒髮變」。謝玄暉詩：有情知望卿，誰能鬒不變。詩：鬒髮如雲。趙云：髮之黑者曰鬒。鬒髮變，言變而爲黑也。**未憂筋力弱。杖藜望清秋，有興入廬霍。**杖，一作「扶」，一云「衡」。謝靈運詩：游當游羅浮，行息必廬霍。江淹擬靈運詩：靈壇信淹留，貴心非待設。平明登雲峰，杳與廬霍絶。

音釋：○軔。音如振切。○駃。音史，又使副之使。

幽人易：履道坦坦，幽人貞吉。陸士衡詩：幽人在浚谷。

孤雲亦群遊，神物有所歸。陶潛詠貧士詩：萬族各有託，孤雲獨無依。有，一作「識」。**麟鳳在赤霄，何當一來儀。**劉公幹：何時當來儀，將須聖明君。書：鳳凰來儀。張協七命：掛歸翮於青霄之表。漢書：麟鳳在郊藪。孔融曰：麟鳳來，頌聲作。趙云：張茂先鷦鷯賦序：彼鷲、鶚、鵾、鴻，孔雀、翡翠，或凌赤霄之際，或託孤垠之外。則鳳皇言赤霄宜矣。然麟亦謂之在赤霄，學者多疑之。殊不知徐陵之生，寶誌見之曰：此兒天上石麒麟。自天而降，亦宜在赤霄矣。**往與惠詢輩，中年滄州期。**集注：惠詢輩，謂惠遠、許詢也。○謝玄暉之宣城詩：既懽懷祿情，復協滄洲趣。○李善注：楊雄賦云：世有黃公者，起於滄洲，頤神養性。故後人以滄洲爲隱者所居。○隋圖經曰：漢水逕琵琶谷至滄浪洲，乃漁父棹歌處，即滄洲也。杜云：海中十洲，其一曰滄洲。**天高無消息，棄我忽若遺。**詩谷風：將安將樂，棄予如遺。郭泰機：衣工秉刀赤，棄我忽若遺。古詩：棄我如遺跡。**內懼非道流，幽人在瑕疵。**僖七年傳：不有瑕疵。**洪濤隱語笑，**曹植：泛舟越洪濤。晉王凝之風賦：驅東極之洪濤。郭璞江賦：鼓洪濤於赤岸。木玄虛海賦：洪濤瀾汗。曹玼江賦：洪濤突兀而橫持。蔡邕賦：洪濤涌以沸騰。晉蘇彥詩：洪濤奔逸勞。**鼓枻蓬萊池。**孫楚賦：舟人鼓枻而揚歌。史：漁父鼓枻而去。坡云：方鰥曰：吾將吞燕日月光華，鼓枻遊蓬萊，酌天醴玄漿，還源返腦，爲世外人。青杉木版，非吾所好也。**崔嵬扶桑日，**山海經曰：日出暘谷，浴于咸池，拂于扶桑。**照曜珊瑚枝。**梁元帝馬詩：照曜珊瑚鞭。趙云：珊瑚焦於海底石上，有五色，故曰所以照曜。**風帆倚翠蓋，暮把東皇衣。**屈平九歌有東皇太一。又：孔蓋兮翠旌。說苑：鄂君泛舟於新陂之上，張翠羽之蓋。張平子東京賦：翠羽之高蓋。曹植曰：仰撫翠蓋。陸士衡詩云：翩翩翠蓋羅。**噏漱元和津，**天台賦：嗽以華池之泉。**集注**：黄庭經曰：口爲玉池太和官，嗽咽靈液灾不忏。注云：口中液水爲玉津。○又中黄經曰：但服元和除五穀，必獲寥天得其籙。注云：服元和，謂咽津液。**所思煙霞微。知名未足稱，局促商山芝。**見上喜晴詩注。**杜云**：皇甫謐高士傳：秦世道滅德消，坑黜儒術，四皓於是退而作歌曰：莫莫高山，深谷逶迤；曄曄紫芝，可以療飢。**杜云**：漢武帝曰：局促効轅下駒。**五湖復浩蕩，**周禮：揚州其浸五湖。注：太湖方五百里，故曰五湖。**歲暮有餘悲。**張景陽詩：歲暮懷百憂。有志之士，志未獲伸，而時不我與，則未嘗不以時逝爲嘆也，故多以歲暮爲之憂悲。○**趙云**：鮑照有古詩，其題曰歲暮悲。

○**枻。**音余世反。

憶昔行

憶昔北尋小有洞，洪河怒濤過輕舸。茅君内傳：大天之内，有玄中之洞三十六所，第一王屋山之洞，圍萬里，名曰小有清虚之天。至於廣雅：南楚江湘，凡舡之大者謂之舸。**辛勤不見華蓋君，艮岑青輝慘么麽。**葛仙公傳：崑崙山，一曰玄圃臺，一曰華蓋，仙人所居。**趙云**：公昔遊云：昔謁華（蓋）君，深求洞宫脚。〔王〕（玉）棺已上天，白日亦寂寞。暮升艮岑頂，巾几猶未却。詳考二詩之意，蓋公遊王屋，本欲謁華蓋君，〔蓋君〕適值君死也。**千崖無人萬壑静，三步回頭五步坐。****杜云**：曹公祭橋玄文有曰：車過三步，腹痛莫怪。○李陵別蘇武詩曰：轅馬顧悲鳴，五步一彷徨。**秋山眼冷魂未歸，仙賞心違淚交墮。**謝靈運曰：賞心樂事，四者難并。陸機：中心若有違。**趙云：**上句言望華蓋君，招之而不來也，下句言欲爲仙賞之遊，而事與願違，所以悲泣也。○宋玉招魂有魂兮歸來者凡十二，今言未字者，反言之也。○唐昌〔王〕（玉）蘂花詩云：魂銷眼〔泠〕（冷）〔夫〕（未）逢真。豈出於杜公乎？**弟子誰依白茅**一作「石」。**室，盧老獨啓青銅鎖。巾拂香餘擣藥塵，階**一作「前」。**除灰死燒丹火。玄圃滄洲莽空闊，**十洲記曰：崑崙山三角，一角正〔于北〕（北干）辰〔星〕（之）輝，名曰閬風嶺；其一角正西曰玄圃臺；其一角正東曰崑崙宮。其一處有積金爲天鏞城，〔西〕（面方）千里，城安金臺。茅君內傳曰：八海之中，崑崙、蓬萊、方丈、瀛洲、滄洲、白山、八亭之山，所以山神有洞宮。**杜云：**葛仙傳云：崑崙，一曰玄圃也。滄洲，十洲之一洲也。舊注引茅君內傳正謬，妄矣。**金節羽衣飄婀娜。落日初霞閃餘映，**以黃金爲節，鳥羽爲衣。漢武帝拜欒大爲五利將軍，使衣羽衣，立白茅上受印。注：以鳥羽爲衣，取其神仙飛翔之意。**趙云：**言華蓋君金節羽衣之所往來，有落日初霞之輝映。○王仲宣詩：山岡有餘映。**倏忽東西無不可。**言其飛翔無所往而不可。**松風磵水聲合時，青兕黃熊啼向我。**兕如野牛，青皮堅厚，可以爲鎧，嶓冢之山其數多。成王時，東夷獻黃熊。○六韜曰：文王囚羑里，散宜生得黃熊而獻之。按類書，成王時，不屠國獻青熊，未嘗獻黃熊也。輒改以附會如此。**徒然咨嗟撫遺跡，至今夢想仍猶佐。****趙云：**公在山中，愁寂不堪，撫華蓋君之遺迹而夢想猶見之也。秘訣隱文須内教，晚歲何功使使，一云「收」。願果。更討討，一云「覓」。衡陽董煉師，董煉師，神仙也，隱於衡陽。趙云：以爲求仙須得有功行，而傳秘訣不見華蓋君矣，却思南游而訪董〔練〕（煉）師也。南遊早鼓瀟湘柂。晉庾闡楊都賦：青雀飛艫，余皇鼓柂。薛云：右按道藏書中有隱訣，其書曰：太清九宫，其最高者，稱太皇、紫皇、〔主〕（玉）皇也。

寄司馬山人十二韻

關内昔分袂，謝惠連詩：飲餞野亭館，分袂澄湖陰。天邊今轉蓬。曹子建詩：轉蓬離本根。驅馳不可説，坡云：劉韻曰：年來驅馳，不可與子細説，恐子心折。談笑偶然同。道術曾留意，先生早擊蒙。蒙卦。家家迎薊子，後漢方術傳：薊子訓有神異之道，到京師，公卿已下候之者，坐上常數百人，皆爲設酒脯，終日不匱。後因遁去，遂不知所止。處處識壺公。費長房傳：市中有老翁懸一壺於肆頭，及市罷，輒跳入壺中，市人莫之見。長房於樓上覩之，異焉，因往再拜。長嘯峨嵋北，潛行玉壘東。江賦：峨嵋爲泉陽之揭，玉壘作東别之標。有時騎猛虎，虚室使仙童。髮少何勞白，顔衰肯更紅。望雲悲轗軻，陶潛詩：望雲慚飛鳥，臨水愧遊魚。畢景羨冲融。謝靈運詩：餘景逐前儔。謝希逸賦：餘景就畢。喪亂形仍役，坡云：徐邈喪亂之際，形役心勞，兒女寒瘦，雖有厥居，不暇少安。趙云：陶淵明云：既自以身爲形役。**淒涼信不通。懸旌要路口，**趙云：史記云：搖搖懸旌，無所終薄。**倚劍短亭中。**杜云：宋玉賦云：倚長劍兮天外。**永作殊方客，殘生一老翁。相哀骨可換，亦遣馭清風。**莊子云：列子御風而行，〔令〕（泠）然善也。

隱逸　古詩二首　律詩四首

玄都壇歌寄元逸人

故人昔隱東蒙峰，已佩含景蒼精龍。論語：夫顓臾，昔先王以爲東蒙主。以蒙山在東，故曰東蒙。地理志：泰山蒙陰縣。禹貢：徐州蒙羽其藝，故云蒙地也。坡云：壺翁云：吾當佩含景，駕蒼精，逍遥於絳闕赤城。含景，日月之精華；蒼精，東方之蒼龍也；佩，服也。趙云：蒼精龍，劍也。○春秋繁露曰：劍佩於左，蒼龍之象。○後漢士孫〔端〕（瑞）劍銘有云：從革庚辛，含景吐商。**故人今居子午谷，獨在**一作「並」。**陰崖結**一作「白」。**茅屋。**王莽傳：莽以皇后有子孫瑞，通子午道，從杜陵直絶南山，徑漢中。師古曰：今京城直南山有谷，通梁、漢道，名子午谷。**屋前太古玄都壇，青石漠漠常風寒。子規夜啼山竹裂，**坡云：竇誼居蜀之津源，放浪不羈。月夜子規啼庭竹，誼曰：當山竹裂，吾可歸峨峰。是夕竹裂。黎明命駕，遁于峨峰，武帝三徵不起。**王母晝下雲旗**一作「蟠」。**翻。**離騷：載雲旗之逶迤。九歌：乘回風兮載雲旗。神異經：東方有宫，青石爲墻，左右闕高百丈，畫以五色。左思蜀都賦：猩猩夜啼。子規，禽也，人謂望帝魂。**杜云：**王母，鳥名，故子美以對子規。酉陽雜俎云：齊郡函山有鳥，足青，嘴赤黄，素翼，絳顙，名王母使者。又王椿齡云：其尾五色，長二三尺許，飛則翩翻，正如旗狀。○**趙云：**對子規啼而竹裂，言啼之苦也。雲旗者，神仙之儀衛也。**知君此計誠長往，芝草琅玕日應長。**後漢逸民論：長往之軌未殊。庾肩吾：蜘蛛玩芝草，芝葉正玲瓏。十洲記：鍾山在北海之〔子〕（中），〔地〕仙家數十萬，耕田種芝草，課計頃畝。本草：青琅玕，生蜀郡平澤。蘇業注云：琅玕有數種，是琉璃之類，火齊寶也。琅玕五色具，以青者入藥爲勝出，嶲州以西烏、白蠻，中及于闐國。靈異兼圖載：琅玕，青色，生海中，云海底以網掛得之，初出水紅色，久而青黑，枝柯似珊瑚，而上有孔竅如蟲蛀，擊之有金石之聲，乃與珊瑚相類。禹貢：雍州厥貢，璆琳、琅玕。〔耳〕（爾）雅云：西北之美者，有崑崙墟之璆琳、琅玕。孔安國、郭璞皆以爲石之似珠者，而山海經云：崑崙山有琅玕，是石之美者，明瑩若珠之色，而其狀森植耳。**鐵鏁高垂不可攀，致身福地何蕭爽。**三秦記云：終南太一山左右三十里内名福地，西有石室靈芝。魏都賦：玄雲舒蜺以高垂。**趙云：**詩人逆料其如此，如乾州金精山女仙張麗英昇仙之地，有鐵鎖下垂。然則，詩人逆料元逸人之長往，亦復然乎？

貽阮隱居 昉

陳留風俗衰，人物世不數。晉書：阮籍，字嗣宗，陳留尉氏人也；父〔䁂〕（瑀），魏丞相掾；子渾，姪咸，咸子瞻，弟孚，咸從子脩，孚族弟放，放弟裕，皆陳留人。**塞上得阮生，迥繼先父祖。貧知静者性，自益毛髮古。**杜云：謝靈運過始寧墅詩云：還得静者便。**車馬入鄰家，蓬蒿翳環堵。**江文通詩：顧念張仲蔚，蓬蒿滿中園。莊子庚桑楚：鑿垣墻而殖蓬蒿。昭十六年傳：斬之蓬蒿藜藋而共處之。月令：藜莠蓬蒿並興。儒行：儒有一畝之宫，環堵之室。注：環堵，面一堵也。五版爲堵，五堵爲雉。張景陽詩：環堵自摧毁。**清詩近道要，**趙云：傅咸贈崔伏詩曰：人之好我，贈我清詩。**識字用心苦。**劉棻嘗從揚雄學作奇字。劉歆觀之，泣曰：空自苦。**尋我草逕微，褰裳踏寒雨。**崔〔駟〕（駰）達〔有〕（旨）辭曰：與其有事，則褰衣濡足，冠掛不顧。**更議居遠村，避喧甘猛虎。**沈休文詩：避世非避喧。**足明箕潁客，榮貴如糞土。**陸士衡云：徐翰，少無宦情，有箕、潁之心。晉語：玉帛酒食，猶糞土也。愛糞土以毁五常，無乃不可乎？箕，山名。潁，水名。許由、巢父隱處也。僖二十八年傳：榮季曰：况瓊玉乎？是若糞土也。

覃山人隱居

南極老人自有星，見「南極一星朝北斗」注。趙云：老人星，一名南極，在井、柳之中，乃南方之星。今言覃山人本隱居此地，蓋自是南極之老人星也。北山移文誰勒銘？齊書：孔稚圭，字德璋，同彥倫隱鍾山。後應詔出，德璋作北山移文，其文云：馳驛煙路，勒移山庭。徵君已去獨松菊，陶潛爲徵君。歸去來云：松菊猶存。哀壑無光留户庭。殷仲文：哀壑叩虛。北山移文云：誘我松竹，欺我雲壑。予見亂離不得已，坡云：蘇嶷謂嵇康：子與登肥遯，宜其時也。予兒女滿眼，又值亂離，不得已而返，居塵埃中，非吾素所願也。子知出處必須經。趙云：上句以己微諷之言也。我所以不仕而流落於外，正亂離之故耳，而覃山人者何事而出哉？故又以能經出處譏之也。高車駟馬帶傾覆，楊雄解嘲云：客徒欲朱丹吾轂，不知一跌，赤吾之族。悵望秋天虛翠屏。天台賦：聳壁立之翠屏。

與李十二白同尋范十隱居

李侯有佳句，往往似陰鏗。陳書阮卓傳：武威陰鏗，字子堅，五歲能誦賦，日千言。及長，博涉史傳，尤善五言詩，爲當時所重，有集三卷行於世。余亦東蒙客，趙云：東蒙，山名。公時在兖州，故云。憐君如弟兄。語：孔子曰：夫顓臾，昔者先王以爲東蒙主。在東，故曰東蒙。禹貢：徐州蒙羽其藝。醉眠秋共被，姜肱兄弟同被而寢。趙云：晉祖逖、劉琨情好綢繆，共被而寢。携手日同行。更想幽期處，還尋北郭生。列子：與北郭生連牆而不相通。趙云：北郭生，指言范十隱居也。舊注所引列子，乃南郭生，非是。**入門高興廢，**杜云：殷仲文詩：能使高興盡。**侍立小童清。落景聞寒杵，**落景，落照也。**屯雲對古城。向夾吟橘頌，**張華有橘詩，郭璞有贊，惠連有賦。杜云：楚詞自有橘頌，非橘詩、贊、賦也。今備載之，曰：(后)皇嘉樹，橘徠服兮。受命不遷，生南國兮。深固難從，更壹志兮。緑葉傃榮，紛可喜兮。曾枝剡棘，圓果博兮。青黄雜揉，文章爛兮。精色内白，類可任兮。紛緼宜脩，姱而不醜兮。〔差〕(嗟)爾幼志，有以異兮。獨立不遷，豈不可兮。深固難徙，廓其無求兮。蘇世獨立，横而不流兮。閉心自慎，終不失過兮。秉德無私，參天地兮。願歲并謝，與長友兮。淑離不淫，梗其有理兮。年歲雖少，可師長兮。行此伯夷，置以爲像兮。**誰欲討蓴羹。**陸機傳：機昔詣侍中王濟。濟指羊酪謂機曰：卿吴中何以敵此？答曰：千里蓴羹，未下鹽豉。時爲名對。趙云：張翰在齊王冏府。冏時執權，翰畏禍及，因見秋風起，乃思吴中菰菜、蓴羹、鱸魚鱠，曰：人生貴適志，何能羈宦數千里以要名爵乎？遂命駕而歸。舊注所引非。**不願論簪笏，悠悠滄海情。**趙云：故公無復簪笏之願，而欲寄情江海。

題張氏隱居二首

春山無伴獨相求，伐木丁丁山更幽。丁丁，伐木聲。**澗鳥餘寒歷冰雪，**一云「澗道」。陸機苦寒行：凝冰結重澗，積雪被長巒。**石門斜日到林丘。**謝靈運詩：落雪灑林丘。**不貪夜識金銀氣，**史天官書：敗軍破國之墟，下積金寶，上皆有氣，不可不察。以不貪，故〔不〕夜識氣象也。**遠害朝看麋鹿遊。**伍被諫淮南王曰：昔子胥諫吴王，吴王不用，乃曰：臣今見麋鹿遊姑蘇之臺。今臣亦將見宫中生荆棘、露霑衣也。**乘興杳然迷出處，**言不以出處介意也。**對君疑是泛虚舟。**莊子山木篇：方舟而濟於河，有虚舡來觸舟，雖有褊心之人不怒。人能虚己以遊世，孰能害之？

之子時相見，邀人晚興留。濟一作「霽」。**潭鱣發發，**碩人詩：鱣鮪發發。釋文：鱣，大魚，口在頷下，長二三丈，江南呼爲黄魚，與鯉全異。發發，盛貌。**春草鹿呦呦。**詩：呦呦鹿鳴，食野之苹。注：鹿得草，呦呦然鳴而相呼也。蘇子卿詩云：鹿鳴思野草，可以喻嘉賓。**杜酒偏勞勸，**魏武帝樂府：何以解我憂？唯有杜康酒。杜康，造酒者。**張梨不外求。**潘安仁閑居賦：張公大谷之梨。**前村山路險，歸醉每無愁。**

釋老寺觀附　古詩八首　律詩八首

西枝村尋置草堂地夜宿贊公土室二首

出郭眄細岑，披榛得微路。天台賦云：披荒榛之蒙蘢。趙景真書：涉澤求蹊，披榛覓路。**溪行一流水，曲折**師古曰：曲折，言委曲也。**方屢渡。贊公湯休徒，**惠休上人姓湯。**好静心迹素。昨**

杠霞上作，盛論巖中趣。後漢：旌車之招，相望於巖中。怡然共携手，恣意同遠步。捫蘿澁先登，天台賦：攬樛木之長蘿。謝靈運：蔓弱豈可捫。陟巘眩反顧。要求陽岡暖，顔延年：陽岡團精氣，陰谷曳煙寒。謝靈運：朝日發陽崖，景落憩陰峰。若涉陰嶺沍。左太冲：白雲停陰岡，丹葩曜陽林。惆悵老大藤，沉吟屈蟠樹。卜居意未展，屈原卜居。杖策迴且暮。左太冲：杖策招隱士。**趙云**：字祖太公避狄，杖策去邠。層巔一作「天」。餘落日，謝靈運：築觀基層巔。又云：日落山照耀。草蔓已多露。盧子諒：凝露霑蔓草。詩：謂行多露。

○沍。音切。○大。唐蓋。

天寒鳥已歸，陶潛：衆鳥相與飛，未夕復來歸。**坡云**：鮑昭詩：天寒日已久，出鳥自知歸。○又云：天寒幽鳥歸。月出山更静。山，一作「人」；更，一作「已」。○沈休文：月華臨静夜，夜静滅氛埃。土室延白光，松門耿疏影。謝靈運：攀崖照石鏡，牽葉入松門。躋攀倦日短，謝靈運：常苦夏日短。語樂寄夜永。天台賦：恣語樂以終日。**趙云**：天寒，則時在冬，故用日短。夜永，出尚書。日短星昴也。明燃林中薪，暗汲石底一作「泉」。井。大師京國舊，德業天機秉。莊子：天機淺。從來支許遊，支遁，字道林，講維摩經。遁爲法師，許詢爲都講。遁，衆謂無以歷難；詢設一難以調，遁不能復通。興趣江湖迴。數奇謫關塞，李廣數奇。孟康曰：奇，隻，不耦也。如〔字〕（淳）曰：數爲匈奴所敗，爲奇不耦。師古曰：言廣命隻，不耦合也，孟説是矣。○數奇，上所角反，下居宜反。**集注**：師古以數奇爲命隻不偶合，則數乃命數之數，非疏數之數也，而音所角反，蓋傳印之誤。○宋景公筆録云：孫宣公奭，當世大儒，亦以數奇爲朔〔余〕（餘），後得江南漢書本，乃所具反。以此考之，殆傳印者誤以具爲角也。〔困〕（因）以此詩注猶仍舊音，故特辨之。○徐敬業古詩云：寄言封侯者，數奇良可歎。道廣存箕潁。太丘道廣，廣則難周。謝靈運：徐幹有箕潁之心。何知戎馬間，復接塵事屏。幽尋豈一路，遠色有諸嶺。**杜云**：郭璞詩：色上遠野嶺，沉吟立夕陽。晨光稍曚曨，陶淵明：恨晨光之熹微。更越西南頂。

○釋音：○數奇。上所角，下居宜。○屏。音餅。

寄贊上人

一昨陪錫杖，天台賦：振金策之鈴鈴。金策，錫杖也。卜鄰南山幽。**趙云**：左傳：唯〔憐〕（鄰）是卜。年侵腰脚衰，未便陰崖秋。**趙云**：晉潘岳西征賦云：眺華岳之陰崖。重岡北面起，竟日陽光留。茅屋買兼土，買，一作「置」。斯焉心所求。近聞西枝西，有谷杉黍一作「漆」。稠。亭午頗和暖，天台賦：羲和亭午。**集注**：御覽載纂要云：日光曰景。注云：日月之光，通明曰景。日景曰晷，日氣曰晛，日初出曰旭，日昕曰晞。注云：大明曰昕；晞，乾也。日温曰煦，在午曰亭午，在未曰昳，日晚曰旰；日將落曰薄暮；日西落光反照於東，謂之返景；在下曰倒景。石田又足收。又薛云：右按春秋左氏傳：吳將伐齊，越子率其衆以朝焉，王及〔刻〕（列）士，皆有饋賂。吳人皆喜，唯子胥懼曰：是豢吳也夫！得志於齊，猶獲石田也，無所用之。越不爲沼，吳其泯矣。今云石田足收，則雖無用之田猶可種而穫也。子美醉時歌又有石田茅屋荒蒼苔之句。當期塞雨乾，宿昔齒疾瘳。塞，一作「寒」。徘徊虎穴上，新添：班超云：不入虎穴，安得虎子。面勢龍泓頭。柴荆具茶茗，徑路通林丘。與子成二老，來往亦風流。謝靈運：倣裝反柴荆。〇孫綽風流爲一時冠。

別贊上人

百川日東流，客去亦不息。謝玄暉：大江流日夜，客心悲未央。我生苦漂蕩，何時有終極。杜云：曹子建詩：相思無終極。贊公釋門老，放逐來上國。還爲世塵嬰，陸士衡：牽世嬰時網。又：世網嬰我身。頗帶憔悴色。楊枝晨在手，杜云：佛經云：手把青楊枝，遍灑甘露水之。豆子兩已熟。坡云：崔玄見習鑿齒曰：豆子熟矣。張亘曰：豆子，眼中黑精也，言無邪視也。趙云：今取楊柳字以見贊當春方爲寺主來秦州，而已見豆熟之際矣。公宿贊公房曰：杖錫何來此，秋風已颯然。字同一義，舊解惑楊柳字出佛書，更引爲齒木之用云云，徒爲贅矣。是身如浮雲，新添：語：視富貴如浮雲。〇維摩經：是身如響，屬諸因緣；是身如浮雲，須臾變滅；是身如電，念念不住。安可限南北。新添：蔡謨初渡江曰：此天所以限南北也。異縣逢舊友，初欣寫胸臆。古樂府：他鄉各異縣。天長關塞寒，歲暮飢凍逼。一云「天長關塞遠，歲暮飢寒迫」。趙云：當作飢寒字，別留詩在十月，而此云歲暮者，以見將爲歲暮之計以救飢寒也。野風吹征衣，欲別向曛黑。鮑明遠：野風吹秋木，行子心腸斷。謝靈運詩：朝遊窮曛黑。馬嘶思故櫪，嘶，一作「鳴」。王正長：朔風動秋草，邊馬有歸心。歸鳥盡斂翼。陶潛：日入群動息，歸鳥趨林鳴。古來聚散地，坡云：長安乃古今聚散榮辱之地，崇山遠水，惟與騷客作愁具。宿昔長荆棘。姑蘇臺詩：荆棘霜露沾人衣。相看俱衰年，出處各努力。坡云：王導別阮彦曰：宜努力爲王。○古詩云：明時各努力。○又云：努力宜加飯。杜云：吴越春秋載越人送其子弟，作離別相去之辭曰：行行各努力。

謁文公上方

野寺隱喬木，山僧高下居。石門日色異，絳氣横扶疏。江文通：絳氣下縈薄。注云：絳氣，赤霞氣也。窈窕入風磴，長蘿紛卷舒。陶潛：既窈窕以尋壑。謝靈運：側逕既窈窕。庭前猛虎卧，高僧傳：僧惠永感虎來馴。遂得文公廬。俯視萬家邑，煙塵對階除。吾師雨花外，高僧傳：有講經而天雨花者。**不下十年餘。長者自布金，**給孤長者以黃金側布于祇園地。**禪龕只晏如。大珠脱玷翳，白月當空虛。**大珠、白月，言其性之圓明也，故佛書有摩尼珠及水月之説。又曰望已前爲白月，望已後爲黑月。見佛書。**甫也南北人，**檀弓曰：今丘也，乃東西南北之人也。**蕪漫少耘鋤。久遭詩酒污，何事忝簪裾。王侯與螻蟻，同盡隨丘墟。願聞第一義，迴向心地初。**第一義，言其教無上也。佛書：脩行有十地，以歡喜爲初地。**金篦刮眼膜，**見「金篦空刮眼」注。**價重百車渠。**法華經：或有行施金銀珊瑚，真珠摩尼，硨磲瑪瑙。**無生有汲引，兹理儻吹噓。**

大覺高僧蘭若和尚去冬往湖南。

巫山不見廬山遠，趙云：廬〔公〕（山）惠遠也。**松林蘭若秋風晚。**蘭若，寺也。一云蘭，蘭也；若，杜若也。杜云：釋氏要覽曰：蘭若者，梵言阿蘭若，唐言無諍。〔回〕（四）分律云空静處，薩婆多論云閑静處，智度論云遠離處，大悲經云阿蘭若者，離諸忽務。故數説不同，其實無諍也。注以爲蘭草與杜若，非也。**一老猶鳴日暮鍾，諸僧尚乞齋時飯。香爐峰色隱晴湖，**香爐峰，廬山之勝境也，勢如香爐，上有飛泉。趙云：遠法師廬山記曰：東南有香爐〔上〕（山），孤峰秀起。**種杏仙家近白榆。**神仙董奉居廬山治病，重者〔重〕（種）杏五株，輕者一株，號董仙杏林。○趙云：〔近〕近白榆，言其所居之高近乎星辰也。○古詩曰：天上何所有，歷歷種白榆。飛錫去年帝邑子，高僧傳有飛錫而赴齋者。杜云：要覽又云：昔高僧隱峰遊五臺，出淮西，擲錫飛空而往西天。比丘持錫，有二十五威儀，凡至室中，不得着地，必掛於壁牙。故釋子稱遊行僧爲飛錫，安住僧爲掛錫。孫綽天台賦云：王喬控鶴以冲天，應真飛錫以躡虛。趙云：言其去冬往湖南也。○注云：得真道之人，執錫杖而行於虛空，故云飛也。邑子，同邑之子也。獻花何日許門徒？高僧傳：僧有戒行嚴潔，天女來獻花。趙云：後分經載釋伽爲静慧仙人時，獻五蓮花於燃燈佛，此獻花之祖也。其在佛僧，則謂諸弟子之来從者爲門徒矣。

大雲寺贊公房四首

燈影照無睡，心清聞妙香。杜云：維摩經曰：有國名衆香，佛號香積。其界皆以香作樓閣，其國如來無文字說，但以衆香令諸天人得入律行。菩薩各坐香樹下，聞斯妙香，即獲得藏三昧。夜深殿突兀，風動金琅璫。天黑閉春院，地清棲暗芳。玉繩玉繩，星名。回斷絶，鐵鳳森翱翔。梵放時出寺，鍾殘仍殷床。趙云：玉繩，星名。回斷絶，則夜欲向晨矣。鐵鳳，舊注引陸倕石闕銘銅雀鐵鳳之工，其說是，蓋施雀鳳於屋脊上者。梵放，蓋佛事至梵音必唱而誦之，故詩外可聞也。殷，上聲，殷其雷之殷。明朝在沃野，沃野千里。苦見塵沙黄。時西郊逆賊拒官軍未已。

童兒汲井華，慣捷瓶上手。杜云：按本草，井華水令人好顏色，與諸水有異。謂井中水，平旦第一汲者。霑灑不濡地，掃除似無箒。周禮宮人：凡寢中之事，掃除。○趙云：灑濡地則沮洳，掃有箒則〔余〕(餘)塵〔根〕(痕)也。明一作「晨」。霞爛複閣，又薛云：右按廣韻，複，重也。又古詩：交疏結綺窗，阿閣三重階。霽霧搴高牖。杜云：陸士衡詩：高談一何綺，對若朝霞爛。梁元帝謂：能令雲霧搴。側塞被徑花，飄飄委墀柳。九辯云：皋蘭被徑兮斯路漸非。阮籍詩：皋蘭被徑路。艱難世事迫，坡云：陳衡：世路艱難，老夫迫於生事。隱遁佳期後。郭璞遊仙詩：山川隱遁捷。晤語契深心，那能總鉗口。鉗口結舌。坡云：袁紹曰：諸大夫見晁錯，總皆鉗口莫敢措一辭，今諸侯分土，公等何計？奉辭還杖策，暫別終回首。曹操奉辭出征。房玄齡杖策謁於太宗軍門。謝靈運山賦：杖桂策以山遊。王粲詩：南登灞陵岸，回首望長安。徐敬業：回首見長安。趙云：奉辭，相奉而辭別之。舊注引奉辭出征，其義非。泱泱泥污人，听听國多狗。宋玉九辯：猛犬狺狺而迎吠兮，關梁閉而不通。皇天淫溢而秋霖兮，后土何時得乾。鮑云：天寶十五年七月，賊將張通儒收録衣冠，污以僞命，不從者殺之。公晦迹幽隱，故云泱泱泥污人，听听國多狗。既未免羈一作「寓」。絆，晉慕容垂猶鷹也，宜急其羈絆。時來憩奔走。趙云：於此未免羈絆，則亦僅能時來憩息耳。近公如白雪，執熱煩何有。趙云：詩：誰能執熱，逝不以濯。

心在水精域，清净境土也。趙云：江總大莊嚴寺碑云：光遍水精之域。蓋佛寺莊嚴，皆以金寶故也。

衣霑春雨時。洞門盡徐步，深院果幽期。謝靈運詩：平生恊幽期。到一云「〔到〕（倒）」。扉開復閉，撞鍾齋及兹。醍醐長發性，釋經言，聞正法如食醍醐然。趙云：陶〔潛〕（隱）居云：佛經稱乳成酪，酪成酥，酥成醍醐，醍醐乃酥酪之精液也。○又世説云：淳酪養性，人無姤心。則醍醐之能發性抑可知已，此釋經所以取喻正法也。飲食遇扶衰。把臂有多日，絶交論：把臂之英。開懷無愧辭。開懷，言露底裏。黄鶯度結構，見「新亭結構罷」注。紫鴿下罘罳。愚意會所適，花邊行自遲。湯休起我病，微笑索題詩。沙門惠休，姓湯氏，善屬文。趙云：僧易惠善詩與文，以比贊公也。細軟青絲履，光明白氎巾。深藏供老宿，取用及吾身。以白氎布爲巾。老宿，僧之年老而有宿德〔昔〕（者）。以供老宿之物而奉吾，所以言其敬。杜云：南史：高昌國多草木。有草實如繭，（繭）中絲如細纑，名爲白氎，國人取織以爲布。自顧轉無趣，交情何尚新。道林才不世，支遁，字道林，有才辯。惠遠德過人。高僧惠遠有夙德。雨瀉暮簷竹，風吹青一作「春」。井芹。天陰對圖畫，最覺潤龍鱗。

○氎。音疊。

宿贊公房 贊，大雲寺主，謫此安置。

杖錫何來此，秋風已颯然。雨荒深院菊，霜倒半池蓮。放逐寧違性，性安窮達，不以放逐而違爾。虛空不離禪。釋經以禪宗爲空門。**趙云**：在空寂之處亦禪家所宜。相逢成夜宿，隴月向人圓。

題玄武禪師屋壁

何年顧虎頭，**趙云**：世説載顧愷之爲虎頭將軍。舊注以爲僧相，誤矣。滿壁畫瀛洲。**杜云**：顧愷之，字長康，小字虎頭，晉陵無錫人，多才氣，尤工丹青，傳寫形勢，莫不絶妙。曾於瓦棺寺北殿畫維摩詰，畫訖，光曜月餘日。赤日石林氣，青天江海一作「水」。流。**趙云**：此自皆言所〔盡〕〔畫〕之景物也。錫飛常近鶴，天台賦：振金策之鈴鈴。飛錫杖也。有人遺支道林鶴者，道林放之。**杜田**引圖經，舒州潛山最奇絶，而山麓尤勝。誌公與白鶴道人欲之，同謀於梁武帝。帝以二人悉具靈通，俾各以物識其地，得者居之。道人云，某以鶴止處爲記；誌公云，某以卓錫處爲記。已而鶴先飛去，至麓，將止，忽聞空中錫飛聲，誌公之錫遂卓於山麓。道人不懌，然以前言不可食，遂各以所識〔室築〕〔築室〕焉。杯渡不驚鷗。高僧傳：杯渡者，不知其名姓，常乘木杯渡河，因名焉，不脩細行，不甚精持，飲酒食肉，與俗人不殊。佛圖澄變化詭異，圖澄在石勒時以爲海鷗。**趙云**：傳燈録載劉宋時杯渡者，不知姓名，常乘木杯渡水，嘗宿一家，竊一金像去。主人追之，至孟津，浮木杯渡河，無假風棹，輕疾如飛。不驚鷗，使列子海人有狎鷗之意。舊注所引非。似得廬山路，真隨惠遠遊。世説：遠公在廬山，雖老，講論不輟。弟子中或有墮者，遠公曰：桑榆之光，理無遠照，但願朝陽之輝，時與並光明耳。趙云：言所畫之趣，似是廬山路，可以尋惠遠大師也。

謁真諦寺禪師

蘭若山高處，蘭若，寺名。煙霞嶂幾重？凍泉依細石，晴雪落長松。天台賦：落落之長松。問法看詩妄，觀身向酒慵。未能割妻子，卜宅近前峰。費長房棄妻子以從壺公。○趙云：如宋周顒長於佛理，於鍾山西立隱舍，終日長蔬。雖有妻子，獨處之。此於卜宅近寺翁爲可證也。舊注以費長房棄妻子從壺公游，非是。

巳上人茅齋

巳公茅屋下，杜云：潘安仁秋興賦序云：偃息不過茅屋茂林之下。可以賦新詩。枕簟入林僻，坡云：王弘常携竹簟石枕於林泉僻處，終日偃卧長嘯。趙云：詩有入林僻之語，亦一幽居之僧耳。茶瓜留客遲。江蓮摇白羽，白羽，扇也。天棘夢當作「蔓」。青絲。鮑云：吕吉甫言當作「天棘蔓青絲」，取詩：夭夭棘薪。然棘不可以絲爲比。又云：曾子開云恐是巴戟天。今按本草，巴戟雖名三蔓草，而葉似茗，又似麥門冬，亦不可比絲。唯天門冬注引博物志、抱朴子：一名巔棘。圖經言，春生，藤蔓高丈餘，葉如絲杉而細散，可以絲爲。此公蓋合天門冬、巔棘爲一稱之歟？近有泠齋（夜）話謂之柳，而不著所出。○**坡云**：工部巳師茅齋詩也，注者不一，皆不究原而苟生波〔闌〕（瀾）。先生曰天棘，梵語，柳也。伊吾、日本、竺國呼柳爲天棘。夢，疑弄字，可與正文妥帖。○王逸少詩曰：湖上春風舞天棘。信柳非疑也。**杜田云**：夢作蔓，云天棘乃天門冬，非也。**趙云**：歐陽文忠公善本，夢作蔓字。蔡伯世云，此句最疑，學者或以天棘爲柳，妄引近傳東坡事（實）載王逸少詩湖上春風舞天棘，非有奥義，疑非坡説。以余考之，○本草圖經云：天門冬，春生，藤蔓高至丈餘，其葉如絲而散。則天棘爲天門冬，明矣。杜田見歐陽善本，亦知引此。空忝許詢輩，難酬支遁詞。**趙云**：支遁講維摩經，許詢常設問難。公蓋言我空忝爲許詢之流，而難酬對支遁，所以美巳上人也。

留別公安太易沙門

隱居欲就廬山遠，麗藻初逢休上人。湯休上人。數問舟航留製作，長開篋笥擬心神。沙村白雪仍含凍，江縣紅梅已放春。先踏爐峰置蘭若，徐飛錫杖出風塵。爐峰，香爐峰也，在潯陽廬山，有東、西二林寺。

因許八奉寄江寧旻上人

不見旻公三十年，封書寄與淚潺湲。舊來好事今能否，老去新詩誰與一作「爲」。傳？棋局動隨尋一作「幽」。澗竹，袈裟憶上泛湖舡。聞君話我爲官在，頭白昏昏只醉眠。趙云：袈裟，僧人之衣。詩家亦爲熟字用耳。

寺觀　古詩四首　律詩一十五首

遊龍門奉先寺

已從招提遊，更宿招提境。僧史：後魏太武帝始光元年創立伽藍，爲招提之號，隋大業中改天下寺爲道場，至唐復爲寺。陰壑生虛籟，月林散清影。謝莊月賦：聲林虛籟，淪池滅波。梁昭明太子鍾山解講：〔瞰〕（暾）出巖隱光，月落林餘影。天闕一作「閲」。象緯逼，坡云：閲字當作闕，或作闊。蔡天啓云：古本作闕。史：以管窺天。王介甫云：當作天閲，對雲卧爲清切。蔡絛云：韋述東都記：龍門，號雙闕，以與天内峙，若天闕焉。此遊龍門寺，詩用闕字，又何疑？又薛云：右按山謙之丹陽記曰：大興中，議者皆言漢司徒許彧墓闕可徙施之，王茂弘弗欲，陪乘出宣陽門，南望牛頭山兩峰，曰：天闕也，豈煩改作？帝然之。又晉雷煥：妙達象緯。雲卧衣裳冷。趙云：後漢郅惲傳：惲明天文歷數，仰占玄象。其説〔逮〕（逯）並〔日〕（曰）：非闚天者，不可與圖遠。○鮑昭升天行有雲卧恣行天。○孟浩然有雲卧晝不起也。欲覺聞晨鍾，令人發深省。坡云：陶淵明聞遠公議論，謂人曰：令人頗發深省。

○天闕。當作「閲」，本字亦得。

山寺

野寺殘僧少，山園細路高。麝香眠石竹，麝，鹿也。坡云：麝香，鳥名也；石竹，野花也。麝香之鳥，其骨極小；石竹之花，微弱叢生而纖短。麝香所以能眠其間。釋者以謂麝，鹿也，豈能眠於石竹？或以謂釋者是。鸚鵡啄金桃。亂水通人過，杜云：詩：涉渭爲亂。懸崖置屋牢。坡云：姚崇：梵僧居麥積山下，以巖造成屋，今自爲石巖寺。上方重閣晚，百里見纖毫。

岳麓山道林二寺行

玉泉之南麓山殊，玉泉，地名。山足曰麓。道林林壑争盤紆。杜云：盛弘之荆州記曰：長沙西岸有麓山，其下有精舍，左右林嶺環回。泉澗傍有磐石，每至嚴冬，其水不停，霜雪宗淵。麓山記云：足曰麓，蓋衡山之足也。趙云：張平子南都賦：谿壑錯謬而盤紆。**寺門高開洞庭野，殿脚插入赤沙湖。**洞庭、赤沙，皆湖名。**五月寒風冷佛骨，六時天樂朝香爐。**香爐，峰名。趙云：直言佛寺之香爐耳，此乃衡山詩，而舊注云香爐峰，却是廬山事矣。**地靈步步雪山草，**釋書言佛得道於雪山。趙云：楞嚴經云：雪山大力白牛，食其山中肥膩香草。**僧寶人人滄海珠。**言性圓明而無瑕纇也。趙云：如閻立本稱狄仁傑曰：可謂滄海遺珠矣。**塔劫宫墻壯麗敵，香厨松道清凉俱。**又薛云：右按梁劉孝威謝東宫賜聖僧餘饌啓曰：齊桓柏寢之器，周穆軒宫之寶，乳麋香飯，素榛糗漿，五杏七桃，靈瓜仙棗，莫不氣馥上天，薰流下界。石崇芳果，金谷僅於萬株，陳湯木滋，杜陵幾於千樹，猶自高謝珍奇，多慚品族。**蓮花**一作「池」。**交響共命鳥，**釋書有共命鳥，二首一身。**金榜雙迴三足烏。**三足烏，言寺額金榜有回鸞反鵲之勢也。○趙云：阿彌陁經：極樂國常有迦陵頻伽共命之鳥。金榜，出神異經，西方有宫，五色黄門，有金榜而銀鏤。○淮南子：〔曰〕(日)中有踆烏。注云：三足烏也。**方丈涉海費時節，玄圃尋河知有無。**天台賦：涉海則方丈、蓬萊。張騫贊曰：禹本紀言河出崑崙，自張騫使大夏之後，窮河源，惡覩所謂崑崙者乎？玄圃，乃崑崙也。○史記：海中有三神山，一曰方丈。玄圃，崑崙山別名。以言方丈、玄圃遠在何處，皆不可得往，不若今岳麓寺之傍近，可即而居也，所以下句有桃源、橘〔州〕(洲)之興。**暮年且喜經行近，春日兼蒙暄暖扶。飄然班白身奚適，旁此煙霞茅可誅。**楚詞：誅鉏草茅以全生乎。言當暮年，欲誅鉏草茅，旁此而居也。桃源人家易制度，桃源，秦人避難之地。易制度，言世更變也。趙云：桃源在今鼎州。易制度，言其宮室樸略，所以制度易爲也。舊注非。橘洲田土仍膏腴。橘洲在長沙。又薛云：右按襄陽記曰：李衡於武陵龍陽洲〔土〕（上）種柑千樹，曰千頭木奴。又前漢書：張禹買田四百頃，皆涇渭膏腴土價。潭府邑中甚淳古，太守庭内不喧呼。昔遭衰世皆晦跡，今幸樂國養微軀。依止老宿亦未晚，老宿，僧之年臘高者。富貴功名焉足圖。久爲野客尋幽慣，細學何顒免興孤。見「何顒興未忘」注。一重一掩吾肺腑，一重一掩，山也，有如吾肺腑然。又薛云：右按前漢書，衛青曰：吾幸得以肺腑待罪行間。山鳥山花吾友于。與之同處若兄弟也。薛云：右按南史劉湛傳：友于素篤。宋公放逐曾題壁，物色分留與一作「待」。老夫。宋之問之貶也，塗經於此，有詩尚在壁間。

同諸公登慈恩寺塔李肇國史〔譜〕（補）：進士既捷，列名於慈恩寺塔，謂之題名。貞元中，劉太真侍郎試慈恩寺望杏園花詩。兩京新記：西京外郭城朱雀街東第三街，皇城東之第一街，進業坊慈恩寺，隋無漏寺之故地，武德初廢。貞觀二十年，高宗在春宮爲文德皇后所立，故以慈恩爲名。南院臨黃渠，竹木森邃，爲京城之最。寺西院浮圖六級，高三百尺，永徽三年沙門玄〔楚〕（奘）所立。浮圖内有梵本諸經數十匣，浮圖前東堦立太宗皇帝撰三藏聖教序及高宗述聖記二碑，並褚遂良書，立於弘福寺及此寺。

高標跨蒼穹，烈風無時休。趙云：以言其高也。烈風唯高處然後有之。公古柏行又曰：冥冥孤高□□（多烈）風。**自非曠士懷，登兹翻百憂。**王仲宣登樓賦：登兹樓以四望兮，聊假日以銷憂。兔爰詩：我生之後，逢此百憂。魏文帝雜詩：烈烈北風凉。陸士衡詩：感物百憂集。劉越石云：負杖行吟，則百憂俱至。曹子建：遂使懷百憂。潘安仁詩：烈（烈）夕風厲。孔子臨河而歎逝者。梁鴻望□□（帝京）而作五噫。甫之百憂，蓋有所傷云。**方知象教力，**突厥寺碑：四天之〔不〕（下），聞諸象教。王筠□□（棲頭）陁寺碑：正法既没，象教淩夷。注謂爲形象□（以）教人。○趙云：言巍樓高觀，世間無有，唯託之象教而後可營焉。**足**一作「立」。**可追冥搜。**孫興□（公）□（遊）天台山賦：非夫遠□（寄）冥搜，篤信通神者，何肯遥想而存之。**仰穿龍蛇窟，始出枝撑幽。**趙云：□□（此塔）磴道屈曲，則公有龍蛇窟之□□□（句宜矣）。□□（塔每）級之下蓋多枝撑，至其盡級高處，則爲出枝撑幽矣。**七星在北户，**一云「户北」。**河漢聲西流。**魏文帝雜詩：天漢回西流。鮑明遠：玩月城西門。靈光賦枝掌杈枒而斜據也。○鮑明遠詩：夜移河漢落，徘徊入户中。趙云：言其高也。吴都賦：〔門〕（開）北户以向日。於塔言户，則法華經云：佛以右指開寶塔户也。河漢，天河也。○〔漢〕（廣）雅云：天河謂之天漢，亦曰河漢。以其在西，若聞其流聲焉。○張協賦曰：天漢西流。**羲和鞭白日，**晉傅玄日昇歌：羲和初攬轡，六龍並騰驤。廣雅曰：羲和，日御也。趙云：○淮南子云：日馭曰羲和，故於白日方可以言鞭之。**少昊行清秋。**月令：孟秋之月，其帝少昊。注：少皞，金天氏。殷仲文詩：獨有清秋日。晉潘尼：朱明送夏，少昊迎秋。**泰山忽破碎，涇渭不可求。俯視但一氣，焉能辨皇州？**謝玄暉詩：春色滿皇州。**趙云**：皆言其高也。○潘岳西征賦：化一氣而甄三才。天子之都曰皇州。**迴首叫虞舜，蒼梧雲正愁。**山海經曰：南方蒼梧之川，其中有九疑山，舜之所葬，在長沙零陵界也。**惜哉瑤池飲，**鮑明遠舞鶴賦：朝戲乎芝田，夕飲乎瑤池。穆天子傳：周穆王觴西王母乎瑤池上，西王母爲天子謠曰：白雲在天，山陵自出。道里悠遠，山川間之。將子無死，尚能復見？天子答曰：子歸東土，和〔洽〕(治)諸夏。萬民平均，吾顧見汝。比及三年，將復而野。**日晏崑崙丘。**穆天子傳曰：天子遂宿于崑崙之阿，赤水之陽。吉日辛酉，天子升于崑崙之丘以觀黃帝之宮。紀年曰：周穆王西征，至崑崙丘，見西王母，止之。葛仙翁：崑崙，一曰玄圃，一曰積石瑤房，一曰閬風臺，一曰華蓋，一曰天柱，皆仙人所居之處也。**趙云**：此暗紀慈恩寺之事也。南望而遠想蒼梧，則記虞舜而思高宗之晏駕；西望而遠想瑤池，則記西王母而思文德皇后之不留也。○列女傳，柳下惠妻爲〔誄日〕(誄曰)：(吁嗟)惜哉，乃下世兮。今公之可惜瑤池方宴，乃以崑崙日宴而不得久，非言文德之不留乎？**黃鵠去不息，哀鳴何所投。**瑞應圖曰：黃帝習樂崑崙，以舞衆神，玄鵠六翔其右。韓詩外傳曰：田饒事魯哀公而不見察，謂哀公曰：夫黃鵠一舉千里，止君園池，啄君稻粟，君猶貴之，以其從來遠也。故臣將去君，黃鵠舉矣。戰國策曰：莊辛謂楚襄王曰：黃鵠遊於江海，自以無患，不知射者方修弧矢，加己百仞之上。**君看隨陽鴈，各有稻粱謀。**禹貢：〔楊州〕彭蠡既瀦，陽鳥攸居。注：隨陽之鳥，鴻鴈之屬，冬月所居於此澤。蜀都賦木落南翔，冰泮北徂是也。又庾信報趙王賜酒詩：

未知稻粱鴈，何以報君恩。此詩末章同嘆山〔粱〕（梁）雌雉也。○趙云：公於前章已追思前事矣，又因黃鵠之遠去，雖若高舉遠引之士，然無所投止，而我之俯世徇身，則未免若鴈之謀稻粱也。〔公〕

○枝撑。音丑庚反。

陪李梓州王閬州蘇遂州李果州四使君登惠義寺

春日無人境，虛空不住天。杜云：取佛書不住相意，謂天運無常，以成四時。鶯花隨世界，樓閣倚山巔。倚，一作「寄」。〔耳〕（爾）雅釋名：山頂曰冢，亦曰巔。遲暮身何得，言衰老而未有所得也。登臨意惘然。誰能解金印，趙云：所以諷四使君也。瀟灑共安禪。一云「三軍將五馬，若個合安禪」。坡云：王得至少室山寺，愛其瀟灑，顧弟〔待〕（侍）語曰：好解金印，共此安禪，庶免榮華之事。弟笑而不答。

和裴迪登新津寺寄王侍郎王時爲蜀牧。

何限一作「恨」。倚山木，吟詩秋葉黃。蟬聲集古寺，鳥影度寒塘。風物悲遊子，坡云：江淹過灞陵，秋深葉脱，嘆曰：何限風物寥落，秪悲游子故園之思。登臨憶侍郎。老夫貪佛日，隨意宿僧房。杜田引：金光明經云：佛日大悲，滅一切闇。

遊修覺寺前遊。

野寺江天豁，山扉花竹幽。詩應有神助，**薛云**：右按唐書，張説既責岳州，而詩益凄婉，人謂得江山助。**杜云**：謝靈運嘗於永嘉西堂思詩，竟日不就。忽夢見惠連，即得池塘生春草，大以爲工，常云此語有神助，非吾語也。吾得及春遊。徑石相一作「深」。縈帶，川雲自一作「免」。去留。禪枝宿衆鳥，**趙云**：庾信安昌寺碑云：禅枝四静。公於佛寺每用佛家書，斯爲當體。漂轉暮歸愁。

後遊

寺憶曾遊處，橋憐再渡時。江山如有待，花柳更無私。**趙云**：言遊者皆得見之，無所私也。野潤煙光薄，沙暄日色遲。客愁全爲減，捨此復何之？

上牛頭寺

青山意不盡，衮衮上牛頭。**趙云**：衮衮，相繼不斷之義。出王濟説：張華説史、漢，衮衮可聽。無復能拘礙，真成浪出遊。花濃春寺静，竹細野池幽。何處鶯啼切，移時獨未休。

望牛頭寺

牛頭見鶴林，梯逕繞幽深。一作「秀麗一何深」。春色浮一作「流」。山外，天河宿一作「没」。殿陰。趙云：言殿之高也。傳燈無白日，釋書以燈諭法，謂能破暗也。六祖相傳一法，故云傳燈，故釋書有傳燈録，皆言傳法。趙云：此言長明燈也，借傳燈字言之耳。燈所以照夜，而白日亦有燈，故云無白日。舊注遂引傳燈事，非也。布地有黄金。見「長者自布地」注。趙云：言佛宇佛書有黄金布地。休作狂歌老，回看不住心。釋書有不住相、常住相。趙云：緣佛書有住相，而公摘用之，義取於無所住而生其心也。

上兜率寺

兜率知名寺，佛書有兜率天宫，故取以名寺。真如會法堂。真如，禅理也。趙云：佛書言真如實際。江山有巴蜀，趙云：江山自有巴、蜀時便有之，此乃羊叔子所謂自有宇宙来便有此山之義。棟宇自齊梁。庾信哀雖久，何顒好不忘。何顒，後漢人，尚氣節，感友人之義而爲之復父讎，與李膺善。後爲宦者所陷，亡匿汝南間，所至皆親其豪傑。袁紹爱慕之，私與往来，結奔走之友。○趙云：庾信作哀江南賦，所以哀者，以金陵瓦解而身竄荒谷。○後漢末，黨事起，顒私入洛陽從袁紹計議，其窮困閉戹者，爲求救援，以濟其患。蓋公言身已流離，有庾信之哀矣，而哀愁之中，不忘交好也。何顒者，有救之之心也。白牛車遠近，趙云：法華經云：有〔太〕（大）白牛，肥壯多力，以駕寶車。蓋喻大乘也。且欲上慈航。薛云：右按清涼禪師序般若心經云：般若者，苦海之慈航，昏衢之巨燭也。

望兜率寺

樹密當山徑，江深隔寺門。霏霏雲氣重，九章曰：霰〔雷〕（雪）紛其無垠兮，雲霏霏而乘宇。閃閃浪花翻。海賦：蜩象暫曉而閃屍。不復知天大，空餘見佛尊。時應清盥罷，隨喜給孤園。釋書有給孤園，又有給孤長者。

山寺得開字。章留後同遊。

野寺根石壁，諸龕遍崔嵬。前佛不復辨，百身一莓苔。天台賦：踐莓苔之滑石。唯有古殿存，世尊亦塵埃。如聞龍象泣，足〔令〕（令）信者哀。薛云：右按王筠棲頭陀寺碑曰：正法既没，象教陵夷。又曰：馬鳴幽讚，龍樹虛求。經曰：有比丘名曰龍樹。龍象，猶佛象也。杜云：維摩經云：菩薩勢力，譬如龍象。又傳燈録云：達麽是六衆中所師，波羅提法中龍象。蓋龍象乃鱗毛頭中最巨者，猶麒麟之於走獸，鳳凰之於飛鳥，故經稱僧之出類者曰龍像，非佛像也。使君騎紫馬，坡云：謝靈運出守永嘉，人曰騎紫馬者乃太守也。蓋當日靈運、宗文柬同治郡，猶今之守、倅並行也。永嘉今有紫馬詞尚傳，乃播謝之德也。捧擁從西來。樹羽静千里，臨江久徘徊。山僧衣藍縷，告訴楝梁摧。公爲顧兵徒，咄嗟檀施開。薛云：右按左氏，篳簬藍縷，以啓山林。晉書石崇傳：〔出〕（咄）嗟而辨。佛書：信施檀越。又王簡棲頭陁寺碑曰：行不捨之檀，施洽群有。吾知多羅樹，却倚蓮華臺。諸天必懽喜，鬼物何嫌猜。以兹撫士卒，孰曰非周才。窮子失浄處，高人憂禍胎。福有基，禍有胎。趙云：漢武帝謂臨賀王曰：汝包藏禍胎也。歲晏風破肉，坡云：蘇章：邊地霜緊，沙風破肉。雖重裘氊帳，寒色可畏。荒林寒可迴。思量入道苦，自哂同嬰孩。

涪城縣香積寺官閣

寺下春江深不流，山腰官閣迥添愁。含風翠壁孤雲細，背日丹楓萬木稠。小院回廊春一作「青」。寂寂，浴鳬飛鷺晚悠悠。諸天合在藤蘿外，昏黑應須到上頭。釋書有諸天，皆言勝樂事。公之末章因以見志也。○坡云：常宗侍煬帝遊寶山。帝曰：幾時到上方？琮曰：昏暗應須到上頭。左右失笑。帝曰：淳古君子也。

暮登四安寺鍾樓寄裴十四，一作「西」。

暮倚高樓對雪峰，僧來不語自鳴鍾。孤城返照紅將斂，夕陽，謂之返照。近市浮煙翠且重。多病獨愁常閴寂，趙云：易曰：闚其户，閴其無人。王弼注云：閴，寂也。故人相見未從容。從容，款曲也。天台賦：任緩步之從容。知君苦思緣詩瘦，坡云：崔浩愛吟詠。一日病起，友人戲之曰：非子病如此，乃子苦吟詩〔庋〕（瘦）也。後遂爲口實。因過來請問醉中書焉。太向交游萬事慵。李白曾有戲贈公詩云：借問年来何瘦生，只爲從前作詩苦。趙云：緣〔莫〕（苦）詩之故，其在交遊也，萬事皆慵廢矣。

秦州雜詩二首。同作二十首，餘見都邑門。

秦州山一作「城」。北寺，勝跡一云「傳是」。隗囂宮。後漢隗囂據隴西天水郡，寺即囂故居。苔蘚山門古，一作「故」。丹青野殿空。月明垂葉露，雲逐度溪風。坡云：李隱尋友人不見，謂童曰：何往？童不答。又曰：主人何往？童曰：白雲無心，逐風渡溪耳。李驚異久之。清渭無情極，愁時獨向東。

山頭南一作「東」。郭寺，水號北流泉。老樹空庭得，清渠一邑傳。秋花危石底，晚景卧鍾邊。一作「前」。俛仰悲身世，溪風爲颯然。一作「肅」。

玉臺觀滕王造。○**趙云**：觀在高處，其中有臺號曰玉臺也。

中天積翠玉臺一作「虛」。**遥，**○列子曰：周穆王築臺，號曰中天臺。○樂府歌云：（遊）閶闔，觀玉臺。注：帝之所居。**上帝高居絳節朝。**列子曰：周穆王築臺，號曰中天之〔靈〕（臺）。樂府歌：（遊）閶闔，觀玉臺。注：帝之所居。**杜云**：顔延年應詔詩曰：坤行埒浮景，交映溢中天。攢素既森靄，積翠亦葱芊。注：松柏重布云積翠。**趙云**：以臺之高而在道觀，故直指爲上帝之高居，而群仙絳節所朝之處也。**遂有馮夷來擊鼓，**曹子建洛神賦：馮夷鳴鼓，女媧清歌。馮夷乃河伯。**始知嬴女善吹簫。**秦本紀：大費佐舜，是爲伯翳，舜賜姓嬴氏。列仙傳：簫史，秦女弄玉之夫也，教弄玉吹簫，作鳳凰鳴，而作鳳凰臺吹其上。一旦，夫妻隨鳳仙去。**江光隱見黿鼉窟，**〔李〕（木）華海賦：或屑没於黿鼉之穴。**石勢參差烏鵲橋。**淮南子：烏鵲填河成橋，而渡織女。

○**趙云**：石自高處望之，其勢參差，可以想其如烏鵲之狀。**更有紅顔生羽翰，便應黄髮老漁樵。**

玉臺觀滕王造。

浩劫因王造，一作「起」。劫，猶世也。頭陁碑云：功濟塵劫。**趙云**：公言道觀多使道書。度人經曰：惟有元始，浩劫之家。**平臺訪古遊。**梁孝王大治宮室，爲復道，自宮連屬於平臺。如淳曰：平臺在大梁東北，離宮所在也。趙云：以梁王平臺〔此〕（比）之。綵雲簫史駐，見前詩注。文字魯恭留。景十三年，魯恭王餘初好治宮室，壞孔子舊宅以廣其居，聞鍾磬琴瑟之聲，遂不敢復壞。於其壁中得古文經傳云。○趙云：以魯恭比滕王也。以詩意推之，滕王必有文書遺迹在焉。宮闕通群帝，道書云：天有群帝，而大帝最尊。帝猶五方之帝也，大帝北極也。乾坤到十洲。道書中有十洲記，皆言神仙境土。杜云：東方朔十洲記：漢武帝既見西王母，言說八方巨海之中，祖洲、瀛洲、元洲、炎洲、長洲、充洲、鳳麟洲、聚屋洲、流洲、生洲，云十洲，並是人跡所稀絶處。趙云：以臺在道觀中，於天地之間，由此可以到神仙十洲也。人傳有笙鶴，時過此山頭。劉向列仙傳云：王子喬，周靈王太子晉也，好吹笙作鳳鳴，遊伊、洛間，道士浮丘公接上嵩山。三十餘年後來於山上。告桓良曰：告我家，七月七日待我緱氏山頭。果乘白鶴駐山嶺，望之不得到，舉手謝時人而去。

門類增廣十注杜詩卷第五

門類增廣十注杜工部詩集卷第六

四時　古詩一首　律詩四十首〔一〕

春日戲題惱郝使君兄

使君意氣凌青霄，趙云：〔此〕（北）山移文：〔公〕〔于〕（干）青霄而直上。憶昨歡娛常見招。細馬時鳴金騕褭，杜云：盧照鄰詩：漢家金騕褭。佳人屢出董嬌饒。嬌饒，名姬也。朱子侯有董嬌饒詩。東流江水西飛燕，可惜春光不相見。趙云：此句以興見招之後不復見其姬也，故下句有願攜之請焉。句法則古東飛伯勞等歌曰：東飛伯勞西飛燕，黄姑織女時相見。願攜王趙兩紅顔，再騁肌膚如素練。通泉百里近梓州，請公一來開我愁。坡云：王戎與公破悶開愁。舞處重看花滿面，樽前還有錦纏頭。唐王元寶富而無學識，嘗會賓客。明日，親友謂之曰：昨日必多佳論。元寶曰：但費〔綿〕（錦）

〔一〕「四十」，當作「三十九」。

纏頭爾。**新添**：唐明皇宴于清元小殿，自打羯鼓，曲終，戲謂八姨曰：樂籍今日有幸約供養夫人，請一纏頭。八姨曰：豈有大唐天子阿姨無錢用耶？出三百萬爲一局爾。

正月三日歸溪上有作簡院内諸公

野外堂依竹，籬邊水向城。蟻浮仍臘味，酒也。周庾信謝賜酒詩曰：浮蟻對春開。鷗泛已春聲。南越志：鷗，水鳥也，在漲海中隨潮上下，三月風至乃去。**坡云**：耿異曰：門前池水已有春色。客曰：如何？異曰：今日鷺浴鷗泛，漣漪灩灩。藥許鄰人斸，**趙云**：公之不吝如此。書從稚子擎。**趙云**：言文書多任稚子也。白頭趨幕府，深覺負平生。**趙云**：公嘆老而猶仕耳。公與嚴故人，故顯言之，別無指旨。舊注非。

奉酬李都督表丈早春作

力疾坐清曉，**趙云**：晉載記：姚弋侍求見石虎，虎力疾見之。采詩悲早春。轉添愁伴客，**坡云**：王當避地江表，徒步唯有愁恨，仲遂無情悰作文字，後醉，作放步行。更覺老隨人。紅入桃花嫩，青歸柳葉新。望鄉應未已，四海尚風塵。

春歸 **趙云**：此言歸當春時，非謂春色之歸也。

苔逕臨江竹，茅簷覆地花。**趙云**：言花倚簷而覆地也。古燕歌行：桃抽覆地春花舒。舊注謂花落在地，非也。別來頻甲子，見「甲子混泥塗」注。歸到忽春華。忽，輕忽也。倚杖看孤石，**坡云**：謝安所居有石一株，安常倚杖相對，吟嘯終日忘歸。○北齊謝洙名之爲玉笋峰，唐柳公權榜其亭曰獨秀峰。傾壺就淺沙。遠鷗浮水静，輕燕受風斜。世路雖多梗，吾生亦有涯。莊子曰：吾生也有涯。此身一作「且應」。醒復醉，乘興即歸家。

暮寒

霧隱平郊樹，鮑明遠詩：風斷陰山樹，霧失交河城。江淹詩：千里何蕭條，白日隱寒樹。**趙云**：言霧遮掩其樹也。風含廣岸波。沉沉春色静，慘慘暮寒多。戍鼓猶長擊，**趙云**：言吐蕃之亂，至今春尚防戍也。林鶯遂不歌。忽思高宴會，朱袖拂雲和。古詩：今日良宴會。周禮春官大司樂：雲和之琴瑟。注：雲和，地名也。玄謂雲和、空桑、龍門皆山名。東京賦：孤竹之管，雲和之瑟。鮑明遠：五侯相餞送，高會集新豐。**趙云**：漢高祖置官高會。周禮大司樂：雲和之琴瑟。注：地名也，以其産良材而中爲琴瑟，故後人承用，直以雲和便當琴瑟名。朱袖，紅袖也，用字新奇矣。

春水生二絶

二月六夜春水生，孫權傳：春水方生。門前小灘一作「籬」。渾欲平。鸕鷀鸂鶒莫漫喜，吾與汝曹俱眼明。趙云：二禽見水生而喜。公語之以與汝曹俱眼明，則公可謂與物委蛇而同其波矣。

一夜水高二尺强，數日不可更禁當。趙云：禁當，蜀中俗語。南市津頭有舡賣，無錢即買繫籬傍。

漫成二首

野日一作「月」。荒荒一云「茫茫」。白。趙云：王褒送葬詩：塵昏野日黄。春流泯泯清。渚蒲隨地有，趙云：梁簡文帝晚春詩：渚蒲變新節。村逕逐門成。只作披衣慣，常從漉酒生。陶潛以葛巾漉酒。眼邊無俗物，多病也身輕。坡云：全紹獨居一小室，前後種松，竹窗下列圖史，燒香默坐，語曰：眼前無俗物撓，雖病身亦安穩。杜田云：世説：嵇、阮在竹林酣飲，王戎後往。阮步兵曰：俗物已復來敗人意。則知子美無俗物，宜其雖病而輕身也。

江臯已仲春，謝靈運歌：白日麗江臯。又詩：仲春喜游遨。楚詞：朝馳予馬兮江臯。花下復清晨。仰面貪看鳥，回頭錯應人。讀書難字過，對酒滿壺頻。近識峨嵋老，知余懶是真。東山隱者。

春遠

肅肅花絮晚，菲菲紅素輕。趙云：兩句通義，紅所以言花，絮所以言素也。日長唯鳥雀，坡云：周素：山居風暖日長，不謝賓客，俯簷把琖，但聞鳥雀啁秋，亦足爲幽人之樂。春遠獨柴荆。趙云：言無往來之人，故獨柴荆而已。數有關中亂，何曾劍外清。故鄉一作「園」。歸不得，地入亞夫營。趙云：此指言長安屯兵，乃公之故鄉而爲軍營矣。亞夫營在〔在〕長安，其事則文帝（時），單于入寇，三分將軍，軍棘門、灞上與細柳，而細柳營則周亞夫之所軍也。

春水

三月桃花浪，趙云：韓詩於溱與洧，方涣涣兮注云：謂三月桃花水下時也。江流復舊痕。言復漲也。朝來没沙尾，碧色動柴門。古詩：春水似挼藍。接縷垂芳餌，水深可以垂釣。連筒灌小園。連筒以引水。已添無數鳥，趙云：古詩：寄語故林無數鳥，會入群裏比毛衣。争浴故相喧。

春望

國破山河在，劉越石云：家國破亡，親友凋殘。城春草木深。感時花濺淚，恨別鳥驚心。烽火連三月，家書抵萬金。**坡云**：王筠久在沙場，得家書，抵得萬金。顏師〔右〕（古）曰：王筠意思真堪笑，却把家書抵萬金。**趙云**：考此作於天寶十五載之正月，蓋祿山反於十四載之十一月，至（是）則烽火連三月也。白頭搔更短，渾欲不勝簪。司馬公曰：牂羊墳首，三星在罶。言不可久。古人爲詩，貴於意在言外，使人思而得之，故言之者無罪，聞之者足以戒也。近世詩人唯杜子美最得詩人之體，如國破山河在，城春草木深，感時花濺淚，恨別鳥驚心。山河在，明無餘物矣；草木深，明無人矣；花鳥，平時可娛之物，見之而泣，聞之而悲，則時可知矣。他皆類此，不可〔偏〕（遍）舉。**杜云**：鮑照行路難云：白髮零落不勝簪。**坡云**：張茂先謂子曰：利名縶鎖，未遂山林之興，短髮搔白，渾不勝簪矣。史臣不載，何也？

絶句漫興九首

趙云：題名漫興，蓋言眼前之景而漫成耳，別無譏刺。

眼見一作「前」。客愁愁不醒，無賴春色到江亭。即遣花開深造次，**趙云**：言愁如睡（如）醉而不醒也。言即遣花飛去，此所以爲春之造次也。便覺一作「教」。鶯語太丁寧。

手種桃李非無主，野老牆低還是家。**趙云**：野老，公自況也。恰似春風相欺得，夜來吹折數枝花。趙云：言方藉見鄰家桃李以爲翫，而春風相欺，吹折數枝。

熟一作「耐」。知茅齋絶低小，江上燕子故來頻。銜泥點污琴書内，一作「困」。更接飛蟲打著人。已上皆傷爲客見欺。趙云：此篇專言燕也，只道實事，别無所譏。

二月已破三月來，杜云：沈佺期度安梅入龍編詩云：别離頻破〔目〕（月），容鬢驟催年。漸老逢春能幾回？莫思身外無窮事，且盡生前有限杯。張翰詩：使有身後名，不如即時一杯酒。

腸斷春江一云「江春」。欲盡一作「白」。頭，趙云：此王維所謂行到水窮處也。杖藜徐步立芳洲。盡，一作「白」。顛狂柳絮隨風去，坡云：嵇叔夜見豪少年上巳游恣，嵇稽頤長嘯久，乃作柳篇云：有縱其輕薄兮，飄舞隨風。輕薄桃花逐水流。柳絮、桃花，非久固之物，欲隨風逐水，無有定止，此詩亦譏以勢利相交。趙云：實道其景，别無所譏。

懶慢無堪不出村，呼兒日在掩柴門。趙云：乃嵇康性疏懶而有七不堪是也。陶淵明歸去來云：門雖設而常關。蒼苔濁酒林中静，碧水春風野外昏。

糁逕楊花鋪白氊，點溪荷葉疊一作「纍」。青錢。筍根雉子無人見，鮑云：説者引唐人食筍詩云：稚子脱錦棚。謂稚子爲筍。贊寧雜志：竹根有鼠，大如猫，其聲類人，名竹豚，亦名稚子。今按，〔推〕（稚），即雉字，字畫小訛爾。若以筍爲稚子，則鳧雛復是何物？筍詩雖以稚子脱〔裍〕（棚）喻筍，非便謂稚子爲筍也。坡云：筍是稚子，乃竹根稚子。葛琰云：竹根數稚子，喜無人見採，送阿洪爲早饌。阿洪，乃葛洪也。琰，洪叔也。趙云：是〔稚〕（雉）雞〔子〕（之）子耳。西京雜記：太液池，其間梟雛雉子，布滿充實。稚子性好伏沉，其身小，在筍之傍，難見。緣世間本誤作稚子，故起紛紛之説。近世洪覺範以稚子爲筍名。夫既謂之筍根稚子，則稚子别是一物，豈仍是筍耶？沙上梟雛旁母眠。

舍西柔桑葉可拈，趙云：其葉繁茂，可引〔乎〕（手）而拈之。江上細麥復纖纖。人生幾何春已夏，魏武短歌行：對酒當歌，人生幾何。不放香醪如蜜甜。坡云：巴子歌：香醪甜似蜜，峡魚美可鱠。隔户一云「户外」。楊柳弱嫋嫋，杜云：宋鮑明遠詩：嫋嫋柳垂道。恰似十五兒女腰。誰謂朝來不作意，杜云：琅邪王歌云：新買五尺刀，懸着中梁柱。一日三摩挲，劇於十五女。狂風挽斷最長條。

傷春五首

天下兵雖滿，趙云：謂廣德元年，吐蕃陷京師，車駕幸陜。春光一作「青春」。日自濃。西京疲百戰，趙云：吐蕃留京師，聞郭子儀軍至，驚潰，子儀復長安。北闕任群凶。坡云：除符：北闕震蕩，群凶肆威，若不誅鋤，恐逼洛汭。○趙云：指言程元振、魚朝恩之徒。按史記柳伉疏：吐蕃犯順，罪由元振。請斬之以謝天下。關塞三千里，趙云：公在閬中，望乘輿所在，有三千里關塞之隔矣。煙花一萬重。蒙塵清露急，見「至尊尚蒙塵」注。御宿且一作「有」。誰供？殷復前王道，商之中宗、高宗能復前王之道。周還舊國容。平王東迁於洛邑。蓬萊足雲氣，應合總從龍。趙云：豈言蓬萊殿乎？蓋言群臣當盡隨駕。○易：雲從龍也。雲以比群臣，龍以比天子。

鶯入新年語，花開滿故枝。天清一作「青」。風卷幔，草碧水通池。牢落官軍速，蕭條萬事危。憂時之心切，故於萬事未見其安也。鬢毛元自白，淚點向來垂。不是無兄弟，其如有別離。言雖有兄弟，而爲喪亂阻隔，不得相保爾。巴山春色靜，北望轉逶迤。巴山，蜀山也。北望，謂長安在蜀之北也。

日月還相鬭，星辰屢合一云「亦屢」。圍。漢天文志：五星所行，合散犯守，陵歷鬭食，彗孛飛流，日月薄蝕。韋昭曰：星相擊爲鬭。高祖七年月暈，圍參、畢七〔重〕（星）。不成誅執法，焉得變危機。天文志：南宮南四星，名執法；中，端門。趙云：廣雅曰：熒惑謂之罰星，或謂之執法。今指熒惑而言，則指程元振之熒惑人主也。大角纏兵氣，天文志：大角者，天王帝座廷，其兩旁曰攝提。魏都賦：姦回内鼎，兵纏紫微。趙云：京師兵又滿矣，故曰纏兵氣。○西都賦云：兵纏紫微。鉤陳出帝畿。西都賦：周以勾陳之位。注：鉤陳，王者法之，主行宮也。煙塵昏御道，黃道也。耆舊把天衣。一云「固無牽白馬，幾至著青衣」。

坡云：煬帝幸維楊，朝廷耆艾把天衣諫，不止。**趙云**：父老不欲車駕之出，皆索挽帝衣。行在諸軍闕，**坡云**：漢帝諸軍闕食，四掠居民。**趙云**：言軍士稀少。來朝大將稀。吐蕃陷京師，天子幸陝，諸鎮畏程元振、魚朝恩讒構，莫肯奔命，朝廷所恃者郭子儀一人而已。**趙云**：言藩鎮不朝。賢多隱屠釣，王肯載同歸？賢者避地，自隱於屠釣，王能爲文王載呂望事否？任彦昇爲蕭揚州薦士表：隱鱗卜祝，藏器屠保。**坡云**：寧元自古賢人哲士，或抱關擊柝，或隱迹屠釣，或雜漁樵。

再有朝廷亂，難知消息真。近傳王在洛，復道使歸一作「通」。秦。謂傳者不一也。奪馬悲公主，登車泣一作「哭」。貴嬪。蕭關迷北上，漢武行幸雍，祠五時，通回中道，遂北出蕭關。迷北上，謂東行陝，故下句有欲東巡之句。滄海欲東巡。秦始皇東巡海上，銘石勒功。敢料安危體，猶多老大臣。豈一作「得」。無嵇紹血，霑灑屬車塵。晉書忠義傳：紹以天子蒙塵，承詔馳詣行在所。值王師敗績於蕩陰，百官及侍衛莫不散潰，唯紹儼然端冕，以身捍衛。兵交御輦，飛箭雨集，紹被害於帝側，血污御服。天子深哀歎之。及事定，左右欲浣衣，帝曰，此嵇侍中血，不可去。司馬相如諫獵書云：犯屬車之清塵。聞説一作「道」。初東幸，孤兒却走多。宣帝紀注：取從軍死事者之子養羽林官，教以五兵，號曰羽林孤兒，少壯者令從軍也。**趙云**：此篇聞官軍逃亡之詩。却走，退却而走也。難分太倉粟，漢：太倉之粟，紅腐不可食。**趙云**：言其既走，則雖有太倉之粟，而難與之也。競棄魯陽戈。魯陽公與韓遘戰酣，日暮，援戈而揮之，日爲之反三舍。趙云：言戈乃魯陽之戈，可以麾戰，而反棄之，爲可痛矣。胡虜登前殿，吐蕃陷京師也。王公出御河。出奔也。得無一作「忍爲」。中夜舞，晉春秋曰：祖逖，字士稚，與司空劉琨雄豪著名。時與琨同辟司馬州主簿，情好綢繆，共被而寢。中夜聞雞鳴起舞，曰：此非惡聲。每語世事，或中宵起坐，相謂曰：若四海鼎沸，豪傑並起，吾與足下相〔遂〕（逐）中原耳。劉琨與親舊書曰：吾枕戈待旦，志梟逆虜，常恐祖生先吾着鞭。誰一作「宜」。憶大風歌。漢高作大風歌云：大風起兮雲飛扬，安得猛士兮守四方。發沛中兒，教之歌，酒酣，上擊缶而和之。○趙云：此又見公之忠義深矣。春色生烽燧，見悲青坂詩注。幽人泣薜蘿。猶賢者泣於草野爾。趙云：幽人，公自謂也。方春之時，而惟有烽燧，此薜蘿之中，幽人無如之何，所以但泣而已。君臣重修德，猶足見時和。巴閬僻遠，傷春罷始知春前已收宮闕。趙云：尤見公之經濟矣。

春日江村五首

農務村村急，農務，田事。春流岸岸深。乾坤萬里眼，時序百年心。茅屋還堪賦，秋興賦：僕野人也，偃息不過茅屋茂林之下。桃源自可尋。見「欲問桃花宿」注。艱難昧一作「賤」。生理，飄泊到如今。

迢遞來三蜀，趙云：蜀郡、廣漢郡、犍爲郡爲三〔郡〕(蜀)也。蹉跎又六年。又，一作「有」。趙云：公自乾元二年冬到蜀，至今乾元七年，凡六年矣。客身逢故舊，得嚴公薦舉也。發興自林泉。過懶從衣結，董京威衣百結衣。頻遊任履穿。東郭先生履穿，行雪中，着地處皆足迹。藩籬頗無限，恣意向一作「買」。江天。

種竹交加翠，栽桃爛熳紅。經心石鏡月，到面雪山風。石鏡、雪山，皆蜀中故事，已見前注。赤管隨王命，漢官儀：尚書令僕丞郎，月給赤管大筆一雙。公爲檢校尚書工部，故云赤管也。銀章付老翁。見「霧雨銀章澁」注。趙云：銀章方賜。朱，朱服也，故次篇有垂朱紱之句。豈知牙齒落，坡云：李笴有子在江南，久不至，語其妻曰：阿陳豈知我牙齒豁落，如桑榆倒景，何與子相見耶？名玷薦賢中。

扶病垂朱紱，紱，古蔽膝也，象冕服，以韋爲之。曹子建：俯愧朱紱。鮑云：公謂檢校工部員外郎，賜緋也。歸休步紫苔。休，沐也。漢制，五日一下休沐。沈休文：客位紫苔生。郊扉存晚計，顔廷年：側同幽人居，郊扉常晝閉。衰暮之計也。幕府媿群材。見「幕府秋風日」注。趙云：衛青傳云：開幕府，蓋設幕以爲府也。燕外晴絲卷，鷗邊水葉開。坡云：阮籍詩：浴鷗開水葉，戲蝶避風絲。其語冲淡，子美往往尤盡巧妙。書示任師中。鄰家送魚鼈，問我數能來。

群盗哀王粲，見久客詩注。趙云：王粲避亂，客荆州。中年召賈生。見過故斛斯校書莊詩注。趙云：文帝召賈誼至宣室。登樓初有作，王粲在荆州，思歸，作登樓賦。前席竟爲榮。賈生對文帝於宣室，言鬼神事，帝不覺前席。宅入先賢傳，先賢傳載王粲宅。才高處士名。趙云：以誼洛陽之才子，異乎處士矣。異時懷二子，春日復含情。二子，謂王粲、賈誼也。

早起

春來常早起，幽事頗相關。帖石防隤岸，開林出遠山。一丘藏曲折，趙云：漢書，班固書曰：夫嚴子者，棲遲於一丘，天下不易其樂。緩步有躋攀。童僕來城市，瓶中得酒還。

畏人

趙云：選詩曰：客子常畏人。故公得倚以爲題。

早花隨處發，春鳥異方啼。萬里清江上，趙云：公所居在萬里橋西也。三年一作「峰」。落日低。畏人成小築，褊性合幽棲。坡云：殷亮性器褊窄，才術無能，肉食非我所宜，幽棲林泉，平生心足矣。趙云：謝靈運詩：買此永幽棲。門逕一作「逕没」。從榛草，無心待一作「走」。馬蹄。坡云：崔豹：讀書尚無暇，誰有心待輪蹄往來。

可惜

花飛有底意，趙云：謂有甚底事。老去願春遲。可惜歡娛地，都非少壯時。寬心應是酒，遣興莫過詩。此意陶潛解，吾生後汝期。陶潛性好琴酒，一撫一盃，笑詠而已。趙云：淵明所樂，詩酒而已，公恨不與同時。

落日

落日在簾鉤，溪邊春事幽。芳菲緣岸圃，楚詞：芳菲滿堂。趙云：言芳菲之圃，緣岸而爲者也。樵爨倚灘舟。應璩：樵蘇不爨。趙云：言樵爨之舟，倚灘而（伯）（泊）者也。啅雀爭枝墜，啅，噪也。飛蟲滿院遊。濁醪誰造汝，一酌一作「酌酒」。散千憂。一云「一酌罷人憂」。東方朔曰：夫積憂者，得酒而解。

絕句二首

遲日江山麗，春風花草香。趙云：爲春日所照，景象佳麗也。泥融飛燕子，沙暖睡鴛鴦。

江碧鳥逾白，山青花欲燃。杜云：出孟子：如火之始然。今春看又過，何日是歸年？

絶句 趙云：或云江邊踏青乃成都事。每以三月三日出郊，言踐踏青草，故謂之踏青。

江邊踏青罷，迴首見旌旗。風起春城暮，高樓鼓角悲。杜云：唐李綽歲時記云：三月上巳有錫宴群臣於曲江，傾都人物於江頭禊飲踏青。

即事

暮春三月巫峽長，盛弘之荆州記：巴東三峽巫峽長。晶晶行雲浮一作「無」。日光。趙云：陶淵明詩云：晶晶川上平。雷聲忽送千峰雨，花氣渾如百和香。古詩：博山爐中百和香，鬱金蘇合與都梁。坡云：解濟遊樂游園云：日烘花氣如百和香，惹衣雅然，宜數數行樂。趙云：梁孝元帝巴陵詩：花氣盡薰舟。黄鶯過水翻迴去，燕子銜泥濕不妨。飛閣卷簾圖畫裏，虚無只少對瀟湘。趙云：雖眼前之山水如畫圖，而其所虚無，只欠少瀟湘爲對也。

暮

卧病擁塞在峽中，瀟湘洞庭虚映空。趙云：言瀟湘洞庭之景虚在彼處映空，而我卧病於此，不得見之也。楚天不斷四時雨，坡云：蜀卭僰山後，四時常無晴日，梁益稱爲漏天。古詩：地近漏天經歲雨。

巫峽長吹千里風。巫峽多風。趙云:地理志:黎州之西有漏天,四時常雨。今公借字以言楚地耳。沙上草閣柳新闇,城邊野池蓮欲紅。暮春鴛鷺立洲渚,挾子翻飛還一叢。趙云:叢,聚也,言鴛鷺與子叢聚也。

夏　古詩三首　律詩四首

夏日歎

夏日出東北,陵天經中街。中街,黄道之所經也。又薛云:右按前漢書天文志,日有中道,月有九行。中道者,黄道,一曰光道。光道北至東井,去北極近;南至牽牛,去北極遠;東至角,至西婁,去極中。夏至至於東井,北近極,故晷短;立八尺之表,而晷景長尺五寸八分。冬至至牽牛,遠極,故晷長;立八尺之表,而晷景長丈三尺一寸四分。春秋分日至婁、角,去極中,而晷中;立八尺之表,而晷景長七尺三寸六分。此日去極遠近之差,晷景長短之制。去極遠近難知,要以晷景。晷景者,所以知日之南北也。日,陽也。陽用事而日進而北,晝進而長,陽勝,故爲温暑;陰用事則月退而南,晝退而短,陰勝,故爲凉寒也。故〔曰〕(日)進爲暑,退爲寒。若日之南北失節,晷過而長爲常寒,退而短爲常燠。此寒燠之表也,故曰爲寒暑。朱光徹厚地,趙云：楚辭云：陽杲杲其朱光。鬱蒸何由開。晉天文志：夏至極起，而天運近北，而斗去人遠，日去人近，南天氣至，故蒸熱也。張景陽：大火流坤維，白日馳西陸。漢書：昴、畢爲天街。應璩書曰：處凉臺而有鬱蒸之煩。招魂：朱明承夜。注：明日也。張孟陽：朱光馳北陸，浮景忽西沉。翰曰：朱光，日也。陸士衡功臣頌：朱光以渥。楚詞：杲杲光光。上蒼久無雷，無乃號令乖？易傳：當雷不雷，陽德弱也。郎顗傳：雷者號令，其德生養。號令殆廢，當生而殺，則雷反作，其時無歲。趙云：言君令之不時。雨降不濡物，趙云：言彼相之無澤。良田起黄埃。易：潤萬物者，莫疾乎雨。濡，滋也。坡云：隋煬帝時大旱，任安曰：上蒼久不降甘雨，良田黄埃勃起。飛鳥苦熱死，池魚涸其泥。鮑昭苦熱行：身熱頭且痛，鳥墮魂家歸。又曰：晨禽不敢飛。萬人尚流冗，舉目唯蒿萊。坡云：鮑昭賦：上古壘，望蒿萊，盡目力。○晉灼曰：蒿萊荆棘，舉目皆是。至今大河北，盡作虎與豺。言大河之北，民皆餓飢相吞，如豺虎也。浩蕩想幽薊，幽州、薊門，禄山境也。王師安在哉！對食不能飡，趙云：蔡琰詩：飢當食兮不能飡〔其餘〕。我心殊未諧。眇然貞觀初，難與數子偕。君子以爲傷今思古之詩。

夏夜歎

永日不可暮，劉公幹：永日行游戲。江淹别賦：夏簟青兮晝不暮。葛生：夏之日，冬之夜。言冬夜夏日，晝夜之長時也。炎蒸毒我腸。我，一作「中」。言熱自中起，故毒我腸也。安得萬里風，飄飆吹我裳。坡云：相如夢仙引云：悠悠夢到無何鄉，天風飄飆吹我裳。白瑜琪樹晃眼冷，有客引上白銀床。坡云：天色久陰，淫雨不止。潘章曰：安得萬里長風，掃此陰翳也。趙云：陸士衡前緩聲歌云長風萬里舉也。昊天出華月，傅玄詩：清風何飄飆，微月出西方。劉休玄：芳年有華月。茂林延疏光。謝靈運：密林含餘清。潘安仁：茅屋茂林下。趙云：王羲之蘭亭記：有茂林脩竹。仲夏苦夜短，開軒納微涼。謝靈運：不怨秋夕長，恒苦熱夜短。虛明見纖毫，陶潛：凉風起將夕，夜景湛虛明。羽蟲亦飛揚。坡云：李靳雜感：月華满院寒，飛揚羽蟲亂。物情無巨細，自適固其常。詩：熠燿宵行。羽蟲也。念彼荷戈士，詩候人：荷戈與祋。窮年守邊疆。何由一洗濯，執熱互相望。言荷戈之士久苦於炎熱，但相望而已，未能一洗濯也。竟夕擊刁斗，喧聲連萬方。李廣傳：〔陳〕（程）不識正部曲行伍營陣，擊刁斗，至明，軍〔目〕（自）便。孟康曰：刁斗，以銅作鐎，受一斗，晝炊飯食，夜擊持行，名曰刁斗，今在〔熒〕（滎）陽庫中也。西域傳：斥堠七百餘人，五分夜擊刁斗自守。師古曰：夜有五更，故分而持之也。青紫雖被體，坡云：韓耀雖青紫被體，鍾鼎列前，皆非吾所欲也，但得衡山一峰，嘯卧雲間，吾心足矣。不如早還鄉。李白蜀道難云：錦城雖云樂，不如早還家。韋賢：取青紫如俯拾地芥也。北城悲笳發，鸛鶴號且翔。〔幽〕（豳）詩：鸛鳴于垤。况復一作「懷」。煩促倦，激烈思時康。張茂先詩：煩促每有餘。蘇子卿詩：長歌正激烈。

毒熱寄簡崔評事十六弟

大暑一作「火」。運金氣，五行相生以成四時。夏，火也；秋，金也。金當代火而畏火，故金氣伏而火盛，所以熱也。荆揚不知秋。趙云：大暑，當作大火。○詩曰：七月流火。○月令曰：孟秋之月，盛德在金。大火流而運金氣，所以爲七月矣。既已七月也，而荆、〔陽〕〔揚〕楚地，是爲炎方，故獨不知秋也。林下有塌翼，陳孔璋檄：垂頭塌翼，莫所憑恃。坡云：王子淵：丈夫兒失志，如鵰鶚損羽翮，豈塌翼垂頭於林下乎？趙云：鳥以熱而難飛也。水中無行舟。杜云：書云：罔水行舟。千室但掃地，坡云：李篆：赤眉盜過，千室掃地俱盡也。閉關人事休。老夫轉不樂，旅次兼百憂。蝮蛇暮偃蹇，蝮蛇，毒蛇也，往往在人居室中。坡云：宋純嶺南行云：蝮蛇偃蹇於道周，客子悲辛而躑躅。空床難暗投。炎宵惡明燭，況乃懷舊丘。杜云：鮑照結客少年〔腸〕〔場〕云：去鄉三十載，復得還舊丘。坡云：戴深：秋風已動歸思，況更懷舊隱林丘？如此一灑，令人心折。開襟仰内弟，執熱露白頭。束帶負芒刺，坡云：葛殷：昨日束帶見人，卑折躬揖，如負芒刺。吾欲裂巾毀冠，偃仰林下。接居成阻脩。何當清霜飛，會子臨江樓。載聞大易義，諷興詩家流。藴藉異時輩，檢身非苟求。薛云：右按前漢孔稚圭〔等〕〔傳〕論曰：咸以儒宗居宰相位，服儒衣冠，傳先王語，其醞藉可也。又唐權德輿：醞藉風流，自然可慕。皇皇使臣體，信是德業優。趙云：指〔平〕(乎)崔評事，必爲使也。楚材擇杞梓，杞梓，楚之良〔封〕(材)也。薛云：右按春秋左傳，楚令尹子木問聲子曰：晉大夫與楚孰賢？對曰：晉卿不如楚，其大夫則賢，皆卿材也。如杞梓、皮革，自楚往也，唯楚有材，晉實用之。趙云：唯楚有材，晉實用之。舊注模稜，乃云杞梓，楚之良材，非是。漢苑歸驊騮。短章達我心，理爲一云「待」。識者籌。坡云：孔融附此短章，聊伸我心素。趙云：驊騮，所以美崔言。漢苑，則漢有〔大〕(天)馬之苑，識者蓋指評事也。

熱三首

雷霆空霹靂，雲雨竟虛無。炎赫衣流汗，低垂氣不蘇。乞爲寒水玉，願作冷秋菰。何似兒童歲，風涼出舞雩。冠者五六人，童子六七人，浴乎沂，風乎舞雩，詠而歸。

瘴雲終不滅，瀘水復西來。閉户人高卧，坡云：黄起雨中見竇樸。樸家貧，雨中擠蓬門高卧，長嘯自若。起歎曰：袁安卧雪，人俱稱賢；竇夫子雨中高卧，的不讓古人也。歸林鳥却迴。趙云：人高卧而但睡，鳥不安而又飛，以見其熱之甚矣。峽中都似火，江上只空雷。想見陰宮雪，風門颯踏開。

朱李沉不冷，雕胡炊屢新。魏文帝書：浮甘瓜於清泉，浸朱李於寒水。沈休文：長袂屢以拂，〔朝〕(雕)胡方自炊。將衰骨盡痛，被褐一作「暍」。味空頻。趙云：暍，音於歇反，傷暑也。夏禹扇暍，武王亦扇暍。歘許律反。翕炎蒸景，飄颻征戍人。十年可解甲，爲爾一霑巾。憫其經寒暑而不得休息也。坡云：孫約征伐，十年不解甲兵。

多病執熱奉懷李尚書

衰年正苦病侵淩，首夏何須氣鬱蒸。古詩：首夏猶清和，敲蒸鬱淩冥。應璩書曰：處涼臺而有鬱蒸之氣。大水淼茫炎海接，奇峰硉兀火雲昇。選詩：夏雲多奇峰。淮南子：旱雲煙火。坡云：岳齊：火雲亦如奇峰，不能致雨，空來空去。趙云：〔賦選〕(選賦)：狀滔天以淼茫。○郭璞江賦：巨石硉矹以前却。思霑道暍黃梅雨，京房傳：暑有暍者。漢武紀：暍死，暑中熱死也。趙云：暑病曰暍。思道暍之人以黃梅一雨霑之，此武王扇暍之意。公之爲仁可見矣。敢望宮恩玉井冰。後漢書：琅邪有冰井，厚丈餘。魚豢魏(晷)〔略〕：明帝九龍殿前玉井綺欄。趙云：唐制，百官賜冰。而公嘗爲左拾遺，當預賜冰之列。今既遠矣，故有是句。不是尚書期不顧，前漢陳遵傳：遵嗜酒，每飲，賓客滿堂，輒閉門，取客車轄投井中，雖有急，終不得去。時北部刺史奏事，過遵。值其方飲，刺史大窮，候遵霑醉時，突入見遵母，叩頭自白當對尚書有期會狀，母乃令從後閤出去。應休璉與滿公琰書曰：當此之時，仲孺不辭同產之服，孟公不顧尚書之期。山陰野雪興難乘。王徽之嘗居山陰，夜雪初霽，月色清朗，四望皓然，獨酌酒，詠左思招隱詩，忽憶戴逵。逵時在剡，便夜乘小舡詣之。造門不前而返，曰：乘興而行，興盡而返，何必見安道！

秋　古詩五首　律詩二十首

七月三日亭午已後較熱退晚加小凉穩睡有詩因論壯年樂事戲呈元二十一曹長

今兹商用事，**坡云**：應瑒秋日燕山陰序云：商飈用事，金帝持權。羊弘云：商帝行令，草木搖落。餘熱亦已末。衰年旅炎方，炎方，南方。**趙云**：公時在夔，爲楚地，故云旅炎方。生意從此活。亭午減汗流，**杜云**：梁元帝纂要云：在午曰亭午。北鄰耐人聒。晚風爽烏匼，筋力蘇摧折。**薛云**：右按子美曰：馬頭金匼匝。所謂烏匼，即烏巾也。閉目踰十旬，大江不止渴。退藏恨雨師，健步聞旱魃。雨師，行雨神也。退藏，不用事也。神異經曰：南方有人，長二三尺，走行如風，名曰旱魃，所見之國，大旱也。園蔬抱金玉，無以供採掇。**趙云**：言其貴而難得，如金玉也。密雲雖聚散，徂暑終衰歇。前聖眘焚巫，魯僖公欲焚巫，而臧文仲止之。武王親救暍。武王見暍人，王自左擁而右扇之。見世紀。

陰陽相主客，時序遞回斡。陰陽相推而用事，則四時斡流而爲寒暑。灑落唯清秋，昏霾一空闊。蕭蕭紫塞鴈，南向欲行列。**趙云**：言清秋，則昏霾一掃空矣。塞鴈是時有南向之行列，不必以熱爲念也。欻思紅顏日，霜露凍堦闥。胡馬挾彫弓，鳴弦不虛發。弦不虛發，中必決背。**趙云**：此思少年乘寒射獵之事而感歎年老也。長鈚逐〔狹〕（狡）兔，突羽當滿月。**薛云**：右按家語：子路：白羽若月，赤羽若日。**趙云**：鈚，音批。○韻書云：箭也，突羽。又：所〔少〕（以）言箭，其羽奔突而疾，故曰突羽。當滿月，言挽弓之滿箭，當其挽滿之間也。薛注所引大非也。惆悵白頭吟，古樂府有此吟，疾人相知，以新間舊，不能至白首也。**趙云**：祖出卓文君以相如置妾之故，以其不能至於白首而爲此吟，故公借用耳。蕭條游俠窟。游俠，豪傑也。前漢有游俠傳。**杜云**：郭景純遊仙詩：京華游俠窟。舊注引前漢游俠傳，即非窟字出處矣。臨軒望山閣，縹緲安可越。高人煉丹砂，未念將朽骨。世說：丹砂可以駐年。**又薛云**：右按抱朴子曰：臨汜縣有廖氏，世老壽，後移，子孫輙殘折。它人居其故宅，復累世壽。乃知是宅所爲。不知何故，疑井水赤，乃掘井左右，得古人埋丹砂十斛，丹汁入井，是以飲水而得壽。又樂府：但使丹砂就，（能）令億萬年。少壯跡頗疏，疏，縱誕也。歡樂曾倏忽。倏忽不可留也。杖藜風塵際，老醜難翦拂。翦，裁也。拂，拂拭，言老醜難可矜飾也。**坡云**：北史：盧思道翦拂吹噓，長其先賈。**趙云**：劉孝標絶交論言：翦拂使長鳴。吾子得神仙，本是池中物。賤夫美一睡，煩促嬰詞筆。周瑜蛟龍得雲雨，非復池中物也。

張華：煩促每有餘。**趙云**：言我非若子之得神仙，俱美一睡而已。

○匼。疑作匌。

秋風二首

秋風淅淅吹巫山，上牢下牢修水關。上牢、下牢，皆峽内地名。水關，關津也。**吴檣楚柂牽百丈，**檣、柂、百丈，皆舡上器用也。**薛云**：右按今湖湘間行舟，以竹相續爲索，以引上水舟。謂之百丈，以謂其長可百丈。今州峽尤多用之。**暖向神都寒未還。趙云**：楚南方暖久而寒遲。**要路何日罷長戟，戰自青羌連百蠻。趙云**：有羌蠻之戰，則長戟滿矣。舊本作百蠻，善本作白字，極是。蓋巂州以（而）（南）有烏蠻、白蠻也。公於夔詠懷詩云：絶塞烏蠻地。

秋風淅淅吹我衣，東流之外西日微。東流，言逝而不反也。日微，言迫遲暮也。**趙云**：此寫眼前之景，宛轉含蓄，道不盡悽感之意。**中巴不曾消息好，暝傳戍鼓長雲間。**戍鼓，戍樓鼓也。**天清小城擣練急，**爲征戍者爲寒衣也。**石古細路行人稀。**以商旅未通也。**不知明月爲誰好，早晚孤帆他夜歸。會將白髮倚庭樹，故園池臺今是非。**時經喪亂也。

早秋苦熱堆案相仍

七月六日苦炎蒸，對食暫飡還不能。趙云：蔡琰詩曰：飢當食兮不能飡。每愁一云「常愁」。夜中一作「來」。自足一作「皆是」。蝎，趙云：蝎者，螫蟲，中原有之，南中無有。韓退之謫南方，及其歸也，有詩云：照壁喜見蝎。則每以得歸爲念，雖蝎之螫，而見之反喜也。况乃秋後轉多蠅。束帶發狂欲大叫，簿書唐書：切於簿書期會。何急來相仍。南望青松架短壑，趙云：江文通擬謝光禄郊遊詩：風散松架險。注云：松枝可以爲架，故因謂之架焉。安得赤脚踏層冰。坡云：馬融夏夜直館。是夕蒸燠倍常，如坐甑中，謂同舍曰：安得披襟赤脚踏陰山之層冰，洗滌塵熱。

立秋後題

日月不相饒，坡云：王獻之覽鏡見髮，顧兒童曰：日月不相饒，（材）（村）野之人二毛俱催矣。汝等何不汲汲爲學，寸陰過而不可復得也。節叙昨夜隔。玄蟬無停號，秋燕已如客。古詩：秋蟬鳴樹間，玄鳥逝將適。宋玉：燕翩翩而辭歸，蟬寂寞而無聲。坡云：張衡寓旅洛汭，生計無聊，有命駕之心，顧梁上燕曰：秋風已至，想如客興，斯難久留也。平生獨往願，惆悵年半百。罷官亦由人，何事拘形役。歸去來：既自以心爲形役，奚惆悵而獨悲。淮南王莊子略要曰：江海之士，山谷之人，輕天下細萬物而獨往。司馬彪注曰：獨往自然，不復顧也。陶淵明：誰謂形蹟拘也。

立秋雨院中有作

山雲行絶塞，大火復西流。張景陽詩：大火流坤維。閑居賦：望流火之餘景。又薛云：右按春秋左氏傳哀十二年：冬十二月，螽。季孫問仲尼，仲尼曰：丘聞之，火復而後蟄者畢。今火猶西流，司歷過也。又爾雅云：大火，謂之大辰。注：大火，心也，在中最明，故時候至也。飛雨動華屋，蕭蕭梁棟秋。〔詩〕(謝)玄暉詩：朔風吹飛雨，蕭條江上來。既灑百常觀，復集九城臺。窮途愧知己，趙云：指嚴鄭公也。暮齒借前籌。張良：願借前著以籌之。○左太冲：壯齒不恒居，歲暮常慷慨。杜云：言其晚年而得預節度府參謀也。已費清晨謁，那成長者謀。趙云：又自謀之辭。解衣開北户，高枕對南樓。趙云：北户、南樓，自是當時實事。舊注所引徒紛紛矣。樹濕風凉進，江喧水氣浮。禮寬心有適，趙云：言嚴公待以寬禮。節爽病微瘳。趙云：時節清爽，乃題所謂立秋日，公素有肺疾，惟氣爽則少蘇也。主將歸調鼎，吾還訪舊丘。主將，謂嚴公也。言公還朝秉政日，吾當遂歸計也。鮑明遠詩：去鄉三十載，復得還舊丘。

軍城早秋

鄭國公嚴武作

昨夜秋風入漢關，朔雲邊雪滿西山。更催飛將追驕虜，漢：匈奴號李廣爲飛將。莫放沙場匹馬還。吐蕃常入積石軍取麥，哥舒翰殺之，隻馬無還。杜云：春秋僖公公羊云：匹馬隻輪無返者。舊引哥舒翰事，何干嚴公乎？

奉和

秋風嫋嫋動高旌，九歌：嫋嫋兮秋風，洞庭波兮木葉下。高旌，旌旗也。玉帳分弓射虜營。坡云：賀若弼征可汗，夜分，勁弓射虜營，皆破，繼而追殺，大捷。○趙云：帳，大將軍之帳。已收滴博雲間戍，趙云：滴博，城名。雲間戍，以言其高也。欲奪蓬婆雪外城。滴博、蓬婆，皆西山地名。趙云：蓬婆，吐蕃城名，以其遠在雪山之外。

秋野五首

秋野日蔬蕪，謝玄暉：邑里向蕪蔬。寒江動碧虛。繫舟蠻井絡，蜀都賦：岷山之精，上爲井絡。趙云：楚在春秋爲蠻夷。卜宅楚村墟。夔，古楚附庸。棗熟從人一作「行」。打，葵荒欲自一作「且」。

鋤。坡云：左思〔曰〕（日）鋤園葵，客問其勤如此，左曰：去其猶草耳。盤飧老夫食，分減及溪魚。

易識浮生理，難交一物違。物不可違其性也。水深魚極樂，林茂鳥知歸。見「林茂鳥春歸，水深魚知聚」注。吾老甘貧病，榮華有是非。趙云：吾衰老矣，自安於貧病而無它念，正以榮華非不美也，而有是與非焉。秋風吹几杖，不厭北一云「此」。山薇。夷、齊隱於首陽山，採薇而食之。坡云：殷竦，晉宣帝兩徵不起，里人勸其仕。竦曰：老子不厭此山蕨薇，君其如予何？人皆服其量。

禮樂攻吾短，山林引興長。嵇康書：儕類見寬，不攻其過。又云：至爲法禮之士所繩，疾之如〔言〕（讎）。又云：有入山林而不反之論。遊山澤，觀魚鳥，心甚樂之也。趙云：漢史所謂山林之士，入而不能出也。掉頭紗帽側，莊子在宥篇：爵躍掉頭。紗帽，見「管寧紗帽靜」注。曝背竹書光。竹書，古簡册也。趙云：所謂竹簡之書也，暗用郝隆曬腹中書也。風落收松子，天寒割蜜房。蜜房，蜂房也。趙云：班固終南頌曰：蜜房溜其顛。稀疏小紅翠，趙云：言秋花也。駐屐近微香。

遠岸秋沙白，連山晚照紅。海賦：波如連山。潛鱗輸駭浪，海賦：駭浪暴灑，驚波飛遊。趙云：言魚以深爲樂，而峽水之深則輸寫駭浪。歸翼會高風。魏文帝：適與高風會。杜云：張翰曰：如歸翼得高風，翺翔投林中。古詩云：翩翩歸鴈翅，更得高秋風。趙云：乃逸乎〔洪〕（鴻）毛遇順風之義。砧響家家發，謝惠連：櫚高砧響發，楹長杵聲哀。樵聲箇箇同。峽中樵人常唱大昌歌以弔柳青，每聲闕即呼柳青，然不知所爲也。**飛霜任青女，賜被隔南宫。**淮南子云：霜神青女。注云：青女，天神，青天玉女主霜雪。後漢：〔樂〕（藥）崧嘗直南宫，家貧無被。帝聞而嘉之，詔大官賜尚書郎已下食，并給〔惟〕（帷）被。公雖爲郎而在位，故云隔爾。

身許騏驎畫，見「今代騏驎閣」注。**年衰鴛鷺群。**公晚方登朝籍。**大江秋易盛，空峽夜多聞。遥隱千重石，帆留一片雲。兒童解蠻語，不必作參軍。**世説：郝隆爲南蠻參軍，上巳日作詩曰：娵隅躍清池。桓温問何物，答曰：名魚爲娵隅。温曰：何爲作蠻語？隆曰：千里投公，始得一蠻府，那得不蠻語也！**趙云：**趙壹居漢中。一日，兒童作褒音，壹歎曰：仲尼之道衰遲，夷言蠻語習成風俗。乃挈子弟歸中原也。

秋興三首夔州作。同作八首，餘見宫殿門。

玉露凋傷楓樹林，李密詩：金風蕩佳節，玉露凋晚林。**巫山巫峽氣蕭森。**張景陽：荒楚鬱蕭森。**趙云：**巫山以言山，巫峽以言水也。**江間波浪兼天湧，塞上風雲接地陰。叢菊兩**一作「重」。**開他日淚，****趙云：**此句涵蓄，蓋公於夔州見菊花者二年矣，方叢菊之兩〔間〕（開），皆是他日感傷之淚。**孤舟一繫故園心。寒衣處處催刀尺，白帝城高急暮砧。**郭泰機：皎皎白素絲，織爲寒女衣。良工秉刀尺，棄我忽若遺。

夔府孤城落日斜，每依南斗望京華。趙云：蓋長安上直北斗，號北斗城也。舊本南斗，非。聽猿實下三聲淚，見雨晴「有猿揮淚盡」注。奉使虛隨八月查。見「查上似張騫」注。畫省香爐違伏枕，見「遂阻雲臺宿」注。趙云：畫省，以粉畫之，謂之畫省。○初學記載應劭漢官儀曰：尚書郎入直臺廨中，給女侍史二人，執香爐燒薰以從入臺。違伏枕，則違去畫省香爐者，以伏枕之故也。山樓粉堞隱悲笳。堞，城堞也。粉，謂飾以堊土也。胡人卷蘆葉吹之以爲笳。趙云：指言白帝城也。請看石上藤蘿月，已映洲前蘆荻花。趙云：想像扁舟之景如此。北山移文云：秋桂遺風，春蘿罷月。

千家山郭靜朝暉，日日一作「一日」。江樓坐翠微。見「熊羆守翠微」注。趙云：樓在山間也。爾雅：山欲上〔日〕（曰）翠微，以其氣然也。信宿漁人還泛泛，趙云：詩：泛泛楊舟。清秋燕子故飛飛。趙云：江總別詩：黄鵠飛飛遠。匡衡抗疏功名薄，匡衡傳：有日蝕、地震之變，上問以政治得失。衡遂上疏，上悅其言。又：〔傳〕（傅）昭儀及子定陶王愛幸，寵於皇后、太子，衡復上疏。衡爲少傅，數年數上疏，陳便宜，言多法義，上以爲任公卿，由是爲御史大夫。劉向傳經心事違。劉向傳：會初立穀梁春秋，徵更生受穀梁，講論五經於石渠。更生後改名向。趙云：漢初立穀梁春秋，徵更生受穀梁，講論六經於石渠。公其心事欲如劉向之傳經于朝，而乃違背不偶也。同學少年多不賤，五陵衣馬自輕肥。又薛云：右按文選范彦龍贈張徐州詩：〔由〕〔田〕家採樵去，薄暮方來歸。還聞稚子説，有客款柴扉。儐從皆珠玳，裘馬悉輕肥。軒蓋照墟落，傳瑞生光輝。又劍騎何翩翩，長安五陵間云。**坡云**：劉嵩謂兒童曰：若等不見我同學少年皆衣錦食肉，若等不力學，復何爲終身之計耶？**趙云**：五陵衣馬，言貴公子也。○西都賦：北眺五陵。言長陵、安陵、陽陵、茂陵、平陵，高貴豪傑之家所居。舊引嚴陵與光武同學，何相干耶？

登高

風急天高猿嘯哀，宋玉云：天高而氣清。潘安仁：勁風淒急。渚清沙白鳥飛迴。無邊落木蕭蕭下，江賦：尋之無邊。楚詞：洞庭波兮木葉下。又：風颯颯兮木蕭蕭。不盡長江衮衮來。謂不舍晝夜，故云不盡。萬里悲秋常作客，宋玉悲秋。百年多病獨登臺。相如多病，卧於茂陵。艱難苦恨繁霜鬢，潦倒新停濁酒杯。嵇康曰：酒一盃，潦倒麄疏。

傷秋

林僻來人少，山長去鳥微。高秋收畫扇，一云「藏羽扇」。班姬詠扇詩：常恐秋風至，凉飇奪炎熱。棄捐篋笥中，恩情中道絶。久客掩柴扉。范彦龍云：有客款柴扉。懶慢頭時櫛，嵇康書：懶與慢相成。艱難帶減圍。謝惠連：腰帶准疇昔，卜知今是非。將軍思汗馬，見收京詩注。趙云：吐蕃未息。天子尚戎衣。見「社稷〔一〕一戎衣」注。白蔣風飈脆，殷檉曉夜稀。白蔣，茭草也。殷檉，檉柳也。何年減豺虎，似有故園歸。王仲宣七哀詩：西京亂無象，豺虎方遘患。南登灞陵岸，回首望長安。張孟陽七哀詩：季葉喪亂起，賊盜如豺虎。

悲秋

涼風動萬里，群盜尚縱橫。家遠傳一作「待」。書日，秋來爲客情。此二事皆情意之極者。愁窺高鳥過，高鳥，言東西南北猶得所適。老逐衆人行。老者尚爲衆人，亦悲時之不與也。始欲投三峽，何由見兩京？

薄遊

淅淅風生砌，謝惠連：淅淅振條風。團團月隱牆。班婕好：團圓似明月。遥空秋鴈滅，半嶺暮雲長。病葉多先墜，秋興：槁葉多隕。寒花只暫香。巴城添淚眼，今夕復清光。趙云：公以薄遊之無定，見月而添淚也。

揺落

揺落巫山暮，寒江東北流。煙塵多戰鼓，風浪少行舟。鵝費羲之墨，王羲之傳：羲之性愛鵝，會稽有孤居姥養一鵝，善鳴，求而未能得，遂携親友命駕就看。姥聞羲之將至，烹以待之，羲之歎惜彌日。又：山陰有道士養好鵝，羲之往看焉，意甚悦，因求市之。道士曰：爲寫黄庭經，當舉鵝相贈耳。羲之欣然寫畢，籠鵝而歸，甚以爲樂。貂餘季子裘。史記：蘇秦説〔季〕（李）兑，兑遺之黑貂裘。蘇秦游秦，秦不能用，於是貂裘色敝。趙云：戰國策：蘇秦仕趙，趙王負貂裘黄金使説秦，書十上，而説不行，黑貂之裘弊。今云貂餘季子裘，言貧如蘇子矣。長懷報明主，卧病復高秋。

季秋江村

喬木村墟古，坡云：孫陽云：重到潛溪，喬木蔽日，村墟故老無一存者。疏籬野蔓懸。青一作「素」。琴將暇日，趙云：言將琴往江村，當暇日也。白首望霜天。登俎黄柑重，鵩鵬賦：肉不登于俎味。支牀錦石圓。史龜策傳：南方老人用龜支牀足。遠遊雖寂寞，難見此山川。

大曆二年九月三十日

爲客無時了，悲秋向夕終。瘴餘夔子國，魚復，古夔子國。霜薄楚王宫。楚王遊蘭臺之宫。

草敵虚嵐翠，花禁冷葉紅。年年小摇落，不與故園同。坡云：同素塞上行云：八月嚴霜邊岸白，風光豈與故園同。陰鏗云：秦川風物異，不與故園同。

秋清

高秋蘇肺氣，白髮自能梳。藥餌憎加減，謝靈運詩：藥餌憎所止，衰疾忽在斯。門庭悶掃除。陳蕃不事一室，志掃除天下。杖藜還客拜，愛竹遣兒書。趙云：王子猷愛竹，凡遣兒書，則題字於竹上。十月江平穩，輕舟進所如。

秋盡

秋盡東行且未迴，茅齋寄在少城隈。蜀之張儀城也。趙云：公將往於東蜀矣，姑寄草堂〔放〕（於）成都也。少城，城内小城也。籬邊老却陶潛菊，陶潛詩：采菊東籬下，悠然見南山。江上徒逢袁紹盃。典略曰：劉松、袁紹於河朔，三伏之際，〔晝〕（晝）夜飲酒，至於無知，以避一時之暑，故河朔間有避暑之飲。雪嶺獨看西日落，趙云：西山謂之雪嶺。劍門猶阻一作「斷」。北人來。言京信尚阻。不辭萬里長爲客，懷抱何時得好開。

冬　古詩四首　律詩九首

前苦寒二首

漢時長安雪一丈，牛馬毛寒縮如蝟。芒刺也。**杜云**：西京雜記：漢元封二年，大雪深一丈，野中鳥獸皆死，牛馬踡縮如蝟。鮑明遠出自〔蒯〕（薊）北行：疾風衝塞起，沙礫自飛揚。牛馬縮如蝟，角弓不可張。楚江巫峽冰入懷，虎豹哀號又堪記。秦城老翁荆楊客，公杜陵人，乃秦地也。慣習炎蒸歲絺綌。玄冥祝融氣或交，手持白羽〔末〕（未）敢釋。**趙云**：以楚地多熱故也。白羽，以言扇矣。

去年白帝雪在山，今年白帝雪在地。凍埋蛟龍南浦縮，**趙云**：此言水涸少也。寒刮肌膚北風利。楚人四時皆麻衣，**趙云**：楚地多熱，故四時麻（衣），以雪爲訝也。楚天萬里無晶輝。三足之烏足恐斷，羲和迭送將安歸？言陰盛陽弱，日不能破群陰也。**坡云**：管寧久雪陰霾，謂友人曰：吾恐凍斷三足烏脚，寧不吾憂？人皆變色。**趙云**：淮南子曰：日中有踆烏。注云：踆，趾也。謂三足烏也。羲和，日御也，以雪而烏斷，則羲和馭日車失其所歸矣。〔昔〕（皆）以形容雪深之意也。

後苦寒二首

南紀巫廬瘴不絕，太古以來無尺雪。世説：南州謂之炎方，地常温無雪。蠻夷長老怨苦寒，崑崙天關凍應折。玄猿口噤不能嘯，白鵠翅垂眼流血。安得春泥補地裂？坡云：孔文舉語友人曰：今地軸輾然裂，安得東君汲海作泥而補之？晚來江門又云「間」。失大木，猛風中夜飛白屋。白屋，見甘林詩注。天兵斷斬青海戎，殺氣南行動坤軸，不爾苦寒何太酷。疑殺戮太過也。巴東之峽生凌澌。彼蒼迴斡人得知？

十月一日

有瘴非全歇，爲冬不亦難。趙云：時已十月矣，而瘴尚未全歇，所以爲冬候之難也。夜郎溪日暖，夜郎，西南夷也。犍爲有夜郎溪。白帝峽風寒。蒸裹如千室，後漢贊：一夫得情，千室鳴絃。峽俗以蒸裹爲節物。焦糟一作「糖」。幸一柈。又薛云：右按元微之詩：雜蓴多剖鱔，和黍半蒸菰。此與蒸裹無異燒糟，皆荆楚人所食者。柈，與盤同。又抱朴子曰：土柈瓦胾，無救朝飢。趙云：以糖爲止。蒸裹、焦糖，皆十月一日之事。如此一柈，史多用此，按字書，乃俗槃字之真者也。兹辰南國重，舊俗自相歡。

○柈。薄官反。

初冬

垂老戎衣窄，垂老，臨老也。戎衣窄，爲作簽軍謀。歸休寒色深。趙云：時方戍屯，以防吐蕃。漁舟上急水，獵火著高林。日有習池醉，趙云：陪嚴公出也。山簡在襄陽，習氏有佳園池，簡日醉焉。愁來梁甫吟。見得兼梁甫吟注。趙云：公以諸葛亮自比也。干戈未偃息，出處遂何心。

孟冬

殊俗還多事，趙云：公中原人，而流落巴夔，故指爲殊俗（巴）（也）。方冬變所爲。破甘霜落爪，嘗稻雪翻匙。巫岫寒都薄，趙云：楚地煖故也。烏蠻一作「黔溪」。瘴遠隨。終然減灘瀨，暫喜息蛟螭。南都賦：憚夔龍兮布蛟螭。又云：或藏蛟螭。趙云：水盛滿則蛟螭横。既冬，則水日落，可以暫息蛟螭之憂也。

至節後

冬至至後日初長，周禮：冬至，日在牽牛，影長一丈三尺；夏至，日在東井，影尺有五寸。長短之至也。晉魏間，宫中以紅線量日影，至後添長一線。趙云：漢時宫中繡工以線量日影，冬至後添一線也。舊注所引周禮,乃是立表〔來〕(求)地中之説,非此也。遠在劍南思洛陽。青袍白馬有何意,公〔上〕(止)服九品服爾。金谷銅駞非故鄉。金谷園、銅駞陌,皆蜀中故事。梅花欲開不自覺,棣蕚一別永相望。棣蕚,猶兄弟也。公前有詩云:干戈猶未定,弟妹各何之。愁極本憑詩遣興,詩成吟詠轉凄涼。坡云:庾子山云:本託詩遣興,詩成反使旅思凄涼。

冬深 一云「即日」。

花葉隨天意,江溪共石根。早霞隨類一作「淚」。影,趙云:言其變態不常,隨所類之影而呈現也。寒水各依一作「流」。痕。易下楊朱淚,楊朱泣岐路,謂其可以南可以北。趙云:公之流落困於岐路,故云爾。難招楚客魂。宋玉哀屈原憂愁山澤,魂魄飛散,其命將落,故作招魂,欲以復其精神,延其年壽,外陳四方之惡,内崇楚國之美,以諷于君。風濤暮不穩,趙云:古詩:風濤暮不止,幾日到瀟湘?趙云:公欲南下,以歲暮而未成行也。捨棹宿誰門?

十二月一日三首

今朝臘月春意動,雲安縣前江可憐。一聲何處送書鴈,百丈誰家上水舡?坡云:古離别曲：百丈牽舡上水遲，郎去瞿塘幾日歸。鍾會呼挽舡索爲百丈，今舟子皆呼之爲實故事。趙云：百丈者，牽舡篾，内地謂之〔宣〕（笪），音彈。未將梅蘂驚愁眼，更取椒花媚遠天。明光起草人所羨，肺病幾時朝日邊。明光，殿名也。漢王商借明光殿起草作制誥也。相如病肺，多渴，遂卧疾于茂陵。趙云：晉明帝云：只聞人自長安來，不聞人自日邊來。其後人遂以日邊爲帝都。

寒輕市上山煙碧，日滿樓前江霧黄。負鹽出井此溪女，打鼓發舡何郡郎。新亭舉目風景切，茂陵著書消渴長。趙云：晉王導傳：洛京傾覆，中州士人避亂江左十六七，每至暇日，邀出新亭飲宴。周顗中坐而嘆曰：風景不殊，舉目有江山之異。皆相視流涕。惟導愀然變色曰：當共戮力剋復神州，何至相對作楚囚泣耶！衆收淚而謝。茂陵著書乃司馬相如事。春花不愁不爛熳，楚客唯聽棹相將。

即看燕子入山扉，豈有黄鶯歷翠微。短短桃花臨水岸，輕輕柳絮點人衣。坡云：張麗華遊園，有柳絮點衣，謂後主：何能點人衣？〔玉〕（王）曰：輕薄物〔誠〕（試）卿意也。笑而不答。趙云：十二月一日作詩，而有燕子桃花之類，何也？此義在末句所謂他日一盃難强進者也。此蓋逆道其事耳。春來準擬開懷久，老去親知見面稀。他日一盃難强進，重嗟筋力故山違。

歲暮

歲暮遠爲客，邊隅還用兵。煙塵犯雪嶺，煙塵，兵氛也。趙云：此篇全言吐蕃之亂也。西山近接維松，上有積雪，經夏不消，人謂之雪山也。鼓角動江城。天地日流血，謂多戰鬬。朝廷誰請纓？終軍願請長纓以係狂虜。濟時敢愛死，寂寞壯心驚。趙云：公自悼其有濟時之志，而壯心已消故也。

門類增廣十注杜工部詩集卷第六

門類增廣集注杜詩（殘本）

門類增廣集注杜詩卷第八

皇族世冑附　古詩三首　律詩九首

哀王孫前漢：韓信至城下釣。有一漂母哀之，飯信，竟至數十日。信謂漂母曰：吾必重報。母怒曰：大丈夫不能自食，吾哀王孫而進食，豈望報乎？王孫，如言公子也。王深父云：安禄山驚潼關，玄宗倉卒西幸，諸嗣王及公主之在外者皆不及從。其後多爲禄山所屠，鮮有脱者。此詩記之哀之。嗚呼！以四海之廣、人帝之尊，念〔閏〕（罔）終則辱其子孫如此，豈孟子所謂以其所不愛及其所愛者歟！

長安城頭頭白烏，坡云：陳伯辨云：烏有數種，〔烏〕（慈）烏比他烏微小，反哺之聲可聽，大喙及白頭者皆不能反哺。然不謂之孝烏，謂之慈烏者，蓋受哺之際，乃其母作聲，張口摇翅如母哺子狀，亦其母慈所致。或謂頭字當作頸，蓋烏無頭白者。**夜飛延秋門上呼。**坡云：神堯初得天下，夜有鳴鵲數百皆集延秋西門，呼鳴至夜分方散。**又向**一作「來」。**人家啄大屋，屋底達官走**唐書：木稼達官（怕）。**避胡。**趙云：白烏之號，不祥也。天寶十五載，禄山陷潼關。明皇幸蜀，從延秋門出，烏飛號於門上，暗言乘□（輿）之出也。乘輿既出矣，公卿寧不逃避邪？金鞭斷折九馬死，骨肉不待同馳驅。□□（腰下）寶玦青珊瑚，左傳：晉侯佩大子以金玦。可憐王孫泣路隅。問之不肯□□（道姓）名，坡云：陳遺過武功道中，逢異人曰：子先辱後榮。遺與語答問，俱□（有）理。遺怪而問姓名、居住，不答，乃長揖下路，入竹林中，不知所之。□□（但道）困苦乞爲奴。趙云：齊建安王子真（彼）（被）誅，入床下，叩頭乞爲奴贖死，不從。已經百日竄荆棘，□□（身上）無有完肌膚。高帝子孫盡高準，龍種自與常人殊。漢高□（祖）□□（爲人）隆準□□□（而龍顔）。服虔曰：準，音拙。應劭注曰：隆，高也；準，頰權準也。李斐曰：準，鼻也。文穎曰：□□□（音準的）之準。晉灼曰：戰國策云：眉目準（類）（頞）權衡。史記：秦始皇蜂目長準。李説文音□□（是也）。趙云：隋文帝子勇，勇子儼，雲昭訓所生，乃雲定興女。文帝喜曰：皇太孫何謂生不得其地？定興奏曰：天生龍種，所以因雲而出。豺狼在邑龍在野，王孫善保千金軀。易：龍戰于野。讖：四夷雲集龍鬬野，千金之子坐不垂堂。趙云：倣陸士衡：願保金石軀。而千金軀字又用沈約雜詩：坐喪千金軀。不敢長語臨交衢，且爲王孫立斯須。周禮疏云：舞交衢。文選：白骨交衢。崔豹古今注：大路交衢，悉施華衣。昨夜東一作「秦」。風吹血腥，東來橐駞滿舊都。師古曰：橐駞，言能負囊橐而馱物也。史思明傳：禄山陷兩京，以駝運兩京御府珍寶於范陽，不知紀極。鮑云：東來橐駞，謂賊自東都進也；

舊都，謂長安也。朔方健兒好身手，昔何勇鋭今何愚。世説：〔桓〕（祖）車騎過江時，公私儉薄，自使健兒鼓行劫鈔。竊聞太子已傳位，明皇傳位于肅宗。聖德北服南單于。坡云：霍光曰：聖德北服單于，南化蠻貊，民俗淳厚，士各守職。花門剺面請雪恥，時回紇助順。慎勿出口他人狙。後漢：耿秉卒，匈奴聞之，舉國號哭，或至剺面流血。剺，即剺字。剺，割也，古通用。哀哉王孫慎勿疏，五陵佳氣無時無。漢書曰：高帝葬長陵，惠帝葬安陵，景帝葬陽陵，武帝葬茂陵，昭帝葬平陵，謂之五陵。選：北眺五陵。趙云：後漢：〔王〕（蘇）伯阿望春陵城，曰：氣佳哉！鬱鬱葱葱。公之願本朝興復如此。

奉贈李八丈判官曛

我丈時英特，宗枝神堯後。神堯，唐高祖也。珊瑚市則無，珊瑚，至珍也，非市中所有之物。騄驥人得有。孔子言，驥不稱其力，稱其德也。故在人則有之。○趙云：騄耳與騏驥，穆天子八駿中有之，故云人得有。早年見標格，秀氣衝星斗。劍埋没於酆城，而氣衝星斗之間，言不可掩也。事業富清機，坡云：曹顔遠思友詩：精義測神奥，清機發妙理。官曹正獨守。頃來樹嘉政，皆已傳衆口。艱難體貴安，趙云：當艱難而爲政不擾其人，體貴在安静。冗長吾敢取。言於艱難之際，能脱略細務也。薛云：右按文選文賦，文同無取乎冗長。坡云：漢文帝：冗長中似人者亦可采取。趙云：凡物之剩者爲冗長。

長，去聲。○陸機文賦，今言爲政本分之外，其如物之冗長者，吾不取之。吾字，李丈自言也。**區區猶歷試，炯炯更持久。討論實解頤，操割紛應手。**前漢匡衡曰：匡説詩，解人頤。注：使人笑不能止也。**趙云：**莊子：得之於心，應之於手。**篋書積諷諫，宮闕限奔走。**限，值□（也）。□（值）天子播遷也。**趙云：**雖有諫書之多，積滿朝篋，而身則限不能造宮闕也，亦詩曰駿奔走。舊注非。**入幕未展材，**一作「懷□□□（幕〔府〕）也。**薛云：**□□□□（右按晉史），郄超在桓温幕下，謝安在外望見超，曰：郄生可謂是入幕之賓也。**秉鈞孰爲偶。**鈞，鈞衡也。詩：秉國之鈞。言作相。**□□（所親）問淹泊，趙云：**公自謂傳云愛其所親也。楚辭王逸注曰：泊，止也。薄，與泊同。**泛愛惜衰朽。趙云：**□□□□□（論語：泛愛衆）。□□□（如殷仲）文云：廣筵散泛愛，遂以爲朋友之呼矣。**垂白亂南翁，委身希北叟。**馬融傳論：得□□□（北叟之）後福。淮南子：□□□（北叟失）馬，人皆吊之。北叟曰：此何詎不爲福？居數月，其馬將駿馬而歸，人皆賀之。□□（對曰）：此何詎不爲禍？家富馬良，其子好騎，墮而折髀，人皆吊之。對曰：此何詎不爲□（福）？居數年，胡夷大入，丁壯者皆控弦而戰，塞上之人死者十九，此獨以跛之故，□（父）子相保也。**趙云：**前漢項籍〔泛〕（傳）：范增説項梁云，南公稱曰楚雖三户，亡秦必楚。□（注）云：南公，南方之老人也。○北叟，出班固幽通賦，云：北叟頗識其倚伏。則指塞上之父爲北叟也。舊注引淮南子，遂輒塞上之人爲北叟，不知事則用淮南子塞翁失馬，而字則班固也。**真成窮轍鮒，**轍中之鮒呼莊周，求斗水之活。**或似喪家狗。**

孔子世家：纍纍如喪家狗。秋枯洞庭石，風颯長沙柳。高興激荆衡，知音爲回首。趙云：水落石出，所以爲枯也。洞庭、長沙、荆與衡，皆相連之地。

○潏。音决。

别李義 公自言杜與李同出於陶唐氏，故此詩言「余亦忝諸孫」也。詩云中外貴賤殊，乃與義爲表昆弟，非李、杜同出陶唐氏。

神堯十八子，十七王其門。道國洎舒國，實惟親弟昆。唐高祖二十二子，而此止云十七王其門，未詳也。道王名元慶，第十六子也。舒王元名，第十八子也。鮑云：高祖二十二子，道王元慶、舒王元名、衛懷王玄霸、楚哀王智雲皆先薨，太子建成、巢王元吉以事誅，詔除籍，故止言十八。太宗有天下，故有十七子封王也。中外貴賤殊，余亦忝諸孫。趙云：神堯，唐高祖也。按史有二十二子，而今詩云十八子邪？學者尚疑之。道〔名〕（王）元慶，第十六子也，舒王元名，第十八子。詳味詩意，則李義者，道國之裔孫，而公則舒國後裔之外孫也。舊注云公自言杜與李同出於陶唐氏，是何夢語！丈人嗣王業，唐制，諸子襲封者謂之嗣王。○趙云：丈人，指言李義之父也。嗣王業，則繼嗣前王之業也。舊注云襲封謂之嗣王。其説誤矣。之子白玉温。趙云：〔宿〕（稱）李義也，謂其温如玉也。道國繼德業，請從丈人論。趙云：申言丈人乃道國之後，其能繼其德業者，請從李義之父言之也。丈人領宗卿，宗正卿也。肅穆古制敦。先朝納諫諍，直氣橫乾坤。子建文筆壯，河間經術存。曹子建能文，漢河間王能明於經術，獻禮樂，建三雝之教。趙云：子建，魏陳留王曹植也，能文章；漢景帝子河間獻王德也，明於經術。以此言李義之父。温克富詩禮，骨清慮不喧。洗然遇知己，談論淮湖奔。言談論鋒起，若淮湖奔注，不可涯涘也。坡云：梁衡曰，見王戎談論如淮湖傾注，原流莫可擬此而測掩也。憶惜初見時，小襦一作「孺」。繡芳蓀。文選：芳蓀紫綺爲上襦。襦，袴也。○趙云：自「經術存」而下皆言李義。襦，矩衣也。○賈誼過秦論云：寒者利短褐。注曰：一作短，小襦也。舊注妄添選五言詩爲七字云：芳蓀紫綺爲上〔儒〕(襦)。何輒附會如此。長成忽會面，慰我久疾魂。三峽春冬交，江山雲霧昏。正宜且聚集，恨此當離罇。莫怪執盃遲，我衰涕唾煩。王仲宣：愬盃行遲。解嘲：涕□(唾)流珠沫。○趙云：舉盃，〔西〕(而)我獨執之遲，蓋以涕唾煩故也。舊注引〔伹〕(但)訝盃行遲，却是訴主人行盃之遲耳，何干此義？重問子何之，西上岷江源。順流爲沿，逆流爲泝。自夔入蜀，泝流也，故曰西上。願子少干謁，蜀都足戎軒。誤失將□□(帥意)，不如親故恩。甫幾不能脱嚴武之暴，又爲郭英乂所不容，有是句。少年早歸來，梅花□□(已飛)翻。趙云：王粲四言詩曰：苟非鴻鵠，孰能飛翻。努力慎風水，言世若風波也。趙云：舟行之所當慎也。豈惟數盤飧。古詩所謂加飧食也。猛虎卧在岸，蛟螭出無痕。言所在皆害人者也。此皆譏時。王子自愛惜，老夫困石根。生別古所嗟，發聲爲爾吞。王子，稱李義也。困石根，言不得其地也。吞聲，言聲出而復吞也。

贈特進汝陽王二十韻 舊注：王名僎，天寶中封爲王，秘書監同正〔貪〕（員），父棣王琰。琰，玄宗第四子也。琰妃韋氏，少師之女也。新注：按唐史，讓帝長子璡，封汝陽，位特進。僎位秘書監。此詩乃贈璡，非僎也。璡，已見八哀詩云。**鮑云**：璡，讓皇帝子。新史書贈太子太師，不書特進，失之。舊史言〔小〕（加）特進贈太子太師，與公詩合。○**趙云**：公八哀詩太子太師汝陽王璡曰：汝陽，讓帝子。而舊注又以此爲棣王琰之子，何自眩惑也。此詩在八哀詩所贈之先，蓋其特進時耳。特進，正二品，而太子太師從一品也。

特進群公表，漢官儀曰：諸侯功德優盛，朝廷所敬異者，賜位特進，在三公下。特進，漢官也，三漢及魏晉以加官。表，儀表也。天人夙德升。邯鄲淳見曹植才卞，歸，對其所知歎植之才，謂之天人。夙，早也。霜蹄千里駿，武帝謂劉德爲千里駒。師古曰：其所言若駿馬，可致千里也。風翮九霄鵬。莊子：鵬怒而飛，其翼若垂天之雲，搏扶搖而上者九萬里。服禮求毫髮，僖二十三年傳：服於有禮，社稷之衛。**趙云**：言於禮無纖毫〔運〕（違）背。推忠忘寢興。聖情常有眷，朝退若無憑。不挾貴也。仙醴求浮蟻，醴，一作「醞」。師古曰：醞，甘酒也，少麴多米，一宿而熟，不齊之。漢書：楚元王敬禮申公，穆生不嗜酒，王每置酒，嘗爲穆生致〔酒〕（醴）。曹子建七啓云：浮蟻鼎沸，酷烈馨香。奇毛或賜鷹。坡云：隋文帝賜楊素白花角鷹。清關塵不雜，會稽典録：丁寬門無雜賓。劉孝標論不雜風塵也。中使日相乘。吴志朱然傳：中使〔曰〕（日）食之物相望於道。晚節嬉游簡，不以嬉遊爲務也。平居孝義稱。自多親棣萼，友愛兄弟也。誰敢問山陵？後漢東平王蒼傳：帝欲爲原陵、顯節陵起縣邑，蒼聞之，遽上疏諫。帝從而止，自是朝廷每有疑故，輒以驛使諮問，蒼於是悉心以對，皆見納用。學業醇儒富，賈山涉獵書記，不能爲醇儒。醇者不雜。辭華哲匠能。殷仲文詩：哲匠感蕭辰。筆飛鸞聳立，章罷鳳騫騰。羡其書翰也。精理通談笑，雖談笑皆精於理道。忘形向友朋。不驕也。寸腸堪繾綣，寸腸，取必也。一諾豈驕矜。一諾，見鄭諫議詩注。已忝歸曹植，見「天人夙德升」注。何知對李膺。後漢杜密傳：黨錮事起，密與李膺俱坐，而名行相次，故時人亦稱李杜。前有李固、杜喬，故言亦也。范滂母曰：汝得與李、杜齊名，死亦何恨？謂膺、密也。子美對汝陽謙辭也。招要□□（恩屢）至，崇重力難勝。子美自言雖蒙招要之恩，而禮意崇重，非力所能勝也。披霧初歡夕，□□□□□□□□（衛瓘見樂廣，曰：見此）人，瑩然若披雲霧而覩青天也。高秋爽氣澄。樽罍臨極浦，鳧鴈宿張□（燈）。□（花）月窮遊宴，炎天避鬱蒸。猶河朔避暑之會。硯寒金□□（井水），荆州□（記）：□□□（益陽有）金井□□（數百），□□（古老）傳，金人以杖撞地，輒成井。**簷動玉壺冰。**鮑明遠：清如玉壺冰。**瓢飲唯三逕，**顏回一瓢，蔣許三逕。**□□（巖棲）異一塍。**謝靈運詩：棲巖挹飛泉。百層，高絶也。**謬持蠡測海，**東方朔論曰：以管闚天，□□□（以蠡測）海。張晏曰：蠡，瓠瓢也。師古□（曰）：□（蠡），音來戈反。**況挹酒如澠。**昭十二年傳：晉侯與齊宴，中行穆子相。投壺，晉侯先。穆子曰：有酒如淮，有肉如坻，寡君中此，爲諸侯師。中之。齊侯舉矢，曰：有酒如澠，有肉如陵，寡人中此，與君代興。亦中之。**鴻寶全寧秘，**劉向傳：上復興神仙方術之事，而淮南有枕中鴻寶苑秘書。師古曰：鴻寶苑秘書，並道術篇名，藏在枕中，存録之不漏泄也。**丹梯庶可陵。**謝玄暉敬亭山詩：要欲追奇趣，即此陵丹梯。**淮王門有客，**一作「門下客」。淮南王安之善屬文，天下方術之士多往歸焉。於是遂與蘇飛、李〔向〕（尚）、左〔昊〕（吳）、田由、雷被、晉昌時等八人及諸儒大山、小山之徒，共講論道德，總統仁義，而著鴻烈解也。**終不媿孫登。**晉隱逸孫登傳：初，楊駿徵高士孫登，遺以布〔破〕（被）。登截被於門，大呼曰：斫斫刺刺。後果如其言。登傳云：好讀易，嘗撫一弦琴，見者皆親樂之。〔黎余〕（嵇康）幽憤詩曰：昔慚柳下，今愧孫登。

奉漢中王手札

國有乾坤大，王今叔父尊。王，讓皇帝之子，代宗之叔父也。**剖符來蜀道，**見將赴成都草堂詩注。**歸蓋取荊門。**夷陵有荊門山，其狀如闕然。**趙云**：由荊門軍〔州鹿〕（出陸）而往矣。謂之取者，取道之取也。**峽險通舟過，江長注海奔。主人留上客，避暑得名園。****趙云**：在塗中借名（園）以過夏也。主人，指爲郡之人。**前後緘書報，分明饌玉恩。天雲浮絕壁，風竹在華軒。****王云**：觀絕壁之天雲，對華軒之風竹。言〔主〕（王）名園中如此也。**已覺良宵永，何看駭浪翻。**海賦：驚浪雷奔，駭水迸集。鮑明遠：翻浪揚白鷗。○**趙云**：言時已秋矣，而風水稍定，不復見浪之可駭也。**入期朱邸雪，**唐制，諸侯各置邸京師，故有邸吏。朱邸，言邸有朱户。以冬爲入期，故言雪。謝玄暉：朱邸方開效，蓬心於秋寔。**趙云**：以雪爲期而至京也，言制諸侯各置邸京師。朱邸，言邸以朱户故也。**朝旁紫微垣。**晉志：紫宫垣，一曰紫微，大帝之坐，天子之所居也。**枚乘文章老，**西京雜記：枚乘文章敏疾，長卿制作淹遲，皆盡一時之譽。而長卿温麗，枚乘時有累句，故知疾行無善迹矣。楊子曰：軍旅之際，戎馬之間，飛書馳檄，用枚乘；廊廟之下，朝廷之中，高文典册，用相如。**趙云**：梁孝王時，枚乘在諸文士之間年最高。舊注所引，失公本意。**河間禮樂存。**景十三王：河間獻王德，武帝時來朝獻雅樂，對三雍〔客〕（宫），又立博士，修禮樂，被服儒術。**悲秋宋玉宅，**哀江南賦：誅茅宋玉之宅。**王云**：宋玉宅在歸州。言王在歸州，又如悲秋之宋玉也。**失路武陵源。**見「如逢武陵路」詩注。**淹薄俱崖口，東西異石根。夷音迷咫尺，**楚俗語言多夷音。**鬼物傍**一作「倚」。**黄昏。**蕪城賦：木魅山鬼，昏見晨趨。**犬馬誠爲戀，**曹子建表：不勝犬馬戀主之情。史記：丞相翟青曰：臣不勝犬馬之心。王云：公又言其有懷君之心。狐狸不足論。張綱傳：豺狼□(當)路，安問狐狸？□(從)容草奏罷，宿昔奉清罇。王云：此言漢中王爲上草奏，既罷，當奉飲宴，蓋其清罇已在昔日如此矣。

戲題寄上漢中王三首 時王在梓州。初，王乃斷酒不飲，篇中有戲。

西漢親王子，王，讓皇帝之子，汝南王璡弟也。成都老客星。公自喻也。○王云：□□□□(如嚴陵與)光武同宿，史占客□□□□(星犯帝座)。百年雙白鬢，一別五愁一作「飛」。螢。五飛螢，則歲五換矣。忍斷杯中物，□□□□□□(張翰曰：使有身)後名，不如即時一盃酒。坡云：吳術好飲酒，因醉詬權貴，遂誡飲。阮宣□□(命飲)，術曰：近斷飲。宣以拳歐其背，曰：看看老逼癡漢，忍斷杯中物耶？抑而飲□(之)。□(秖)看座右銘。崔子玉有座右銘。○坡云：柳渾寫座右銘自誡，起坐皆書之，行卧亦看。不能隨皂蓋，見□(陪)王漢州遊房公西湖注。王云：皂蓋，指漢中王也。漢：二千石，朱轓皂蓋。自醉逐浮萍。

策杖時能出，杜云：吳越春秋載太王杖策去邠。王門異昔遊。謂其斷酒也。已知嗟不起，未許醉相留。蜀酒濃無敵，蜀都賦：醲以醥清，一醉累月。江魚美可求。蜀都賦：嘉魚出於丙穴。終思一酩酊，坡云：向秀曰：長安酒家多好事，兼酒味醇醲，甚思得與嵇中散一醉。净掃鴈池頭。廣漢郡有金鴈池，古老相傳云有金鴈一雙隱於此池，日出見其影也。○王云：此梓州詩，而舊注引漢州鴈水以證，豈干廣漢郡耶？○高嶠詩云：乘歡俯鴈池。則往時素有鴈池之名，於池可以泛指爲鴈池矣，以俟明識。

群盗無歸路，衰顏會遠方。尚憐詩警策，文賦云：立片言以居要，乃一篇之警策。西征賦：發〔闉卿〕(閿鄉)之警策。王云：梁鍾嶸作詩品曰：陳思贈吊、仲宣七哀、公幹思友、阮籍詠懷、靈運鄴中、士衡擬古，陶公詠貧之製，惠連搗衣之作，皆五言之警策者也。猶憶酒顛狂。魯衛彌尊重，漢中王兄弟俱領重鎮。徐陳略喪亡。魏文帝與王粲書云：徐、陳、應、劉，一時俱逝。何數年之間，零落略盡。趙云：言王賓客多喪。空餘枚一作「故」。叟在，應念早升堂。枚叟，公自喻也。○趙云：雪賦云：召鄒生，延枚叟。

戲作寄上漢中王二首王新誕明珠。

雲裏不聞雙鴈過，掌中貪見一珠新。三輔〔訣〕(決)録曰：孔融見韋〔乞〕(元)將，其父書曰：不意雙珠生於老蚌。○坡云：馬梵賀人有子曰：欣得掌中之一珠。趙云：幽明録：張華言入九館之人，所見癡龍，初一珠食之，天地齊壽。佛書云：如掌中之珠。秋風嫋嫋吹江漢，謝靈運：嫋嫋秋風過。湘夫人云：嫋(嫋)兮秋風。只在他鄉何處人。

謝安舟楫風還起，謝安嘗與孫綽等泛海，風起浪涌，諸人並懼，安吟嘯自若。舟人以安爲悦，猶去不止。風轉急，安徐曰：如此將何歸耶？舟人默然，即回。衆咸服其雅量。梁苑池臺雪欲飛。謝靈運雪賦：歲將暮，時既昏。寒風積，愁雲繁。梁王不悦，游於兔園。俄而微霰零，落雪下。杳杳東山携漢妓，謝靈運携妓游東。○**趙云**：戲言漢中王。謝安携妓東山之興，尚杳杳然。泠泠脩竹待王歸。**杜云**：脩竹，梁孝王園名也。續漢書：梁王兔園多植竹，即所謂脩竹園。地志云：孝王東苑方三百里，苑中有鴈(地)(池)、脩竹園。

衡州送李大夫七丈勉赴廣州

斧鉞下青冥，禮：賜斧鉞，然後殺。魏武九錫文：犯關干紀，罔不誅殛，是□□□(用錫公)斧鉞。**坡云**：何敬祖將軍新持斧鉞，總握虎符，自青□□□□(冥來鎮岷)隴。樓船過洞庭。漢武征南越，作樓船。北風隨爽氣，登樓賦：向北風而□□(開襟)。王子猷：西山致有爽氣。□(南)斗避文星。日月籠中鳥，潘安：池魚籠鳥。乾坤水上萍。王孫丈□□(人行)，匈奴云：漢天子，我丈人行。垂老見飄零。

送李卿曄

王子思歸日，長安已亂兵。趙云：王子，指李曄也。時有吐蕃之亂也。霑衣問行在，趙云：代宗車駕出幸陝也。走馬向承明。趙云：承明，漢殿名。暮景巴蜀僻，春風江漢清。晉山雖自棄，魏闕尚含情。趙云：按宣室志載，庶史有道士尹君者，隱晉山，不食粟，嘗餌柏葉，北門從事嚴綬敬事之。莊子言：身在江湖之上，心遊魏闕之下。

世胄　古詩四首　律詩二首

狄明府博濟

梁公曾孫我姨弟，狄仁傑封梁國公。母之妹妹之子曰姨弟。不見十年官濟濟。大賢之後竟陵遲，浩蕩古今同一體。比看伯叔四十人，有才無命百寮底。沉下位也。今者兄弟一百人，幾人卓絶秉周禮。閔元年，齊仲孫湫來省難。及還，公問：魯可取乎？對曰：魯秉周禮，未可動也。言猶守先王法度也。此詩言兄弟雖多，能守梁公之法幾人爾。在汝更用文章爲，長兄白眉復天啓。馬良兄弟五人並有才名，鄉里諺曰：馬氏五常，白眉最〔復〕（良）。良眉中有白毛，因以是爲稱。左氏：天將啓之。

汝門請從曾公説，梁公也。太后當朝多巧計。狄公執政在末年，濁河中不污清濟。言獨立於朝，不移於衆邪。○趙云：謝元暉始出尚書省詩：紛紛亂朝日，濁河污清濟。國嗣初將付諸武，公獨廷諍守丹陛。武后當朝，革唐爲周，欲以武三思爲（諸）（儲）貳。以問宰相，皆莫敢對，仁傑獨曰：臣每觀天下，未厭唐德。禁中册決詔房陵，房陵，中宗所在。前一作「滿」。朝長老皆流涕。狄仁傑傳：初，中宗在房陵，而吉頊、李昭德皆有匡復讜言，則天無復辭意。唯仁傑每從容奏對，事無不以子母恩情爲言。則天亦漸省悟，召還中宗。太宗社稷一朝正，漢官威儀重昭洗。后嘗夢雙陸不勝。仁傑對曰：雙陸不勝，無子也。因進説：文皇帝身陷鋒鏑而有天下，以傳子孫。陛下因監國掩而有之，又欲以三思爲後。且子母與姑姪孰親？若立三思，廟不祔姑。后感悟，即日迎中宗，復唐社稷。光武紀：人見司隸僚屬，皆歎喜不自勝。老吏或垂泣曰：不圖今日復見漢官威儀。時危始識不世才，坡云：楊脩謂曹適曰：時危始見不世之才，如孔文舉輩是也。誰政荼苦甘如薺。謝詩：防口猶寬（改）（政），食荼更如薺。汝曹□（又）宜裂土食，身使門户多旌棨。列土，一作「列鼎」。賢者之後宜有土。□□（趙云）：杜田引唐制，節度使就第賜旌□（節），□□（三品）以上門立戟。○後漢匈奴傳注曰：有衣之戟曰棨。胡爲飄泊岷漢間，干謁王侯□□□（頗歷詆）。詆，訐也。息夫躬歷詆漢朝公卿。況乃山高水有波，秋風蕭蕭露泥泥。□□□□（謝詩：凝露方泥）泥。虎之飢，下巉嵒；蛟之横，出清泚。早歸來，黄汙人衣眼

□（易）眯。

○泥泥。音禰。

送李校書二十六韻 鮑云：李舟也。國史補言：舟好事，與妹書曰：釋迦生中國，設教如周孔；周孔生西方，設教如釋迦。天堂無則已，有則君子生；地獄無則已，有則小人入。則其人可知。公故極稱道。

代北有豪鷹，生子毛盡赤。鍾、岱二山出鷹。趙云：譬李舟也。○晉孫楚鷹賦曰：有金剛之俊鳥，生井陘之巖阻。○隋魏彥深鷹賦曰：唯茲禽之化育，寔鍾山之所生。而今公言，亦此義也。渥洼騏驥兒，一作「種」。趙云：東方朔曰：騏驥、緑耳，天下良馬也。尤異是龍脊。一作「虎」。○趙云：爾雅曰：騮馬黄脊。李舟名父子，趙云：前漢蕭育傳：王鳳以育名人子，除爲功曹。清峻流輩伯。人間好妙年，不必須白晳。左傳：東門之晳，寔興我役。○趙云：左傳昭公二十六年：冉豎曰：有君子白晳鬒。十五富文史，十八足賓客。十九授校書，二十聲輝一作「燀」。赫。衆中每一見，使我潛動魄。自恐二男兒，辛勤養無益。乾元元一作「二」。年春，萬姓始安宅。乾元，肅宗時年號，始收復京師，民始安居。坡云：張湯：萬姓蘇息，始安厥宅。舟也衣綵衣，見「休覓綵（衣）輕」注。○見三十一卷宗武生日「綵衣輕」注〔一〕。趙云：列女傳：老萊子孝養二親，着五色綵衣，卧地爲小兒啼。**告我欲遠適。倚門固有望，斂衽就行役。**父曰：嗟予子行役。趙云：戰國策齊：王孫賈之母謂賈曰：汝朝出而晚來，則吾倚門而望；汝暮出而不還，則吾倚閭而望。○陶淵明勸農四言云：敢不斂衽。**南登吟白華，**白華：孝子之潔白。**已見楚山碧。**鮑明遠：雪端楚山見。○坡云：景差至蒲騷，見宋玉，曰：不意重見故人，慰此去國戀主之心。昨到夢澤，喜見楚山之碧，眼力頓明，今又會故人，閉目心足矣。**藹藹咸陽都，冠蓋日雲積。**張景陽：藹藹，言氣象也；咸陽，古雍郡也；冠蓋，士大夫也；雲積，言其多也。又古詩冠蓋陰四衢，西都賦冠蓋如雲也。**何時太夫人，**文帝紀：列侯妻稱夫人。列侯死，子復爲列侯，乃得稱太夫人。子不爲列侯，亦不得稱。**堂上會親戚。**潘安仁閑居賦：太夫人在堂。又云：席長筵，列孫子。陶淵明：悦親戚之情話。**汝翁草明光，**漢武帝紀：太初四年秋，起明光宫。師古曰：三輔黄圖〔云〕在城中。元后傳云：成都侯商避暑，借明光宫。凡掌制誥文字，謂之視草也。趙云：後漢：尚書郎含香握蘭，直宿於建禮門，奏事明光殿。下筆爲詔誥，出語爲誥令。在唐，則中書舍人也。○凡掌制誥，必有草，故謂之起草。**天子正前席。**見前詩注。**歸期豈爛漫，別意終感激。顧我蓬屋姿，**曹子建：顧念蓬室士，貧賤誠足憐。**謬通金門籍。**謝玄暉

〔一〕「三十一」，疑誤。

出尚書省詩：既通金閨籍。**小來習性懶，晚節**一作「歲」。**慵轉劇。**嵇叔夜絕交書：少加孤露，性復疏懶。又：懶與慢相成。**每愁悔吝作，如覺天地窄。羨君齒髮新，行己能夕惕。**易乾卦：夕惕若厲。**臨岐意頗□（切），對酒不能喫。****杜云**：李陵詩：對酒不能酬。**迴身視綠野，憯〔滲〕（慘）如荒澤。老鴈□（忍）春飢，哀號待枯麥。****趙云**：漢時謠：大麥青青小麥枯。**時哉□□（高飛）燕，絢練新□□（羽翮）。**老鴈，甫自喻也。時燕，喻李校書。**趙云**：赭白馬賦云：別輩超群，絢練敻絕〔句〕。絢練，疾也。**長雲濕褒斜，**西都賦：右□（界）□（褒）斜，隴陂之險。○**杜云**：後漢：順帝罷子午，道通褒斜路。褒斜，谷名。南谷名褒，北谷名斜，首尾七百里。鄭子真所耕在此谷口。斜，余遮反。**漢水饒巨石。無令軒車遲，**古詩：思君令人老，軒車來何遲。**趙云**：江文通詩云：海濱饒奇石。**衰疾悲宿昔。**

入奏行贈西山檢察使竇侍御。

竇侍御，驥之子，鳳之鶵。**杜云**：桓譚新論曰：善相馬者曰薛公，得馬，惡貌而正走，其名驥子。○又易林曰：鳳生五雛。**年未三十忠義俱，骨鯁絕代無。**唐李吉甫傳：君有骨鯁之忠臣。**趙云**：骨鯁者，剛正之謂。蓋〔因〕（肉）之有骨而魚之有〔便〕（鯁）。**烱如一段清冰出萬壑，置在迎風寒露之玉壺。**漢有迎風寒露之館。古詩：瑩若玉壺冰。言清徹也。**蔗漿歸廚金盌凍，**晉張協蔗賦曰：挫斯蔗以瘵渴，若漸醪而含〔密〕（蜜）。又薛云：右按前漢書禮樂志：〔秦〕（泰）尊柘漿。取甘柘汁以爲飲也。蔗與柘同也。趙云：宋玉招魂云：〔儒〕（濡）鼈〔妃〕（炮）羔有蔗漿。杜云：前漢禮樂志：景星歌：泰尊柘漿〔相〕（析）朝酲。注：取甘柘汁以爲飲，可以解酲也。柘，音蔗。舊注所引，似之而非。洗滌煩熱足以寧君軀。政一作「整」。用疏通合典則，戚聯豪貴躭文儒。兵革未息人未蘇，天子亦念西南隅。吐蕃憑陵氣頗麤，時吐蕃欲取成都爲東府。竇氏檢察應時須。運糧繩橋壯士喜，繩橋，以竹繩爲橋也。斬木火井窮猿呼。火井，地名。杜云：博物志曰：臨邛有火井，縱廣五尺，深十餘丈。諸葛丞相往觀後，火井益盛，以盆著井煮鹽，得孰。八州刺史思一戰，三城守邊却可圖。趙云：□□□（西山三）城也。此行入奏計未小，密奉聖旨恩宜殊。繡衣春當霄漢立，漢：繡衣御史。綵服日向庭闈趨。老萊綵服以娛親。杜云：束皙補亡詩：眷戀庭闈。省郎京尹必俯拾，坡云：薛光戲友人曰：古人云青紫可俯拾，吾令尹亦可俯拾。江花未落還成都。肯訪浣花老翁無？一云「公來肯訪浣花老」。爲君酤酒滿眼酤，與奴白飯馬青芻。又云：携酒肯訪浣花老，爲君着衫捋髭鬚。趙云：此雖不言主人，而待奴馬如此，則主人可知，與詩所謂言刈其楚、言抹其馬同意。秣，音末。

○盌。於卯。亦作椀。

徐卿二子歌

君不見徐卿二子生絶奇，感應吉夢相追隨。詩：吉夢惟何，惟熊惟羆。**趙云**：世説：孔文舉有二子，大者十歲，小者五歲。晝日父眠，小者牀頭盜酒飲之。大兒謂曰：何以不拜？答曰：偷，何行禮？此載年小而善語言也。孔子釋氏親抱送，並是天上麒麟兒。徐陵年數歲，家人携見寶誌上人。誌以手摩頂曰：天上石麒麟也。大兒九齡色清徹，楊子：吾家之童烏，九齡而與我玄文。**趙云**：禰衡有云：大兒孔文舉，小兒楊德祖。故公屢用也。秋水□(爲)神玉爲骨。**坡云**：司馬大子見王岳，謂客曰：此兒神如秋水而清□(徹)，□□□(骨如皓)玉之美秀。鳳雛爲雛，其文彩以彰矣。子美拾而用□(之)，□□□□(了無斤斧)痕，非子美亦不能用也。小兒五歲氣食牛，尸子：虎豹之駒，□□(雖未)成文，已有食牛之氣。滿堂賓客□□(皆迴)頭。謝希逸月賦：滿堂(交客)(變容)，回皇如失。吾知徐公百不憂，積善衮衮生公侯。□□□□(易：積善之)家。王濟曰：張華説史、漢，衮衮可聽。**趙云**：言其生不絶也。衮衮，乃不絶之義。丈夫生兒有如此二雛者，□(名)位豈肯卑微休！**趙云**：左傳：名位不同。○王充論衡自紀篇：位雖卑微，行苟離俗，必與之友。

贈虞十五司馬

遠師虞秘監，世南。今喜識玄孫。形象丹青逼，家聲器宇存。見「烜赫舊家聲」注。**坡**

云：龐統：要識家聲，先看器宇寬卑。**凄涼憐筆勢，浩蕩問辭源。****坡云**：江總詞源浩蕩，學海淵深。**爽氣金天豁，**王子猷：西山朝來，致有爽氣。**清談玉露繁。**董仲舒有玉杯、繁露。**佇鳴南嶽鳳，**劉公幹：鳳凰集南嶽，徘徊孤竹根。**欲化北溟鯤。**莊子：北海有魚名曰鯤，化爲大鵬。**交態知浮俗，****趙云**：鄭莊傳：翟公題門曰：一貧一富，乃知交態。**儒流不異門。**儒門流，同門異户。**過逢連客位，**沈休文詩：客位紫苔生。**日夜倒芳樽。沙岸風吹葉，雲江月上軒。**别賦：月上軒而飛光。**百年嗟已半，四座敢辭喧。書籍終相與，青山隔故園。****坡云**：南史：王筠，字元禮。沈約見筠文，咨嗟而歎曰：昔蔡伯喈見王仲宣，稱曰，王公之孫，吾家書籍悉當相與。僕雖不敏，請附斯言。餘見王粲本傳。

同豆盧峰貽主客李員外賢子（裴）（棐）知字韻

練金歐冶子，張景陽七命：楚之陽劍，歐冶所營。**噴玉大宛兒。****杜云**：穆天子東遊黄澤，使宫樂謡曰：黄之澤，其馬歕玉，皇人壽穀。又賈復顧兒謂弟曰：此吾宗大宛兒也，一日千里亦可。歕，與噴同。○**趙云**：兩句以美李員外，上句比之以劍，下句比之以爲大宛馬名也，引之以噴玉字。穆天子傳：其馬歕玉。**符綵高無敵，****杜田云**：曹子建七啓曰：符彩照燭。○魏文帝車渠椀賦：發符采而揚榮。**趙云**：傅玄乘輿馬賦曰：符采横發。大率言符光雜穆也。**聰明達所爲。夢蘭它日應，**左傳：鄭文公賤妾燕姞，夢天使與己蘭，曰：以爲是爾子。〔詩〕（以）蘭有國香，人服媚之。既而文公與之蘭而御之。辭曰：妾幸而有子，將不信，敢徵蘭乎！穆公名曰蘭也。**折桂早年知。**見「禮闈新折桂」注。**爛熳通經術，光芒刷羽儀。**沈休文湖中鴈詩：刷羽同摇漾。易：鴻漸于陸，其羽可用爲儀。**謝庭瞻不遠，**晉史：謝太傅諸子若芝蘭玉樹生於庭階。**潘省會於斯。**趙云：潘安仁云：〔寓〕（寓）直于散騎之省。今公乃工部員外郎，李乃主客員外郎，盧亦必官是省郎之人，相會於此。**唱和將雛曲，田翁號鹿皮。**見「漢世鹿皮翁」注。

宗族　古詩六首　律詩三十二首

狂歌行贈四兄

與兄行年校一歲，賢者是兄愚者弟。兄將富貴等浮雲，弟切功名好權勢。長安秋雨十日泥，我曹鞴馬聽晨□（鷄）。公卿朱門未開鎖，我曹已到肩相齊。吾兄睡稱方舒□（膝），不襪不巾踏曉日。男啼女哭莫我知，身上須繒腹中實。今年思我來嘉州，嘉州酒重花繞樓。樓頭喫酒樓下卧，長歌短詠還相酬。四時八節還拘禮，女拜弟妻男拜弟。幅巾鞶帶不掛身，頭脂足垢何曾洗。杜云：南史：陰子春，字幼文，身脂垢汗，脚數年一洗。言每洗則失財敗事，云在梁州因洗足致梁州敗。子美云足垢何曾洗，則〔文〕〔又〕甚於數年一洗者矣。吾兄吾兄巢許倫，一生喜怒長任真。日斜枕肘寢已熟，啾啾唧唧何爲人？

遣興二首

干戈猶未定，弟妹各何之。言避亂奔散，不知其所適。拭淚霑襟血，梳頭滿面絲。趙云：以思憶而痛悼之極。地卑荒野大，天遠暮江遲。衰疾那能久，應無見汝期。一作「時」。坡云：〔都〕〔鄧〕廪送子南遷，執手悵恨久之，語曰：汝去萬里，吾殘喘如桑榆末景，應無再見汝時，宜自勉力。

我今日夜憂，諸弟各異方。不知死與生，何況道路長。蘇武詩：良友遠别離，各在天一方。山海隔中州，相去悠且長。古詩：相去萬餘里，各在天一涯。道路阻且長，會面安可知。避寇一分散，飢寒永相望。豈無柴門歸？欲出畏虎狼。仰看雲中鴈，禽鳥亦有行。傅休奕：仰觀南鴈翔。

得舍弟消息

風吹紫荆樹，色與春庭暮。花落辭故枝，風回反無處。周景式孝子傳曰：古有兄弟，忿欲分異。出門見三荆同株，接葉連陰，歎曰：木猶欣聚，况我而殊哉？又：田真兄弟欲分，其夜，庭前三荆便枯。兄弟歎之，却合，樹還榮茂。**骨肉恩書重，漂泊難相遇。猶有淚成河，經天復東注。**世說：人問顧長康哭桓宣武之狀如何？曰：鼻如廣漢風，眼如懸河決，聲如振雷破山，淚如傾河注海。

醉歌行

陸機二十作文賦，汝更小年能綴文。晉陸機，字士衡，作文賦，序云：余每觀才士之作，竊有以得其心。夫其放言遣辭，良多變矣，妍蚩好惡，可得而言。每自屬文，尤見其情，恒患意不稱物，文不逮意，蓋非知之難，能之難也。故作文賦以述先士之盛藻，作文之利害。**總角草書又神速，世上兒子徒紛紛。**詩甫田：總角丱兮。三十國春秋：封秀□□（總角）知名。衛玠總角乘羊車入市。**趙云：**草書以遲爲工，所謂怱怱不及草書是也；以速爲神，所謂一筆變化書是也。**驊騮作駒□□（已汗）血，鷙鳥舉翮連青雲。**汗血事見上。鷙鳥累百，不如一鶚。**詞源**一作「賦」。**倒流三峽□（水），**□□（海賦）：吹嘘則百川倒流。枚叔七發曰：江水逆流，海水上潮。**杜云：**隋藝文傳曰：□□□（筆有餘）力，詞無竭源。荆州記曰：巴陵楚地有三峽。峽程記曰：三峽者，即明月峽、□□□（巫山峽）、廣澤峽，其瞿唐、灩〔傾〕（澦）之類，不係三峽之數。倒流三峽水，謂詞泉壯健，可□□□（以衝激）三峽之水，使之倒流也。**趙云：**詞源、筆陣，以比其文之敏。三峽之水最迅，而□□（詞源）可使之倒流，詩人誇張之辭爾。詞言源，則隋藝文傳筆有餘力，詞無竭源；筆言陣，則如王羲之論字爲筆陣圖也。**筆陣獨掃千□(人)軍。**杜云：王羲之筆陣圖云：紙者，陣也；筆者，刃稍也；墨者，鍪甲也；硯者，城池；本領者，將軍也；心意者，副將也。掃千人軍，謂用筆之快利也。**只今年纔十六七，射策君門期第一。**前漢：蕭望之以射策甲〔利〕(科)爲郎。師古曰：射策者，謂爲問難疑義，書之於策，量其大小署爲甲乙之科，列而置之，不使彰顯。有欲射者，隨其所取得而擇之，以知優劣。射之言投射也。對策者，顯問以政事經義，〔今〕(令)各對之，而觀其文辭定高下也。後漢：劉淑五府辟不就，帝(令)與詣京師，不得已而對策第一。**舊穿楊葉真自知，**史周本紀：蘇厲説白起曰：楚有養由基者，善射者也。去柳葉百步而射之，百發而百中之，左右觀者數千人，皆曰善射。有一夫立其旁曰：可教射矣。養由基怒，釋弓〔搤〕(扼)劍曰：客安能教我射乎？客曰：非吾能教子支左詘右也。夫去柳葉百步而射之，百發百中之不以善息，少焉氣衰力倦，弓撥矢鉤，一發不中者，百發盡廢。枚乘諫吴王書曰：養由基，楚之善〔將〕(射)者，去楊葉百步，而發百中。楊葉之大，加百中焉，可謂善射矣。然其所止，乃百步之内耳，比於臣乘，未知操弓持矢也。劉向説苑亦云。**暫蹶霜蹄未爲失。**莊子：馬蹄可以踐霜雪。王褒聖主得賢臣頌：過都越國，蹶如歷塊。**偶然擢秀非難取，會是排風有毛質。**趙云：上句言〔利〕(科)舉一日之長，搴擢英秀亦偶然爾，〔步〕(非)難取也。而從姪之不中第，何哉？然會當是時排擊風露，蓋以其終有連雲之毛質焉。此慰唁之，且復有譏誚也。出鮑明遠書，言水族之狀，曰〔俗〕(浴)雨排風。**汝身已見唾成珠，**〔壯〕(莊)子秋水篇：蚿謂夔曰：子不見夫唾者乎？噴則大者如珠，小者如霧，雜而下者不可勝數。坡云：江淹謂郭鞏曰：子之咳唾成珠玉，吐氣作虹蜺，非碌碌儔比也。**又薛云**：右按後漢趙〔一〕（壹）傳：咳唾成珠玉。**杜云**：後：趙〔一〕（壹）歌曰：勢家多所宜，咳唾自成珠。被褐懷金玉，蘭蕙化爲蒭。**趙云**：選詩：咳唾自成珠。公之詩意，言其姪開口成文如珠耳。**汝伯何由髮如漆？春光淡沲秦東亭，渚蒲牙白水荇青。**梁江淹石上菖蒲詩：發步遵汀渚。詩：參差荇菜。釋云：荇，接余也。陸機云：浮在水上，根在水底。梁簡文帝晚春詩：渚蒲變新節。**坡云**：蘇恭云：萍有三種，大者曰蘋，中者荇〔采〕（菜），小者水上浮萍。**趙云**：沲，音待可切。蒲才有牙而白，荇在水而青。指東亭春景而言耳。○盧思道云：緑葉參差映水荇。**風吹客衣日杲杲，**衛詩伯兮：其雨其雨，杲杲出日。**樹攪離思花冥冥。**楚詞山鬼：雷填填兮雨冥冥。**坡云**：焦光、仲遜共遊陸渾，時春和景妍。遜謂光曰：何冥冥花樹攪人離思也。**酒盡沙頭雙玉瓶，衆賓已醉我獨醒。**漁人：屈原曰：舉世皆濁，惟我獨清；衆人皆醉，惟我獨醒。是以見放也。**乃知貧賤別更苦，坡云**：衛宏失意，送弟還嶺外，氣塞臆而幾不能言，久之曰：貧賤中離別更苦。**吞聲躑躅涕泣零。**古詩：泣涕零如雨。又：沉吟聊躑躅。行不進貌。陸士衡擬古詩：沉思鍾萬里，躑躅獨吟歎。又云：躑躅再三歎。又云：躑躅遵林渚。宋鮑昭行路難云：心非木石豈無感，吞聲躑躅不敢言。

○沲。徒可。**剗。**胡麥，又平麥。

從孫濟此詩譏風俗衰薄，雖同姓不能忘猜疑也。

平明跨驢出，未知一作「委」。適誰門。權門多噂踏，詩十月：噂□□（踏背）〔增〕（憎），職競□□（由人）。□（噂）踏，猶相對談語。背則相憎逐矣。趙云：前漢：息夫躬交遊貴戚，趨走權門。且復尋諸孫。諸孫貧無□（事），□（宅）舍如荒村。堂前自生竹，堂後自生萱。萱草秋已死，衛□（詩）□□（伯兮）：焉□□□（得諼草），言樹之背。注：諼草令人忘憂。背，北堂也。疏：堂者，房堂所居之地，總謂之堂房。半以北爲北堂房，半以南爲南星。竹枝霜不蕃。□□（一作）「翻」。左傳：其生不蕃。淘米少汲水，汲多井水渾。刈葵莫放手，放手傷葵根。鮑明遠樂府詩：腰鐮刈葵藿。古詩：採葵莫傷根，傷根葵不生；結交莫羞貧，羞貧友不成。趙云：族之有宗，猶水之有源，葵之有根也。水有源，勿渾之而已；葵有根，勿傷之而已；族有宗，則亦勿疏之而已。阿翁懶墮久，覺兒行步奔。所來一作「求」。爲宗族，亦不爲盤飧。左傳僖二十二年：晉公子及曹僖負羈之妻饋盤飡寘璧。〇見三卷彭衙行。坡云：張昭見顧陸曰：吾也來爲道義，非因盤飧。小人利口實，頤：自求口實。薄俗難具論。坡云：劉章曰：薄俗好利，炎涼逐勢，難可與論歲寒。新添：楊敞：兵戈之後，禮義缺壞，士行凋敝，雖有數子知書，皆汚薄俗氣味，難可與論典刑事。勿受外嫌猜，同姓古所敦。鮑明遠：明慮自天斷，不受外嫌猜。趙云：此亦曹子建詩有親〔文〕（交）義在敦之義。

寄從孫崇簡

嵯峨白帝城東西，南有龍湫北虎溪。吾孫騎曹不記馬，杜云：世説：王子〔獻〕(猷)爲桓沖騎曹參軍。桓問曰：卿何署？答曰：不知何署。時牽馬來，似是馬曹。又：所管幾何？曰：何由知數。又問：馬死多少？曰：未知生，焉知死。業學尸鄉多養鷄。見〔崔〕(催)樹鷄栅詩注。龐公隱時盡室去，武陵春樹他人迷。龐德公攜妻子盡室入鹿山。武陵春樹，桃源也，漁人迷路而入，見「欲問桃花宿」。與汝林居未相失，近身藥〔裏〕(裹)酒長攜。坡云：江淹行常使童挈酒斛、蚌盞、藥裹、周易，傲然，人皆奇之。牧叟樵童亦無賴，莫令斬斷青雲梯。文選注云：仙者以雲而升，故謂之雲梯。

憶弟二首 時歸在南六渾莊。

喪亂聞吾弟，飢寒傍濟州。人稀書不到，以道路榛梗，人稀少而難行。兵在見何由。憶昨狂催走，狂催走，謂避亂出奔如狂。○趙云：自言奔走而〔生〕(往)行在所。無時病去憂。趙云：公素多病，則又無時而病去，所以憂也。即今千種恨，惟共水東流。

且喜河南定，安慶緒棄東都走也。趙云：謂至德二載復東京，故喜也。不問鄴城圍。鄴城，史思明所據。百戰今誰在？三年望汝歸。東山，周公東征也，三年而歸，三章言其室家望女也。鮑云：公自天寶十四載乙未冬因亂而相别，至乾元戊戌，是爲三春，故曰「三年望汝」。坡云：杜預與弟書：三年望汝，汝何不歸？豈不念堂有老母？故園花自發，丘希範書：暮春三月，江南草長，雜花生園，群燕亂飛。見故國之旗鼓，感生平於疇日。春日鳥還飛。言草木禽鳥尚得其所，而人遭亂離，不得相保爾。趙云：言河南已定，當春之至，草木禽鳥各得其所。與前篇感時花濺淚，恨别鳥驚心，見之而泣、聞之而悲者異矣。斷絶人煙□（久），東西消息稀。

得舍弟消息

亂後誰歸得，他鄉勝故鄉。坡云：崔審與友人曰：江南兵火，全不如舊。聞三峽人物富盛，况勝故鄉，何頻頻發吟思耶？趙云：休明之際，則他鄉雖樂，不如還家。惟亂離，則他鄉安處自足居也。直一作「昔」。爲心厄苦，久念一作「得」。與存亡。趙云：以弟存亡在念也。若在與在，〔主〕（若）亡與亡之義。汝書猶在壁，汝妾已辭房。李陵書「生妻去室」也。舊犬知愁恨，垂頭傍我床。

得舍弟消息二首

近有平陰信，鮑云：平陰屬河南郡，唐初屬濟州，天寶元年更名濟陽郡。十三載，郡廢，以平陰屬鄆。

遥憐舍弟存。側身千里道，言避難，不得正行。寄食一家村。烽舉新酣戰，烽燧，時有寇則舉。○**趙云**：淮南子：魯陽公與韓戰，戰酣日暮，援戈而麾之。啼垂舊血痕。不知臨老日，招得幾人一作「時」。魂？

汝懦歸無計，吾衰往未期。浪傳烏鵲喜，西京雜記：乾鵲噪而行人至。深負鶺鴒詩。見「鴒原驚陌草」注。生理何顏面，**坡云**：何敬相：生理荒〔京〕（凉），家風零〔賛〕（替），重見古人，揣心撫膺，夫何顔面？憂端且歲時。兩京三十口，雖在命如絲。

月夜憶舍弟

戍鼓斷人行，戍樓鼓也。秋邊一鴈聲。言孤也。露從今夜白，月是故鄉明。有弟皆分散，一云「羈旅」。**趙云**：公之二弟，方賊亂時，一在齊州，一在陽翟。無家問死生。亂離流落，故無家也。寄書長不達，况乃未休兵。

送舍弟〔頻〕（潁）赴齊州三首

岷嶺南蠻北，南詔蠻也。徐關東海西。徐關，齊地。**趙云**：言弟自岷、蜀起發而之齊耳。徐關，齊地也。此行何日到？送汝萬行啼。絶域惟高枕，趙云：公自中原而來蜀，則亦以蜀爲絶域，大抵言異方也。清風獨仗藜。危時暫相見，衰白意都迷。

風塵暗不開，汝去幾時來？兄弟分離苦，形容老病催。江通一柱觀，見「一柱觀頭眠幾回」注。日落望鄉臺。成都記：隋蜀王秀所創。客意長東北，齊州安在哉？

諸姑今海畔，兩弟亦山東。趙云：齊州近海，則是山東矣。去旁干戈覓，來看道路通。短衣防戰地，趙武靈王好胡服，士皆短服。趙云：公自言也。時吐蕃未息，故戎服以在防戰之地。匹□（馬）逐秋風。趙云：言弟穎之征行也。莫作俱流落，長瞻碣石鴻。絶交論：□□□（附騏驥）於旄端，□□（軼歸鴻）於碣石。注：海畔山也。

得舍弟觀書自中都已達江陵今兹暮春□（月）末合行李到夔州悲喜相兼團圓可待賦詩即事情見乎詞

爾到江陵府，何時到峽州？亂離生有别，杜云：楚詞云：悲莫悲於生别離。聚集病應瘳。颯颯開啼眼，朝朝上水樓。老身須付託，白骨更何憂？

喜觀即到傷題短篇二首

巫峽千山暗，終南萬里春。終南山在長安，言去家萬里也。病中吾見弟，書到汝爲人。始爲亂離所隔，則莫知生死也，及書到，方知其爲人。意答兒童問，來經戰伐新。趙云：兩句通義。自戰伐中來，兒童見之，必有所問，已意其一一答之也。泊舡悲喜後，款款話一作「議」。歸秦。

待爾嗔烏鵲，抛書示鶺鴒。趙云：待弟而來，怒烏鵲之不實；下言喜弟來，故抛書示之。枝間喜不去，西京雜記云：乾鵲噪而行人至。原上急曾經。詩：鶺鴒在原，兄弟急難。江閣嫌津柳，嫌其隔望眼也。風帆數驛亭。數其驛程也。應論十年事，愁絶始星星。坡云：蘇代：堂上星星之髮。○張禹：對鏡悲鬢始變星星。○陸嵩云：客髮一星星。趙云：舊本作然絶，非是。星星，言鬢之白也。○南史韻詩云：星星行復出。

舍弟觀歸藍田迎新婦送示二首

汝去迎妻子，高秋念却迴。即令螢已亂，好與鴈同來。東望西江水，趙云：舊作水，善本作永，是。蜀江謂之西江。公欲泛舟南下，以楚之上游，而西江之盡處在其東，故東望其永。詩：江之永矣，不可方思。南遊北户開。趙云：成南遊則見北户之開。吴都賦云：開北户以向日。卜居期静處，會有故人杯。坡云：郭林宗曰：吾當北居静處，期友人野酌放浪，誰能學後生兒輩日傍門户，低眉下氣，爲〔雖〕〔錐〕刀之利者乎！○趙云：卜居静處，當有〔做〕〔故〕人之來。

楚塞難爲路，一作「别」。藍田莫滯留。衣裳判白露，鞍馬信清秋。滿峽重江水，開帆八月舟。此時同一醉，應在仲宣樓。趙云：王粲，字仲宣，劉表時在荆州，因登樓而作賦，其後指荆州樓爲仲宣樓。

舍弟觀赴藍田取妻子到江陵喜寄三首

汝迎妻子達荆州，消息真傳解我憂。鴻鴈影來連峽内，古詩：弟兄鴻鴈序。鶺鴒飛急到沙頭。詩：鶺鴒在原，載飛載鳴。燒關險路今虚遠，漢祖入蜀，張良辭歸，勸高祖燒絶棧道。杜云：燒關當作嶢關，音堯。在峽〔在〕〔右〕。漢書：曹參從□□□〔高祖西〕攻嶢關。注：在洛北藍田武關西。以觀赴藍田，故云。新添：燒，當作嶢，音堯。□□〔關在〕□〔上〕洛北、藍田南、武關之西。漢高祖紀：秦王子嬰誅趙高，遣將將兵據嶢關。禹鑿寒江正穩流。江〔漢〕〔賦〕巴東□□〔之峽〕，夏后疏鑿□〔云〕。朱紱即當隨綵鷁，青春不假報黄牛。

馬度一作「廋」。秦山雪正深，北來肌骨苦寒侵。他鄉就我生春色，趙云：〔白日〕〔公自〕峽往荆,〔可〕〔卜〕以春時矣。**故國移居見客心。**趙云:故國,人情之所不忍離也。今自故國而移居,以不得已而來,則〔不〕〔客〕心可見矣。**歡劇提携如意舞,**一云「王戎好作如意舞」。諸葛亮出軍,嘗以鐵如意指麾。**喜多行坐白頭吟。**文君作白頭吟。**巡簷索共梅花笑,冷蘂疏枝半不禁。**

庾信羅含俱有宅,新添:庾信因侯景之亂,自建康遁歸江陵,居宋玉故宅。宅在城北三里。羅含爲桓温别駕,以廨舍喧擾,於江陵城西三里小〔舟〕〔洲〕上立茅屋而居,布衣蔬食,晏如也。**春來秋去作誰家。短墻若在從殘草,喬木如存可假花。卜築應同蔣詡徑,**三輔决録:蔣詡舍中竹下惟開三徑,羊仲、求仲從與之游。**爲園須似邵平瓜。**邵平種瓜美,故世謂之東陵瓜。**比年**一作「因」。**病酒開涓滴,弟勸兄酬何怨嗟?**

遠懷舍弟穎觀等

陽翟空知處,陽翟,屬潁川郡,夏禹所受封地。**荆南近得書。積年仍遠别,多難不安居。**坡云:岑襄:晉末兵戈,王室多難,雖有高堂峻宇,不得安居。見情偏録。**江漢春風起,冰霜昨夜除。雲天猶錯莫,花萼尚蕭疏。**趙云:以興兄弟之離隔也。**對酒都疑夢,吟詩正憶渠。舊時元日會,鄉黨羨吾廬。**陶潛詩:吾亦愛吾廬。

續得觀書迎就當陽居止正月中旬定出三峽

自汝到荊府，書來數喚吾。頌椒添諷詠，周庾信正旦詩：椒花逐頌來。禁火卜歡娛。荊楚歲時記：去冬節一百五日，即有疾風甚雨，謂之寒食，禁火三日。琴操：晉文公與介子綏俱遁，子綏割〔荆散〕(腓股)以啖文公。文公復國，子綏無所得，作龍蛇之歌而隱。文公求之，不得出，乃焚左右木。子綏抱木而死。文公哀之，令人五月五日不得舉火。又周舉移書及魏武明罰令、陸〔翽〕(翽)鄴中記並云寒食斷火起於子推。琴操所云子綏，即子推也。又云五月五日，與介有異，皆因流俗所傳。據左傳、史記，並無介子推被火焚之事。案：周禮：司烜氏仲春以木鐸脩火禁于國中。注云：爲季春將出火也。今寒食節氣，是春之末，三月之極。然則禁火，蓋周之舊制。趙云：序言正月中旬定出峽，於寒食必相聚矣。舟楫因人動，形骸用杖扶。天旋夔子峽，魚復，古夔子峽也。春近岳陽湖。岳陽湖在巴陵。坡云：梁汶曰：岳陽春近，吾將鼓枻放曠澤國，與簑笠盡老矣。發日排南喜，傷神散北吁。趙□(云)：□□(言起)發之日，安排往南而喜。神情所傷者，北望長安而不得歸也。飛鳴還接翅，詩棠棣：鶺鴒在原，兄弟□□(急難)。又小宛：題彼鶺鴒，載飛□□(載鳴)。行序密銜蘆。春秋繁露：鴈有行列。傳云：兄弟之齒鴈行。淮南子曰：鴈從風而飛，以愛氣力；銜蘆而飛，以避矰繳。俗薄江山好，時危草木蘇。馮唐雖晚達，終覬在皇都。坡云：梁詢曰：如〔馬〕(馮)唐〔再〕(垂)白，尚冀晚達。趙云：馮唐，公以自比其白首爲郎也。

乘雨入行軍六弟宅

曙角凌雲罷，春城帶雨長。水花分塹弱，巢燕得泥忙。今弟雄軍佐，凡材汙省郎。**坡云**：潘岳無長才廣識，謾汗省郎，見真儒碩人，厚顔汗熱。**趙云**：公爲工部員外郎，而自謙之辭也。萍漂忍流涕，衰颯近中堂。

第五弟豐獨在江左近三四載寂無消息覓使寄此二首

亂後嗟吾在，羈栖見汝難。草黄騏驥病，公以騏驥自託也。**坡云**：陳晙卧疾，梁杓過門曰：霜勁草黄，騏驥病矣，駑駘何得快駚？蓋君子不得時，小人自肆也。少游一日來，問曰：細味工部詩，皆拾古人句語綴補作詩，平穩安帖，若神施鬼設。工部腹内幾箇國子監耶？予喜此談，遂筆之。沙晚鶺鴒寒。**趙云**：憫其弟之寒也。〇詩云：鶺鴒在原，兄弟急難。以成羈栖見汝難之句。楚設關城險，左傳：屈完對齊桓曰：君若以德綏諸侯，誰敢不服？君若以力，楚國方城以爲城，漢水以爲池。注：言其險固也。**趙云**：白帝城乃夔之〔儉〕（險）矣。吴吞水府寬。**趙云**：吴，則江左，至吴而積水之多，故云水府寬。十年朝夕淚，衣袖不曾乾。

聞汝依山寺，杭州定越州。**趙云**：題正云五弟獨在江左，不指名其州，則亦傳聞而未審。風塵淹别日，**趙云**：兵戈謂之風塵，蓋言風動塵起也。江漢失一作「共」。清秋。**趙云**：言我秋時在此，而不見其弟，爲相失也。影著啼猿樹，趙云：公自言所在之處。盧照鄰巫山高云：莫辨啼猿樹。魂飄結蜃樓。史：海傍蜃氣象樓臺。趙云：指言弟豐所在之處，故深思之也，思之而魂飄謂之結蜃樓，言蜃所結成樓也。○前漢天文志：海旁蜃氣象樓臺。可以證矣。明年下春水，東盡白雲求。趙云：所以成杭（州）定越州之句。

送十五侍御弟使蜀

喜弟文章進，添余別興牽。數盃巫峽酒，百丈内江舡。水自渝上合者，謂之内江；自渝由戎、瀘上蜀者，謂之外江。未息豺狼鬬，戰争。空催犬馬年。以自稱其年，故從卑賤。晉陶侃臨終上表曰：臣猶爲犬馬之齒，故尚可小延。歸朝多便道，搏擊望秋天。便道，〔問〕（間）道也。又薛云：〔古〕（右）按前漢趙充國傳：嘗責充國曰：將軍其引兵便道西並進，雖不相及，使虜聞東方北方兵並來。○杜田云：舊唐史：桓彦範舉楊嶠爲御史。嶠不樂搏擊之任，彦範曰：爲官擇人，豈待情願。遂引爲右臺御史。

憶幼子 字驥子，時隔絶在鄜州。

驥子春猶隔，鶯歌暖正繁。别離驚節换，聰慧與誰論。澗水空山道，柴門老樹村。趙云：指言鄜州寄〔象〕（家）之地。憶渠愁只睡，一作「卧」。炙背俯晴軒。

遣興

驥子好男兒，驥子，公子宗武也。見宗武生日詩注。前年學語時。問知人客姓，誦得老夫詩。老夫，公自謂。世亂憐渠小，家貧仰母慈。嵇叔夜：母兄〔朝〕（鞠）育，有慈無威。鹿門携不遂，龐德公携妻子入鹿門山隱。鴈足繫難一作「無」。期。蘇武傳鴈足繫書事，見上。一云「鹿門携有處，鳥道去無期」。天地軍麾滿，山河戰角悲。儻歸免相失，見日一作「爾」。敢辭遲。

得家書

去憑遊客寄，一云「休汝騎」。趙云：言出遊彼處客寄之人。來爲附家書。今日知消息，他鄉且舊居。趙云：指言鄜州。公寄居在鄜，已是他鄉，但恐亂離更有遷徙，故知消息而喜云耳。熊兒幸無恙，後漢蘇竟傳：公君執事無恙。爾雅曰：恙，憂也。公孫弘傳：何恙不已。驥子最憐渠。驥子，公之子宗武。臨老羈孤極，謂流離孤苦。傷時會合疏。以時無交舊也。二毛趨帳殿，二〔老〕（毛），言鬢毛二色，謂班白也。帳〔設〕（殿），謂行在以帳爲殿。左傳：宋公曰：君子不禽二毛。黄巢之屯八角帳幄，皆象宫殿。坡云：景數二毛，尚走塵埃。兵甲之間，日趨帳殿。一命侍鸞輿。公至行在，授左拾遺。北闕妖氛滿，北闕，帝闕也。妖氛，謂未收復也。趙云：時安慶緒方熾。西郊白露初。謂肅殺之威漸生。趙云：指言長安西郊也。以白露初言之，則在七月明矣。涼風新過鴈，秋雨欲生魚。農事空山裹，眷言終荷鋤。一云「終篇言荷鋤」。宋陶潛雜詩：種豆〔商〕〔南〕山下，草盛豆苗稀。晨興理荒穢，帶月荷鋤歸。**趙云**：公遭亂傷時，乃欲歸耕而已。陶淵明：帶月荷鋤。

宗武生日 宗武，小名驥子。曾有詩：驥子好男兒。又云：驥子最憐渠。

小子何時見，**坡云**：王肅思男，謂弟曰：何時得見小子？**趙云**：老杜既有盛名於時，則人皆知其有是子也。高秋此日生。自從都邑語，已伴老夫名。禮自稱曰老夫者。詩是吾家事，人傳世上情。**趙云**：既以詩擅名，而世間愛之者多，故云。熟精文選理，唐儒學傳：李善，楊州江都人，嘗注解文選，分爲十六卷，表上之，賜絹一百二十四，詔藏于秘閣。善嘗受文選於同郡人曹憲，寓居汴、鄭之間，以講文選爲業。**新添**：梁昭明太子賢集古人文詞詩賦爲文選。李善嘗受文選於曹憲，後遂解注文選十六卷。休覓綵衣輕。列女傳曰：老萊子老養二親，行年七十，嬰兒自娛，着五色綵衣。嘗因取漿水上堂，跌仆，因卧地爲小兒啼。或弄烏烏於親側。**趙云**：老萊子〔者〕〔著〕五采色衣，戲於親側。此言熟精文選理，所以責望其子而已，雖綵衣之輕，猶使之休覓也。凋瘵筵初秩，小雅：賓之初筵，左右秩秩。箋云：筵，席也；秩秩，肅敬也。海賦：爲凋爲瘵。攲斜坐不成。流霞分片片，**又薛云**：右按抱朴子，項曼卿修道山中，升天遊紫府，仙人飲流霞一杯，輒不〔飲〕（飢）渴。**涓滴就徐傾。**河東項曼卿好道，去家□□□（三十年）而反，曰：去時有數仙人將（我）上天，離〔曰〕（月）數里，止〔日〕（月）之旁。〔甚〕（其）寒悽愴，飢欲食，輒□□（飲我）流霞一杯，每（飲），數月不飢。隋江總爲馬腦杯賦：翠羽流霞之杯。庾信有示内人□（詩）：定取流霞氣，將添承露杯。**趙云：**抱朴子：項曼自言至天上，過紫府金牀，几晃晃昱昱，仙人以流霞一杯飲之，輒不飢渴。王立之云：項曼，舊注又誤爲曼卿，故表出之。

又示宗武

覓句新知律，攤書解滿床。**坡云：**嵇紹新解覓句，稍知音律。王渾：阿戎年小，漸解滿牀攤書，時問難字，可喜。**試吟青玉案，**張平子四愁詩：美人贈我錦繡〔假〕（段），何以報之青玉案。**莫帶紫羅囊。**晉：謝玄少好佩紫羅香囊，叔父安患之，而不欲傷其意。因戲賭取，焚之，於此遂止。**假日從時飲，**王仲宣登樓賦：聊假日以銷憂。時天下逼迫無暇，故假借□（此）日登樓四望。**明年共我長。****坡云：**嵇康顧子紹曰：阿紹明年共我長矣，吾甚喜爾成人。**趙云：**言今年身材如此，至明年更長，則與我長矣。**應須飽經術，已似愛文章。十五男兒志，**論語：吾十有五而志于學。**三千弟子行。曾參與游夏，達者得升堂。**孔子世家：孔子以詩、書、禮、樂教，弟子蓋三千焉，身通六藝者七十有二人。論語：文學子由、子夏。又曰：由也升堂矣。**趙云：**曾參，則責以孝行；游、夏，則責以文學。子曰：由也升堂矣。今言三子皆達於孔子之道，而升堂，所以明戒之也。

宴忠州使君姪宅

出守吾家姪，出守，守土也。刺史是也。詩云：一麾乃出守。殊方此日歡。自須遊阮巷，晉：阮咸與叔父籍爲竹林之遊。咸與籍居道南，諸阮居道北。北阮富而南阮貧也。不是怕湖灘。湖灘，忠州下惡灘也。樂助長歌逸。一作「送」。杯饒旅思寬。昔曾如意舞，趙云：如意，乃所執之物。王戎嘗以如意起舞。牽率强爲看。

示姪佐

佐草堂在東柯谷。

多病秋風落，君來慰眼前。自聞茅屋趣，只想竹林眠。滿谷山雲起，侵籬澗水懸。嗣一作「阮」。宗諸子姪，早覺仲容賢。阮咸，字仲容，籍之姪也，任達不拘，與叔父籍爲竹林之遊。

佐還山後寄

同作三首，二首見田圃門。

山晚浮雲合，歸時恐路迷。澗寒人欲到，村黑鳥應栖。野客茅茨小，田家樹木低。舊諳疏懶叔，須汝故相攜。趙云：又以嵇康自處。嵇康性復疏懶。

吾宗衛倉曹崇簡。

吾宗老孫子，質朴古人風。耕鑿安時論，衣冠與世同。在家常早起，坡云：劉琨常早起治蔬圃，自力桔槹。憂國願年豐。語及君臣際，經書滿腹□（中）。趙云：言凡語論之間，及於君臣之際，必反覆論議，用其腹中之書而證明之也。

外族　古詩三首　律詩六首〔一〕

敬寄族弟唐十八使君

與君陶唐後，盛族多其人。聖賢冠史籍，枝派羅源津。甫自撰萬年縣君京兆杜氏墓銘云：其先係統於伊、祁，分尚於唐、杜。春秋傳云：穆叔謂之世禄，其在兹乎？漢高紀贊曰：范宣子亦曰：祖自虞

〔一〕「六」，當作「七」。

以上爲陶唐氏，在夏爲御龍氏，在商爲豕韋氏，在周爲杜氏。注：唐、杜，二國名。在今氣磊落，巧僞莫敢親。坡云：朱雲：許時直言，端莊正立，巧言僞行之徒不敢親近。介立寔吾弟，濟時肯殺身。物白諱受玷，行高無汚真。得罪永泰末，放之五溪濱。漢黄瓊：皦皦者易爲汚，嶢嶢者易爲缺。四子講德：青蠅不能穢垂棘。詩：白圭之玷，〔尚〕（姓）可磨也。語：殺身以成仁。馬援傳：擊武陵五溪蠻夷。注：雄、樠、西、〔撫〕（潕）、辰，所謂五溪也。趙云：所以明得罪之由，以不受汙玷而致然也，此與皓皓之易爲汚之義不同。舊注引此，非是。鸞鳳有鎩翮，先儒曾抱麟。顔延年詠嵇中散詩：鸞翮有時鎩。鎩，所拜切，殘也。劉越石詩：誰云聖達節，知命故不憂。宣尼悲獲麟，西狩涕孔丘。注：孔子亦抱麟而泣。雷霆霹長松，骨大却生筋。一失不足傷，念子熟自珍。趙云：此以譬唐使君能得罪，未能遂傷之也。熟字，稔熟之熟。言其自珍，已詳熟矣。泊舟楚宫岸，戀闕浩酸辛。除名配清江，清江，屬施州。厥土巫峽鄰。登陸將首途，筆札枉所申。歸朝跼病肺，敘舊思重陳。春風洪濤壯，顔延年：春江壯風濤。劉越石：棄置勿重陳，重陳令心傷。趙云：公自言病肺之故，雖欲歸朝，跧跼不得申也。故下句所之，則欲春時乘舡而往，得一見唐公以相慰也。谷轉頗彌旬。趙云：郭景純江賦：盤〔渦〕（過）谷轉。我能況中流，搪突鼉獺瞋。鼉獺瞋，言爲小人所怒也。長年已省柂，省，視也；柂，舟尾正船者；長年，操舟者。視柂，則將行矣。慰此貞良臣。

送重表姪王砅評事使南海

我之曾老姑，爾之高祖母。爾祖未顯時，歸爲尚書婦。新唐書：王珪母李。王珪傳：正觀十年拜禮部尚書。**杜云：**西清詩話云：唐書王珪傳：珪微時，母李氏嘗云：子必貴，但未見與汝遊者。珪一日引房、杜過之。母曰：汝貴無疑。所載止此。質之子〔矣〕(美)是詩，我之曾老姑，爾之高祖母，則珪母杜氏，非李氏也。且一婦人，識真主於側微，其事甚偉。史闕而不録，是詩載之爲悉，世號詩史，信不誣也。**隋朝大業末，房杜俱交友。趙云：**王珪與房〔光〕(元)齡、杜如晦同學於文中子，則交友可知矣。**長者來在門，荒年自餬口。**陳平門多長者車。隱十一年傳：餬其口於四方。**家貧無供給，客位但箕箒。俄頃羞頗珍，寂寥人散後。入怪鬢髮空，吁嗟爲之久。自陳剪髻鬟，鬻市充杯酒。**晉陶侃母常剪髮具酒食，延賓客。**上云天下亂，宜與英俊厚。向竊窺數公，經綸亦俱有。趙云：**王珪與元齡、如晦□(善)。□(母)李嘗曰：兒必貴，然未知□□(所與)游者何如人？會元齡等過其家，李窺，大驚曰：二客公輔才，汝貴不疑。舊注於下句驚户牖引此以證，不知乃秦王事，非干此也。**次問最□(少)年，虬髯十八九。子等成大名，皆因此人手。下云風雲合，龍虎一吟吼。願展丈夫雄，得辭兒女醜。秦王時在坐，真氣驚户牖。趙云：**秦王，太宗也。○虬髯，乃太宗也。有虬髯公傳。易曰：雲從龍，風從虎。馬援曰：乃知帝王自有真也。新唐書王珪傳云：珪始隱居時，每與房玄齡、杜如晦善。母李嘗曰：兒必貴，然未知所與游者何如人，試與偕來。會玄齡等過其家，李闚，大驚，具酒食，飲盡日，喜曰：二客公輔才，汝貴不疑。及乎正觀初，尚書踐台斗。珪，正觀中以侍中輔政。夫人常肩輿，上殿稱萬壽。夫人以命婦預朝會也。六宮師柔順，法則化妃后。坡云：班姬著内訓訓六宮，作女箴、婦誡化及妃后。至尊均嫂叔，盛事乎不朽。鳳雛無凡毛，五色非爾曹。見「鳳穴雛皆好」注。○趙云：古有鳳將雛之曲，言毛者。○南史：謝超宗作殷淑儀誄，帝大嗟賞，謂謝莊曰：超宗殊有鳳毛。往者胡作逆，乾坤沸嗷嗷。謂安禄山作亂也。吾客在馮翊，爾家同遁逃。避亂也。争奪至徒步，塊獨委蓬蒿。逗留熱爾腸，十里却呼號。自下所騎馬，右持腰間刀。左牽紫遊韁，飛走使我高。公言避亂，(目)〔日〕輟白馬載我，使走免難於危險之中。昔鄴下童謡曰：青青御路楊，白馬紫遊韁。苟活到今日，寸心銘佩牢。懷輟馬之恩也。亂離又聚散，宿昔恨滔滔。水花笑白首，坡云：阮紹泛西池云：白首登畫舡，反慮水花笑。水花、水芝，皆蓮也。趙云：公言在潭州，濱於江，故云。春草隨青袍。哀江南賦：青袍如草。趙云：以言王評事往南海也。廷評近要津，節制收英髦。趙云：言南海節度使幕中要賢材也。北驅漢陽傳，南泛上瀧舠。漢陽，地名。傳，傳車也，如今之乘驛是矣。舠，小舟也。右按嶺南人名急湍曰瀧。趙云：傳，音張戀切，郵馬之謂也。自漢南而往，故曰漢陽傳；以有使南海之役，故曰上瀧舠。瀧，吕江切。廣韻：南人呼湍爲瀧。家聲肯墜地，利器當秋毫。見「烜赫舊家聲」注。肯墜地，言能自振立，不令委墜。

○虞詡曰：不逢錯節盤根，何以知爲利器也。番禺親賢領，縣名，屬廣〔洲〕（州）也。趙云：必宗室之子爲節度也。籌運神功操。大夫出盧宋，趙云：廣府節度使清白者四，裴伷先、李朝隱、宋璟及盧奐。所以比大夫於盧、宋，而又謂出其上也。寶貝休脂膏。洞主降接武，趙云：謂廉潔而不污於貨利也。昔漢孔奮清潔，身處膏脂而未嘗自潤。降，户江切。廣南有溪洞蠻，其長謂之洞主。禮記〔白〕（曰）堂〔上〕接武，言相繼而降也。海胡舶千艘。薛云：右按番禺雜編：蕃商遠國，運奇貨非舶不可。市舶録，劉徇曰：獨檣舶，深五十餘肘；三木舶，深五十餘肘。西域以肘爲度。李慶通俗文曰：晉曰舶。趙云：舶，大舡也。番禺雜録曰：番商遠國，運〔貨〕（寶）貨非舶不可。舡，總名曰艘，猶今言幾隻也。我欲就丹砂，跋涉覺身勞。葛洪聞交趾出丹砂，求爲句漏令。至廣州，刺史鄧洪留，洪乃止羅浮山煉丹。安能陷糞土，有志乘鯨鼇。或驂鸞騰天，聊作鶴鳴皋。見「李白騎鯨魚」注。别賦：駕鶴上漢，驂鸞騰天。趙云：鯨，莫大之魚也。鼇，巨鼇也。

○砅。理厲切。○瀧。吕江，又音雙。○舠。音□（刀）。○番。音潘。○禺。音虞。

閬州東樓筵奉送十一舅往青城縣得昏字

曾城有高樓，制古丹雘存。梓材：既勤樸斲，惟其塗丹雘。注：塗以漆丹以〔失〕（朱）而後成。山海經云：青丘之山，多有貢艧。頭陁碑：朝霞爲丹艧。顔延年：雖暫丹艧陁。趙云：字出淮南子：崑崙之山，有曾城九重。迢迢百餘尺，西京賦：狀迢迢以亭亭。古詩：迢迢牽牛星，雙闕百餘〔天〕（尺）。陸士衡：高樓一何峻，迢迢峻而安。豁達開四門。新添：舜闢四門。○漢高祖豁達大度。雖有一作「會」。車馬客，而無人世喧。陶淵明：結廬在人境，而無車馬喧。遊目俯大江，列筵慰別魂。江淹：黯然銷魂者，惟別而已。謝靈運：得以慰〔營〕（別）魂。蘇武：俯觀江漢流。是時秋冬交，節往顔色昏。雪賦：歲將暮，時既昏。天寒鳥獸伏，登樓賦：步棲遲以徙倚兮，白日〔怱〕（忽）其將匿。風蕭瑟而並興，天慘慘而無色。獸狂顧以求群，鳥相鳴而舉翼。霜露在草根。今我送舅氏，詩渭陽。沈休文：樹頭鳴風飈，草根積霜露。萬感集清罇。謝靈運：千念集日夜，萬感盈朝昏。豈伊山川間，迴首盜賊繁。高賢意不暇，王命久崩奔。靈運詩：拆岸屢崩奔。臨風欲慟哭，賈誼傳。聲出已復吞。

閬州奉送二十四舅使自京赴任青城 新添

聞道王喬舄，名因太史傳。如何碧雞使，把詔紫微天。杜云：王褒傳曰：方士言益州有金馬碧雞之寶，可祭祀致也。宣帝使褒往祀焉。後漢邛都夷傳：青蛉縣禹同山有金馬碧雞，光景時時出見也。秦嶺愁回馬，涪江醉泛舡。青城漫污雜，吾舅意淒然。

奉〔使〕（送）崔都水翁下峽 新添

無數涪江筏，鳴橈總發時。別離終不久，宗族忍相遺？白狗黃牛峽，朝雲暮雨時。所過憑問信，到日自題詩。

巫峽弊廬奉贈侍御四舅別之澧朗

江城秋日落，山鬼閉門中。行李淹吾舅，行李，猶行使也，見上注。誅茅問老翁。屈原誅茅。赤眉猶世亂，光武平赤眉之亂。青眼只途窮。阮籍善爲青白眼，以白眼待俗客，青眼待佳客。傳語桃源客，人今出處同。見「欲問桃花宿」注。**趙云**：桃源，今之鼎州也。四舅之澧朗，故因以問桃源客也。人，則公自謂爾。

王閬州筵奉酬十一舅惜別之作

萬壑樹聲滿，顧愷之言：千巖競秀，萬壑争流。千崖秋氣高。宋玉曰：悲哉秋之爲氣也。天高而氣清。浮舟出郡郭，別酒寄江濤。良會不復久，此生何太勞？古詩：今日良宴會。窮愁但有骨，群盜尚如毛。窮愁而瘦極也。群盜尚多，故如毛。○**坡云**：齊招：群盜如毛，四方擾擾。吾□（舅）

惜分手，使君寒贈袍。范睢見須賈。賈曰：范叔寒如此哉？乃取一綈□□（袍以）賜之。後睢謂賈曰：公所以得無死者，以綈袍。□（戀）戀有故人之意。沙頭暮黄鶴，失侶自一作「亦」。哀號。趙云：亦，一作自。當以亦爲正，言人别而哀矣，黄鶴失侶之亦然也。

奉送十七舅下邵桂

絶域三冬暮，東方朔傳：三冬文史足用。浮生一病身。感深辭舅氏，詩渭陽：我見舅氏。别後見何人？縹緲蒼梧帝，謝玄暉詩：雲去蒼梧野。顔延年：謁帝蒼山溪。檀弓：舜葬於蒼梧之野。蒼梧，南越。趙云：虞舜死於蒼梧之野。指言虞舜以述十七舅所往之處也。推遷孟母憐。孟子序云：幼被慈母三遷之教。潘安仁閑居賦：孟母所以三徙。注：孟軻母與軻少居近墓，軻乃戲爲墓。軻母曰：此非所居。去居市傍，軻愛戲爲商賈。又居學館之旁，遂爲（天）（大）儒。趙云：孟母，指言十七舅之母也。昏昏阻雲水，側望苦傷神。張平子四愁詩：側身東望涕霑翰。蜀都賦：望之天迥，即之雲昏。

奉送二十三舅録事之攝郴州 崔偉

賢良歸盛族，趙云：周禮：友行以尊賢良。賢，則行之傑；良，則才之美。吾舅盡知名。徐庶高交友，徐庶，字元直，謂先主曰：諸葛孔明乃卧龍也，將軍豈欲見之乎？先主遂謂：見。趙云：以言崔舅。徐庶，字元直，其所與遊者諸葛亮、龐士元、司馬德操之流而已。劉牢出外甥。桓玄曰：何元忌，劉牢之外甥，酷似其舅。今舉大事，孰謂無成！趙云：公以無忌自〔此〕（比）也。泥塗豈珠玉，坡云：莊趙：泥塗之中，豈隱珠玉？趙云：言崔舅，謂明珠白玉之質，豈宜辱在泥塗乎？環堵但柴荆。衰老悲人世，驅馳厭甲兵。氣春江上别，謝玄暉：江上徒離憂。楚詞：湛湛江水兮上有楓，目極千里傷春心。淚血渭陽情。詩：我送舅氏，曰至渭陽。趙云：淚盡，繼之以血。○渭陽情，全出晉書：世無渭陽情。舟鷁排風影，林烏反哺聲。束晳補亡詩：嗷嗷林烏，受哺于子。趙云：言崔舅侍太夫人以行也。○李善注文選有曰：純黑而反哺者烏子。永嘉多北至，永嘉之亂，元帝渡江，衣冠多自北至。趙云：言崔舅自北而來也。句漏且南征。葛洪求爲句漏令，以有丹砂也。楚詞：〔油〕（汨）吾南征。必見公侯復，左傳：公侯必復其始。趙云：今句可以見崔舅貴人子孫也。終聞盗賊平。郴州頗凉冷，橘井尚凄清。趙云：此據風土而言之也。蓋以南方多熱，而此郡獨凉矣。橘井，在郴州。神仙蘇耽於山下鑿井種橘，救鄉里之疾病者。從役何蠻貊，居官志在行。論語：言忠信，行篤敬，雖蠻貊之邦行矣。左傳：當官而行，何强之有？

贈比部蕭郎中十兄甫從姑子也。

有美生人傑，人中之豪傑。以其傑出，故謂之人傑。漢有三傑。**由來積德門。漢朝丞相系，**謂蕭相國何。**梁日帝王孫。**梁武帝姓蕭。**蘊藉爲郎久，**以蘊藉而爲郎。東觀漢記桓榮：温恭有蘊藉。文穎曰：寬博有餘也。**魁梧秉哲尊。**周勃傳：魁梧奇偉。一音悟。魁，言丘墟壯大之意也。梧者，言其可驚悟。**詞華傾後輩，**坡云：高鳳：詞華後輩傾，惟宜爲師範。**風雅藹孤騫。**趙云：騫，音虚言〔女〕（切），飛舉之貌也。**宅相榮姻戚，**晋魏舒少孤，爲外家寧氏所養。寧氏起宅，相宅者云：當出貴甥。舒曰：當爲外氏成此宅相。後爲公。趙云：蕭兄，杜家之外孫，故〔此〕（比）之爲魏舒也。**兒童惠討論。**趙云：方兒童時，得蕭兄惠以討論之益也。**見知真自幼，**潘安□（仁）懷舊賦序云：余□□□（十二而）獲見於父友東武戴侯楊□（君），□（始）見知名，遂申之以爲婚姻。**謀拙媿諸昆。**子美與蕭爲姑舅之昆仲。**漂蕩雲天闊，沉埋日月奔。**雲天闊，言漂蕩而相去遼遠也。日月奔，謂沉埋而歲月易失也。**致君時已晚，懷古意空存。**趙云：上句言見知於蕭兄，已自幼時。而自後謀拙，則每媿諸兄。其謀拙者何？飄蕩於外而不能仕進以致君故也。**中散山陽鍛，**嵇康爲中散大夫，尚性絶巧而好鍛。王戎自言與康居山陽二十年，未嘗見喜愠之色。向秀傳：嵇康善鍛，秀爲之〔左〕（佐），相對欣然，旁若無人。**愚公野谷村。**列子：愚公移山：而北智叟笑止之。杜云：韓子：昔齊威公入山，問父老：此爲何谷？答曰：臣舊畜牛生犢，以子買駒，少年謂牛不生駒，遂持而去。傍鄰以臣爲愚，遂名爲愚公谷。江淹兔園賦：坐帳無鶴，支床有龜。一寸二寸之魚，三竿兩竿之竹。名爲野人之家，〔足〕（是）謂愚公之谷。寧紆長者轍，陳平以席爲門，而門多長者車轍。陶潛：王公紆轍。趙云：公在山陽、愚谷之間，自以其北僻矣，而蕭兄臨之，故有此句。歸老任乾坤。

婚姻　古詩二首　律詩一首

佳人王深父云：俗偷，則人之無告者，政不足以恤之也。

絶代有佳人，李延年歌曰：北方有佳人，絶代而特立。幽居在空一作「山」。谷。詩：皎皎白駒，在彼空谷。自云良家子，趙充國傳：六郡良家子。新添：漢成帝選良家子充後宫。零落依草木。關中昔喪敗，一云「喪亂」。兄弟遭殺戮。官高何足論，不得收骨肉。坡云：崔泓磔於市，骨肉不得收葬。世情惡衰歇，萬事隨轉燭。坡云：徐邈：萬事興衰，轉燭相似，何必計較。夫婿輕薄兒，沈休文詩：長安輕薄兒。新人美如玉。一云「已如玉」。古詩：燕趙多佳人，美者顔如玉。合昏尚知時，杜云：本草云：合歡，即夜合也。人家多植庭除間，一名合昏。陳藏器云：其葉至昏即合，故曰合昏。趙云：佳人自怨之辭，言物之有合有偶，而人之不若也。○周處風土記云：合昏，槿也。○陳藏器本草曰：晨葉舒而至暮即合，故曰合昏，一名合歡，即夜合也，葉似皂夾槐，極細，繁密。○陸倕刻漏銘曰：合昏暮捲，蓂莢朝開。**鴛鴦不獨宿。**詩：鴛鴦于飛。鄭氏婚禮謁文贊曰：鴛鴦鳥，雄雌相類，飛〔正〕（止）相隨。列異傳：宋康王埋韓馮夫妻，宿夕文木生，鴛鴦雄雌各一，常栖樹上，晨〔嫣〕夕交頸，音聲感人。**趙云**：崔豹古今注曰：鴛鴦，梟類也，雌雄未嘗相離，人得其一，一思而死，故謂之匹鳥。○**薛云**：雄鳴曰鴛，雌鳴曰鴦。**但見新人笑，那聞舊人哭。趙云**：李白亦云：新人如花雖可寵，舊人似玉猶來重。字起○古詩：新人工織縑。**在山泉水清，出山泉水濁。趙云**：此佳人志夫之辭。○晉孫綽蘭亭詩序曰：古人以水喻性，有□（旨）哉斯談。非以停之則清，混之則濁耶？情因所習而遷移，物因所□（遇）而感興。**侍婢賣珠迴，**東方朔傳：董偃母以賣珠爲事。**牽蘿補茅屋。坡云**：陶景山居賦云：采芝蕈爲盤蔬，牽藤蘿補嵓屋。景差山齋云：牽蘿摭壞籬，挽葛補漏茅。此見工部深得換骨法。**摘花不插髮，**一作「鬠」。**杜云**：以言其不事粧飾，此詩所謂：自伯之東，首如飛蓬。豈無膏沐，誰適爲容？**采柏動盈掬。**詩：終朝采緑，不盈一掬。○**坡云**：胡彝隱居衡山，采柏子食，年踰百歲，面類如兒童，少壯追奔不及。永徽中，往往人見之。**天寒翠袖薄，日暮倚脩竹。**屈原山鬼云：余處幽篁兮終不見。後漢竇玄舊妻與玄書别曰：棄妻斥女敬白竇生：卑賤鄙陋，不如貴人。妾日已遠，彼日已親。衣不厭新，人不□□（厭故）。悲不可忍，怨不可去。彼獨何人，而居我處。玄以形貌絶異，天子以公主妻之，故舊妻乃云。**趙云**：上句言天色已寒而翠袖尚薄，下句則所思遠矣。

新婚別王深父云：先王之政，新有婚者，期不〔使〕（役）。政出於刑名，則一切（便）衆而已。此詩所怨，盡其常分而能不忘禮義，余是以録之。

兔絲附蓬麻，引蔓故不長。古詩：與君爲新婚，兔絲附女蘿。詩顔弁：〔篤〕（蔦）與女蘿，施于松柏。蔦，寄生也；女蘿，兔絲、松蘿也。陸機疏云：今菟絲，蔓連草上生，黄赤如（金）。今合藥兔絲子是也。在草曰兔絲，在木曰松蘿。**趙云：**兔絲當附松柏，而乃附蓬麻，爲不得其所矣。**嫁女與征夫，不如棄路傍。**

坡云：周述生而怪異，父曰：不如棄置路傍。母弗許，後文章隨名。**結髮爲妻子，**蘇子卿詩：結髮爲夫妻，恩愛兩不疑。**席不暖君牀。**孔席不暇暖。**坡云：**王簡樓：君床席未暖，遽蒙棄逐。**暮婚晨告別，無乃太怱忙。君行雖不遠，守邊赴**一作「戍」。**河陽。**河陽，東都也。**妾身未分明，何以拜姑嫜。****薛云：**右按前漢，廣川王去爲幸姬陶望卿作歌曰：背尊章，嫖以忽。顔師古曰：尊章，言舅姑也。**杜云：**曹子建詩：妾身守空閨。○又按陳琳飲馬長城窟行云：善事新姑〔璋〕（嫜）。此姑〔璋〕（嫜）字所出也。**父母養我時，日夜令我藏。生女有所歸，**婦人謂嫁曰歸。**雞狗**一作「〔大〕（犬）」。**亦得將。君今死生地，沉痛迫中腸。**鮑昭：生軀蹈死地。謝靈運：眷言懷君子，沉痛切中腸。韓信置之死地而後生。魏文帝詩：斷絶我衷腸。**趙云：**〔鮑昭〕（謝靈運）詩：沉痛□（切）中腸。**誓欲隨君往，形勢反蒼黄。**北山移文：蒼黄翻覆。**坡云：**韓遂：形勢不可欺，軍馬蒼黄，擊□□□（其左右）。**勿爲新婚念，努力事戎行。**

古詩：努□□（力加）餐飯。蘇□（武）□（詩）：□□□（努力愛）春□（花）。李陵：努□□□（力崇明）德。樂府：少壯不努力。□（婦）人在軍中，兵氣恐不揚。薛云：右□（按）：□□□（前漢書），□□（李陵）與單于□（戰），□□（陵曰）：□□□（士氣少）衰而鼓不起□（者），□□（何也）？□□□□□□（軍中豈有女子乎）？始軍出時，關東群盜妻徙邊者隨軍爲卒妻婦，大匿軍中。陵〔按〕（搜）得，皆劍斬之。**自嗟貧家女，久致**一作「致此」。**羅襦裳。羅襦不復施，**淳于髡云：羅襦襟解。**對君洗紅粧。**古詩：娥娥紅粉粧。**仰視百鳥飛，大小必雙翔。人事**一作「生」。**多錯迕，與君永相望。**趙云：宋玉風〔賊〕（賦）：回穴錯迕。注云：雜錯交迕也。

送大理封主簿五郎親事不合却赴通州主簿前閬州賢子余與主簿平章鄭氏女子垂欲納采鄭氏伯父京書至女子已許他族親事遂停

禁臠去東牀，晉：謝混，字叔源。初孝武帝爲晉陵公主求婿，謂王珣曰：主婿但如劉真長、王子敬便足，如王處仲、桓元子誠可，才小富貴，便豫□□（人家）事。珣對曰：謝混雖不及真長，不減子敬。帝曰：如此便足。未幾，帝崩。袁山松欲以女妻之。珣曰：卿莫近禁臠。初，元□（帝）□（始）鎮建□（業），□（公）私窘罄，每得一豚，以爲珎膳，項上一臠尤美，輒以薦帝，群臣未嘗敢食，于時呼爲禁臠。故珣因爲戲。〔琨〕（混）竟尚主。王羲之傳：太尉郄鑒使門生求女婿於王導。導令就東廂遍觀□□（子弟）。門生歸，謂鑒曰：王氏諸少並佳，然聞信至，咸自矜持，惟一人在東床坦腹食，獨若不聞。鑒曰：正此佳婿邪！訪之，乃羲之也。遂以其女妻之。**趨庭□（赴）北堂。**語：陳〔沆〕（亢）問於伯魚：亦有異聞乎？對曰：未也。嘗獨立，鯉趨而過庭，曰：□□（學禮）乎？對曰：未也。不學禮，無以立。鯉退而尊□（禮）。□（鄘）詩伯兮：焉得諼草〔一〕……

〔一〕　底本以下皆殘缺。

草堂先生杜工部詩集（殘本）

草堂先生杜工部詩集卷之十四

五言八句

上巳日徐司録林園宴集大曆三年。

鬢毛垂領白，花蘂亞枝紅。欹倒衰年廢，招尋令節同。薄衣臨積水，吹面受和風。有喜留攀桂，無勞問轉蓬。

暮春陪李尚書李中丞過監湖亭泛舟得過字

海内文章伯，湖邊意緒多。玉樽移晚興，桂檝帶酣歌。春日繁魚鳥，江天足芰荷。鄭莊賓客地，衰白遠來過。

夏日楊長寧宅送崔侍御常正字入京得深字大曆三年。

醉酒楊雄宅，升堂子賤琴。不堪垂老鬢，還對欲分襟。天地西江遠，星辰北斗深。烏臺俯麟閣，長夏白頭吟。

和江陵宋大少府暮春後同諸公及舍弟宴書齋大曆三年。

渥洼汗血種，天上麒麟兒。才士得神秀，書齋聞爾爲。棣華晴雨好，綵服暮春宜。朋酒日歡會，老夫今始知。

舟中大曆三年。

風餐江柳下，雨卧驛樓邊。結纜排魚網，連檣並米□（船）。今朝雲細薄，昨夜月清圓。漂泊南庭老，秖應學水□（仙）。

官亭夕坐戲簡顏十少府大曆三年。

南國調寒杵，西江浸日車。客愁連蟋蟀，亭古帶蒹□（葭）。不返青絲鞚，虚燒夜燭花。老翁須地主，細細酌流霞。

重題

涕灑不能收，哭君余一作「餘」。白頭。兒童相顧盡，宇宙此生浮。江雨銘旌濕，湖風井逕秋。還瞻魏太子，賓客減應劉。

獨坐大曆三年。

悲秋回白首，倚杖背孤城。江斂洲渚出，天虛風物清。滄溟服一作「恨」。衰謝，朱紱負平生。仰羨黃昏鳥，投林羽翮輕。

公安縣懷古大曆三年。

野曠呂蒙營，江深劉備城。寒天催日短，風浪與雲平。灑落君臣契，飛騰戰伐名。維舟倚前浦，長嘯一含情。

公安送李二十九弟晉肅入蜀余下沔鄂大曆三年冬。

正解柴桑纜，仍看蜀道行。檣烏相背發，塞鴈一行鳴。南紀連銅柱，西江接錦城。憑將百錢卜，飄泊問君平。

宴王使君宅題二首大曆三年。

漢主追韓信，蒼生起謝安。吾徒自飄泊，世事各艱難。逆旅招邀近，他鄉意一作「思」。緒寬。不才甘朽質，高卧豈泥蟠？

其二

泛愛容霜髮，一作「鬢」。留歡卜夜闌。一作「夜闌」。自吟詩送老，相勸酒開顔。戎馬今何地，鄉園獨在山。江湖墮清月，酩酊任扶還。

泊岳陽城下大曆三年。

江國踰千里，山城僅百層。岸風翻夕浪，舟雪灑寒燈。留滯才難盡，艱危氣益增。圖南未可料，變化有鯤鵬。

纜船苦風戲題四韻奉簡鄭十三郎判官泛　大曆三年。

東岸朔風疾，天寒鶬鴰呼。漲沙霾草樹，舞雪渡江湖。吹帽時時落，維舟日日孤。因聲置驛外，爲覓酒家壚。

登岳陽樓大曆三年。

昔聞洞庭水，今上岳陽樓。吴楚東南坼，乾坤日夜浮。親朋無一字，老病有孤舟。戎馬關山北，憑軒涕泗流。

陪裴使君登岳陽樓大曆四年。

湖闊兼雲霧，樓孤屬晚晴。禮加徐孺子，詩接謝宣城。雪岸叢梅發，春泥百草生。敢違漁父問，從此更南□（征）。

宿青草湖大曆四年。

洞庭猶在目，青草續爲名。宿槳依農事，郵籤報水程。寒冰争倚薄，雲月遞微明。湖鴈雙雙起，人來故北□（征）。

宿白沙驛大曆四年。

水宿仍餘照，人煙復此亭。驛邊沙舊白，湖外草新青。萬象皆春氣，孤槎自客星。隨波無限月，的的近南溟。

湘夫人祠大曆四年。

肅肅湘妃廟，空墻碧水春。蟲書玉佩蘚，燕舞翠帷塵。晚泊登汀樹，微馨借渚蘋。蒼梧恨不淺，染淚在叢筠。

祠南夕望同上年。

百丈牽江色，孤舟泛日斜。興來猶杖屨，目斷更雲沙。山鬼迷春竹，湘娥倚暮花。湖南清絶地，萬古一長嗟。

野望大曆四年。

納納乾坤大，行行郡國遥。雲山兼五嶺，風壤帶三苗。野樹侵江闊，春蒲長雪消。扁舟空老去，無補聖明朝。

入喬口大曆四年春。

漠漠舊京遠，遲遲歸路賒。殘年傍水國，落日對春華。樹蜜早蜂亂，江泥輕燕斜。賈生骨已朽，悽惻近長沙。

銅官渚守風

不夜楚帆落，避風湘渚間。水耕先浸草，春火更燒山。早泊雲物晦，逆行波浪慳。飛來雙白鶴，過去杳難攀。

發潭州大曆四年春。

夜醉長沙酒，曉行湘水春。岸花飛送客，檣燕語留人。賈傅才未有，褚公書絶倫。名高前後事，回首一傷神。

雙楓浦大曆四年。

輟棹青楓浦，雙楓舊已摧。自驚衰謝力，不道棟梁材。浪足浮紗帽，皮須截錦□（苔）。江邊地有主，暫借上天回。

江閣卧病走筆□（寄）呈崔盧兩侍御大曆四年秋。

客子庖厨薄，江樓枕席清。衰年病秖瘦，長夏想爲情。滑憶一作「喜」。彫胡飯，香聞錦帶□（羹）。溜匙兼暖腹，誰欲致□（盃）罌。

潭州送韋員外迢**牧韶州**大曆四年秋。

炎海韶州牧，風流漢署郎。分符先令望，同舍有輝光。白首多年疾，秋天昨夜凉。洞庭無過鴈，書疏莫相忘。

韋迢潭州留別　江畔長沙澤，一作「驛」。相逢纜客船。大名詩獨步，小郡海西偏。地濕愁飛鵩，天炎畏跕鳶。去留俱失意，把臂共潸然。

酬韋韶州早發湘潭見寄 大曆四年秋。

養拙江湖外，朝廷記憶疏。深慚長者轍，重得故人書。白髮絲難理，新詩錦不如。雖無南過鴈，看取北來魚。

韋迢詩　北風昨夜雨，江上早來涼。楚岫千峰翠，湘潭一葉黄。故人湖外客，白首尚爲郎。相憶無南鴈，何時有報章。

晚秋長沙蔡五侍御飲筵送殷六參軍歸澧 一作「灃」。**州覲省詩** 大曆四年冬。

佳士欣相識，慈顏望遠遊。甘從投轄飲，肯作置書郵。高鳥黄雲暮，寒蟬碧樹秋。湖南冬不雪，吾病得淹留。

哭李常侍嶧二首大曆三年。

一代風流盡，修文地下深。斯人不重見，將老失知音。短日行梅嶺，寒山一作「江」。落桂林。長安若箇畔，猶想映貂金。

其二

青瑣陪雙入，銅梁阻一辭。風塵逢我地，江漢哭君時。次第尋書札，呼兒檢贈詩。發揮王子表，不愧史臣詞。

送趙十七明府之縣大曆五年春。

連城爲寶重，茂宰得才新。山雉迎舟楫，江花報邑人。論交翻恨晚，卧病却愁春。惠愛南翁悦，餘波及老身。

過洞庭湖大曆五年。

鮫室圍青草，龍堆隱一作「擁」。白沙。護堤一作「江」。盤古木，迎棹舞神鴉。破浪南風正，回檣一作「歸舟」。畏日斜。湖光與天遠，直欲泛仙槎。一作「雲山千萬疊，底處上星槎」。

秋日寄題鄭監湖上亭三首大曆元年。

碧草違春意，沅湘萬里秋。池要山簡馬，月静庾公樓。磨滅餘篇翰，平生一釣舟。高唐寒浪減，髣髴識昭丘。

其二

新作湖邊宅，還聞賓客過。自須開竹逕，誰道避雲蘿。官序潘生拙，才名賈誼多。捨舟應卜地，鄰接意如何？

其三

暫住蓬萊閣一作「暫阻蓬萊客」。終爲江海人。揮金應物理，拖玉豈吾身？羹煮秋蓴弱，盃迎露菊新。賦詩分氣象，佳句莫頻頻。

弱。一作「滑」。

謁真諦寺禪師大曆元年。

蘭若山高處，煙霞嶂幾重？凍泉依細石，晴雪落長松。問法看詩妄，觀身向酒慵。未能割妻子，卜宅近前峰。

琴臺上元二年。

茂陵多病後，尚愛卓文君。酒肆人間世，琴臺日暮雲。野花留寶靨，蔓草見羅裙。歸鳳求皇意，寥寥不復聞。

春水上元二年。

三月桃花浪，江流復舊痕。朝來没沙尾，碧色動柴門。接縷垂芳餌，連筒灌小園。已添無數鳥，争浴故相喧。

暮秋將歸秦留別湖南幕府親友大曆五年。

水闊蒼梧野，天高白帝秋。途窮那免哭，身老不禁愁。大府才能會，諸公德業優。北歸衝雨雪，誰憫弊貂裘？一作「俱愍弊貂裘」。

聞惠子過東溪大曆二年。

惠子白驢瘦，歸溪唯病身。皇天無老眼，空谷滯斯人。崖一作「嵓」。蜜松花熟，一作「古」。山杯一作「村醪」。竹葉春。柴門了生事，黃一作「園」。綺未稱臣。

李監宅

落葉春風起，高城煙霧開。雜花分户映，嬌燕入簷迴。一見能傾産，虚懷只愛才。鹽官雖絆驥，名是漢庭來。

早起

春來常早起，幽事頗相關。帖石防隤岸，開林出遠山。一丘藏曲折，緩步有躋攀。童僕來城市，瓶中得酒還。

長吟

江渚翻鷗戲，官橋帶柳陰。江飛競渡日，草見踏青心。已撥形骸累，真爲爛熳深。賦詩歌句穩，不免自長吟。

樓上

天地空搔首，頻抽白玉簪。皇輿三極北，身事五湖南。戀闕勞肝肺，論材愧杞柟。亂離難自救，終是老湘潭。

客舊館

陳迹隨人事，初秋別此亭。重來梨葉赤，依舊竹林青。風幔何時卷，寒砧昨夜聲。無由出江漢，秋渚月冥冥。

愁坐　左檐。鮑云：疑當作「武擔」。

高齋常見野，愁坐更臨門。十月山寒重，孤城水氣昏。葭萌氏種迥，左檐犬戎屯。終日憂奔走，歸期未敢論。

五言絶句

因崔五侍御寄高彭州適一絶上元二年。

百年已過半，秋至轉飢寒。爲問彭州牧，何時救急難？

歸鴈廣德二年。

春一作「東」。來萬里客，亂定幾年歸。腸斷江城鴈，高高向一作「正」。北飛。

即事寶應元年。

百寶裝腰帶，真珠絡臂韝。笑時花近眼，舞罷錦纏頭。

絶句廣德元年。

江邊踏青罷，迴首見旌旗。風起春城暮，高樓鼓角悲。

絶句二首

遲日江山麗，春風花草香。泥融飛燕子，沙暖睡鴛鴦。

其二

江碧鳥逾白，山青花欲燃。今春看又過，何日是歸年。

王録事許修草堂貲不到聊小詰寶應元年。

爲嗔王録事，不寄草堂貲。昨屬愁春雨，能忘欲漏時。

絶句六首廣德二年。

日出籬東水，雲生舍北泥。竹高鳴翡翠，沙僻舞鵾雞。

其二

藹藹花蘂亂，飛飛蜂蝶多。幽棲身懶動，客至欲如何？

其三

急雨梢溪足，斜暉轉樹腰。隔巢黄鳥並，翻藻白魚跳。

其四

鑿井交㰐葉，開渠斷竹根。扁舟輕㔩纜，小逕曲通□(村)。

其五

舍下笋穿壁，庭中藤刺一作「到」。簷。地晴絲冉冉，江白草纖纖。

其六

江動月移石，溪虚雲傍花。鳥棲知故道，帆過宿誰家？

答鄭十七郎一絶大曆元年。

雨後過畦潤，花殘步屧遲。把文驚小陸，好客見當時。

復愁十二首大曆二年。

人煙生處僻，一作「遠□（處）」。虎跡過新蹄。野鶻翻窺草，村船逆上溪。

其二

釣艇收緡盡，昏鴉一作「鷗」。接翅稀。月生初學扇，雲細不成衣。

其三

萬國尚防寇，故園今若何。昔歸相識少，早已戰場多。

其四

身覺省郎在，家須農事歸。年深荒草徑，老恐失柴扉。

其五

金絲鏤箭鏃，皂尾製旗竿。一自風塵起，猶嗟行路難。

其六

正觀銅牙弩，開元錦獸張。花門小前一作「箭」。好，此物棄沙場。

其七

胡虜何曾盛，干戈不肯休。閭閻聽小子，談笑覓封侯。

其八

今日翔麟馬，先宜駕鼓車。無勞問河北，諸將覺一作「角」。榮華。

其九

任轉江淮粟，休□(添)苑囿兵。由來貔虎士，不滿鳳凰城。

其十

江上亦秋色，火雲終不移。巫山猶錦樹，南國且□□（黄鸝）。

十一

每恨陶彭澤，無□（錢）對菊花。如今九日至，自覺酒須賒。

十二

病減詩仍拙，吟多意有餘。莫看江總老，猶被賞時魚。

武侯廟大曆元年。

遺廟丹青落，空山草木長。猶聞辭後主，不復卧南陽。

八陣圖大曆元年。

功蓋三分國，名成八陣圖。江流石不轉，遺恨失吞吳。

絶句三首

聞道巴山裏，春船正好行。都將百年興，一望九江城。

其二

水檻温江口，茆堂石笋西。移船先主廟，洗藥浣沙溪。

其三

設道春來好，狂風大放顛。吹花隨水去，翻却釣魚船。

五言七言八句共一題，而詩分五言、七言者，今爲一類。

九日五首闕一首。大曆二年。

重陽獨酌盃中酒，一作「少飲盃中酒」。抱病豈一作「起」。登江上臺。竹葉於人既無分，菊花從此不須開。殊方日落玄猿哭，舊國霜前白鴈來。弟妹蕭條各何往，干戈衰謝□（兩）

相催。

其二

舊日重陽日，傳□（杯）不放杯。即今蓬鬢改，但愧菊□□（花開）。北闕心長戀，西江首獨迴。茱萸賜朝士，難得一枝來。

其三

舊與蘇司業，兼隨鄭廣文。采花香泛泛，一作「簇簇」。坐客醉紛紛。野樹欹還倚，秋砧醒却聞。歡娛兩冥寞，西北有孤雲。

其四

故里樊川菊，登高素滻源。他時一笑後，今日幾人存。巫峽蟠江路，終南對國門。繫舟身萬里，伏枕淚雙痕。爲客裁烏帽，從兒具緑樽。佳辰對一作「帶」。群盗，愁絶更堪論。

玉臺觀二首廣德二年。

中天積翠玉臺一作「虛」。遥，上帝高居絳節朝。遂有馮夷來擊鼓，始知嬴女善吹簫。江光隱見黿鼉窟，石勢參差烏鵲橋。更有紅顔生羽翰，便應黄髮老漁樵。

其二

浩劫因王造，一作「起」。平臺訪古遊。綵雲簫史駐，文字魯恭留。宮闕通群帝，乾坤到十洲。□(人)傳有笙鶴，時□□(過北)一作「此」。山頭[一]。

[一] 本卷底本自第十四葉至卷終缺葉。

（草堂先生杜工部詩集卷之十五）〔一〕

（王兵馬使二角鷹）

（悲臺蕭颯石巃嵸，哀壑杈枒浩呼洶。中有萬里之長）江〔二〕，迴風陷日孤光動。角鷹翻倒壯士臂，將□□□□（軍玉帳軒）勇氣。二鷹猛腦絛徐墜，目如怒一作「愁」。胡□□（視天地）。□□（杉鷄）竹兔不自一作「見」。惜，孩虎野羊□（俱）辟易。韝上□□□（鋒稜十二）翮，將軍勇鋭與之敵。將軍□（樹）勳起安西，崑崙□□□□（虞泉入馬）蹄。白羽曾肉三狻猊，敢決豈不與之齊？荆□（南）□□（芮公）得將軍，亦如角鷹下翔□（一）作「入翔」。雲。惡鳥飛□（飛）啄□（金）屋，□（安）得爾輩開其群？驅出六合梟鸞分。

軒勇。一作「□（軒）翠」。

〔一〕本卷底本僅存一葉，據版心疑爲卷十五之殘葉。爲區別卷次，今補録卷首標題，並附於十四卷之後。

〔二〕本詩因前缺葉，故詩題王兵馬使二角鷹並首句及次句前六字均缺。

憶昔二首廣德二年。

憶昔先皇巡朔方，千乘萬騎入咸陽。陰山驕子汗血馬，□（長）驅東胡胡走藏。鄴城反覆不足怪，關中小兒壞紀□（綱），張后不樂上爲忙。至今今上猶撥亂，勞心焦思補四方。我昔近侍叨奉引，出兵一作「兵也」。整肅不可當。爲留猛士守未央，致使岐雍防西羌。犬戎直來坐御床，百官跣足隨天王。願見北地傅介子，老儒不用尚書郎。

其二

憶昔開元全盛日，小邑猶藏萬家室。稻米流□□□（脂粟米）白，公私倉廩俱豐實。九州道□（路）無豺虎，遠□□□□（行不勞吉）日出。齊紈魯縞車班班，男耕女桑不相□（失）。□□□□（宮中聖人）奏雲門，天下朋友皆膠漆。百餘年間未災□（變），□□□（叔孫禮）〔一〕（樂蕭何律。豈聞一絹直萬錢，有田種穀今流血。洛陽宮殿燒焚盡，宗廟新

〔一〕底本以下缺頁。

除狐兔穴。傷心不忍問耆舊,復恐初從亂離説。小臣魯鈍無所能,朝廷記識蒙禄秩。周宣中興望我皇,灑血江漢長衰疾)。

草堂先生杜工部詩集卷之十六

七言長律

題鄭十八著作丈乾元元年。　心。一作「翁」。

□(台)州地闊一作「僻」。海冥冥，雲水長和島嶼青。亂後故人□(雙)別淚，春深逐客一浮萍。酒酣懶舞誰相(洩)(拽)，詩罷能吟不復聽。第五橋東流恨水，皇陂岸北結愁亭。賈生對鵩傷王傅，蘇武看羊陷賊庭。可念此心懷直道，也霑新國用輕刑。懷，一作「常」。禰衡實恐遭江夏，方朔虛傳是歲星。窮巷悄然一作「一朝」。車馬絶，案頭乾死讀書螢。

寒雨朝行視園樹大曆二年。

柴門雜樹向千株，丹橘黄甘此地無。江上今朝寒雨歇，籬中秀一作「鮮」，又作「籬邊新」。色畫屏紆。桃蹊李徑年雖故，梔子紅椒艷色殊。一作「艷復殊」。鑠石藤梢元自落，到天松骨見來枯。林香出實垂將盡，葉蔕辭枝一作「柯」。不重蘇。愛日恩光蒙借貸，清霜殺氣得憂虞。衰顏動覓藜牀坐，緩步仍須竹杖扶。散騎未知雲閣處，啼猿僻在楚山隅。

清明二首大曆四年。

朝來新火起新煙，湖色春光净客船。繡羽銜花他自得，紅顏騎竹我無緣。胡童結束還難有，楚女腰肢亦可憐。不見定王城舊處，長懷賈傅井依然。虛霑焦舉爲寒食，實藉嚴君一作「君平」。賣卜錢。鍾鼎山林各天性，濁醪麤飯任吾年。

此身飄泊苦西東，右臂偏枯半耳聾。寂寂繫舟雙下淚，悠悠伏枕左書空。十年蹴踘將鶵遠，萬里鞦韆習俗同。旅鴈上雲歸紫塞，家人鑽火用青楓。秦城樓閣煙一作「鶯」。花裏，漢主山河錦繡中。風水春來洞庭闊，白蘋愁殺白頭翁。

寄岑嘉州大曆二年。

不見故人十年餘，不道故人無素書。願逢顏色關塞遠，豈意出守江城居。外江三峽且相接，斗酒新詩終自疏。謝朓每篇堪諷誦，馮唐已老聽吹噓。泊船秋夜經春草，伏枕青楓限玉除。眼前所寄選何物，贈子雲安雙鯉魚。

七言八句

城西陂泛舟天寶十三年。

青蛾皓齒在樓船，橫笛短簫悲遠天。春風自信牙檣□(動)，遲日徐看錦纜牽。魚吹細浪摇歌扇，燕蹴飛花落舞筵。不有小舟能盪槳，百壺那送酒如泉？

贈田九判官梁丘　天寶十四年。

崆峒使節上青霄，河隴降王款聖朝。宛馬總肥一作「飛」。春苜蓿，將軍只數漢一作「霍」。嫖姚。陳留阮禹一作「瑀」。誰争□(長)，□(京)兆田郎早見招。麾下賴君才並入，獨能無意向漁樵。

贈獻納起居田舍人澄天寶十三年。

獻納司存雨露邊，一作「偏」。地分清切任才賢。舍人退食收封事，宮女開函近一作「捧」。御筵。曉漏追趨青瑣闥，晴窗點檢白雲篇。揚雄更有河東賦，唯待吹噓送上天。

九日藍田崔氏莊乾元元年。

老去悲秋强自寬，興來今日盡君歡。羞將短髮還吹帽，笑倩傍人爲正冠。藍水遠從千澗落，玉山高並兩峰寒。明年此會知誰健？一作「在」。醉一作「再」。把茱萸子細□（看）。

臘日至德二年。

臘日常年暖尚遥，今年臘日凍全消。侵凌雪色還萱草，漏泄春光有一作「是」。柳條。縱酒欲謀良一作「長」。夜醉，還家初散紫宸朝。口脂面藥隨恩澤，翠管銀罂下九霄。

曲江二首乾元元年。

□□（一片）花飛減却春，風飄萬點正愁人。且看欲盡花經眼，莫厭傷多酒入唇。江上小堂巢翡翠，花一作「苑」。邊高塚臥麒麟。細推物理須行樂，何用浮一作「榮」。名絆此身。

朝回日日典春衣，每日江頭盡醉歸。酒債尋常行處有，人生七十古□（來）稀。穿花蛺蝶深深見，一作「舞」。點水蜻□□（蜓款）款飛。一作「緩緩飛」。傳語風光共流轉，暫時相賞莫相□（違）。

曲江對酒乾元元年。

苑外江頭坐不歸，水精春一作「宫」。殿轉霏微。桃花細逐楊花落，一作「桃花欲共梨花語」。黄鳥時一作「仍」。兼白鳥飛。縱飲久判人共棄，懶朝真與世相違。吏一作「含」。情更覺滄洲遠，老大悲傷未拂衣。

曲江對雨□□元年〔一〕。

城上春雲覆苑牆，江亭晚色静年一□（作）「天」。芳。林花著雨燕脂一作「支」。落，水荇牽風翠

〔一〕繫年因底本殘缺，故付闕如，下同。

帶長。龍武新軍深駐輦，芙蓉□（别）殿謾焚香。何時詔一作「重」。此金錢會，暫一作「爛」。醉佳人錦瑟傍？

曲江陪鄭八丈南史飲乾元□（元）年。

雀啄江頭黄柳花，鵁鶄鸂鶒滿晴沙。自知白髮非春事，且盡芳樽戀物華。近侍即今難浪跡，此身那得更□□（無家）。丈人文力猶强健，豈傍青門學種瓜？

紫宸殿退朝口號乾元元年。

户外昭容紫袖垂，雙瞻御座引朝儀。香飄合殿春□（風）轉，花覆千官淑景一作「日」。移。晝漏聲聞一作「稀聞」。高閣報，□□（天顔）有□（喜）近臣知。宫中每出歸東省，會送夔龍集一作「到」。□□（鳳池）。

和賈至舍人早朝大明宫呈兩省寮友乾元二年。

五夜漏聲催曉箭，九重□（一）作「天」。春色醉仙桃。旌旗日暖龍蛇動，宫殿風微燕雀高。朝罷香煙携蒲袖，詩成珠玉在揮毫。欲知世掌絲綸美，池上于一作「如」。今有一作「得」。鳳毛。

賈至詩　銀燭朝天紫陌長，禁城春色曉蒼蒼。千條弱柳垂□(青)瑣，百轉流鶯滿建章。劍佩聲隨玉墀步，衣冠身染御爐香。共沐恩波鳳池裏，朝朝染翰侍君王。

王維和　絳帽雞人送曉籌，尚衣方進翠雲裘。九天閶闔開宮殿，萬國衣冠拜冕旒。日影纔臨仙掌動，香煙欲傍衮龍浮。朝罷須裁五色詔，佩聲歸到鳳池頭。

帽。一作「幘」。

岑參和　雞鳴紫陌曙光寒，鶯囀皇州春色闌。金□□(鎖曉)鍾開萬□(户)，玉堦仙□(仗)擁千官。花迎劍佩星初□(落)，□□□(柳拂旌旗)露未乾。獨有鳳凰池上客，陽春一曲□□(和皆)難[一]。

[一] 本卷底本第六葉至第十六葉缺葉，即自岑參和詩之後至「江閣要賓許馬迎」句前皆缺。

（崔評事弟許相迎不到應慮老夫見泥雨怯出必愆佳期走筆戲簡）〔一〕

江閣要賓許馬迎，午時起坐自天明。浮雲不負青□（春）色，細雨何孤白帝城？身過花間霑濕好，醉於馬上□（往）來輕。虚疑皓首衝泥怯，實少銀鞍傍險行。

見螢火大曆二年。

巫山秋夜螢火飛，簾疏巧入坐人衣。忽驚屋裏琴書冷，復亂簷前星宿稀。却繞井欄添箇箇，偶經花蘂弄輝輝。滄江白髮愁看汝，來歲如今歸未歸？

季夏送鄉弟韶陪黄門從叔朝謁大曆元年。

令弟尚爲蒼水使，名家莫出杜陵人。比來相國兼安蜀，歸赴朝廷已入秦。□（捨）舟策馬論兵地，拖玉腰金□（報）主身。莫度清秋吟□□（蟋蟀），早聞黄閣畫麒麟。

〔一〕 詩題原缺，今補。

返照大曆二年。

楚王宫北正黄昏，白帝城西過雨痕。返照入江翻石壁，歸雲擁樹失山村。衰年肺病唯高枕，絶塞愁時早閉門。不可久留豺虎亂，南方實有未招魂。

示獠奴阿段大曆元年。

山木蒼蒼落日曛，竹竿裊裊細泉分。郡人入夜争餘瀝，稚子尋源獨不聞。病渴三更迴白首，傳聲一注濕青雲。曾驚陶侃胡奴異，怪爾常穿虎豹群。一作「豎」。稚。

又呈吴郎大曆二年。

堂前撲棗任西鄰，無食無兒一婦人。不爲困窮寧有此，秖緣恐懼轉須親。即防一作「知」。遠客雖多事，使一作「便」。插疏籬却甚真。已訴徵求貧到骨，正思戎馬淚盈巾。

七月一日題終明府水樓二首大曆元年。

高棟層軒已自凉，秋風此日灑衣裳。翛然欲下陰山雪，不去非無漢署香。絶壁過雲開錦繡，疏松隔水奏笙簧。看君宜著王喬履，真賜還疑出尚方。

宓子彈琴邑宰日，終軍棄繻英妙時。承家節操尚不泯，爲政風流今在兹。可憐賓客盡傾蓋，何處老翁來賦詩。楚江巫峽半雲□(雨)，清簟疏簾看弈棋。

送李八秘書赴杜相公幕大曆二年。

青簾白舫益州來，巫峽秋濤天地迴。石出倒聽楓葉下，櫓搖背指菊花開。貪趨相府今晨發，恐失佳期後命催。南極一星朝北斗，五雲多處是三台。

寄常徵君大曆元年。

白水青山空復春，徵君晚節傍風塵。楚妃堂上色殊衆，海鶴堦前鳴向人。萬事糾紛猶絶粒，一官羈絆實藏身。開州入夏知凉冷，不似雲安毒熱新。

覽物 一作「峽中覽物」。大曆元年。

曾爲掾吏趨三輔，憶在潼關詩興多。巫峽忽如瞻華嶽，蜀江猶似見黄河。舟中得病移衾枕，洞口經春長薜蘿。形勝有餘風土惡，幾時回首一高歌？

吹笛 大曆元年。

吹笛秋山風月清，誰家巧作斷腸聲？風飄律吕相和切，月傍關山幾處明？胡騎中宵堪北走，武陵一曲想南征。故園楊柳今摇一作「摧」。落，何得愁中却盡生。

秋興八首 大曆元年。

玉露凋傷楓樹林，巫山巫峽氣蕭森。江間波浪兼天湧，塞上風雲接地陰。叢菊兩一作「重」。開他日淚，孤舟一繫故園心。寒衣處處催刀尺，白帝城高急暮砧。

夔府孤城落日斜，每依南斗望京華。聽猿實下三聲淚，奉使虚隨八月查。畫省香爐違伏枕，山樓粉堞隱悲笳。請看石上藤蘿月，已映洲前蘆荻花。

千家山郭静朝暉，日日一作「一日」。江樓坐翠微。信宿漁人還泛泛，清秋燕子故飛飛。

匡衡抗疏功名薄，劉向傳經心事違。同學少年多不賤，五陵衣馬自輕肥。

聞道長安似弈棋，百年世事不勝悲。一作「不堪悲」。王侯第宅皆新主，文武衣冠異昔時。直北關山金鼓振，征西車馬羽書遲。一作「馳」。魚龍寂寞秋江冷，故國平居有所思。

蓬萊宮闕對南山，承露金莖霄漢間。西望瑶池降王母，東來紫氣滿函關。雲移雉尾開宫扇，日繞龍鱗識聖顔。一卧滄江驚歲晚，幾回青瑣點朝班。

瞿唐峽口曲江頭，萬里風煙接素秋。花萼夾城通御氣，芙蓉小苑入邊愁。珠簾繡柱圍黄鵠，錦纜牙檣起白鷗。迴首可憐歌舞地，秦中自出帝王州。

昆明池水漢時功，武帝旌旗在眼中。織女機絲虚月夜，石鯨鱗甲動秋風。波漂菰米沉雲黑，露冷蓮房墜粉紅。關塞極天唯鳥道，江湖滿地一漁翁。

昆吾御宿自逶迤，紫閣峰陰入渼陂。一作「紫閣峰陰入漾陂，昆吾□（御）宿自逶迤」。香稻啄餘鸚鵡粒，碧梧棲老鳳凰枝。佳人拾翠春相問，仙侣同舟晚更移。綵筆昔曾干氣象，白頭吟望苦低垂。

詠懷古跡五首大曆元年。

支離東北風塵際，漂泊西南天地間。三峽樓臺淹日月，五溪衣服共雲山。羯胡事主終無賴，詞客哀時□(且)未還。庾信平生最蕭瑟，暮年詩賦動江關。

搖落深知宋玉一作「爲主」。悲，風流儒雅亦吾師。悵望千秋一灑淚，蕭條異代不同時。江山故宅空文藻，雲雨荒臺豈夢思。最是楚宮俱泯滅，舟人指點到今疑。

群山萬壑赴荆門，生長明妃尚有村。一去紫臺連朔漠，獨留青冢向黄昏。畫圖省識春風面，環珮空歸月夜魂。千歲琵琶作胡語，分明怨恨曲中論。

蜀主窺吴幸三峽，崩年亦在永安宫。翠華想像空山一作「寒山」。裏，玉殿虚無野寺中。古廟杉松巢水鶴，歲時伏臘走村翁。武侯祠屋長鄰近，一體君臣祭祀同。

諸葛大名垂宇宙，宗臣遺像肅清高。三分割據紆籌策，萬古雲霄一羽毛。伯仲之間見伊吕，指揮若定失蕭曹。福移漢祚難恢復，志决身殲軍務勞。

杜員外兄垂示詩因作此寄上郭受判官〔一〕

新詩海内流傳困，舊德朝中屬望勞。郡邑地卑饒□（霧）雨，江湖天闊足風濤。松醪酒熟旁看醉，蓮葉舟輕自學操。春興不知凡幾首，衡陽紙價頓能高。

遣悶呈路十九曹長

江浦雷聲喧昨夜，春城雨色動微寒。黄鶯並坐交愁濕，白鷺群飛大劇乾。晚節漸於詩律細，誰家數去酒杯寬？唯君酷愛清狂客，百遍相過意未闌。

草堂先生杜工部詩集卷之十六終

〔一〕按：本詩爲郭受之作，題爲杜員外兄垂示詩因作此寄上。此處「郭受判官」四字，誤作詩題。又此詩原當與杜甫答詩酬郭十五判官（見本集卷十七）同列，今分屬兩卷，亦誤。

草堂先生杜工部詩集卷之十七

七言八句

諸將五首永泰元年。

漢朝陵墓對南山，胡虜千秋尚入關。昨日玉魚蒙葬地，早時金盌出人間。見愁汗馬西戎逼，曾閃朱旗北斗閑。多少材官守涇渭，將軍且莫破愁顔。

韓公本意築三城，擬絶天驕拔漢旌。豈謂盡煩回紇馬，翻然遠救朔方兵。胡來不覺潼關隘，龍起猶聞晉水清。獨使至尊憂社稷，諸君何以答升平。

洛陽宫殿化爲烽，休道秦關百二重。滄海未全歸□(禹)貢，薊門何處覓堯封。朝廷衮職雖多預，天下軍儲□(不)自供。稍喜臨邊王相國，肯銷金甲事春農。

回首扶桑銅柱標，冥冥氛祲未全銷。越裳翡翠無消息，南海明珠久寂寥。殊錫曾爲大司馬，總戎皆插侍中貂。炎風朔雪天王地，只在忠良翊聖朝。

錦江春色逐人來，巫峽清秋萬壑哀。正憶一作「賴」。往時嚴僕射，共迎中使望鄉臺。主恩前後三持節，軍令分明數舉盃。西蜀地形天下險，安危須仗出群材。

夜大曆元年。一作「秋夜客舍」。

露下天高秋水清，空山獨夜旅魂驚。疏燈自照孤帆宿，新月猶懸雙杵鳴。南菊一作「國」。再逢人卧病，北書不至鴈無情。步蟾一作「簷」。倚杖看牛斗，銀漢遥應接鳳城。

見王監兵馬使説近山有白黑二鷹羅者久取竟未能得王以爲毛骨有異他鷹恐臘□（後）春生騫飛避暖勁翮思秋之甚眇不可見請余賦詩二首大曆元年。

雪一作「雲」。飛王立盡清秋，不惜奇毛恣遠遊。在野只教心力破，千人何事網羅求。一生自獵知無敵，百中争能耻下韝。鵬礙九天須却避，兔經三窟莫深憂。

黑鷹不省人間有，度海疑從北極來。正翮摶風超□（紫）塞，玄冬幾夜宿陽臺。虞羅自各虚施巧，春鴈同歸□（必）見猜。萬里寒空秖一日，金眸玉爪不凡材。

閣夜大曆元年。

歲暮陰陽催短景，天涯霜雪霽寒宵。五更鼓角聲悲壯，三峽星河影動摇。野哭千家聞戰伐，夷歌幾一作「數」。處起漁樵。卧龍躍馬終黄土，人事音書漫寂寥。一作「人事音塵日寂寥」。

冬至大曆二年。

年年至日長爲客，忽忽窮愁泥殺人。江上形容吾獨老，天涯一作「邊」。風俗自相親。杖藜雪後臨丹壑，鳴玉朝來散紫宸。心折此時一作「一時」。無一寸，路迷何處見一作「是」。三秦？

小至大曆元年。

天時人事日相催，冬至陽生春又來。刺繡五文添弱綫，吹葭六琯動浮灰。岸容待臘將舒柳，山意衝寒欲放梅。雲物不殊鄉國異，教兒且覆掌中杯。

舍弟觀赴藍田取妻子到江陵喜寄三首大曆二年冬。

汝迎妻子到荆州，消息真傳解我憂。鴻鴈影來連峽内，鶺鴒飛急到沙頭。嶢關險路今虚遠，禹鑿寒□□（江正）穩流。朱紱即當隨綵鷁，青春不假報黄牛。

馬度一作「瘦」。秦山雪正深，北來肌骨苦寒侵。他鄉就我生春色，故國移居見客心。歡劇提携如意舞，喜多行坐白頭吟。巡簷索共梅花笑，冷蘂疏枝半不禁。

庾信羅含俱有宅，春來秋去作誰家？短墻若在從殘草，喬木如存可假花。卜築應同蔣詡徑，爲園須似邵平瓜。比年一作「因」。病酒開涓滴，弟勸兄酬何怨嗟。

奉送蜀州柏二别駕將中丞命赴江陵起居衛尚書大夫人因示從弟行軍司馬位大曆元年。

中丞問俗畫熊頻，愛弟傳書綵鷁新。遷轉五州防禦使，起居八座太夫人。楚宫臘送荆門水，白帝雲偷碧海春。與報惠連詩不惜，知吾班鬢總如銀。

宇文晁尚書之甥崔彧司業之孫尚書之子重泛鄭監前湖審

郊扉俗遠長幽寂，野水春來更接連。錦席淹留還出浦，葛巾欹側未迴船。罇前一作

「樽當」。霞綺輕初散，棹拂荷珠碎却圓。不但習池歸酩酊，君看鄭谷去夤緣。

多病執熱奉懷李尚書之芳　大曆三年。

哀年正苦病侵凌，首夏何須氣鬱蒸。大水淼茫炎海接，奇峰硉兀火雲昇。思霑道暍黄梅雨，敢望宫恩□（玉）井冰。不是尚書期不顧，山陰野雪興難乘。

江陵節度陽城郡王新樓成王請嚴侍御判官賦七字句同作大曆三年。

樓上炎天冰雪生，高飛燕雀賀新成。碧窗宿霧濛濛濕，朱栱浮雲細細輕。杖鉞褰帷瞻具美，投壺散帙有餘清。自公多暇延參佐，江漢風流萬古情。

又作此奉衛王

西北樓成雄楚都，遠開山嶽散江湖。二儀清濁還高下，三伏炎蒸定有無。推轂幾年唯鎮静，曳裾終日盛文儒。白頭授簡焉能賦，愧似相如爲大夫。

公安送韋二少府匡贊大曆三年。

逍遥公後世多賢，送爾維舟惜此筵。念我能書一作「常能」。數字至，將詩不必萬人傳。時危兵甲黄塵裏，日短江湖白髮前。古往今來皆涕淚，斷腸分手各風煙。

留别公安太易沙門大曆三年。

隱居欲就廬山遠，麗藻初逢休上人。數問舟航留製作，長開篋笥擬心神。沙村白雪仍含凍，江縣紅梅已放春。先踏爐峰置蘭若，徐飛錫杖出風塵。

燕子來舟中作大曆五年。

湖南爲客動經春，燕子銜泥兩度新。舊入故園嘗識主，如今社日遠看人。可憐處處巢居一作「君」。室，何異飄飄託此身。暫語船檣還起去，穿花落水益霑巾。

小寒食舟中作大曆五年。

佳辰强飲食猶寒，隱几蕭條帶鶡冠。春水船如天上坐，老年花似霧中看。娟娟戲蝶過閑幔，片片輕鷗下急湍。雲白山青萬餘里，看雲直北至長安。一作「是長安」。

贈韋七贊善大曆五年。

鄉里衣冠不乏賢，杜陵韋曲未央前。爾家最近魁三象，時論同歸一作「因侵」。尺五天。北走關山一作「河」。開雨雪，南遊花柳塞雲一作「風」。煙。洞庭春色悲公子，蝦菜忘歸范蠡船。

酬郭十五判官大曆四年。

才微歲老尚虛名，卧病江湖春復生。藥裹關心詩總廢，花枝照眼句還成。只同燕石能星隕，自得隋珠覺夜明。喬口橘洲風浪促，繫帆何惜片時程。

鄭駙馬宅宴洞中潛曜　天寶四年。

主家陰洞細煙霧，留客夏簟青琅玕。春酒盃濃琥珀薄，冰漿椀碧碼瑙寒。悞疑茅堂一作「屋」。過江麓，已入風磴霾雲端。自是秦樓壓鄭谷，時聞雜佩聲珊珊。

崔氏東山草堂□元元年。

愛汝玉山草堂静,高秋爽氣相鮮新。有時自發鐘磬響,落日更見漁樵人。盤剥白鴉谷口栗,飯煮青泥坊底芹。何爲西莊王給事,柴門空閉鎖松筠?

題省中院壁乾元元年。

掖垣竹埤梧十尋,洞門對雪一作「霤」。常陰陰。落花遊絲白日静,鳴鳩乳燕青春深。腐儒衰晚謬通籍,退食遲回違寸心。衮職曾無一字補,許身愧比雙南金。

望嶽乾元元年。

西嶽崚嶒一作「稜危」。竦處尊,諸峰羅立一作「列」。似兒孫。安得仙人九節杖,拄到玉女洗頭盆。車箱入谷無歸一作「回」。路,箭栝通天有一門。稍待秋風凉冷後,高尋白帝問真源。

章梓州橘亭餞成都竇少□(尹)得凉字。廣德元年秋。

秋日野亭千橘香，玉杯錦席高雲凉。主人送客何所作，行酒賦詩殊未央。衰老應爲難離别，賢聲此去有輝光。預傳籍籍新京兆，青史無勞數趙張。

至後廣德二年。

冬至至後日初長，遠在劍南思洛陽。青袍白馬有何意，金谷銅駞非故鄉。梅花欲開不自覺，棣蕚一别永相望。愁極本憑詩遣興，詩成吟詠轉凄凉。

九日廣德元年。

去年登高郪縣北，今日重在涪江濱。苦遭白髮不相放，羞見黄花無數新。世亂鬱鬱久爲客，路難悠悠常傍人。酒闌却憶十年事，腸斷驪山清路塵。

野望寶應元年。

金華山北一作「南」。涪水西，仲冬風日始凄凄。山連越巂蟠三蜀，水散巴渝下五溪。

獨鶴不知何事舞，飢烏似欲向人啼。射洪春酒寒仍緑，目極傷神誰爲携。

十二月一日三首永泰元年。

今朝臘月春意動，雲安縣前江可憐。一聲何處送書鴈，百丈誰家上水一作「瀨」。船。未將梅蘂驚愁眼，更取椒花媚遠天。明光起草人所羡，肺病幾時朝日邊。

寒輕市上山煙碧，日滿樓前江霧黄。負鹽出井此溪女，打鼓發船何郡郎？新亭舉目風景切，茂陵著書消渴長。春花不愁不爛熳，楚客唯聽棹相將。

即看燕子入山扉，豈有黄鶯歷翠微？短短桃花臨水岸，輕輕柳絮點人衣。春來準擬開懷久，老去親知見面稀。他日一盃難强進，重嗟筋力故山違。

立春大曆元年。

春日春盤細生菜，忽憶兩京梅發時。盤出高門行白玉，菜傳纖手送青絲。巫峽寒江那對眼，杜陵遠客不勝悲。此身未知歸定處，呼兒覓紙一題詩。

赤甲大曆二年。

卜居赤甲遷居新，兩見巫山楚水春。炙背可以獻天子，美芹由來知野人。荆州鄭薛寄書近，一作「詩近」。蜀客郄岑非我鄰。笑接郎中評事飲，病從深酌道吾真。

愁大曆元年。

江草日日喚愁生，巫一作「春」。峽泠泠非世情。盤渦鷺浴底心性，獨樹花發自分明。十年戎馬暗萬里，異域賓客老孤城。渭水秦山得見否？人今罷病虎縱横。

江雨有懷鄭典設大曆二年春。

春雨闇闇塞峽中，早晚來自楚王宫。亂波分披已打岸，弱雲狼藉不禁風。寵光蕙葉與多碧，點注桃花舒小紅。谷口子真正憶汝，岸高瀼滑一作「闊」。限西東。

雨不絶廣德二年。

鳴雨既過漸細微，映空摇颺如絲飛。堦前短草泥不亂，院裏長條風乍稀。舞石旋應將乳子，行雲莫自濕仙衣。眼邊江舸何忽促，未得一作「待」。安流逆浪歸。

晝夢大曆二年。

二月饒睡昏昏然，不獨夜短晝分眠。桃花氣暖眼自醉，春渚日落夢相牽。故鄉門巷荆棘底，中原君臣豺虎邊。安得務農息戰鬭，普天無吏横索錢。

即事大曆二年。

暮春三月巫峽長，皛皛行雲浮一作「無」。日光。雷聲忽送千峰雨，花氣渾如百和香。黄鸎過水翻迴去，燕子銜泥濕不妨。飛閣卷簾圖畫裏，虚無只少對瀟湘。

暮春大曆元年。

卧病擁塞在峽中，瀟湘洞庭虚映空。楚天不斷四時雨，巫峽長吹千里風。沙上草閣柳新暗，一作「闇」。城邊野池蓮欲紅。暮春鴛鷺立洲渚，挾子翻飛還一叢。

簡吴郎司法大曆二年。

有客乘舸自忠州，遣騎安置瀼西頭。古堂本買藉疏豁，借汝遷居停宴遊。雲石熒熒高葉曉，一作「曙」。風江颯颯亂帆秋。却爲姻婭過逢地，許坐曾軒數散愁。

即事一作「天畔」。大曆二年。

天畔群山孤草亭，江中風浪雨冥冥。一雙白魚不受釣，三寸黄甘猶自青。多病馬卿無日起，窮途阮籍幾時醒。未聞細柳散金甲，腸斷秦州流濁涇。一作「川」。

灎澦大曆二年。

灎澦既没孤根深，西來水多愁太陰。江天漠漠鳥飛去，風雨時時龍一吟。舟人漁子歌迴首，估客胡商淚滿襟。寄語舟航惡年少，休翻鹽井横一作「擲」。黄金。

白帝大曆元年秋。

白帝城中雲出門，白帝城下雨翻盆。高江急峽雷霆鬬，翠一作「古」。木蒼一作「長」。藤日月昏。戎一作「去」。馬不如歸馬逸，千家今有百一作「十」。家存。哀哀寡婦誅求盡，慟哭秋原何處村。

黃草廣德元年。

黃草峽西船不歸，赤甲山下行人稀。秦中驛使無消息，蜀道兵戈有是非。有，一作「存」。萬里秋風吹錦水，誰家別淚濕羅衣。莫愁劍閣終堪據，聞道松州已被圍。

白帝城最高樓大曆元年。　封。一作「對」。

城尖徑昃一作「翼」。旌旆愁，獨立縹緲之飛樓。峽坼雲霾龍虎睡，江清日抱黿鼉遊。扶桑西枝封斷石，弱水東影隨長流。杖藜歎世者誰子，泣血迸空迴白頭。

覃山人隱居大曆二年。

南極老人自有星，北山移文誰勒銘？徵君已去獨松菊，哀壑無光留户庭。予見亂離不得已，子知出處必須經。高車駟馬帶傾覆，悵望秋天虛翠屏。

柏學士茅屋大曆二年。

碧山學士焚銀魚，白馬却走身巖居。古人已用三冬足，年少今一作「曾」。開萬卷餘。晴雲滿户團傾蓋，秋水浮□（堦）溜決渠。富貴必從勤苦得，男兒須讀五車書。

暮歸大曆二年。

霜黄碧梧白鶴棲，城上擊柝復烏啼。客子入門月皎皎，誰家擣練風凄凄。南度桂水闕舟楫，北歸秦一作「洛」。川多鼓鞞。年過半百不稱意，明日看雲還杖藜。

曉發公安數月憩息此縣大曆三年。

北城擊柝復欲罷，東方明星亦不遲。鄰雞野哭如昨日，物色生態一作「生生」。能幾時？舟楫眇然自此去，江湖遠適無前期。此門轉眄已陳迹，藥餌扶吾隨所之。

長沙送李十一銜 大曆五年。

與子避地西康州，洞庭相逢十二秋。遠媿尚方曾賜履，境非吾土倦登樓。久存膠漆應難並，一辱泥塗遂晚收。李杜齊名真忝竊，朔雲黃菊倍離憂。

黃。一作「寒」。

七言絶句

贈李白開元十八年。

秋來相顧尚飄蓬，未就丹砂愧葛洪。痛飲狂歌空度日，飛揚跋扈爲誰雄？

三絶句寶應元年。

楸一作「春」。樹馨香倚釣磯，斬新花蘂未應飛。不如醉裏春風一作「風吹」。盡，可一作

「何」。忽醒時雨打稀？

門外鸕鶿久不來，沙頭忽見眼相猜。自今已後知人意，一日須來一百迴。

無數春筍滿林生，柴門密掩斷人行。會須上番看成竹，客至從嗔不出迎。

戲爲六絶上元二年。

庾信文章老更成，凌雲健筆意縱横。今人嗤點流傳賦，不覺前賢畏後生。

楊王盧駱當時體，輕薄爲文哂未休。爾曹身與名俱滅，不廢江河萬古流。

縱使盧王操翰墨，劣於漢魏近風騷。龍文虎脊皆君馭，歷塊過都見爾曹。

才力應難跨數公，凡今誰是出群雄？或看翡翠蘭苕上，未掣鯨魚碧海中。

不薄今人愛古人，清詞麗句必爲鄰。竊攀屈宋宜方駕，恐與齊梁作後塵。

未及前賢更勿疑，遞相祖述復先誰？别裁僞體親風雅，轉益多師是汝師。

贈花卿上元二年。

錦城絲管日紛紛，半入江風半入雲。此曲秪應天上有，□（人）間能得幾回聞？

蕭八明府寔處覓桃栽上元二年。

奉乞桃栽一百根，春前爲送浣花村。河陽縣裏雖無數，濯錦江邊未滿園。

從韋二明府續處覓錦竹三數叢寶應元年。

華軒藹藹他年到，錦竹亭亭出縣高。江上舍前無□（此）物，幸分蒼翠拂波濤。

憑何十一少府邕覓榿木數百栽上元元□（年）。

草堂塹西無樹一作「木」。林，非子誰復見幽心？飽聞□□（榿木）三年大，與致溪邊十畝陰。

憑韋少府班覓松樹子栽上元元年。

落落出群非欅柳，青青不朽豈楊梅？欲存老蓋千年意，老蓋，一作「老晝」。爲覓霜根數寸栽。一作「來」。

又於韋處乞大邑瓷盌上元二年。

大邑燒瓷輕且堅，扣如哀一作「寒」。玉錦城傳。君家白盌勝霜雪，急送茅齋也可憐。

詣徐卿覓果子栽上元二年。

草堂少花今欲栽，不問緑李與黄梅。石筍街中却歸去，□(果)園坊裏爲求來。

重贈鄭鍊絶句

鄭子將行罷使臣，囊無一物獻尊親。江山路遠羈離日，裘馬誰爲感激人？

官池春鴈二首寶應元年。

自古稻粱多不足，至今鸂鶒亂爲群。且休悵望看春水，更恐歸飛隔暮雲。

青春欲盡急還鄉，紫塞寧論尚有霜。翅在雲天終不遠，力微矰繳絶須防。

中丞嚴公雨中垂寄見憶一絶奉答二絶寶應元年。

雨映行宫辱贈詩，元戎肯赴野人期。一云「元戎欲動野人知」。江邊老病雖無力，强擬晴天理釣絲。

何日雨晴雲出溪，白沙青□（石）光一作「洗」。無泥。只須伐竹開荒徑，拄杖穿花聽馬嘶。□（一）作「鳥啼」。

謝嚴中丞送青城山道士乳酒一瓶寶應元年。

山瓶乳酒下青雲，氣味濃香幸見分。鳴鞭走送憐漁父，洗盞開嘗對馬軍。

得房公池鵝廣德元年。

房相一作「公」。西亭鵝一群，眠沙泛浦□□（白於）雲。鳳凰池上應迴首，爲報籠隨王右軍。

戲作寄上漢中王二首廣德元年。

雲裏不聞雙鴈過，掌中貪見一珠新。秋風嫋嫋吹江漢，只在他鄉何處人。

謝安舟楫風還起，梁苑池臺雪欲飛。杳杳東山携漢妓，泠泠脩竹待王歸。

投簡梓州幕府兼簡韋十郎官寶應元年。

幕下郎官安穩無？從來不奉一行書。固一作「因」。知貧病人須棄，能使韋郎跡也疏。

答楊梓州廣德元年。

悶到楊一作「房」。公池水頭，坐逢楊子鎮東州。却向青溪不相見，回船應載阿戎遊。

惠義寺園送辛員外廣德元年。

朱櫻此日垂朱實，郭外誰家負郭田？萬里相逢貪握手，高才仰望足離筵。

奉和嚴武軍城早秋廣德二年。

秋風嫋嫋動高旌，玉帳分弓射虜營。已收滴博雲間戍，欲奪蓬婆雪外城。

嚴武詩　昨夜秋風入漢關，朔雲邊雪滿西山。更催飛將追驕虜，莫放沙場匹馬還。

絶句四首寶應元年。

堂西長筍別開門，塹北行椒却背村。梅熟許同朱老喫，松高擬對阮生論。

欲作魚梁雲覆一作「復」。湍，因驚四月雨聲寒。青溪先有蛟龍窟，竹石如山不敢安。

兩箇黄鸝鳴翠柳，一行白鷺上青天。窗含西嶺千秋雪，門泊東吴萬里船。

藥條藥甲一作「草甲」。潤青青，色過棕亭入草亭。苗滿空山慚取譽，根居隙地怯成形。

李司馬橋了承高使君自成都迴上元二年。

向來江上手紛紛，三日成功事出群。已傳童子騎青竹，總擬橋東待使君。

喜聞賊盜蕃寇總退口號五首大曆□□。

蕭關隴水入官軍，青海黄河卷塞雲。北極轉愁龍虎氣，西戎休縱犬羊群。

贊普多教使入秦，數通和□（好）止煙塵。朝廷忽用哥舒將，殺伐虚悲公主親。

崆峒西極過崑崙，駞馬由□（來）擁國門。逆氣數年吹路斷，蕃人聞道漸星奔。

勃律天西采玉河，堅昆碧盌最來多。舊隨漢使千堆寶，少答胡王萬匹羅。

今春喜氣滿乾坤，南北東西拱至尊。大曆三年調玉燭，玄元皇帝聖雲孫。

存殁口號二首大曆元年。

席謙不見近彈棊，畢曜仍□（傳）舊小詩。玉局他年無限笑，一作「事」。白楊今日幾人悲？

鄭公粉繪隨長夜，曹霸丹青已白頭。天下何曾有山水，人間不解重驊騮。

上卿翁請修武侯廟遺像缺落時崔卿權夔州大曆二年。

大賢爲政即多聞，刺史真符不必分。尚有西郊□□（諸葛）廟，卧龍無首對江濆。

書堂飲既夜復邀李尚書下馬月下賦□□（絶句）大曆三年三月。

湖上林風相與清，殘罇下馬復同傾。久拚野鶴如□（雙）鬢，遮莫鄰雞下五更。

上。□□（一作）「水」。

江南逢李龜年大曆三年。

岐王宅裏尋常見，崔九堂前幾度聞。正是江南好風景，落花時節又逢君。

承聞河北諸道節度入朝歡喜口號絶句十二首大曆二年。

禄山作逆降天誅，更有思明亦已無。洶洶□□（人寰）猶不定，時時戰鬬欲何須？

社稷蒼生計必安，蠻夷雜種錯相干。周宣漢武今王是，孝子忠臣後代看。

喧喧道路多歌謡，一作「好童」。河北將軍盡入朝。始是乾坤王室正，却教江漢客魂銷。

北一作「不」。道諸公無表來，茫然庶事遣人猜。擁兵相學干戈鋭，使者徒勞萬里迴。

□□（鳴玉）鏘金盡正臣，修文偃武不無人。興王會静□□（妖氛）氣，聖壽宜過一

萬春。

英雄見事若通神，聖哲爲□（心）小一身，燕趙休矜□□（出佳麗），□□（宮闈）不擬選才人。

抱病江天白首郎，空山樓閣□（暮）春光。衣冠是日□□（朝天）子，草奏何人入帝鄉。

澶漫山東一百州，削成如桉抱青丘。苞茅重入歸關内，王祭還供盡海頭。

東逾遼水北滹沲，星象風雲喜共和。紫氣關臨天地闊，黄金臺貯俊賢多。

漁陽突騎邯鄲兒，酒酣並轡金鞭垂。意氣即歸雙闕舞，雄豪復遣五陵知。

李相將軍擁薊門，白頭惟有赤心存。竟能盡説諸侯入，知有從來天子尊。

十二年來多戰場，天威已自陣堂堂。神靈漢代中□（興）主，功業汾陽異姓王。

解悶十二首大曆元□（年）。

□（草）閣柴扉星散居，浪翻江黑雨飛初。山禽引子哺紅果，溪友一作「女」。得錢留白魚。

商胡離別下楊州，憶上西□□（一作）「蘭」。□（陵）故驛樓。爲問□□□□（淮南米貴賤），老夫乘興欲東流。

□（一）辭故國十經秋，每見秋瓜憶故丘。一作「侯」。今日□□（南湖）采薇蕨，何人爲覓鄭瓜一作「袁」。州。

□□□（沈范早）知何水部，曹劉不待薛郎中。獨當省署□□（開文）苑，□（兼）泛滄浪學釣翁。

李陵蘇武是吾師，孟子論文□□（更不）疑。一飯未曾留俗客，數篇今見古人詩。

復憶襄陽孟浩然，清詩句句□（盡）堪傳。即今耆舊無新語，謾釣槎頭縮項一作「頸」。鯿。

陶冶性靈存底物？新詩改罷自長吟。熟知二謝將□（能）事，頗學陰何苦用心。

不見高人王右丞，藍田丘壑蔓寒藤。最傳秀句寰區滿，未絶風流相國能。

先帝貴妃俱寂寞，荔枝還復入長安。炎方每續朱櫻獻，玉座應悲白露團。

憶過瀘戎摘荔枝，青楓隱映石逶迤。京華應見無顔色，紅顆酸甜只自知。

翠瓜碧李沉玉甃，赤梨蒲萄寒露成。可憐先不異枝蔓，此物娟娟長遠生。

□□（側生）野岸及江蒲，不熟丹宮□□（滿玉）壺。雲壑布□□□□（衣鮐背死），□□（勞人害）馬翠眉須。重，一作「害」；須，一作「疏」。

漫成一首大曆元年。

□□□□□（江月去人只數）尺，風燈照□（夜）欲三更。沙頭宿鷺□□□（聯拳靜），□□□（一作「起」）。□□（船尾）跳魚撥一作「跋」。□□（刺鳴）〔二〕。

春水生二絶上□□□。

□□（二月）六夜春水生，門前小□（灘）□（一）作□（「籬」）。渾欲平。鸕鷀鸂鶒莫漫喜，吾與汝曹俱眼明。

一夜水高三尺强，數日不可□（更）禁當。南市津頭有船賣，無錢即買繫籬傍。

江畔獨步尋花七絶句寶應元年。

江上被花惱不徹，無處告訴只顛狂。走覓南鄰愛酒伴，經旬出飲獨空床。

〔二〕此處原本錯簡。本第二十一葉，錯置於第二十三葉處，致原第二十二葉錯爲第二十一葉，原第二十三葉錯爲第二十二葉。今乙正。

稠花亂蘂畏一作「裹」。江濱，□□□□（行步攲危）實怕春。詩酒尚堪驅使在，未須料理白頭□（人）。

江深竹静兩三家，多事紅□（花）映白花。報答春光知□（有）處，應須美酒送生涯。

東望少城花滿煙，百花高樓更可憐。誰能載酒開金□（盞）。一作「鎖」。喚取佳人舞繡筵？

□（黄）師塔前江水東，春光懶□□（困倚）微風。桃花一□（簇）開無□（主），□（可）愛深紅愛一作「映」。淺□（紅）？

□□□□（黄四孃家）花滿蹊，千朵萬□□（朵壓）枝低。留連戲蝶□□□（時時舞），□□（自在）嬌鶯恰恰啼。

□□（不是）愛花即欲死，只恐花盡□□（老相）催。繁枝容易□□□（紛紛落），□□（嫩蘂）□（一）作□（「蕊」）。商量細細開。

絶句漫興九首上元□□。

□□(眼見)一作「前」。客愁愁不醒，無□□□(賴春色)到江亭。即□□□□(遣花開深)造次，便覺一作「教」。鸎語太丁□(寧)。

□(手)種桃李非無主，野老牆低還是家。恰似春風相欺得，夜來吹折數枝花。

熟一作「耐」。知茅齋絶低小，江上燕子故來頻。銜泥點□(汙)琴書内，一作「困」。更接飛蟲打著人。

二月已破三月來，漸老逢春能幾回？莫思身外無窮事，且盡生前有限盃。

腸斷春江一作「江春」。欲盡一作「白」。頭，杖藜徐步立芳洲。顛狂柳絮隨風去，輕薄桃花逐水流。

懶慢無堪不出村，呼兒日在掩柴門。蒼苔濁酒林中□(静)，碧水春風野外昏。

□(糝)徑楊花鋪白氈，點溪荷葉疊青錢。筍根稚子無□(人)見，沙上鳧雛傍母眠。

□□□(舍西柔)桑葉可拈，江上□□□□(細麥復纖)纖。人生幾□□□□(何春已夏)，□□□(不放香)醪如蜜甜。

□（隔）户一作「户外」。楊柳弱嫋嫋，恰□□（似十）五兒女腰。誰謂□□□（朝來不）作意？狂風挽斷最□□（長條）。

□（夔）州歌十絶句□□□年。

□□□（中巴之）東巴東山，江水□□□□（開闢流其）間。白帝高□□□□（爲三峽鎮），□（夔）州險過百牢關。

□（白）帝夔州各異城，蜀江□□（楚峽）混殊名。英雄割據非天□（意），霸主並吞在物情。

群雄競起向前朝，王者□□（無外）見今朝。比訝漁陽結怨恨，元聽舜日舊簫韶。

赤甲白鹽俱刺天，閭閻繚繞接山巔。楓林橘樹丹青合，複道重樓錦繡懸。

瀼東瀼西一萬家，江北江南春冬花。背飛鶴子遺瓊蘂，相趁鳧鶵入漿牙。

東屯稻畦一百頃，北有澗水通青苗。晴浴狎鷗分□（處）處，雨隨神女下朝朝。

蜀麻吴鹽自古通，萬斛之舟行若風。長年三老長歌□（裏），白晝攤錢高浪中。

憶昔咸陽都市合，山水之圖□（張）賣時。巫峽曾經寶□□（屏見），□□（楚宫）猶對碧峰疑。

□□□□（閬風玄圃）與蓬壺，中有高□（唐）□（天）下無。借問夔州□□□（壓何處），□（峽）門江腹擁城隅。

□□（武侯）祠堂一作「生祠」。不可忘，□□（中有）松柏參天長。干□□□□□（戈滿地客愁破），雲日如火炎天□（涼）。

□□（草堂）先生杜工部詩集□□□□（卷之十七）卷終

□（草）堂先生杜工部詩集卷□□（之十）八

□□□（七言歌）

飲中八仙歌天寶年□（間）。

知章騎馬似乘船，眼花落井□（水）底眠。汝陽三□（斗）始朝天，道逢麴車口流涎，恨不移封向酒泉。左相日興費萬錢，飲如長鯨吸百川，銜盃□（樂）聖稱世一作「避」。賢。宗之蕭灑美少年，舉觴白眼望青天，皎如玉樹臨風前。蘇晉長齋繡佛前，醉中往往愛逃禪。李白一斗詩百篇，長安市上酒家眠，天子呼來不上船，自稱臣是酒中仙。張旭三盃草聖傳，脱帽露頂王公前，揮毫落紙如雲煙。焦遂五斗方卓然，高談雄辯驚四筵。

閬水歌廣德二年。

嘉陵江色何所似，石黛碧玉相因依。正憐日破浪花□（出），更復春從沙際歸。巴童

□（蕩）槳欹側過，水雞銜魚來去飛。閬中勝事可腸斷，閬□（州）城南天下稀。

病後過王倚飲贈□（歌）天寶十三載。

□（麟）角鳳觜世莫識，煎膠續□（弦）奇自見。尚看王生抱□□（此懷），□（在）於甫也何由羨。且遇王□（生）慰疇昔，素知□□□□□（賤子甘貧賤）。□□（酷見）凍餒不足恥，多□□（病沉）年苦無健。王生□□□□□□（怪我顏色惡），答云伏枕艱難□（遍）。□（瘧）癘三秋孰可忍，寒□□□□□□（熱百日相交）戰。頭白眼暗坐有□□□（一作「不」）。胝，肉黃皮皺命□□（如綫）。□□□□□（惟生哀我）未平復，爲我力□□（致美）肴膳。遣人向市□□□（賒香粳），□（喚）婦出房親自饌。長□（安）□□□（冬菹酸）且綠，金城□□□（土酥靜）□□□□（一作「凈」）。如練。兼求富豪一□□□（作「畜豪」），一作□□（「畜豕」）。且割鮮，密沽□（斗）酒諧終宴。故人情味晚誰似？令我手脚輕欲漩。老馬爲駒□（信）不虛，當時得意況深眷。但使殘年飽喫飯，只願□□（無事）長相見。

湖城東遇孟雲卿復歸劉顥宅宿宴飲散□(因)爲醉歌乾元元年。

疾風吹塵暗河縣，行子隔手不相見。湖城城南一開眼，駐馬偶識雲卿面。況非劉顥爲地主，懶迴鞭轡成高宴。劉侯歡一作「歎」。我攜客來，置酒張燈促華饌。且將款曲終今夕，休語艱難尚酣戰。照室紅鑪促曙光，縈□(窗)素月垂文練。天開地裂□(長)安陌，寒盡春生□(洛)陽殿。□(豈)知驅車復同軌，可惜刻漏隨更箭。人生會合不可常，庭樹雞鳴淚如綫。

戲贈閿鄉秦少府□(一)作□(翁)。**短歌**乾元元年。

□□(去年)行宮當太白，朝迴君是□(同)舍客。同心不□□□□(減骨肉親)，□□(每語見)許文章伯。今日□□(時清)兩京道，相逢苦□□□□(覺人情好)。□(昨)夜邀懽樂更無，□□(多才)依舊能潦倒。

閬山歌廣〔得〕(德)二年。

□□□□(閬州城東)靈山一作「雪山」。白，閬州□□(城北)玉臺碧。松浮□□□

□(欲盡不盡)雲，江動將崩已一作「未」。崩□(石)。□(那)知根無鬼神□(會)。□□□(已覺氣)與嵩華敵。中原格鬬□□(且未)歸。應結茅齋看青壁。

樂遊園歌天寶年□(間)。

□(樂)遊古園崒森爽，煙綿碧草萋萋長。公子華筵勢最□(高)，秦川對酒平如掌。長生木瓢示真率，更調鞍馬狂歡賞。青春波浪芙蓉園，白日雷霆夾城仗。閶闔晴開映蕩蕩，曲江翠幕排銀牓。拂水低徊一作「迴」。舞袖翻，緣雲清切歌聲上。却憶年年人醉時，只今未醉已先悲。數莖白髮那抛得，百罰一作「刻」。深盃亦不辭。聖朝亦知一作「已知」。賤士醜，一物自荷皇天慈。此身飲罷無歸處，獨立蒼茫自詠詩。

閿鄉姜七少府設鱠戲贈長歌乾元元年。

姜侯設鱠當嚴冬，昨日今日皆天風。河凍未漁一作「來魚」，又作「黄河水漁」。不易得，鑿冰恐侵河伯宫。饔人受魚鮫人手，洗魚磨刀魚眼紅。無聲細□(下)飛碎一作「素」。雪，有骨已剁□□(觜春)葱。偏勸腹腴愧年少，軟□(炊)香飯一作「粳」。緣老□(翁)。□□□

□（落磪何曾白）紙濕，放筯未覺金□（盤）空。新懽便飽姜□（侯）□（德），□（清）觴異味情屢極。東歸貪一作「貧」。路自覺難，欲別□□□（上馬身）無力。可憐爲人好心事，於我見子真顔色。不恨□□□□□（我衰子貴時），悵望且爲今相憶。

題李尊師松樹障子歌 □元元年。

□□（老夫）清晨梳白頭，玄都□□（道士）來相訪。握髮呼兒延□□（入户），手提新畫青松障。障子松林静杳冥，憑軒忽若無丹青。陰崖却承霜雪□（一）作「露」。幹，偃蓋反走虬龍形。老夫平生好奇古，對此興與精靈聚。已知仙客意相親，更覺良工心獨苦。松下丈人巾□（屨）同，偶坐似一作「自」。是商一作「南」。山翁。悵望一作「惆悵」。聊歌紫芝曲，時危慘澹來悲風。

嚴氏溪放歌 寶應元年。

天下甲馬未盡銷，豈免溝壑常漂漂。劍南歲月不可度，邊頭公卿仍獨驕。費心姑息是一役，肥肉大酒徒相要。嗚呼古人已糞土，獨覺志士甘漁樵。況我飄轉無定所，終日慽慽忍羈旅。秋宿霜溪素月高，喜得與子長夜語。東遊西還力實倦，從此將身更何許。知子松根長茯苓，遲暮有意來同煮。

玄都壇歌寄元逸人 天寶十一年。

□□（故人）昔隱東蒙峰，已佩含景蒼精龍。故人今居子午□（谷），□□（獨在）一作□（「並」）。陰崖結一作「白」。茅屋。屋前太古玄都壇，青□（石）漠漠常風寒。子規夜啼山竹裂，王母晝下雲□（旗）翻。知君此計誠長往，芝草琅玕日應長。鐵鏁高□□□□（垂不可攀），致身福地何蕭爽。

越王樓歌 寶應□年。

綿州州府何磊落，顯慶年中越王作。孤城西北起高樓，碧瓦朱甍照城郭。樓下長江百丈清，山頭落日半輪明。君王舊跡今人賞，轉見千秋萬古情。

姜楚公畫角鷹歌寶應元年。

楚公畫鷹鷹戴角，殺氣森森一作「如」。到幽朔。觀者貪愁掣臂飛，畫師不是無心學。此鷹寫真在左綿，却嗟真骨遂虛傳。梁間燕雀休驚怕，亦未摶空上九天。

題壁上韋偃畫馬歌上元元年。

韋侯别我有所適，知我憐君一作「渠」。畫無敵。戲一作「試」。拈秃筆掃驊騮，欻見騏驎出東壁。一匹齕草一匹嘶，坐看千里當霜蹄。時危安得真致此，與人同生亦同死。

奉先劉少府新畫山水障歌天寶十四年。

堂上不合生楓樹，怪底江山起煙霧。聞君掃却赤縣圖，乘興遣畫滄洲趣。畫師亦無數，好手不可遇。對此融心神，知君重毫素。豈但祁岳與鄭虔，筆跡遠過楊契丹。得非玄圃裂，無乃瀟湘翻。悄然坐我天姥下，□(耳)邊已似聞清猿。反思前夜風雨急，乃是滿一作「蒲」。城□(鬼)神入。元氣淋漓障猶濕，真宰上訴天應泣。野亭春□(還)雜花遠，漁翁暝踏孤舟立。滄浪水深青溟闊，欹岸側島秋毫末。不見湘妃鼓瑟時，至今班竹臨江活。

劉侯天機精，愛畫入骨髓。自有兩兒郎，揮灑亦莫比。大兒聰明到，能添老樹巔崖裏。小兒心孔開，貌得山僧及童子。若耶溪，雲門寺，吾獨胡爲在泥滓，青鞋布襪從此始。

蘇端薛復筵簡薛華醉歌天寶十五年。

文章有神交有道，端復得之名譽早。愛客滿堂盡豪傑，開筵上日一作「月」。思芳草。安得健步移遠梅，亂插繁花向晴昊？千里猶殘舊冰雪，百壺且試開懷抱。垂老惡聞戰鼓悲，急觴爲緩憂心擣。少年努力縱談笑，看我形容已枯槁。座中薛華善醉歌，歌辭自作風格老。近來海内爲長句，汝與山東李白好。何劉沈謝力未工，才兼鮑昭愁絶倒。諸生頗盡新知樂，萬事終傷不自保。氣酣日落西風來，□（願）吹野水添金杯。如澠之酒常快意，亦知窮愁一作「達」。安在哉。忽憶雨時秋井塌，古人白骨生青苔，如□□（何不）飲令心哀！

李潮八分小篆歌大曆二年。

蒼頡鳥跡既茫昧，字體變化如浮雲。陳蒼石鼓又已訛，大小二篆生八分。秦有李斯漢蔡邕，中間作者寂不聞。嶧山之碑野火焚，棗木傳刻肥失真。苦縣光和尚骨立，書一作

「畫」。貴□□□（瘦硬方）通神。惜哉李蔡不復得，吾甥李潮下筆親。尚書韓□（擇）木，騎曹蔡有鄰，開元已來數八分，潮也奄有二子□（成）三人。况潮小篆逼秦相，快劍長戟森相向。八分一字直百一作「千」。金，蛟龍盤拏肉屈强。吳郡張顛誇草書，草書非古空雄壯。豈知吾甥不流宕，丞相中郎丈人行。巴一作「江」。東逢李潮，逾月求我歌。我今衰老才力薄，潮乎潮乎奈汝何。

醉時歌天寶十二年。

諸公衮衮登臺一作「華」。省，廣文先生官獨冷。甲第紛紛厭粱肉，廣文先生飯不足。先生有道出羲皇，先生有文一作「才」。過屈宋一作「所談或屈宋」。德尊一代常坎軻，名垂萬古知何用。杜陵野客人更嗤，被褐短窄鬢如絲。日糴太一作「秦」。倉五升米，時赴鄭老同襟期。得錢即相覓，沽酒不復疑。忘形到爾汝，□（痛）飲真一作「直」。吾師。清夜沉沉動春酌，簷一作「燈」。前細□□（細燈）一作「簷」。花落。但覺高歌有鬼神，焉知餓死填溝□（壑）。□（相）如逸才親滌器，子雲識字終投閣。先生早賦歸去來，石田茅屋荒蒼苔。儒術於我□（何）有哉！孔丘盜跖俱塵埃。不須聞此意慘愴，生前相遇且銜盃。

茅屋爲秋□□（風所）破歌永泰元年。

八月秋高風怒號，□□□（卷我屋）上三重茅。茅飛度江灑一作「滿」。江郊，高者挂罥長□□（林梢），下者飄轉沉塘坳。南村群童欺我老無力，忍能對□（面）爲盜賊，公然抱茅入竹去。脣焦口燥呼不得，歸來倚杖自歎息。俄頃風定雲墨色，秋天漠漠向昏黑。布衾多年冷似鐵，嬌兒惡臥踏裹裂。床床屋漏無乾處，雨脚如麻未斷絶。自經喪亂少睡眠，長夜沾濕何由徹。安得廣厦千萬間，大庇天下寒士俱歡顔，風雨不動安如山。嗚呼，何時眼前突兀見此屋，吾廬獨破受凍死亦足。

荆南兵馬使太常卿趙公大食刀歌永泰元年。

太常樓船聲嗷嘈，問兵刮寇超一作「趍」。下牢。牧出令奔飛百艘，猛蛟突獸紛騰逃。白帝寒城駐錦袍，玄冬示我胡國刀。壯士短衣頭虎毛，憑軒拔鞘天爲高。翻風轉日木怒號，冰翼雪淡□（傷）哀猱。鐫錯碧罌鸊鵜膏，鋩鍔一作「銛鋒」。已瑩虛秋濤。□（鬼）物撇捩亂坑壕，蒼水使者捫赤條，龍伯國人罷□□（釣鼇）。芮公迴首顔色勞，分閫救世用賢豪。趙公玉立□□（高歌）起，攬環結佩相終始。萬歲持之護天子，得君亂□（絲）與君理。

蜀江如線針如水，荊岑□（彈）丸心□（未）已。賊臣惡子休干紀，魑魅魍魎徒爲耳，妖腰亂領敢欣喜。用□□（之不）高亦不痺，不似長劍須天倚。吁嗟光禄英雄弭，□□（大食）寶刀聊可比。丹青宛轉麒麟裏，光芒六合無泥滓。

相從歌寶應元□（年）。

我行入東川，十步一回首。成都亂罷氣蕭瑟，浣花草堂亦何有。梓州豪俊大者誰，本州從事知名久。把臂開罇飲我酒，酒酣擊劍蛟龍吼。烏帽拂塵青螺粟，紫衣將炙一作「織」。緋衣走。銅盤燒蠟光一作「炎」。吐日，夜如何其初促膝。黄昏始扣主人門，誰謂俄頃膠在漆。萬事盡付形骸外，百年未見歡娱畢。神傾意豁真佳士，久客多憂今愈疾。高視乾坤又可愁，一軀交態同悠悠。垂老遇君未恨晚，似君須向古人求。

魏將軍歌大曆二年。

將軍昔著從事衫，鐵馬馳突重兩銜。被堅執鋭略西極，崑崙月窟東嶄巖。君□（門）羽林萬猛士，惡若哮虎子所監。五年起家列霜□（戟），□（一）日過海收風帆。平生流輩徒蠢蠢，長安少年□□（氣欲）盡。魏侯骨聳精爽緊，華嶽峰尖見秋隼。星纏寶□□（鉸金）盤陁，夜騎天駟超天河。欃槍熒惑不敢動，翠蕤□（雲）旓相蕩摩。吾爲子起歌都□（護），酒闌插劍□（肝）膽露，鉤□□（陳蒼）蒼風玄武。一作「（云）（玄）武暮」。萬□（歲）千秋奉明主，臨江節士□□（安足）數。

天育驃騎□（歌）□（天）寶末年。

吾聞天子之馬走千□（里），□（今）之畫圖無乃是。是何意態雄且傑，駿尾蕭梢朔風□（起）。毛爲緑縹兩耳黃，眼有紫焰雙瞳方。矯矯一作「矯然」。龍性□（一）作「矯龍性逸」。合變化，卓立天骨森開張。伊昔太僕張景順，監牧攻駒一作「考牧神駒」。閲清峻。監，又作「老」。遂令大奴守天育，別養驥子憐神俊。當時四十萬匹馬，張公歎其材盡下。故獨寫真傳世人，見之座右久更新。年多物化空形影，嗚呼健步無由騁。如今豈無騕褭與驊騮，時無王良伯樂死即休。

戲韋偃爲雙松圖歌上元元年。

天下幾人畫古松，一作「樹」。畢宏已老韋偃少。絶筆長風起纖末，滿堂動色嗟神妙。兩株慘裂苔蘚皮，屈鐵交錯迴高枝。白摧朽骨龍虎死，黑入太陰雷雨垂。松根胡僧憩寂寞，厖眉皓首□（無）住著。偏袒右肩露雙脚，葉裹松子僧前落。韋侯□（韋）侯數相見，我有一匹好東一作「素」。絹，重之不減錦□□（繡段）。已令拂拭光凌亂，請公放筆爲直幹。

戲題王宰□（畫）山水圖歌上元元年。

十日畫一水，五日□□（畫一）石。能事不□（受）相促□（迫），王宰始肯留真跡。壯哉崑□（崙）□（方）壺一作「丈」。圖，挂君高堂之素壁。巴陵洞庭日本東，□□□（赤岸水）與銀河通，中有雲氣隨飛龍。舟人漁子入浦漵，□□（山木）盡亞一作「帶」。洪濤風。尤工遠勢古莫比，咫尺應須論□（一）作□（「千」）。萬里。焉得并州快剪刀，剪取吴松半江水。

觀打魚歌寶應元年。

綿州江水之東津，魴魚鱍鱍色勝銀。漁人漾舟沉大網，截江一擁數百鱗。衆魚常才盡却棄，赤鯉騰出如有神。潛龍無聲老蛟怒，迴風颯颯吹沙塵。饔子左右揮霜刀，鱠飛金盤白雪高。徐州禿尾不足憶，漢陰槎頭遠遁逃。魴魚肥美知第一，既飽驩娛亦蕭瑟。君不見朝來割素鬐，咫尺波濤永相失。

戲作花卿歌上元二年。

成都猛將有花卿，學語小兒知姓名。用如快鶻風火生，見賊惟多身始輕。綿□（州）副使着柘黃，我卿掃除即日平。子璋髑髏血模□（糊），□（手）提擲還崔大夫。李侯重有此節度，人道我卿□□（絶世）□（一）作□（「代」）。無。既稱絶世無，天子何不喚取守京都？

徐□□□□（卿二子歌）□元二年。

君不見，徐□（卿）□□□（二子生）絶奇，感應吉夢相追□（隨）。□□（孔子）□（釋）氏親抱送，並是□□□（天上麒）麟兒。大兒九齡色□□（清澈），秋水爲神玉爲骨。小兒□□□□（五歲氣食）牛，滿堂賓客皆迴頭。吾知徐公百不憂，積善□（衮）衮生公侯。丈夫生兒有如此二雛者，名位豈肯卑微□（休）。

乾元中寓居同谷縣作歌七首乾元二年。

有客有客字子美，白頭亂髮一作「短髮」。垂過耳。歲拾橡栗隨狙公，天寒日暮山谷裏。中原無書歸不得，手脚凍皴皮肉死。嗚呼一歌兮歌已哀，悲風爲我從天一作「東」。來。

長鑱長鑱白木柄，我生託子以爲命。黄精一作「黄獨」。無苗山雪盛，短衣數挽不掩脛。此時與子空一作「同」。歸來，男呻女吟四壁静。嗚呼二歌兮歌始放，閭一作「鄰」。里爲我色惆悵。

有弟有弟在遠方，一作「各一方」。□(三)人各瘦何人强。生别展轉不相見，胡塵暗天道□(路)長。東飛駕鵝後鶖鶬，安得送我置汝傍。嗚呼三□□(歌兮)歌三發，汝歸何處收一作「取」。兄骨。

有妹有妹在鍾離，□□(良人)早歿諸孤癡。長淮□□□□(浪高蛟龍)怒，十年□□□□□(不見來何時)？□(一)作「來何遲」。扁舟欲往□□□(箭滿眼)，□□(杳杳)南國多□□(旌旗)。□□□(嗚呼四)歌兮歌四奏，□□□□□□(林猿爲我啼清)晝。

四山多風溪水急，□□(寒雨)颯颯枯樹濕。一作「□(樹)枝濕」。黄蒿古城雲不開，白狐一作「玄狐」。跳梁黄狐立。我生胡□(爲)在窮谷，中夜起坐萬感集。嗚呼□(五)歌兮歌正長，魂招不來歸故鄉。

南有龍兮在山湫，古木巃嵸枝相樛。木葉黄落龍正蟄，蝮蛇東來水上遊。我行怪此安敢出，拔劍欲斬且復休。嗚呼六歌兮歌思遲，一作「六歌兮怨遲遲」。溪壑爲我迴春姿。

男兒生不成名身已老，三一作「十」。年飢走荒山道。長安卿相多少年，富貴應須致身早。山中儒生舊相識，但話宿昔傷懷抱。嗚呼七歌兮悄終曲，仰視皇天白日速。

七言引

丹青引贈曹將軍霸廣德二年。

將軍魏武之子孫，於今爲庶爲清門。英雄割據雖已矣，文彩風流今尚存。學書初學衛夫人，但恨無過王右軍。丹青不知□□□（老將至），富貴於我如浮□（雲）。□□□（開元之中）常引見，承恩□□（數上）□（南）薰殿。凌煙功臣少□□（顔色），□□□（將軍下）筆開生面。□□□□（良相頭上進）賢冠，猛將□（腰）間□□（大羽箭）。□□（褒公）鄂公毛髮動，英□□□（姿颯爽）來酣戰。先帝天馬□□□（玉花驄），□（畫）工如山貌不同。是日□(牽)來赤墀下，迥立閶闔生長風。詔謂將軍拂絹素，意匠慘澹經營中。斯須九重真龍出，一洗萬古凡馬空。玉花却在御榻上，榻上庭前屹相向。至尊含笑催賜金，圉人太僕皆惆悵。弟子韓幹早入室，亦能畫馬窮殊相。幹惟畫肉不畫骨，忍使驊騮氣凋喪。將軍盡善蓋有神，必逢佳士亦寫真。即今漂泊干戈際，屢貌尋常行路人。途窮返遭俗眼白，世上未有如公貧。但看古來盛名下，終日坎壈纏其身。

韋諷録事宅觀曹將軍畫馬圖引廣德二年。

國初已來畫鞍馬，神妙獨數江都王。將軍得名三十載，人間又見真乘黃。曾貌先帝照夜白，龍池十日飛霹靂。內府殷紅瑪瑙盤，婕妤傳詔才人索。盌賜將軍拜舞歸，輕紈細綺相追飛。貴戚權門得筆跡，始覺屏障生光輝。昔日太宗拳毛騧，近時郭家師子花。今之新一作「畫」。圖有二馬，復令識者久歎嗟。此皆騎戰一敵萬，縞素漠漠開風沙。其餘七匹亦殊絶，迥若寒空動煙雪。霜蹄蹴踏□□□(長楸間)，馬宮廝養森成列。□□(可憐)九馬爭神駿，□□□□□(顧視清高氣)深穩。借問苦心愛□□(者誰)，□□(後有)□(韋)諷前支遁。憶昔巡幸新豐宮，翠華拂天□□□(來向東)。□□(騰驤)磊落三萬匹，皆與此圖筋骨同。自從獻寶□□□（朝河宗），□（無）復射蛟江水中。君不見金粟堆前松柏裏，龍媒去盡鳥呼風。

馬宮。一作「官」。

桃竹杖引廣德元年。

江心蟠石生桃竹，蒼波噴浸尺度足。斬根削皮如紫玉，江妃水仙惜不得。梓潼使君一作「者」。開一束，滿堂賓客皆歎息。憐我老病贈兩莖，出入爪甲鏗有聲。老夫復欲東南征，乘濤鼓枻一作「棹」。白帝城。路幽必爲鬼神奪，杖一作「拔」。劍或與蛟龍争。重爲告曰：杖兮杖兮，爾之生也甚正直，慎勿見水踴躍學變化爲龍。使我不得爾之扶持，滅跡於君山湖上之青峰。噫，風塵澒洞兮豺虎咬人，忽失雙杖兮吾將曷從。

草堂先生杜工部詩集卷之十八□（終）

草堂先生杜工部詩集卷之十九

五言行

同元使君春陵行並序　大曆二年。

覽道州元使君結。春陵行兼賊退後示官吏作二首，志之曰：當天子分憂之地，效漢官良吏之目。今盗賊未息，知民疾苦，得結輩十數公，落落然參錯天下爲邦伯，萬物吐氣，天下少安可待矣。不意復見比興體制，微婉頓挫之詞，感而有詩，增諸卷軸，簡知我者，不必寄元。

遭亂髮盡一作「遽」。白，轉衰病相嬰。沉緜盗賊際，狼狽江漢行。歎時藥力薄，爲客羸瘵成。吾人詩家秀，博采世上名。粲粲元道州，前賢畏後生。觀乎春陵作，歘見俊哲情。復覽賊退篇，結也實國楨。賈誼昔流慟，匡衡常引經。道州憂黎庶，詞氣浩縱横。兩章對秋月，一作「水」。一字偕一作「階」。華星。致君唐虞際，純朴□（憶）□（大）庭。何時降璽書，用爾爲丹青。獄訟久衰息，豈惟偃□（甲）兵。悽惻念誅求，薄斂近休明。乃知正人意，不苟飛長纓。凉飈振南岳，之子寵若驚。色沮一作「阻」。金印大，興含滄溟一作「浪」。清。我多長卿病，日夕思朝廷。肺枯渴太甚，漂□□□□（泊公孫城）。呼兒具紙筆，隱几臨軒楹。作詩呻吟内，□□□□□（墨淡字欹傾）。感彼危苦詞，庶幾知者聽。

彭衙行天寶十五年。

憶昔避賊初，北走經險艱。夜深彭衙道，月□（照）□（白）水山。盡室久徒步，逢人多厚顔。參差谷鳥吟，一作「鳴」。不見遊子還。癡女飢咬我，啼畏猛虎聞。懷中掩其口，反側聲愈嗔。小兒强解事，故索苦李餐。一旬半雷雨，泥濘相攀牽。既無禦雨一作「濕」。備，徑滑衣又寒。有時經一作「最」。契闊，竟日數里間。野果充糇糧，卑枝成屋椽。早行石上水，暮宿天邊煙。少留同家窪，欲出蘆子關。故人有孫宰，高義薄曾雲。延客已曛黑，張燈起重門。煖湯濯我足，剪紙招我魂。從此出妻孥，相視涕闌干。衆雛爛熳睡，唤起霑盤餐。誓將與夫子，永結爲弟昆。遂空所坐堂，安居奉我歡。誰肯艱難際，豁達露心肝。别來歲月周，胡羯仍構患。何當有翅翎，飛去墮爾前。

義鶻行 乾元元年。

陰崖有蒼一作「二」。鷹，養子黑柏巔。白蛇登其巢，吞噬一作「之」。恣朝餐。一作「飡」。雄飛遠求食，雌者鳴辛酸。力强不可制，黄口無半存。其父從西歸，一作「來」。翻身□（入）長煙。斯須領健鶻，痛憤寄所宣。斗上捩孤影，噭哮來□□（九天）。□□（修鱗）脱遠枝，巨顙拆老拳。高空得蹭蹬，短草辭□□（蜿蜒）。□□（折尾）能一掉，飽腸已皆穿。生雖滅衆雛，死亦垂千□（年）。□□（物情）有報復，快意貴目前。兹實鷙鳥最，急難心惘□（然）。□□（功成）失所往，用捨何其賢。近經潏水湄，此事樵夫傳。飄蕭覺素髮，凛欲一作「烈」。衝儒冠。人生許與分，亦在顧眄間。聊爲義鶻行，永激壯士肝。

畫鶻行 一作「畫鵰」。 至德二年。

高堂見生一作「老」。鶻，颯爽動秋骨。初驚無拘攣，何得立突兀。乃知畫師妙，巧刮造化窟。寫此神俊姿，充君眼中物。烏鵲滿樛枝，軒然恐其出。側腦看青霄，寧爲衆禽没。長翮如刀劍，人寰可超越。乾坤空峥嶸，粉墨且蕭瑟。緬思一作「想」。雲沙際，自有煙霧質。吾今意何傷，顧步獨紆鬱。

七言行

嶽麓山道林二寺行大曆五年。

玉泉之南麓山殊，道林林壑争盤□(紆)。寺門高開洞庭野，殿脚插入赤沙湖。五月寒風冷佛骨，六時天樂朝香鑪。地靈步步雪山草，僧寶人人滄海珠。塔劫宮墻壯麗敵，香厨松道清涼俱。蓮花一作「池」。交響共命鳥，金榜雙迴三足烏。方丈涉海費時節，玄圃尋河□□□(知有無)。暮年且喜經行近，春日兼蒙暄暖扶。飄然班□□(白身)奚適，旁此煙霞茅可誅。桃源人家易制度，橘洲□□□(田土仍)膏腴。潭府邑中甚淳古，太守庭内不喧呼。昔遭□□(衰世)皆晦跡，今幸樂國養微軀。依止一作「此」。老宿亦未晚，富貴功名焉足圖。久爲野客尋幽慣，細學何顒免興孤。一重一掩吾肺腑，山鳥山花吾友于。□(宋)公放逐曾題壁，物色分留與一作「待」。老夫。

瘦馬行至德二年。

東郊瘦馬使我傷，骨骼一作「骸」。硉兀如堵墻。絆之欲動轉欹側，此豈有意仍騰驤。

細看六印帶官字，衆道三軍遺路傍。皮乾剥落雜泥滓，毛暗蕭條連雪霜。去歲奔波逐餘寇，驊騮不慣不得將。士卒多騎内厩馬，惆悵恐是病乘黄。當時歷塊誤一蹶，委棄非汝能周防。見人慘澹若哀訴，失主錯莫無晶光。天寒遠放鴈爲伴，一作「侣」。日暮不一作「未」。收一作「衣」。烏啄瘡。誰家且養願終惠，更試明年春草長。

歲晏行大曆三年。

歲云暮矣多北風，瀟湘洞庭白雲一作「雪」。□（中）。漁父天寒綱罟凍，莫傜射鴈鳴桑弓。去年米貴闕□（軍）食，今年米賤大傷農。高馬達官厭酒肉，此輩杼軸茅茨空。□（楚人）重魚不重鳥，一作「肉」。汝休枉殺南飛鴻。况聞□□□□（處處鬻男）女，割慈忍愛還租庸。往日用錢捉私鑄，今許□□□（一作「來」）。□（鉛）錫和青銅。刻泥爲之最易得，好惡不合長相蒙。萬國城頭吹畫角，此曲哀怨何時終？

大麥行寶應元年。

大麥乾枯小麥黄，婦女行泣夫走藏。東至集壁西梁洋，問誰腰鎌胡與羌。豈無蜀兵三千人。一作「千人去」。部領辛苦江山長。安得如鳥有羽翅，託身白雲還故鄉。

去秋行

去秋涪江木落時，臂槍走馬誰家兒。到今不知白骨處，部曲有去皆無歸。遂州城中漢節在，遂州城外巴人稀。戰場冤魂每夜哭，空令野營猛士悲。

少年行二首

莫笑田家老瓦盆，自從盛酒長兒孫。長，一作「養」。傾銀注玉驚人眼，共醉終同卧竹根。

巢燕養鶵渾去盡，江花結子已一□(作)「也」。無多。黄衫年少來宜數，不見堂前東逝波。

少年行

馬上一作「騎馬」。誰家白面一作「薄媚」。郎，臨堦下馬坐人床。不通姓字麤豪甚，指點銀瓶索酒一作「味」。嘗。

憶昔行

憶昔北尋小有洞，洪河怒濤過輕舸。辛勤□□（不見）□（華）蓋君，艮岑青輝慘么麼。千崖無人萬壑静，三步回□（頭）五步坐。秋山眼冷魂未歸，仙賞心違淚交墮。弟子誰依白茅一作「石」。室，盧老獨啓青銅鎖。巾拂香餘擣藥塵，階一作「前」。除灰死燒丹火。玄圃滄洲莽□（空）闊，金節羽衣飄婀娜。落日初霞閃餘映，倏忽東西□（無）不可。松風磵水聲合時，青兕黄熊啼向我。徒然咨嗟撫遺跡，至今夢想仍猶佐。秘訣隱文須内教，晚歲何功使一作「收」。願果。更討一作「覓」。衡陽董鍊師，南遊一作「浮」。早鼓瀟湘柂。

天邊行永泰元年。

天邊老人歸未得，日暮東臨大江哭。隴右河源不種田，胡騎羌兵入巴蜀。洪濤滔天風拔木，前飛禿鶖後鴻鵠。九度附書向洛陽，十年骨肉無消息。

光禄坂行寶應元年。

山行落日下絶壁，西望千山萬山□□（一作「水」）。赤。樹枝有鳥亂鳴一作「棲」。時，暝色無人獨歸客。馬驚□（不）憂深谷墜，草動只怕長弓射。安得更似開元中，一作「年」。道路即今多擁隔。

渼陂行天寶十三年。

岑參兄弟皆好奇，携我遠來遊渼陂。天地黤慘□（忽）異色，波濤萬頃堆琉璃。琉璃漫汗泛舟入，事殊興□□（極憂）思集。鼉作鯨吞不復知，惡風白浪何嗟及。主人□（錦）帆相爲開，舟子喜甚無氛埃。鳧鷖散亂棹謳發，絲管啁啾空翠來。沈一作「沉」。竿續蔓深莫測，菱葉荷花静一作「净」。如拭。宛在中流渤澥清，下歸無極終□（南）黑。半陂已南純浸山，動影裊窕冲融間。船舷暝戛雲際寺，水面月出藍田關。此時驪龍亦吐珠，馮夷擊鼓群龍趣。湘妃漢女出歌舞，金支翠旗光有無。咫尺但愁雷雨至，蒼茫不曉神靈意。少壯幾時奈老何，向來哀樂何其多。

觀公孫大娘弟子舞劍器行並序　大曆二年。

大曆二年十月十九日，夔府別駕元持宅見臨〔穎〕（潁）李十二娘舞劍器，壯其蔚跂，問其所師。曰：余公孫大娘弟子也。開元三載，余尚童稚，記於郾城觀公孫氏舞劍器渾脱，瀏灕頓挫，獨出冠時。自高頭宜春、梨園二伎坊内人，洎外供奉，曉是舞者，聖文神武皇帝初，公孫一人而已。玉貌錦□（衣），况余白首。今兹弟子，亦匪盛顔。既辨其由來，知波瀾莫二。撫事慷慨，聊爲劍器行。往者吴人張旭善草書書帖，數嘗於鄴縣見公孫大娘舞西河劍器，自此草□（書）長進，豪蕩感激，即公孫可知矣。行曰：

昔有佳人公孫氏，一舞劍器動四方。觀者如山□（色）沮喪，天地爲之久低昂。㸌如羿射九日落，矯如群□（帝）驂龍翔。來如雷霆收震怒，罷如江海凝清光。絳脣珠袖兩寂寞，晚一作「脱」。有弟子傳芬芳。臨潁美人在白帝，妙舞此曲神揚揚。與余問答既有以，感時撫事增惋傷。先帝侍女八千人，公孫劍器初第一。五十年間似反掌，風塵澒洞昏王室。梨園弟子散如煙，女樂餘姿映寒日。金粟堆南木已拱，瞿塘石城草蕭瑟。玳筵急管曲復終，樂極悲一作「哀」。來月東出。老夫不知其所往，足繭荒山轉愁疾。

醉歌行天寶十四年。

陸機二十作文賦，汝更小年能綴文。總角草書又神速，世上兒子徒紛紛。驊騮作駒已汗血，鷙鳥舉翮連青雲。詞源一作「賦」。倒流三峽水，筆陣獨掃千人軍。只今年纔十六七，射策君門期第一。舊穿楊葉真自知，暫蹶霜蹄未爲失。偶然擢秀非難取，會是排風有毛質。汝身已見唾成珠，汝伯何由髮如漆。春光淡沲秦東亭，渚蒲牙白水荇青。風吹客衣日杲杲，樹攪離思花冥冥。酒盡沙頭雙玉瓶，衆賓已醉我獨醒。乃知貧賤別更苦，吞聲躑躅涕泣零。

古柏行大曆元年。

孔明廟前一作「階」。有老柏，柯如青銅根如石。霜皮溜雨四十圍，黛色參天二千尺。君臣已與時□(際)會，樹木猶爲人愛惜。雲來氣接巫峽長，月出寒通□(雪)山白。憶昨路繞錦亭東，先主武侯同閟宮。崔嵬枝幹郊原古，窈窕丹青户牖空。落落盤踞雖得地，冥冥孤高多烈風。扶持自是神明力，正直元因造化功。大厦如傾要梁棟，萬牛迴首丘山重。不露文章世已驚，未辭剪伐誰能送。苦心豈免容螻蟻，香葉終經宿鸞鳳。志士幽人莫怨嗟，古來材大難爲用。

狂歌行贈四兄

與兄行年校一歲，賢者是兄愚者弟。兄將富貴等浮雲，弟切功名好權勢。長安秋雨十日泥，我曹鞴馬聽晨鷄。公卿朱門未開鏁，我曹已到肩相齊。吾兄睡稱方舒膝，不韈不巾踏曉日。男啼女哭莫我知，身上須繒腹中實。今年思我來嘉州，嘉州酒重花繞樓。樓頭喫酒樓下卧，長歌短詠還相酬。四時八節還拘禮，女拜弟妻男拜弟。幅巾鞶帶不掛身，頭脂足垢何曾洗。吾兄吾兄巢許倫，一生喜怒長任真。日斜枕肘寢已熟，啾啾唧唧何爲人。

驄馬行

鄧公馬癖人共知，初得花驄大宛種。夙昔傳聞思一見，牽來左右神皆竦。雄姿逸態何崷崒，顧影驕嘶自矜寵。隅目青熒夾鏡懸，肉騣碨礧連錢動。朝來久試華軒下，未覺千金滿高價。赤汗微生白雪毛，銀鞍却覆香羅帕。卿家舊物一作「賜」。公能取，一作「有之」。

天厩真龍此其亞。晝洗須騰涇渭深，朝趨可刷幽并夜。吾聞良驥老始成，此馬數年人更驚。豈有四蹄疾如一作「於」。鳥，不與八駿俱先鳴。時俗造次那得致，雲霧晦冥方降精。近聞下詔喧都邑，肯使一作「知有」。麒麟地上行。

錦樹行

今日苦短昨日休，歲云暮矣增離憂。霜凋碧樹作錦樹，萬壑東逝無停留。荒戍之城石色古，東郭老人住青丘。飛書白帝營斗粟，琴瑟几杖柴門幽。青草萋萋盡枯死，天驥跛足隨氂牛。自古聖賢多薄命，姦雄惡少封公侯。故國三年一消息，終南渭水寒悠悠。五陵豪貴反顛倒，鄉里小兒狐白裘。生男墮地要膂力，生女富貴傾邦國。莫愁父母少黃金，天下風塵兒亦得。

高都護驄馬行天寶七年。

安西都護胡青驄，聲價欻然來向東。此馬臨陣久無敵，與人一心成大功。功成惠養隨所致，飄飄一作「飆」。遠自流沙至。雄姿未受伏櫪恩，猛氣猶思戰場利。腕促蹄高如踣鐵，交河幾蹴曾冰裂。五花散作雲滿身，萬里方看汗流血。長安壯兒不敢騎，走過掣電傾城知。青絲絡頭爲君老，何由却出横門道？

李鄠縣丈人胡馬行乾元元年。

丈人駿馬名胡騮，前年避胡過金牛。迴鞭却走見天子，朝飲漢水暮靈州。自矜胡騮奇絶代，乘出千人萬人愛。一聞説盡急難材，轉益愁向駑駘輩。頭上鋭耳批秋竹，脚下高蹄削寒玉。始知神龍别有種，不比俗馬空多肉。洛陽大道時再清，累日喜得俱東行。鳳臆龍鬐一作「麟鬐」。未易識，側身注目長風生。

最能行大曆元年。

峽中丈夫絶輕死，少在公門多在水。富豪有錢駕大舸，貧窮取給行艓子。小兒學問止論語，大兒結束隨商旅。欹帆側柂入波濤，撇旋梢濆無險阻。朝發白帝暮江陵，頃來目擊信有徵。瞿塘漫天虎鬚一作「眼」。怒，歸州長年行最能。此鄉之人氣量窄，悮競南風疏北客。若道士無英俊才，何得山有屈原宅。

負薪行大曆元年。

夔州處女髮半華，四十五十無夫家。更遭喪亂嫁不售，一生抱恨堪咨嗟。土風坐男使女立，應當門户女出入。十猶一作「有」。八九負薪歸，賣薪得錢應供給。至老雙鬟只垂頸，野花山葉銀釵並。筋力登危集市門，死生射利兼鹽井。面粧首飾雜啼痕，地褊衣寒困石根。若道巫山女麤醜，何得此一作「比」。有昭君村？

惜别行送向卿進奉端午御衣之上都大曆三年。

肅宗昔在靈武城，指揮猛將收咸京。向公泣血灑行殿，佐佑卿相乾坤平。逆胡冥寞隨烟燼，卿家兄弟功名震。麒麟閣畫鴻鴈行，紫極出入黄金印。尚書勳業超千古，雄鎮荆州繼吾祖。裁縫雲霧成御衣，拜跪題封賀端午。向卿將命寸心赤，青山落日江潮白。卿到朝廷説老翁，漂零已是滄浪客。

徒步歸行至德二年。

明公壯年值時危，經濟實藉英雄姿。國之社稷今若是，武定禍亂非公誰。鳳翔千官且飽飯，衣馬不復能輕肥。青袍朝士最困者，白頭拾遺徒步歸。人生交契無老少，論交何必先同調。一作「論心誰謂古今殊，異代可同調」。妻子山中哭向天，須公櫪上追風驃。

呀鶻行

病鶻卑飛俗眼醜，每夜江邊宿衰柳。清秋落日已側身，過鴈歸鴉錯迴首。緊腦雄姿迷所向，疏翮稀毛不可狀。强神迷復皂鵰前，俊材早在蒼鷹上。風濤颯颯寒山陰，熊羆欲蟄龍蛇深。念爾此時有一擲，失聲濺血非其心。

百憂集行上元二年。

憶年十五心尚孩，健如黄犢走復來。庭前八月梨棗熟，一日上樹能千迴。即今倏忽已五十，坐卧只多少行立。强將笑語供主人，悲見生涯百憂集。入門依舊四壁空，老妻覩我顔色同。癡兒未知父子禮，叫怒索飯啼門東。

赤霄行永泰元年。

孔雀未知牛有角，渴飲寒泉逢觝觸。赤霄玄圃須往來，翠尾金花不辭辱。江中淘河嚇飛燕，銜泥却落羞華屋。皇孫猶曾蓮勺困，衛一作「鮑」。莊見貶傷其足。老翁慎莫怪少年，葛亮貴和書有篇。丈夫垂名動萬年，記憶細故非高賢。

海棕行寶應元年。

左綿公館清江濆，海棕一株高入雲。龍鱗犀甲相錯落，蒼稜白皮十抱文。自是衆木亂紛紛，海棕焉知身出群。移栽北辰不可得，時有西域胡僧識。

苦戰行寶應元年。

苦戰身死馬將軍，自云伏波之子孫。干戈未定失壯士，使我歎恨傷精魂。去年江南討狂賊，臨江把臂難再得。別時孤雲今不飛，時獨看雲淚橫臆。

縛雞行大曆元年。

小奴縛雞向市賣，雞被縛急相喧争。家中厭雞食蟲蟻，不知雞賣還遭烹。蟲雞於人何厚薄？吾叱奴人解其縛。雞蟲得失無了時，注目寒江倚山閣。

短歌行廣德元年。

前者途中一相見，人事經年記君面。後生相動一作「勸」。何寂寥，君有長才不貧賤。君今起柂春江流，余亦沙邊具小舟。幸爲達書賢府主，江花未盡會江樓。

折檻行大曆三年。

嗚呼房魏不復見，秦王學士時難羡。青襟胄子困泥塗，白馬將軍若雷電。千載少似朱雲人，至今折檻空嶙峋。婁公不語宋公語，尚憶先皇容直臣。

兵車行天寶九年。

車轔轔，馬蕭蕭，行人弓箭各在腰。耶孃妻子走相送，塵埃不見咸陽橋。牽衣頓足欄道哭，哭聲直上干雲霄。道旁過者問行人，行人但云點行頻。或從十五北防河，便至四十西營田。去時里正與裹頭，歸來頭白還一作「猶」。戍邊。邊庭流血成海水，武一作「我」。皇一作「帝」。開邊意未已。君不聞漢家山東二百州，千村萬落生荆杞。縱有健婦把鋤犁，禾生隴畝無東西。況復秦兵耐苦戰，被驅不異犬與雞。長者雖有問，役夫敢伸恨？且如今年冬，未休關一作「隴」。西卒。一作「役夫心益憤。如今縱得休，休爲隴西卒」。縣官急索租，租稅從何出？信知生男惡，反是生女好。生女猶是嫁比鄰，生男埋没隨百草。君不見青海頭，古來白骨無人收，新鬼煩冤舊鬼哭，天陰雨濕聲一作「悲」。啾啾。

惜別行送劉僕射判官

聞道南行市駿馬，不限疋數軍中須。襄陽幕府天下異，主將儉省憂艱虞。秖收壯健勝鐵甲，豈因格鬭求龍駒。而今西北自反胡，騏驎蕩盡一疋無。龍媒真種在帝都，子孫未落西南隅。向非戎事備征伐，君肯辛苦越江湖？江湖凡馬多顦顇，衣冠往往乘蹇驢。梁公富貴於身疏，號令明白人安居。俸錢時散七子盡，府庫不爲驕豪虚。以兹報主寸心赤，氣却西戎迴北狄。羅網群馬藉馬多，氣用驅除出金帛。劉侯奉使光推擇，滔滔才略滄溟窄。杜陵老翁秋繫船，扶病相識長沙驛。強梳白髮提胡盧，手兼菊花路傍摘。九州兵革浩茫茫，三歎聚散臨重陽。當杯對客忍涕淚，君不覺老夫神內傷。

冬狩行廣德元年。

君不見東川節度兵馬雄，校獵亦似觀成功。夜發猛士三千人，清晨合圍步驟同。禽獸已斃十七八，殺聲落日迴蒼穹。幕前生致九青兕，馲駝㠥峞垂玄熊。東西南北百里間，髣髴蹴踏寒山空。有鳥名鸜鵒，力不能高飛逐走蓬。肉味不足登鼎俎，胡爲見羈虞羅中？春蒐冬狩侯得同，使君五馬一馬驄。況今攝行大將權，號令頗有前賢風。飄然時危一老翁，十年厭見旌旗紅。喜君士卒甚整肅，爲我回轡擒西戎。草中狐兔盡何益？天子不在咸陽宮。朝廷雖無幽王禍，得不哀痛塵再蒙？嗚呼！得不哀痛塵再蒙。

入奏行寶應元年。

竇侍御，驥之子，鳳之雛。年未三十忠義俱，骨鯁絕代無。炯如一段清冰出萬壑，置在迎風寒露之玉壺。蔗漿歸厨金盌凍，洗滌煩熱足以寧君軀。政一作「整」。用疏通合典則，戚聯豪貴躭文儒。兵革未息人未蘇，天子亦念西南隅。吐蕃憑陵氣頗麤，竇氏檢察應時須。運糧繩橋壯士喜，斬木火井窮猿呼。八州刺史思一戰，三城守邊却可圖。此行入奏計未小，密奉聖旨恩宜殊。繡衣春當霄漢立，綵服日向庭闈趨。省郎京尹必俯拾，江花未落還成都，肯訪浣花老翁無？一作「公來肯訪浣花老」。爲君酤酒滿眼酤，與奴白飯馬青蒭。

偪側一作「仄」。**行贈畢曜**一作「偪偪行」。乾元元年。

偪側何偪側，我居巷南子巷北。可恨鄰里間，十日不一見顏色。自從官馬送還官，行路難行澀如棘。我貧無乘非無足，昔者相遇一作「過」。今不得。實不是愛微軀，一作「慵相訪」。又非關足無力。徒步翻愁官長怒，此心炯炯君應識。曉來急雨春風顛，睡美不聞鍾鼓傳。東家蹇驢許借我，泥滑不敢騎朝天。已令請急會通籍，一作「已令把牒還請假」。男兒性命絶可憐。焉能終日心一作「神」。拳拳，憶君誦詩神凜然。辛夷始花亦一作「又」。已落，况我與子非壯年。街頭酒價常苦貴，方外酒徒稀醉眠。速宜相就飲一斗，恰有三百青銅錢。

沙苑行 天寶十三年。

君不見左輔白沙白如水，繚以周牆百餘里。龍媒昔是渥洼生，汗血今稱獻於此。苑中騋牝三千匹，豐草青青寒不死。食之豪健西域無，每歲攻一作「牧」。騊冠邊鄙。王有虎臣司苑門，入門天廄皆雲屯。驌驦一骨獨當御，春秋二時歸至尊。至尊內外馬盈億，一作「內外爲數將盈億」。伏櫪在坰空大存。逸群絕足信殊傑，倜儻權奇難具論。纍纍塠阜藏奔突，往往坡陁縱超越。角壯翻同麋鹿遊，浮深簸蕩黿鼉窟。泉出巨魚長比人，丹砂作尾黃金鱗。豈知異物同精氣，雖未成龍亦有神。

麗人行 天寶十三年。

三月三日天氣新，長安水邊多麗人。態濃意遠淑且真，肌理細膩骨肉勻。繡一作「畫」。羅衣裳照暮春，蹙金孔雀銀麒麟。頭上何所有？翠微一作「爲」。匐一作「匌」。葉垂鬢脣。背後何所見？珠壓腰衱穩稱身。就中雲幕椒房親，賜名大國虢與秦。紫駞之峰一作「玲」。出翠釜，水精之盤行素鱗。犀筯厭飫久未下，鑾刀縷切空一作「坐」。紛綸。黃門飛鞚不動塵，御厨絲絡一作「絡繹」。送八珍。簫鼓一作「管」。哀吟感鬼神，賓從雜遝實要津。後來鞍馬何逡巡，當軒一作「道」。下馬入錦茵。楊花雪落覆白蘋，青鳥飛去銜紅巾。炙手可熱勢一作「正」，一作「世」。絶倫，慎莫近一作「向」。前丞相嗔。

杜鵑行

古時杜宇稱望帝，魂作杜鵑何微細。跳枝竄葉樹木中，搶佯瞥捩雌隨雄。毛衣慘黑兒憔悴，衆鳥安有相尊崇。隳形不敢栖華屋，短翮惟願巢深叢。穿皮啄朽觜欲禿，苦飢始得食一蟲。誰言養雛不自哺，此語亦足爲愚蒙。聲音咽咽如有謂，號啼略與嬰兒同。口乾垂血轉迫促，似欲上訴於蒼穹。蜀人聞之皆起立，至今數學傳遺風，迺知變化不可窮。豈思昔日居深宮，嬪嬙左右如花紅。

虎牙行大曆二年。

秋風欻吸吹南國，天地慘慘無顏色。洞庭揚波江漢迴，虎牙銅柱皆傾側。巫峽陰岑朔漠氣，峰巒窈窕溪谷黑。杜鵑不來猿狖寒，山鬼幽憂雪霜逼。楚老長嗟憶炎瘴，三尺角弓兩斛力。壁立石城横塞起，金錯旌竿滿雲直。漁陽突騎獵青丘，犬戎鏁甲聞丹極。八荒十年防盜賊，征戍誅求寡妻哭，遠客中宵淚霑臆。

石犀行上元二年秋。

君不見秦時蜀太守，刻石立作三犀牛。自古雖有厭勝法，天生江水向一作「須」。東流。蜀人矜誇一千載，泛溢不近張儀樓。今年灌口損户口，此事或恐爲神羞。終藉隄防出衆力，高擁木石當清秋。先王作法皆正道，詭怪何得參人謀。嗟爾三犀不經濟，缺訛只與長川逝。但見元氣常調和，自免洪濤恣彫瘵。安得壯士提天綱，再平水土犀奔茫。

石笋行上元元年。

君不見益州城西門，陌上石笋雙高蹲。古來一作「老」。相傳是海眼，苔蘚食盡波濤痕。雨多往往得瑟瑟，此事恍惚難明論。恐是昔時卿相墓，立石爲表今仍存。惜哉俗態好蒙蔽，亦如小臣媚至尊。政化錯迕失大體，坐看傾危受厚恩。嗟爾石笋擅虚名，後生未識猶駿奔。安得壯士擲天外，使人不疑見本根。

生。一作「來」。

杜鵑行上元元年。

君不見昔日蜀天子，化爲杜鵑似老烏。寄巢生子不自啄，群鳥至今爲哺雛。雖同君臣有舊禮，骨肉滿眼身羈孤。業工竄伏深樹裏，四月五月偏號呼。其聲哀痛口流血，所訴何事常區區。爾豈摧殘始發憤，羞帶羽翮傷形愚。蒼天變化誰料得，萬事反覆何所無。萬事反覆何所無，豈憶當殿群臣趨。

白絲行天寶十一年。

繰絲須長不須白，越羅蜀錦金粟尺。象床玉手亂殷紅，萬草千花動凝碧。已悲素質隨時染，一作「改」。裂下鳴機色相射。美人細意熨帖平，裁縫滅盡針線跡。春天衣着爲君舞，蛺蝶飛來黄鸝語。落絮遊絲亦有情，隨風照日宜一作「疑」。輕舉。香汗輕塵污顔色。一作「香汗清塵似顔色」。開新合故置何一作「相」。許？君不見才一作「志」。士汲引難，恐懼棄捐忍羈旅。

醉歌行 大曆三年。

神仙中人不易得，顏氏之子才孤標。天馬長鳴待駕馭，秋鷹整翮當雲霄。君不見東吳顧文學，君一作「又」。不見西漢杜陵老。詩家筆勢君不嫌，詞翰升堂爲君掃。是日霜風凍七澤，烏蠻落照銜赤壁。酒酣耳熱忘頭白，感君意氣無所惜，一爲一作「醉」。歌行歌主客。

短歌行 寶應元年。

王郎酒酣拔劍斫地歌莫哀，我能拔爾抑塞磊落之奇才。豫樟翻風白日動，鯨魚跋浪滄溟開。且脱佩劍一作「劍佩」。休徘徊。西得諸侯棹錦水，欲向何門趿珠履。仲宣樓頭春已深，青眼高歌望吾子。眼中之人吾老矣。

莫相疑行 永泰元年。

男兒生無所成頭皓白，牙齒欲落真可惜。憶獻三賦蓬萊宮，自怪一日聲輝赫。集賢學士如堵墻，觀我落筆中書堂。往時文彩動人主，此日飢寒趨路傍。晚將末契託年少，當面輪一作「論」。心背面笑。寄謝悠悠世上兒，不爭好惡莫相疑。

今夕行天寶五年。

今夕何夕歲云徂，更長燭明不可孤。咸陽客舍一事無，相與博塞一作「賭博」。爲歡娱。馮凌大叫呼五白，袒跣不肯成梟盧。一作「牟」。英雄有時亦如此，邂逅豈即非良圖。君莫笑，劉毅從來布衣願，家無儋石輸百萬。

朱鳳行大曆五年。

君不見瀟湘之山衡山高，山巔朱鳳聲嗷嗷。側身長顧求其群，翅垂口噤心甚勞。下愍百鳥在羅網，黄雀最小猶難逃。願分竹實及螻蟻，盡使鴟梟相怒號。

去矣行

君不見鞲上鷹，一飽則飛掣。焉能作堂上燕，銜泥附炎熱。野人曠蕩無靦顔，豈可久在王侯間？未試囊中飡玉法，明朝且入藍田山。

白鳧行大曆二年。

君不見黄鵠高於五尺童，化爲白鳧似一作「象」。老翁。故畦遺穗已蕩盡，天寒歲一作「日」。暮波濤中。鱗介腥膻素不食，終日忍飢西復東。魯門鶢鶋亦蹭蹬，聞道□（如）今猶避風。

蠶穀行大曆三年〔一〕。

〔一〕以下至卷終缺葉。

（草堂先生杜工部詩集卷之二十）

（七言歎）[一]

（可歎）

（天上浮雲如白衣，斯須改變如蒼狗。古往今來共一時，人生萬事無不有。近者抉眼去其夫，河東女兒身姓柳。丈夫正色動引經，酆城客子王季友。羣書萬卷常暗誦，孝經一通看在手。貧窮老瘦家賣屐，好事就之爲携酒。豫章太守高帝孫，引爲賓客敬頗久。聞道三年未曾語，小心恐懼閉其口。太守得之更不疑，人生反覆看亦醜。明月無瑕豈容易，紫氣鬱鬱猶衝斗。時危可杖真豪俊，二人得置君側否？太守頃者領山南，邦人思之比父母。王生早曾拜顔色，高山之外皆培塿。用爲義和天爲成，用平水土地爲厚。王也論道

[一] 本卷原缺前十葉，卷首及標題據文例補。

阻江湖，李也丞疑曠前後。死爲星辰終不〔二〕滅，致君堯舜焉肯朽。吾輩碌碌飽□□（飯行），□□□□□（風后力牧長）迴首。

屐。□□（一作）「履」。在南□（山）。一作「□□（領山）南」。

柟樹□（一）作□（「高」）。**爲風雨所拔歎**永泰□□。

倚江柟樹草堂前，故老一作「古老」。相傳二百□（年）。□□□□（誅茅卜居）總爲此，五月髣髴聞寒蟬。東南飄風□□□（動地至），□□□（江翻石）走流雲氣。幹排雷雨猶力爭，根斷泉源豈□□（天意）。□□（滄波）老樹性所愛，浦上童童一青蓋。野客頻留□□（懼雪霜），□□（行人）不過聽竽籟。虎倒龍顛委榛棘，淚痕血點□□□（垂胸臆）。我有新詩何處吟，草堂自此無顏色。

〔一〕本詩以上內容及詩題原缺。

秋雨歎三首天寶十三年。

雨中百草秋爛死，堦下决明顔色鮮。著葉滿枝翠羽蓋，開花無數黄金錢。凉風蕭蕭吹汝急，恐汝後時難獨立。堂上書生空白頭，臨風三嗅馨香泣。

再吟

蘭風伏一作「長」。雨一作「東風細雨」。秋紛紛，四海一作「萬里」。八荒同一雲。一作「萬里同一雲」。去馬來牛不復辨，濁涇清渭何當分？木頭生耳黍穗黑，農夫田父無消息。城中斗米换衾〔裯〕（裯），相許寧論兩相直。

又吟

長安布衣誰比數，反鏁衡門守環□（堵）。老夫不出長蓬蒿，稚子無憂走一作「奏」。風雨。雨聲颼□（颼）催早寒，胡鴈翅濕高飛難。秋來未曾一作「省」。見白日，泥污后□（一）作□（「厚」）。土何時乾？

歎庭前甘菊花天寶十三年。

簷一作「堦」。前甘菊移時晚，青蘂重陽不堪摘。明日蕭條盡醉醒，殘花爛熳開何益？籬邊野外多衆芳，采擷細瑣升中堂。念茲空長大枝葉，結根失所埋風霜。

五言别

新婚别

兔絲附蓬麻，引蔓故不長。嫁女與征夫，不如棄□□(路旁)。結髮爲妻子，席不暖君牀。暮婚晨告别，無乃大怱忙。君行雖不遠，守邊赴一作「戍」。河陽。妾身未分明，何以拜姑嫜。父母養我時，日夜令我藏。生女有所歸，雞狗一作「犬」。亦得將。君今往死地，沉痛迫中腸。誓欲隨君往，形勢反蒼黄。勿爲新婚念，努力事戎行。婦人在軍中，兵氣恐不揚。自嗟貧家女，久致一作「致此」。羅襦裳。羅襦不復施，對君洗紅粧。仰視百鳥飛，大小必雙翔。人事一作「生」。多錯迕，與君永相望。

垂老别

四郊一作「方」。未寧静，垂老不得安。子孫陣亡盡，焉用身獨完。投杖出門去，同行爲辛酸。幸有牙齒存，所悲骨髓一作「肉」。乾。男兒既介胄，長揖別上官。老妻卧路啼，歲暮衣裳單。孰知是死別，且復傷其寒。此去必不歸，還聞勸加餐。土門壁甚堅，杏園度亦難。勢異鄴城下，縱死時猶寛。人生有離合，豈擇衰盛一作「老」。端。憶昔少壯日，遲迴竟長歎。萬國盡征戍，一作「東征」。烽火被岡巒。積屍草木腥，流血川原丹。何鄉爲樂土，安敢尚盤桓。棄絶蓬室居，塌然摧肺肝。

無家别

寂寞天寶後，園廬但蒿藜。我里百一作「萬」。餘家，世亂各東西。存者無消息，死者爲又「委」。塵泥。賤子因陣敗，歸來尋舊一作「故」。蹊。久行見空巷，日瘦氣慘悽。但對狐與狸，竪毛怒我啼。四鄰何所有，一二老寡妻。宿鳥戀本枝，安一作「敢」。辭且窮棲。方春獨荷鋤，日暮還灌畦。縣吏知我至，召令習鼓鞞。雖從本州役，内顧無所攜。近行止一身，遠去終轉迷。家鄉既盪盡，遠近理亦齊。永痛長病母，五年委溝谿。生我不得力，終身兩酸嘶。人生無家别，何以爲蒸黎？

草堂先生杜工部詩集卷之二十終

附録

李一氓跋

草堂先生杜工部詩集，宋本，半葉十行，行二十字，白文無注。書名不載公私紀録，爲極罕見之本。或傳清内庫所藏，曾有人收得零頁云。現殘存第十四卷（一至十三葉）、第十六卷（一至五葉、十七至二十一葉）、第十七卷（全）、第十八卷（全）、第十九卷（一至二十二葉）、第二十卷（十一至十三葉），共六卷八十七葉而已。存書既無首卷，致無敘目可查，何人所輯，爲卷幾何，皆不得而詳矣。

是書體例甚奇，如十四卷分爲五言八句、五言絶句、五言七言八句，十六卷分爲七言長律、七言八句，十七卷分爲七言八句、七言絶句，十八卷分爲七言歌、七言行，十九卷分爲五言引、七言引，二十卷分爲歎、五言别。杜詩或依編年，或概分爲古近體，或據内容分紀行、追懷等，從無作如此瑣碎之分類者，蓋坊本也。

書中匡字缺筆（十六卷十九葉、十九卷一葉），慎字缺筆（十八卷十五葉、十九卷十三葉）。依缺筆，約可斷爲淳熙刊本，依紙質字體，約可斷爲建陽刊本。

藏印有葉、羅兩姓，非關重要，二十卷末有明人「孫氏家藏」白文印，亦不知爲誰何也。

成都杜甫紀念館所藏杜詩，僅一宋本草堂詩箋，忽見此本於北京中國書店，急代收之。事爲北京圖書館所悉，驚爲異本，曾謀迫讓。書原有錯簡，特爲重裝。因識。一九六五年夏末於北京，李一氓。